山东作家作品
年选
2018

Shandong
Zuojia Zuopin
Nianxuan

综合卷

山东省作家协会 编

中国书籍出版社
China Book Press

图书在版编目（CIP）数据

山东作家作品年选.2018.综合卷 / 山东省作家协
会编. —— 北京：中国书籍出版社，2023.12
ISBN 978-7-5068-9721-1

Ⅰ.①山… Ⅱ.①山… Ⅲ.①中国文学—当代文学—
作品综合集—山东 Ⅳ.①I218.52

中国国家版本馆CIP数据核字(2023)第239833号

山东作家作品年选（2018）·综合卷

山东省作家协会　编

责任编辑　李　新
责任印制　孙马飞　马　芝
封面设计　牛　钧
出版发行　中国书籍出版社
地　　址　北京市丰台区三路居路 97 号（邮编：100073）
电　　话　（010）52257143（总编室）　　（010）52257140（发行部）
电子邮箱　eo@chinabp.com.cn
经　　销　全国新华书店
印　　刷　济南万方盛景印刷有限公司
开　　本　700毫米×1020毫米　1/16
字　　数　330千字
印　　张　32.5
版　　次　2024 年 2 月第 1 版
印　　次　2024 年 2 月第 1 次印刷
书　　号　ISBN 978-7-5068-9721-1
定　　价　228.00元（全四册）

目　录

诗　歌

散　文

诗 歌

温柔以待

田　暖

愿这一天没有纷争，没有炮火
每一个你都能找到另一个我

孩子在读书，热奶在祖母的杯中
路边的妹妹转过雾霾
黄昏在玫瑰花的对饮中迎来黑暗和星空

蝴蝶飞累了，就停靠在自由的肩膀上
谁爱得少一点，就被多拥抱一会儿
谁爱得多一些，就多哭泣一会儿吧

滚落回山脚的碎石，被踩成了道路
众神仰望的星辰，被托举成北斗

华灯燃尽的孤独，最终要回到孤独里去
这一天，我把肉身的头像更换成菩萨

愿脱轨的列车热烈的电话

愿生猛的碰撞动情的死亡

愿天地招摇合一，爱与不爱，都能被温柔以待

原载《草堂》2018 年第 1 期

入选梁平主编《中国 2018 年度诗歌精选》

一盏灯

邵纯生

时光流逝。那些远去的恰是该撒手放下的
世间这么大，大到祭坛上只剩下一个人孤单的背影
谁能说失去不是一种荒谬隐喻的丢弃
现今，我习惯于盯紧一盏灯
一点高悬的弱小的火苗，它存在
它就比一滴泪更能兜得住尘世的疾苦

原载《江南诗》2018 年第 1 期

《诗刊》2018 年第 12 期（下）转载

母亲抱着大白菜回家

黄旭升

北风里，母亲用豁牙的铁锹
一锹一锹挖开菜园里的冻土
挖出冻土下的大白菜

母亲挖出雪白的大白菜
雪就落下来了
雪落在母亲的肩上脸上
落在母亲的白发上
雪一样的母亲，深一脚浅一脚
抱着大白菜回家

母亲抱着大白菜回家
像一棵大白菜抱着另一棵大白菜
像被生活熏黑的碗
抱着刚出锅的白色饺子

像寒冷的日子里

一条被汗水封冻的乡路

抱着母亲回家

原载《诗选刊》2018 年第 1 期（上）

散皮诗四首

散 皮

暴雨夜，一滴雨

暴雨夜，一滴雨不停翻腾

躁动中辗转反侧思考着人生

为什么漂浮在这一个时空

而不是黎明前一枚晶莹的晨露，花瓣上绽放

左冲右突，把风的面罩都撕破了

疯狂的冲击也扯不碎暴雨夜的黑幕

吃不准长大了，还是刚刚出生

落地而碎的是自己还是另一个思考人生的雨珠

穷尽一生，只为证实

作为一滴雨在暴雨夜，坚守着寻觅

——崇高，就是立在天地之间不扬不卑

或者是站立在浪潮中最高的一株

煮时间

寻找时间的遗体

或许是一道艰涩的数学难题。比如，牛顿

为了看清鸡蛋在时间被密封的容器中呈现的生命姿态

他把怀表扔到锅里，结果

鸡蛋与时间与水，同时找到了沸腾的形式

就像一次革命

彻底淋了一场雨

逃　离

最近，一些石头要飞出太阳系

趁着夜色拂晓前那些光亮

进入时间隧道

它们好像已经失重，若不飞出

可能被时间挤碎

因此开始思考逃离的时机

当然，它们仍停留在悬崖上

一阵风来就会酸痛

并不像迎客松一样专制

牙痛也是最近的事

它们试图跳出当下生存状态

走自己的路

清　醒

今夜，又被自己的鼾声震醒了

我已经小心翼翼地呼吸。总怕

呼出的雷声，招来风雨

遮不住时常麻木的头脑。于是

蹑手蹑足进入浅睡区，并在那里

不动声色观察睡姿。直到完全看不出秘密

数着床上的每一分，每一秒

感觉自己清醒的时间越来越长了

原载《山东诗人》2018 年第 1 期

《诗选刊》2018 年第 7 期（上）转载

空巢记（外一首）

董　玮

余　温

砸向地面的树冠

有呼啸声。夕阳溅血的瞬间

一切皆尘埃落定

一座鸟的房子，跟人类的一样

进行过精装修

超乎想象的完美

一大半，已经破碎

两只羽翼未丰的雏鸟

贴着地面抽搐一阵子就不动了

坦露的大肚皮

像极了那个横卧在沙滩上的小男孩

在决定挖一个坑之前

先把它们柔软的小身体

捧起来。要放下

就放置到那棵新鲜树桩的横切面上

还要放凉

空巢记

冰雪消融，大地回暖

老树桩的担心显得那么多余

他不再劈柴。他学会了在篱笆墙内翻土种花

那些花儿的幼芽

都噘着皱巴巴的小嘴巴

不生气，不生气。转眼就是盛夏秋凉

转眼就是我和她

没有儿孙打搅的老年

我们自己扮演娃娃

原载《诗刊》2018 年第 1 期（下）

清晨读一首诗

翠　薇

晨色冰凉，天空从乌黑里透出一抹深蓝
我读到丽塔·达夫《白天的星星》
"她什么也不是
纯粹的虚无，在一天的正午"
诗中的那个她
将日常的琐碎与诗意完美结合
在日子的袖口上缠上词语的花边
在槭树叶飘落的间隙
于家门口的篱笆上种植韵律的青藤

孩子热腾腾的尿布，掉在地上的布娃娃
嘟着嘴的莉兹与唠叨的妈妈之间
那个她忙里偷闲，优雅转身
摘出一个小时，安放自己的遐想
那个她——那个丽塔·达夫

在这个清晨，带给我一个启示：

诗与生活密不可分

诗歌正藏在一个衣褶的下边，对我回眸一笑

原载《作品》2018 年第 1 期

山水诗章（组诗选三）

任怀强

山中遇雨

一群不知名的虫子乱舞

夜色　多么美好　对着

不懂苍茫的天空独自等待

隐秘的孤独　青苔阶绿

雨水湿露露不设防御

辽阔的心胸　只有草木拥有

高昂的头颅困不住流浪者

风已吹过　雨还在继续下

全无天涯的想法还在

从不屈从于孑然一身

失去方位的林中潜行

始终不如江河奔跑

有更多的喧哗　有

更准确的目的地　如寄

人生　自由如风灌满山谷

涌动着云雾　盛开如花朵

得意无醉　沉睡中的山川

从来没有睡过　从来都是

拜访者不绝　不知去处的

山巅挺立　只有依旧还在

山河颂

勾描我们生活的山河

有自然的伟力　也有

画笔下复原的历史

呐喊我们漫长的征途

石头铸就在大地上一道脊梁

雄伟　深厚　被剥蚀

被拉动的剥离、下陷

广阔的平原有宽广的心胸

石头迸裂　藤萝下垂

我们的幔帐如水流淌

大河连缀起来的草木

临水而居，与人构成了

村庄与城镇　在群山里

莽莽苍苍　绵亘我们的

生活　拱卫蜿蜒的山峦

散漫的　拥抱着　欢爱着

平静的神秘早已呼之欲出

我们的风骨叠加在血脉里

迟钝平和封闭又卓然不同

北山后洼又记

草木时刻忍受着轰鸣声

面对山谷　岩石有无奈也有

长叹　身处世界的边缘

依然躲不过机器的驱赶

远方雷鸣已偶有若无

绵延的群山有断裂的倾向

厌倦了紧张　却在稍息中

获得微小的燃烧

仿佛世界在混乱中获得秩序

摧腐拉朽　山体夷为平地

我们心中的光　在铲车高举着

头颅时　我们是否平静而温和

原载《诗潮》2018 年第 2 期

《诗选刊》2018 年第 10 期转载

岁月深处

彭浣尘

容颜是时间早已设计好的废墟

但我永远信任笑与灵魂的鸽子

别问我们逝去的青春在哪里

别问，迷雾中的花朵凋零何处

像穿行在云层里的月亮

我们都还在记忆里走着

直到走出各自的河流

变成一条啄食月光的鱼

雷在冰里劈打出洁白的火焰

在思想自由的极地我锻打仅剩的词语

如果我曾经放弃辩驳是因为我爱上了沉默

如今我放弃沉默是不是因为遇上了你

短暂的人生，谁青春的梦想一直未曾遗弃

渺茫的尘世，总有一些事物互为存在的理由和意义

而今生我永不做那高高在上蹈虚的星子

我只做一棵穿行的荆棘把细碎的花儿开得无边无际

原载《绿风》2018 年第 2 期

山乡清晨（组诗选二）

孙　丽

第一声鸡叫声过去了许久之后
山里似乎进行了一场打鸣比赛
第一次住进山里
我陶醉于这清新亮丽的曲子

一声高过一声的鸣叫，呼唤着崭新的太阳
仿佛自己就是孔雀，抑或凤凰
我甚至还听到它们
在山间弹跳，听到了合唱中的高音

我就这样听着，我听出了一声
颤抖，听出了一声咳嗽
还有一声开门的吱扭声，和着一个人的问候
之后，一滴晨露落下。之后归于寂静
没有鸡鸣，没有风声
只有一朵闲云和着我至美的心情

鱼

两岁的儿子把一支牙膏扔进
盛水的洗脸盆
嫩小的食指指着牙膏，笑着喊：鱼啊！

他又把木梳扔进盆去
指着木梳，笑着喊：鱼啊！

他兀自坐进洗脸盆里
短裤已湿透，汗衫浸湿到腰
我看见他时，他也发现了我
小小食指赶紧指向自己
眼睛里充满胜利的光芒，笑着喊：鱼啊！

哦，好大好可爱的鱼
是这世界上我最喜欢的一只

原载《山东文学》2018 年第 3 期

《诗选刊》2018 年第 6 期转载

人间起伏着爱的麦浪（组诗选二）

罗兴坤

下　山

送我下山的，有匆忙的流水、缓慢的落日

和慌里慌张的羊群

一颗平静的心

重又泛起生活的尘土，暮色漫过

我和它们一样，都有着一颗世俗之心

而流水里有流水的虚妄

落日有落日的不甘

暮色里，多少脚步迷失

在半途，翅膀不肯垂下

沉寂的深山，喧嚣的人世

我有着遁世的来路

我有重返梦想的归途

爬过山顶的，那半个明晃晃的月亮
多么像我丢失的游魂

虚　构

在我的乡下，许多生命陷于绝望的人
总是被亲人用内心的爱
一次次虚构着
而当那些被虚构的替身，接受了尘世的爱、伤疼
像真的在人间还魂
接受着一场人世间的生死离别
那年我大病，母亲从邻村扎来一个纸人
做我的替身
在一场盛宴里，母亲的磕头、上香、祷告
熊熊的火焰，为它指明
一条为我赴死的路

我看到它的木讷、顺从
也看到了它痛苦的挣扎、伤疼和无奈
对尘世的爱和依恋
甚至那短暂的拒绝、反抗
一次次拱向母亲怀抱的头颅
伸过黑夜的长舌
咬过母亲指尖的疼痛
眼泪，飘落在天空的灰烬

哦，我是多么羞愧

一些事物就这么不明不白地替我死去

而我还在自私地活着

在这个尘世上，仿佛是一个被虚构的人

原载《诗潮》2018 年第 3 期

《诗选刊》2018 年第 10 期转载

妄想症

梁永周

小脑左侧，种了一棵树

一棵正在发芽的树，根很重

已在太阳穴的位置探路

独木成林之处也该有鸟，骂这个脏环境

除却绿色的都不干净

我把嘴巴张得很大

放她出来进这黑暗之中，好把树根刨走

在口语中唤醒

若不及时，这叶子就落了

如何打扫干净，如何救治这鸟

妄想再种一棵树

种在右侧，那里该有一大片空

把这空填满

就不会有鸟放弃张开嘴巴

可是

这棵树，该生出多少叶子合适呢？

原载《诗刊》2018 年第 3 期

老 屋（外一首）

李 星

老 屋

自从父亲走后
老屋一直空着

阳光雨露来过
但来得毫无意义

无所谓炎热和寒冷
老屋没有体温

只有空吹着空
只有她佝偻的身子，在风中沉默着

只有灰尘爱着回忆
那么轻，在每个角落里飞

兄 弟

母亲躺在病床上
我们坐在周围

每次都是同一个原因
让我们相见、交谈，然后沉默

每次都是这个时候
我们才把各自的心扉打开一小会儿

我们会谈母亲的病、孩子的学业以及家庭
有时还会谈一点过世的父亲

至于悲伤
留给酒后

然后离开
然后投到各自的生活中去

原载《诗选刊》2018 年第 4 期

唤醒庄稼与树木（外一首）

弓　车

牧　童

我去宋朝了，南宋，做一个牧童
骑牛，倒着骑，沿着浣溪沙或踏莎行
任它将我驮到北宋

一路是吹着笛子的
一路将烽烟摁入笛孔，吹呀，吹呀
吹出来，就吹成了白云

不是白云呀，是我的羊
吹出一只，五只，千只，千万只……
我的羊群呀，是个多么庞大的群体

是世间最大的羊群
由我这个最小的牧童呀，驱赶着

我一只一只地数，想保证一只不少
一只一只地数呀，数，数了一千年了

最终都丢失了：一万只上了清照的蚱蜢舟
十万只走进了稼轩的破阵子
百万只在柳永的鹧鸪天迷了途

只剩一只呀，我要将它藏进我的诗里
垂下头去，啃吃天下最后的青草

唤醒庄稼与树木

先用风，微风，轻轻地，捏起它们的手
让它们吐露给我冶炼黄金的秘诀

用雨，细雨，柔柔地，亲吻它们的茎
让它们告知我玛瑙、翡翠的产地

用阳光，春光，悄悄地，抚摸它们的面颊
让它们透露给我与牧神相约的暗语

再用狂风，猛烈地摇晃它们
用暴雨，剧烈地击打它们
用霹雳闪电，刺穿它们
唤醒一棵，两棵，然后是一地，遍野

让它们每一棵、每一株都捧出心脏
说出我五脏六腑对应哪类粮食与果实
告诉我叶绿素如何替换我的血液

世间的庄稼和树木有多少都没关系
我有春风一般的舌头
有长过八千里路云和月的喉管
还有吞吐天地之间风云的肺活量

原载《时代文学》2018 年第 5 期

磨损之书（组诗选二）

刘星元

对镜帖

我又一次唤出了镜中人
我又一次修改了他

不断的修改让他愈加衰老
倦容里挤出的笑容
像一张褶皱的纸
把虚假的线条凸显出来
他在叹息，那样微弱
像胆小的小人物
面对暴君颁布的十万言的法典
他的顺从虔诚到
变异的程度

他衰老的速度又一次超越了
我在人间的游历

总是这样，这个尽职尽责的仆人

在我刚刚启程之时

他就已在远方安顿好了一切

只等我的到来

余下的日子

他就在镜中枯坐

任无数匹尘埃纷纷

下落到他的头上

任一只蜘蛛在他头上结网

杀戮过往的生灵

任流水悄悄地从一只昆虫

残缺的死尸里逃走

有时他会从镜中偷窥我

以此判断自己的命运

他越来越不安

当生命注定被赋予成

一场蓄谋已久的安排

他开始削减生死以外的事情

以示对死亡的顺从

以此求取生命的延长

他或许不知道

他的神和他拥有同样的恐惧

当恐惧无法消解之时

他是他的神唯一的受虐者

和唯一的依靠

总是这样，在他渴望被解救的时候

他的神又一次擦亮了镜面

唤出了他

哦，他的神又一次唤出了他

并按照自己衰老的样子

修改了他

磨损之书

日渐衰老的豹子走入黑夜

隐藏了自己的斑点

像一个落幕的英雄

在众人的目光之外，低着头

慢慢扯下自己的勋章

扯下行过的路、喝过的酒

以及爱过的女人

磕着长头去远方朝拜的信徒

只身穿过喧嚣的众生

并被众生围困了一生

哪里不是地狱，哪里不是

神的所居之地

他如一艘搁浅的船

用时光在自己的胸口划满十字

昨日之酒与今日之酒

还在胃里打架

城池已经破损不堪

一无所有之后，它们将握手言和

向我臣服

哦，我是它们的神

养育一场战争

再消弭一场战争

原载《花城》2018年第5期

一个鸡蛋的传说（组诗选二）

苇青青

听着夜空下的虫儿发呆

我坐在窗台前
对着夜空发呆
听窗外虫儿，吱吱吱在歌唱

在歌唱的虫儿已身处秋天
立秋已过，秋分马上来临
虫儿似乎不觉，它们依然在歌唱
用最好的嗓音

想着这清纯的嗓音不久就要中断
好像一夜间，喊着一二一沉入地底而眠
我忽生悲凉。这虫儿来世上一趟
竟走得这样匆忙

而此刻，我庆幸它们在歌唱

虽身处草丛，又埋入黑暗

没有名字，命运薄轻

但它们依然在歌唱，用沉沉的欢畅

我的虫儿世界的兄弟姐妹

我害怕你们突然中止了纯洁的声音

在深秋临近的某个晚上

我听到了，时间之摆在嘀嗒嘀嗒逼近

像逼向紧随其后的人类

但，你们仍然在歌唱

用最好的嗓音

叫响天籁

一个鸡蛋的传说

你是一个多么文静的个体

通体冷肃，环视身外虚空

以静物者身份活下来

连喘息，都憋在心脏

不触碰那些浮泛话题

比如金钱、权力，交换与被交换价值

安静的意志高过岩层

你的命运不无悲凉

被吃掉，被摔碎，被瞧不起

三条路

哪一条都是你的绝路

而你，用窒息的气力

孵化一个头颅

一只啄食的嘴，碎壳而出

一个传说，沾着血迹和毛发

为爱诞生

原载《北京文学》2018 年第 5 期

《一个鸡蛋的传说》入选《2018 年中国诗歌排行榜》

《听着夜空下的虫儿发呆》入选《2018 中国年度诗歌》

拜别婆母冯登美（组诗选三）

苏雨景

荒草满院

吱呀一声，邢家村116号的门开了

院落里，久无人迹，荒草

正漫过冯登美搭起的葡萄架

漫过冯登美栽种的蜀葵

向着天空疯长，一丛高过一丛

像是要把冯登美从那里接回来

簸　箕

堂屋的一角，它如此安静

没有了冯登美的抚摸，它身上落满了灰尘

多年了，冯登美就是用它

小心翼翼地分拣那些粮食

把它们与稗子分开，与石子分开

就像是把甜与苦分开

把日子与风霜分开，与苦难分开

簸箕把冯登美的手磨出了茧

冯登美的手把簸箕磨掉了皮

她就用布修补簸箕被磨损的地方

戴着老花镜，一丝不苟

尽管，没有什么可以修补冯登美被磨损的部分

木梳上的白发

断齿上，还挂着冯登美的白发

光影中，透出慈祥之意

它重新回到冯登美的鬓边

重新回到斑驳的光阴里

回到鲁北平原开阔的景深中

那里，有庄稼拔节的声音

也有一个妇人的血汗味

有鸡犬隐于暮色

也有一个妇人用炊烟传递的深情

有风雪大于村庄

也有一个妇人像护住幼畜一样护住命运

她的头发就是那样白的

白过棉花，白过炊烟，白过雪

那一刻，我紧握木梳

就像握住冯登美的一部分

我一用力，她的体温

就通过掌心传了过来

原载《文化参考报》2018 年 5 月 8 日

获首届"娘亲杯"唯一诗歌金奖

夏夜冥思

烟 驿

终于明白植物拔节的力量
河水流淌的力量跟衰老一样
像云飞过山顶鸟掠过树梢

芦苇荡下水葫芦抽动丝须
螺蛳修筑成群的宫殿

杏花的春天从黑暗进入光明
相隔一扇木门

寡言者喜欢埋首一个烟斗看星星
长出头脚四肢和明灭不定的心思
长出一个看起来浑圆的结局随风浮

原载《星星·诗歌原创》2018 年第 5 期

垄上有余雪

黄　浩

阴云刚刚散去
冬日，阳光灿烂的晌午
我能看到的地方
陇上有细碎的余雪，静静的
像我们模糊了的往事
微薄的，拾不起来

有人在垄上弓着腰
对着一个坟头祭拜
一只鸟飞过他的身边
扑棱一声，他站了起来
望了望山下不远的村庄

看样子，他受得惊吓不轻
一只鸟儿无意中夺走了
他一个下午的忧伤

原载《诗刊》2018 年第 5 期（下）

重　生（外二首）

勾　婧

我没有耕过田

原谅我从没耕过田
至今没有触摸过锄头
镰刀
和铁锨
但我珍视一蔬一饭
供奉盐粒与农夫
我愿意向所有的庄稼
以及
被野草掩埋遮蔽的坟冢
弯腰致敬

重　生

来自乡村的我
曾无数次
以一只蛹的肉身

蠕动在黄土地上

冲破命运重重的茧

涅槃，向死而生

剥离桎梏的外壳

借蝴蝶的翅膀

重生

秘　密

秘密

我心深处

隐匿着一条汹涌的河流

无数个失眠的夜里

我挥汗如雨将堤坝重修

那倔强浪涛

却一次又一次，试图离家出走

是时候了

让迸发的力量

击垮这黑暗的腐朽

看那

老谋深算的鳄鱼

步步为营的水兽

正节节败退，负伤逃走

你走来的时候

河水已退去

我坐在赤裸的河床上等你

你神采飞扬，双目如炬

只一眼

便看穿了幽居在我心底的

秘密

原载《诗选刊》2018 年 6 月上半月刊

塞罕坝遐想（外一首）

英　伦

塞罕坝是一个地名，更是一座丰碑

上面镌刻着：初心、奉献、坚守

下面埋着王尚海、张启恩、刘福明……

坟头都是山岭的形状

春夏被绿色的植被和光影覆盖

秋后才露出来

冬天他们高举的雪块，会刺得你眼疼

塞罕坝是一种精神，更是一种生活

你只要有把铁锹有包种子有捆树苗

有一颗崇德向善寄荫子孙的心

就会像树一样，做凡人，沾仙气

站着是树，躺着是木

甚至倒下，也不肯死去

如果一个地方，能使人长久地陷入
沉静和冥想，那一定是绿如帷幄的树林
或宏大静穆的寺庙、道场
看吧，塞罕坝的每一片叶子上
都闪着阳光的经文，即使夜里
风也在倾心诵传，从不用灯

塞罕坝：绿如帷幄

当我说到绿，你会想起什么？
是春天儿子挥舞的小手，妻子晃动的
翡翠耳环？

我想到了你：塞罕坝！

塞罕坝！一叶博大浑厚的绿肺
让冀北乃至整个北中国越来越清新
树是肋骨，草是秀发
从 55 年前就扎进塞罕坝的体内
疼痛，有力，坚韧，永不放弃
并用一身葱绿，一腔高浓度的负氧离子
让沙漠退却，荒山称臣，众鸟欢聚，百兽归林
让高傲的天空降低了高度
让世间再一次懂得：

绿，汹涌的，庞大的，层峦叠嶂的，绵延不绝的，如毯
如筛的

挺拔的，匍匐的，新生的，衰老的，浓如泼墨的，淡如
云鬓的

绿如帷幄的

绿，才是中国版图上应该有的

最本质的底色

塞罕坝还是一个跨世纪的爱的故事

尽管植树人已历经三代

但爱却越聚越多，从未离开

塞罕坝埋葬过青春和汗水，甚至爱情

却从没有埋葬过爱

在爱面前

一切都显得卑微，变得温柔

在塞罕坝面前，我将感到羞愧

原载《诗刊》2018 年第 6 期（上）

虚构的马（组诗选三）

夏海涛

琥　珀

透过光　到达了时间的深湖

整座森林沉下去

再乘着水流一一归来

树的伤　埋进孤寂的水底

疼痛撑开花朵　留下这伤的结晶

慢慢走近遗忘的深处

仿若回荡着绝望的喊声

似乎只有少得可怜的回归

成就了稀缺的惊喜

沸腾的阳光冷了

彻悟的琥珀诞生

那条运河

太阳的疤痕　在一棵树上凝固
一只白蛾化蝶而出

时间落在水上　铁锄砸进泥里
水穿着梦想的铁鞋　踏破三山五岳
流动的水连接起一条又一条的河
最后自己也干脆变成了河

舟行天下
舟只为河而生
舟驶过天下所有的河
最终沉没河中
成为化石或者朽木

而河是不沉的
河托举着人的梦想
开山劈岭　随遇而安

河是人类为自己订制的
加长的靴子

似是而非的水

你看到的水都是不真实的
那些流动在表面的
水　似是而非

水从不随波逐流
她们坚持着内心的丰盈
她们只为遇见的人
泪流

她们深入的地方　无人企及
她们红色的节奏
无数次地举起自己
自得其乐的封闭　让红色的甬道变得奇迹
她们只为自己的爱人　为锋利的刀刃
飞溅自己

她们参与爱
最后也变成爱的一分子
她们参与战栗　成为战栗的一个音符
她们冲上云端　在鸟鸣的瞬间
融化　然后消失

你所看到的水都是不真实的

她们不在你的生活之中　却在你的

生命之内

她们热的时候是月光

她们结冰的时候　就成了神话和月亮

打开时间的痂

她们从十月的鲜红中出走

原载《中国作家》2018 年第 6 期

我的诗歌

马　累

在我的灵魂里，我只是
遥远故乡的一粒麦子
深深的内部有时光掀起的巨浪

在我的灵魂里，我只是
遥远故乡河边的那棵老柳树
如今，河里再没有清水了
在后来人渐渐遗忘的倒影里
我依然会折一只春天的柳哨
吹一地万古愁

我的灵魂有时是一束艾草
有时是一个回不去的平原

我期望有神的眷顾
因为我铁着心在走

因为我不知道

对故乡的屈服——

多少一眼是最后一眼？

多少孤行是一意孤行？

原载《新华文摘》2018 年第 7 期

父亲节

周惠业

扫墓的不多。
很多次，香都没点燃。
是风。是手在颤抖。

不远处一个女人递过来火机。
都含着泪。
却还是相互笑了笑。

摆着的水果从来都不曾减少。
你总舍不得吃，像小时候
你就那么看着我，一口一口地咬。

青苗已经绿透了。
这安宁
像正在南飞的鸟。

原载《诗刊》2018 年第 7 期上半月

我们有负于生活（组诗选三）

王二冬

沪青平公路一夜

公路要长，长到可以给月亮
打一个结；绳扣要松，松到在异乡
不小心睡着时，塞进行李箱的光
可以跑进勒紧的梦里

沪青平公路和我手中攥出汗的车票
恰好这样，闵行、青浦、虹桥、平望
上海、江苏是一根线散落到大地的灯火
只有辗转到黎明，半边道路严重倾斜
才是我眼中模糊不已的山东

隔壁的鼾声清晰可辨，夜已深入
打工者的鼻孔，我想，他的梦中必有
故乡的花香，河流在流淌
放学的书包读着被思念浸润的信

衣服的酸臭味飘不进遥远的课堂

想到这里，悲伤快要漫过楼顶
我用眼睑折起手中的地图
只有心还醒着，一遍遍整理姓氏和族谱
尝试把东河西营散养的孩子
圈养进上海的钢铁森林中

再饮白浪河——兼致凌伟

过潍坊时，我要把临窗的 G457
撕掉三分之一，剩下的
碎在风中或在酒里醉翔成鸟儿

白浪河逐帆，从天上掉落的鱼
把少有的沉默砸成黑白琴键
我弹不成调的左手在桌角划着圆圈

对命运的诅咒，也是对自我的束缚
一杯酒可以上山打虎，也可以醉驾入狱
这是我们都懂的道理——

浪，没有免费的；姣好的面孔
没有不含毒的。谎言的外表
终将被时间的河流冲刷得体无完肤

其实，我们也都有负于生活
一日虚度也就终生虚度
后悔，却是我们从未想过的事情

花儿从未重开过

只开一次就够了，若来不及
那就在枯萎时点燃鲜艳的红色

落什么泪，惊什么心
谢了就是死了，再开时必是另一朵
芬芳中又多了一个人的疼痛

只开一次就够了，若来得及
那就在万籁俱寂时替自己大哭一场

恨还是要恨的，不然秋意那么浓
从这一朵到那一朵的路途遥远
用什么理由去说服自己
承受世间那么多的误解

原载《草堂》2018 年第 8 期

在旷野（组诗）

温小词

旷　野

身在旷野
我还是会想象旷野

那里花朵起伏
像我在某个夜晚的牙齿上
辗转反侧

我们都一样，喜欢逆风奔跑
向某种疼痛回报妖娆

靠近蒲公英躺下来
草色无边，也不能覆盖我

大　雨

雨甩掉云。我甩掉伞
脚也可以甩掉鞋子

张开双臂迎风奔跑
就像在故乡的大河里游泳

溅起的水花如捉不住的瞬时记忆
不停地制造，不停地消失

如同此刻：天空若敢破一个洞
我就敢制造一场雷声

两只蝴蝶

一座山喊来另一座山
密林中的鹧鸪，道观前的唢呐
喊来黑白两只蝴蝶

飞过摇晃的木吊桥
飞过晨钟暮鼓。飞入白茫茫的轮回

你喊来我。纵身一跃
自蔷薇花的倒影中溯游而过

水域无边。醒来即是岸

原　谅

昨夜梦中，与交恶之人握手言和

醒来，诚觉世事皆可在碰杯之后
一饮而尽

但我介意一棵水草的不告而别
更不原谅将它连根拔起的人

曾经春事羞涩，河流清浅
它是盘在水湄的一粒绣花纽扣

原载《山东文学》2018 年第 8 期

衡阳记（外一首）

老　四

衡阳记

我是稻子，是水田的姿势，是腰肢半扭

是绿，是水珠骑在荷叶上

我是莲花，是粉红，是一只小青蛙

是粉红落在绿上，青蛙内心的滂沱

我是王船山，是他门前最后一级台阶

是湘江爱过的一丛山丘，是一棵竹子

是雁停在唐诗上，是汉字转化为音乐时的口型

是石鼓书院的夹竹桃，是朱熹门徒中最笨拙的一个

稻田连着稻田，藕池连着藕池，我连着我

一条鱼连着一条奔腾的大江

我是南方，是寻找走失的我的旅程

是半个国度山岳纵横，静止在雨季片刻安眠

滚动的都是美好的

他在滚动几个扎啤桶

他在夜里惊动大地

他在收缩人类的扎啤屋

他在我们的小区里走来走去

他在秋天降温的途中抽一颗烟

他在擦洗每一张桌子

他在回忆里赶往青藏高原的军旅生活

他在代替老父亲经营一桶桶扎啤

他在一群人里唯我独尊

他在隔壁妻儿的鼾声中又抽了一颗烟

他回忆了一个世界

他端起一杯酒,敬在座的兄弟

别再喝了,明天还有,世界上还有

扎啤屋在我们心里

世界上只有一个扎啤屋,只有这些醉鬼

如此寂寞,如此不堪一击

原载《诗刊》2018 年第 10 期(下)

铁打的树干流水的枣

轩辕轼轲

乐陵百枣园的枣树
有的已经上千年
从古代它们
就在这儿
安营扎寨
把青涩的小枣
训练成鲜红的果实
然后开赴进
唐宋元明清人的牙关
我们来时
这些新兵蛋子
正在烈日下嬉闹
其中有一枚
像浓荫
溅出的水珠
跳进我胃里

原载《诗刊》2018 年第 10 期（下）

日东高速

赵文涟

我途经许多城市和乡村的路
那些纵横交错繁花似锦的路
仓央嘉措磕长头匍匐的山路
寂静的路，喧嚣的路
泥泞的路，坎坷的路
有的连名字也记不起的路
早已迷失在时光隧道里

只有横贯在山东省南部的这条日东高速
是我怎么绕也绕不过去的一段人生旅途
是我途经一万遍还想走的路
是我来世与今生要走的路

从泗水河到大海
从日出到日落
从孔孟故里到浪平风静的万平口

从母亲到我

它是贯穿鲁东南这片古朴苍劲的黄土地

它是日夜流淌在我身体里的一条大动脉

更是母亲和我之间那条

永远也剪不断的长长的脐带

顺着这条路走下去

我就能听见母亲想我时剧烈的心跳

顺着这条路走下去

我就能清晰地看见母亲新增的白发与皱纹

顺着这条路走下去

我就不会在人间沧桑中迷失

我会在这个冬天找到儿时的暖

从大海边来到泗河畔

从曲阜驶向日出东方的日照

我途经一个又一个熟悉的小站

日照、莒县、临沂、费县、平邑、泗水、曲阜

曲阜、泗水、平邑、费县、临沂、莒县、日照

姜尚至今还在独钓寒江

王羲之还在叙写兰亭曲水流觞

鹿乳奉亲的郯子在古郯国讲课

孔子周游列国……

这些小站让我汲取历史遗留的精华

吮吸苦味的银杏、甘甜的饴糖

这些小站让我留恋辗转难眠

我迫不及待地驶向下一站

我行驶在日东高速公路上

将母亲的爱

装在我人生的后备箱

握着命运的方向盘

任思乡的车辙重复再重复

任冬雪雾霾覆盖再覆盖

我依然追赶岁月的车轮

把时速提到最高点

提到母亲心跳频率的高度

提到沂蒙山的高度

提到海平面的高度

朝向大海的方向

望穿秋水望断八百里山山水水

奔向故乡屈服的泗河

风驰电掣

我把心当箭矢射到离母亲最近的靶心上

赶在母亲又一根青丝变白之前

原载《青海湖》2018 年第 10 期

外科十二病区（组诗选二）

时培建

门诊三楼

医院里种了很多葱绿的大树
也种满了枯败的身体
悲伤，或许也就有了粗细之分
喷泉向上喷出两米高的天空
溅到眼角，与泪的成分极其相似

在济南，难耐的酷暑越发冰冷
肿瘤医院像一个巨大的冰窖
时间消瘦、干黄，强挤出的笑容
仿佛也被钉上了绝症的标签

斜倚窄门，看美丽护士雪白又放松
看过往的人不同的面孔，同样的心事

一个光头男孩在楼道里跑
笑声甜美纯净，却被口罩挡在了近处

近处，只在他自己的脸上和手里
攥紧的，那一棵没有完全败掉的菊花

外科十二病区

讽刺就像小品，十二病区竟然在三楼
所有的背景都是淡绿色，心跳声是白的
电梯的空间很小，病区空间更小
排椅上、走廊里、地上陈列着十几张脸

工作人员推着换下来的被褥枕头
白布的下面，陈旧的棉花呈块状，略硬

老人在吃早餐，面容憔悴，黯淡无神
除了吞咽，似乎已经无事可做
中年妇女听着电话，可能是别人的事
笑声像雨，顺着绿植藏进土里
一个女孩不停地向门里张望。她在
等神迹出现，因此而胆怯，怕失去更多

不管你是否同意，未来总是一种确定
我们相互保持着沉默，对所有人微笑着
疼痛的谜底只有自己知道，即使千疮百孔
也会无限地，爱恋着脚下的大地

原载《山东文学》2018 年第 11 期

大风劲吹（组诗选二）

紫藤晴儿

鸟　鸣

一些鸟在高耸的松杉上鸣叫，看不到它们在哪个枝头

事物之内没有了界限

声音缭绕在春天的近和远

细碎的、尖细的都会随着听觉在我的身后穿过

有一刻，我停止了脚步抬头去观望

它们

也仿佛我对人世的所有防御只有这些透明的声音

可以让我卸掉铠甲

露出软弱之躯

它们只是鸣叫，一只鸟，一群鸟

在我的视觉，感官中

织成了大网，细密得会让我不愿意去挣脱什么

或许它们玲珑在我的血脉深处

叫醒我一再想要的

全部

大风劲吹

三月醒来的是一头猎豹，风吹着，它们一起嘶鸣
活跃的体温而又有了新的
肺活量。呼吸着大面积的新鲜感
大风，是等候多日的癫狂，灵肉洗礼着春天
浩荡

在它的凛冽中，后退和前行都是一种抵近，春天
的疆域在看不到的时辰生枝发芽
或许冷只是它的形式。等同于一头猎豹的温顺
和不善于言辞
它在空气中流转着它的不可一世

风吹过的摇摆也不会是一种失败。我视为狂澜的海
有了胸怀，有了边缘
大风劲吹
一头猎豹同我的感官合二为一

原载《诗刊》2018 年第 11 期

水是怎样被打上来的

袁冬青

剥完玉米，收好谷子
娘坐在树下开始搓草绳
以前用过的井绳承受了太多压力
几乎要断掉，不能再负重
娘要趁着身子骨还结实
把草搓成另一根绳子
让草有更大的利用价值

娘把草集中在一起
娘要给它们梳一根好看的长辫子
这些草是平时常见的稻草、谷草和麦草
娘了解它们的身世
把它们一根一根搓在一起
让喝过水的草渐渐有了铁的硬度

清晨打一桶水，晚上打一桶水

娘站在井台上是一棵苍老的大树

她在年轮里为我们种下两个发光的星球

一个是顺着绳子爬上天空的太阳

一个是滑到水里沐浴梳妆的月亮

一滴滴水从娘的额头滴落

让井有了大海的深度

顺着绳子往下看，我看到娘

坐在云彩上晒雪

水是怎样被打上来的

喝水的人只顾喝水

从不知道绕在皱纹里的绳子有多长

原载《人民文学》2018 年第 12 期

宠物记

李林芳

豢养跌宕之心、清冽之气
也豢养漫山青草，草尖之上万马奔腾
滴露只打湿了一小撮泥土
也足以豢养泥土之下，蚯蚓蜿蜒，虫子蛰伏
我还要豢养它的霓裳、羽翼

豢养雨水，珠落清溪，河虾排兵，石头布阵
蝌蚪的长尾腾起疑云
豢养它修长的双腿，蛙鸣参差
我豢养着它的凌空一跃

雪占高山，霜打洼地
我豢养的农谚挂上门庭
五彩的过门笺像春天的纸幡飘拂

我有万千宠爱

豢养我的雾气、烟岚，只悄悄地压在眼底

原载《诗歌风尚》2018 年第三卷

《诗选刊》2018 年 11—12 期年度大展选载

巩本勇诗两首

巩本勇

置 身

一条小溪，缓慢推进
生出错觉，分不清是暗还是光
溪水是水做的女人

又是一年八月
各种虫子不停地叫着，互相打杀

那些所谓假象
有利修为。有人走心你却紧闭心门
勾眉画角，去换一身伤痕
在暮色里温良慈悲

听溪水的流动声
苇荡接近了风的嘴唇
即便是野花野草也有它的骨

秋天假象

望着湖水，我仍然喜悦

水使人成为君子

曾经被杂七杂八虚假的事伤过

不是为了清晖，剪影，过去的滩声暮色

我经营着衰落的头发

就这样让皱纹残酷地寻找归宿

她的气息串起了一片飘零的落叶

无遮无拦

把丑陋看成河床一样的荣誉

湖水接纳所有的雨水

你不幸站在最动人的风景

不断有身影消失

不断有面孔降临

花草萎谢了

丰收只是秋天的假象

我必须赶在庄稼丰收之前，确定

回与不回……

家　谱

日子让季节播种，根系旺盛发达

有水声浆声波及万物

一个姓氏，一个家族，活在一张纸片上

懂得怎样种植粮食以及一种荣耀

一副肩膀扛着一颗头颅

你会将胸膛敞开，这似乎与尊严有关

不能适应当地气候、位置和人

看到名字出现在家谱上面

村南村北，依旧讲述着过去和现在的完整传说

出生、成长、业绩、死亡、墓葬……

一个人的生命沉淀

绝对没有，刀刻在竹简上时那样轻松

原载《山东诗人》2018 年秋季卷

被《诗选刊》2018 年 11—12 期合刊转载

散文

菩萨的香火

刘星元

一

黄泥巴糊成的墙壁上，留下一个四四方方的橱洞，橱洞里安放着一尊一尺把高的白瓷菩萨。菩萨站在莲花座上，莲花是白的，菩萨是白的，菩萨怀里的婴儿也是白的。菩萨双眼微闭，似乎是在躲避人间的香火。

菩萨的座下，香火在燃。一支纤细的佛香已经燃了一半，未燃的部分托举着已经燃过的部分，看起来摇摇欲坠。它在等风卸下自己的疲惫，而风却始终未来。没有风，那些从香木中抽身而出的烟，就在这一方斗室里游走，它们一会儿流到地面，一会儿爬上梁头，偶尔也会在菩萨面前稍留片刻。

菩萨的对面，跪着我的祖母，跪着我们这个小地方最后一位接生婆。

祖母的嘴里念念有词，随着念词，她将自己的额头一次次触向地面。她的面孔，有时充盈着愉悦，有时笼罩着悲伤。愉悦和悲伤存在的方式都是一层层的，似乎那愉悦源源不断，似乎那悲伤无始无终。香火在菩萨和祖母之间不断汇聚，又不断散开。聚，总也聚不齐；散，总也散不开。隔着这时而薄时而厚的烟雾，祖母看不清菩萨，菩萨也看不清祖母。

　　月光照在小屋里。月光照在烟雾上，把烟雾织成了软绵绵、滑溜溜的素锦。那些带着柔和的光亮的素锦，一定是怕深夜的寒气惊扰了菩萨和祖母，就悄悄把自己分成两条，一条披在了菩萨身上，一条披在了祖母身上。菩萨的身体是白瓷做的，天气越寒，越能擦出她的光芒。祖母却不。祖母的身子是草药做的，虽然有一副副偏方托着她的身体，她还是在不断地咳嗽。祖母咳嗽起来时，全身颤抖，弯曲，像一条濒死的虫子，想要把自己最后的力气藏进自己的身体。

　　香火燃尽，烟雾消散，菩萨已经睡去。跪了好久的祖母这才坐在蒲团上，揉揉自己的膝盖，然后站起来，退出去。在此之前，我应像祖母豢养的那只小黑猫，蹑手蹑脚地从窥视之处返回到另一间屋子的老床上，假装已睡着多时。另一间屋子里，祖母将会为我轻轻地塞严被子，整理好我的陶人、木刀和陀螺，这才和衣睡去。

　　祖母一合上眼睛，村庄里的最后一盏灯就灭了。

二

如果一生只能写一篇文章，那我誓必会写到祖母，写到我生命的双重来源。我将会写下她赐予我的血脉。我将会写下她如何站在人间的入口，第一个迎接我的到来。

作为本地唯一的接生婆，令祖母引以为豪的是，她这一辈子，曾像菩萨一般将二百七十多条生命带到人间。而我只是这其中的一个。令祖母自责一生的是，她这一辈子，曾像魔鬼一样将十多条生命拦回地狱。而我的小姑姑也只是其中的一个。

祖母是从什么时候干上接生婆这一行当的？极少有人说得清。说得清的人大多已经入土。但能够说得清的是，接生婆是一种自然而然的传承。上一代的接生婆，忽然有一天，老了，不能动了，一个新的接生婆就应运而生。

虽说传承，却并无师承。她们往往是因为一场巧合，从事了这一行当。譬如我的祖母。那一日，年轻的祖母回五里外的娘家小住，身怀六甲的嫂子忽然腹痛难耐。孩子眼看就要降生，村里的接生婆却一大早就被人接到了别处接生，始终没有回还。外曾祖母、外曾祖父和我舅爷围着疼得打滚的舅奶奶手足无措。生死之际，祖母被尚在娘胎中的孩子的召唤推到了前台。她想起曾在我们村照料孕妇的旧事，想起那颤颤巍巍的老接生婆是如何将孩子带到了人间。凭着那些破碎的记忆，她忐忑不安地拼凑着那个孩子的降临。

那孩子的头露了出来——那孩子的脚露了出来——那孩子哭了起来——那孩子的脐带与母亲分割出来……就这样，那个孩子从祖母的手中开始了人世的历程。余后的日子里，那孩子开始叫她姑姑，她接生出来的第一个孩子，成了她的侄子。

我们村里的接生婆死了。就像一截草头香，无声无息地燃到了最后，被弃之大地。村子里少了接生婆，大家难免有些恐慌。后来有人提醒大家，祖母曾在娘家为嫂子接生，他觉得这是天意的安排，上天已经为他们选好了新的接生婆。于是，祖母就这样稀里糊涂地做了接生婆。各行各业，新手总是难被人接受的，一开始，是有人家于慌乱之中来不及到别村接有经验的老接生婆的时候，才请来祖母。结果祖母不负所望，孩子安全降生。之后数次屡试不爽的接生为祖母扬了名，立了万，再往后，本村和临近几个村子的人家再有孩子降生，就必定要求助祖母了。

越来越多的孩子在祖母的手中降生。这些人家新添了人口，将无限的感激呈送给祖母，他们给我们家送来用颜料涂染或蘸点的鸡蛋和馒头。世代单传的人家新添了男丁，他们甚至会给祖母跪下，祖母想拦都拦不住。也有一些孩子在祖母的手中死去了。这些人家并未因此怨恨祖母。他们觉得，这是上天的安排——天要赐予他们这场美梦，现在天反悔了，要收回他们的孩子，逆来顺受的他们向来无话可说。

生死向来都是人世间最大的事。见证了那么多的生生死死，祖母还是不能做到心如止水，不喜不悲。正是在那时候，祖母请人在厢房的墙壁上掏出了一个方方正正的壁洞，将那尊托人从庙里带回的白瓷送子菩萨像请了进来，向她跪下，让她听她的喜和悲。

每次接生已毕，深夜，她就会跪在菩萨面前。孩子顺利出生的人家，会送来香火，祖母就将这些烟火点燃，毫无保留地供给菩萨享用。孩子夭折的人家没有香火可送，祖母就用自备的香火来供奉菩萨。

她在向菩萨表达心中的欢喜。她已经很老了，但她的眉目却还会像年轻人一样招摇、跳动。她在说那个新降生的孩子：那个孩子的皮肤黑黝黝泛着油光，那孩子的第一声哭喊像响雷一样在房间里炸了开来，那孩子睡着的样子就像是菩萨怀里抱着的那个婴儿……

她在向菩萨倾诉心中的不安。她已经很老了，但此刻的她看上去更老。她的面孔上堆积着那么多的悲戚。她的腰弯得那么弓，她的头低得那么深，她多像一个负罪的人在忏悔。她在说那个刚夭折的孩子：他的那两条红萝卜一样的小腿儿先来到人世，他来到人世后连看都没有看一眼就已经睡着了，他有一只小而挺的好看的鼻子，他的嘴微微向上翘着，泛出一种柔软而神秘的笑……

祖母说着说着就流下泪来——为那些降生的孩子，也为那些死去的孩子。

面对信徒的喜与悲，站在她面前的菩萨，像世间所有的神一样，始终不言不语。

三

该怎样去界定我的祖母呢？

我曾在书中看到过一幅古埃及壁画，壁画的中央站立着手执权杖的阿努比斯。数千年前古老而斑驳的壁画之上，阿努比斯正在引领亡灵前行。作为古埃及亡灵的引导者和守护者，狼首人身的冥界之神阿努比斯高大、英武、肃穆，他目视前方，眼神平静中折射出胡狼的凶狠和坚毅。在生死途中，他正护送灵魂通向另一个世界。

我也曾在他处的城隍庙里看到过送子娘娘。金身朱粉的娘娘高高在上，俯视着前来参拜的众生，她的身边，集拢着四五个嬉戏的陶塑顽童。求子的香客摆上香果供品，拈香跪拜祷告，请求娘娘赐子。就连庙宇外的千年老槐也未能幸免：香客们从庙宇里请来的红丝带，在它的枝丫间飘动，丝带浓密，就像老槐的破衣烂衫。从那些香客的动作上，你看到的是一丝不苟；从那些香客的眼神里，你看到的是近乎沉迷的虔诚。香客那么多，香客还会越来越多，这众多的香客之中，有几人最终得偿所愿、享用天伦？

相比之下，我的祖母要复杂得多。

祖母的职责是将生命安全地护送到人间，这是她与阿努比斯的相左之处。作为神灵，阿努比斯将驱赶亡灵到达生命之外的所在。作为接生婆，祖母却要接迎新的生命来到人间。

然而，那些夭折在祖母手中的生命又该如何解释呢？

祖母的职责是将生命安全地护送到人间，这是她与送子娘娘的相同之处。作为接生婆，祖母以一位母亲的姿态去安抚那些在母胎中闹腾的孩子，将他们安安稳稳地接到蓝天白云之下，让这世间赐予他姓氏，让这尘世的风一遍遍吹过他。作为神灵，送子娘娘菩萨心肠、有求必应。然而，面对世间那么多的绝嗣人家，她又该如何解释呢？

想到这里，我想起了官地，想起了那些早夭的孩子。

所谓官地，其实就是旧年月里附近的几个村子商量着辟出的一块极为偏僻的土地，用来安葬或丢弃附近村庄早夭的孩子。这里面不种庄稼，只长野草：杂乱的野草，疯狂的野草，随风摇摆的野草。野草之下，安睡着从祖母手中死去的孩子们。我是祖母最后接生的那一批孩子中的一个，接完我们这批孩子，她就失业了。孩子得落户口，落户口得有出生证明，乡里的卫生院可以给孩子开出生证明，但祖母不能。卫生院接管了祖母的职责之后，婴儿的成活率高了起来，官地已无存在的必要。村人们开始在官地上除草、翻耕，播下种子。那片地里，年年都能打出别的土地打不出的粮食。

有时候我会忍不住胡思乱想，自从种了庄稼后，那些死去的孩子究竟到了哪里，他们会不会就躲藏在庄稼们之中，以天真、好奇的眼睛打量着途经此地的我们。或者，那些庄稼会不会就是他们的化身，死去的他们就是想以庄稼的方式，活过来；就是想用结成粮食的方式，回到出生时的家？

我在想，在他们眼中，祖母是一种怎样的存在呢？作为都是从祖母手中经过的孩子，没有谁能比我和他们更有资格去定义祖母。

我的答案已经想好，而他们却迟迟没有回音。

四

小时候爱听故事。听的最多的是包龙图案，印象最深的是狸猫换太子。故事里也有一个接生婆。她就是尤氏，胆小怕事又爱财如命。

说的是，宋真宗赵恒年长无子，江山后继乏人，恰在此时，他的两个妃子刘妃和李妃相继有了身孕，真宗将她们一起召见，各给信物，言明谁生下太子就立谁为皇后。狡诈阴险的刘妃生怕李妃早生太子，夺取后位，便勾结死党太监郭槐，买通接生婆尤氏，用剥去皮的狸猫，换取了李妃所生的太子……

后来跟随长辈们去邻村观看草台班子的地方戏，唱的依然是这个故事。戏台上的接生婆尤氏身着灰不溜秋的衣衫，在隐秘处左瞧瞧右看看，贼眉鼠眼的；戏台上的接生婆尤氏紧紧抱着高高在上的郭槐扔过来的金元宝、夜明珠，低眉顺眼的。她初听阴谋时是那样地惊惧，她实施阴谋时又是那样地狠毒。她怀抱着那剥了皮的狸猫，在光线阴暗处紧张地小跑着，她慌乱的脚步像两柄鼓槌，敲得我们同样紧张的心脏咚咚响。

多少次，我都把尤氏当成了祖母。

那时候，祖母已经不再做接生婆了。每日每夜，寒来暑往，祖母只安心养她的猫。那只猫通体黝黑，眼神里泛着时而柔软时而犀利的光亮。祖母将它抱在怀中，像抱着一个初生的婴儿。晴好的日子，小院里，祖母时常抱着那黑猫儿晒太阳。阳光很和缓，它们流在祖母和那懒猫儿身上，有些痒。祖母坐在藤椅上，悄悄打起了盹。懒猫儿看见祖母睡着了，也随之眯起了眼。但只要一有风吹草动，那小懒猫就立刻扬起头来，用那双警觉中带着神秘的眼睛直视声音的来源。更多的时候，那猫儿会趁着祖母瞌睡的空隙，爬墙上瓦、追鸡逐鸭地溜达一圈儿，并在祖母醒来之前，重又奔回祖母怀里。

都是接生婆，都有一只猫。在一个无知而多疑的孩子心里，尤氏和祖母就这样被悄悄地置换了身份。这种置换的影响不大也不小，但足以让我对祖母和她的小黑猫儿隐隐生出一种似有若无的恐惧——这种恐惧曾占据了一个孩子童年的一半。

某一年秋天，祖母忽然生了一场大病。她卧在床上不能起身，咳嗽一声接着一声，没白天没黑夜地侵蚀着她本就衰老羸弱的身体。家里支起了药锅，一副副偏方驱使着那些我叫得上名字或叫不上名字的草药在砂锅中翻身。草药的香气弥漫在小院里，潜藏进祖母的身体里，让我没来由地想起祖母供奉给那尊白瓷送子菩萨的香火。其实，因为疾病，祖母对菩萨的礼拜仪式早已停废了。那尊菩萨像上，尘埃一层层地落了下来，白色的胎体泛着微黄，像是一种预示。至于预示什么，我说不出。

父亲和叔叔们终于聊起祖母的身后之事。他们皆提到一件我闻所未闻的事。他们说，本地的传统中，接生婆的双手沾染了太多的阴血，这些阴晦污浊的血会在另一个空间里使她们的身份暴露。到了那边，因为身负污血，免不了有刽子手的嫌疑，势必会遭受剁手的酷刑。他们还说到解脱的方法：只需在入殓之时戴上一副红手套，表示双手已断，就再无鬼神追究了。

庆幸的是，祖母熬过了那场大病，暂时免去了红手套的厄运。大病初愈，更为羸弱的祖母又开始坐在小院里的藤椅上等阳光洒下来了。她豢养的那只小懒猫儿趴在她的脚边，和她不离不弃。一切似乎和以前没有什么不同，唯一不同的是，她再也没有力气把它抱在怀里了。

又一日，一位算命先生打此经过，村里的很多人找他算命，屡试不爽。"活神仙"的风声也将祖母惊动了，她让我母亲搀着，来到算命先生面前。算命先生先是很随意地瞥了一眼祖母的手掌。没想到这一瞥竟然让算命先生愣住了。他重又端起祖母的手掌看了又看，他抬起头来又将祖母的五官瞅了又瞅，他深吸一口气，脱口而出：您是一位落难的老菩萨呀！

说这话时，算命先生双手合十，就像祖母对待她的神灵一样虔诚。

听这话时，恰好有一阵风打此吹过，它吹过祖母，吹乱了她的满头银发。祖母微闭着双眼，用手撩了撩头发。她微闭双眼的样子，像极了她在橱洞里供奉着的那尊白瓷送子菩萨。

原载《散文》2018年第1期
《散文海外版》2018年第3期转载

血脉之河的上游

李登建

一

在我试图破译家族的生命密码，悉数祖父、父亲、哥哥从事的职业的时候，那两个黑乎乎的家伙又浮现在眼前。又笨又丑，像两只大螃蟹，霸占了小小东屋的一大块地盘。这两个讨厌的黑家伙是什么呢？

少时我羸弱而孤独，胡同里没有同龄的孩子，到别的胡同去玩又常挨欺负，母亲在正屋忙她手里的活儿，无暇管我，我便自己钻进东屋，再掩上门。不知道为什么，东屋里幽暗的光线是那么契合我的心情——至今我还喜欢这种色调——我能在那里一待一个上午。屋子北面一间摆着几个盛粮食的大缸，缸后面不时有老鼠打闹，发出尖叫。我胆怯地摸着缸沿窥视，警觉的它们却仓皇逃窜。南面一间就是这两个黑乎乎的家伙了，横横斜斜躺在地上，很惬意的样子。起初它们并不惹我反感，我歪着脑袋从它们的圆形大口往里瞅，黑洞洞，那深处的黑一次次诱惑着我。但后来我想开辟一块场地，弄来木头制作小手枪、冲锋枪，削陀螺，做一些不为人知的私密事情——我有了独立意识，要找一个属于自己的空间——这里是我最好的选择，它们就碍手脚了。"这是啥，不能把它们扔掉？"我问父亲。"你爷爷给我的，说不定还有用哩……"父亲丢下这么一句，急急忙忙奔田野去了。我只好费尽力气把它们竖起来，移到墙根，并狠狠地踹了两脚，但我的小脚却被它们硬梆梆的壳弹了回来。

哦，它们不就是祖父的油篓吗？

一个黑大汉，两只大油篓，外加一支民间小调随着汉子的脚步忽高忽低。这个默契的组合持续了十多年——新中国成立前祖父是个卖油郎。

那时祖父正当壮年，个头高大，肩膀宽阔，脚底生风，如果在好路上，挑着二百来斤油，他能让担子扇起来，一前一后两只笨重的油篓变成了宽大的翅膀，引得路旁干活的人朝这边看。这，我听上过抗美援朝前线的石爷描述过，石爷说这些时不停地啧啧咂嘴，我则听得入迷，心驰神往。作为一个挑夫，祖父是好样的，但作为卖油郎，祖父却有天生的短板：他太要脸面，认为当小商贩丢人。第一回串乡，他练叫卖，一路对着杏花河两岸的树丛练，对着青龙山的大青石练，很熟练了，可是到了人家村里，舌头却像一块石头搁在嘴里，怎么也喊不出声。这样悄无声息地在街头站着，又溜到巷尾，做贼似的。尤其怕小媳妇们来买他的油，他平时见了俊女人都脸红。祖父此时的难堪我是能体会到的，读小学时每次上课我都羞于从讲桌前走；如今已年近花甲，也算见过一些大场面，还常常有模有样地坐在主席台上，但要让我独自从一个会场穿过，我还是感觉众目之下如有乱箭射来。这好像是老李家血液里的东西。

祖父从北乡解家起上油，到南山里去卖。南山里不种油料作物，没有油坊，吃油都是卖油郎送上门。解家距南山山口十几里，这段路祖父并不打怵，怵的是进了山，上坡下坡，一个崖头接一个崖头。大油篓开始捣蛋了，前后摆动，拉扯得你腰挺不直，身子拧着，一步迈不出半拃。好不容易找到一块平地，祖父放下担子，活动活动脚腕儿，然后敞开嗓门："卖油了……"——这个黑大汉早就不腼腆了——他的声音很高，像一声牛哞，据说他在村这头喊，村那头都听得见。以我的经历，不好理解祖父怎么像换了一个人，这不是祖父的性格。只能这样想，都是给逼的，家里穷得叮当响，老婆孩子在家张着嘴等着，脸面值多少钱？但可惜了这么响亮的叫卖声，这村子里的人听而不闻，任你吆喝，就是不出来买油。那年月农家都吃油少，一小陶罐油一家人能吃半年。

是南山里地势高、离太阳近的缘故吗？祖父在山旮旯里转来转去，本来就黑的脸酷似那两只油篓的表皮了，衣服上也沾满了油，成了一个真正的卖油郎。而至于手艺能不能比上欧阳修笔下那个通过铜钱孔把油倒进葫芦都沾不湿铜钱的卖油翁，我丝毫都不怀疑。祖父晚年我懂点事了，对他的生活习性有些注意，有一次，父亲从集上买回一小兜咸鸭蛋，我给祖父送去两个。祖父馋这一口。自从叔叔患精神病，家境每况愈下（祖父和叔叔在一个家里过），碗里很少见荤腥。祖父把鸭蛋拿在手里，把玩一会儿，轻轻磕开，掏一个小孔，用筷子戳一下放在嘴里呷。这是他的吃法，这样吃，一个鸭蛋四五天还没吃完！家里病死了一只鸡，吃了病鸡肉会致病，母亲把它埋在院子西墙根枣树下。可祖父知道了，他不在乎这个，又扒出来放在锅里煮，结果祖父真的就大病一场，他却不后悔……

以祖父这样的习性，他怎么肯让油滴到外面，哪怕是一滴！

二

那时候，祖父肯定怀揣着一个梦，成为叫人羡慕的小地主。这个梦就像天边的月亮一样遥远，但我相信祖父是有这个野心的。我的祖父少言寡语，但他绝不是那种老实、愚鲁的人。年轻时的他挺拔得好像村东李家茔的那棵黑松，两道粗黑的眉，目光明亮而深沉，有几分英气，我能想象出祖父的心高气傲，他怎么甘心活得不如人？小村庄里个个都像五月田野里争相秀穗的麦子，为了出人头地，苦苦寻找着发家的门路，祖父不会没有干大事的冲动和谋划，可能是家底薄限制了他，选择贩油这一与他的性格极不协调的营生纯属不得已，贩油本钱小，不存在风险。卖一天油大约可赚一斗高粱米，家里人填饱肚子后有了剩余，祖父一点一点地把钱攒起来，置地用。

慢慢尝到甜头的祖父一心想把他儿子、我的父亲也培养成一个卖油郎。父亲十三四岁，刚刚读小学四年级（那时穷人都上学晚），就被祖父从课堂里拽出来，不情愿也不行，强迫你干。先是跟着他卖瓜果、柿饼，好像是他的跟脚的。到父亲能够自己上路的时候，祖父有了腿疾，不能再串乡，这副担子就交给了父亲。然而，出乎祖父意料的是，没过多久，村里成立互助组，乡亲们推选小小年纪的父亲当组长。父亲心实得很，一是新时代的热浪鼓荡着他的脉管，二是怕有负重望，他没白没黑地在组里忙活。油篓便搁在东屋里，被厚厚的尘土封住了。

油篓成为祖父留在我们家的一份"遗产"。

祖父还有一件被认为是"传家宝"的东西，那不过是一副石头镜子，但那是曾祖父传给祖父的。曾祖父是个私塾先生，据说存有很多书，到我们这一代，那些书却散失了，石头镜子是这个家族唯一一件可珍藏的物件。祖父弥留之际把哥哥叫到身边，叮嘱保存好它。"传家宝"只传长孙，哥哥一度对这件"宝物"爱不释手。石头镜子有治眼病的功效，村里某人患了眼病，借去戴，哥哥很是舍不得，小心地攥着，人家接住了还不松手，"可别摔了，可别摔了"，啰唆半天，好像那是一枚夜明珠。但是后来我发现，这副石头镜子缺了一条腿，被搁在抽屉里，和用坏的手电筒、打火机、剪指刀等杂物混在一起，往昔的神采荡然无存。

我没有资格接受祖父的"传家宝"，好多年对那副石头镜子垂涎三尺。可是祖父的体貌特征却复制到了我身上。祖父眉粗黑，我的眉也粗黑，祖父唇厚我也唇厚，祖父背上有一颗红痣，就会从我背上或者肩膀上找到差不多的一颗。前些年我走路还不歪身子，可过了五十岁，竟也像祖父那样一肩高一肩低了。

生命真是神秘莫测，走不出祖父的影子，叫我心生恐惧。

祖父患"梦游症"，这是村人嚼得稀烂的一个谈资，人们背着我们家人谈论祖父梦游，好像在说一头驴被蒙住眼、在野外瞎撞，叽叽喳喳，又爆出哄然大笑。村人把笑话人、戏耍弱者当成一种娱乐。我高大的祖父、我拿破仑似的祖父——那时候祖父在我心目中就像拿破仑，其实我也不清楚拿破仑是个多么伟大的人物，我只见过他的画像，画像上的拿破仑目光如鹰隼，我祖父两只深深凹进去的眼睛就是那样；老师还讲拿破仑有一双铁臂，我祖父的肩膀能把陷在泥水里的大车扛起来，那不就是铁臂吗？石爷也说过拿破仑脾气暴躁，我祖父在家里怒吼的时候简直是一头雄狮。现在我心目中的拿破仑却成了最卑微的人，我感到无比的耻辱。我是隐隐约约听到的，那些龇着大黄牙的嘴巴、那些搅拌机一样的长舌，却在我眼前挥之不去。心上更是盘旋着一条蛇一样的阴影，老害怕自己也梦游，睡前告诫自己千万规矩点，重要的外出活动，住在宾馆，有过用绳子把四肢绑在床上的念头。

但是，"梦游症"还是在我身上出现了：深夜三四点钟，我"定时"醒来，再睡不着，脑子里又缠绕着正在写作的一篇文章中的句子。如果躺在床上，它们会越缠越紧，我索性下床，打开客厅里的灯，一幅幅地欣赏字画，换换脑筋。我客厅、书房里挂着二十多幅名人字画，看一遍得半个多小时。看完，平静下来了，回去躺下，很快又进入梦乡，有时还能接着原来的梦做下去。

我由此可以想见祖父的"梦游"——鸡刚叫两遍，因为叔叔拖累如风雨中一只破船的这个家，愁得身为艄公的祖父一觉醒来无法入睡。土炕像一盘热鏊子，他在上面翻饼。忽然想起傍晚收工路上看到的那摊牛粪——不是忽然想起，是一个晚上都惦记着——披上衣服，背着粪筐出门，拱开夜幕的一角。这几千年的夜，它的黑一成没减，浓浓的墨汁泼洒开，路坑坑洼洼，祖父深一脚浅一脚，险些绊倒。可能是路过村头的时候，住在湾边的王邪子恰好起来小解，王邪子看见一个黑影就喊了两声。祖父是迷迷糊糊没听见，还是老想着那冒着热气的牛粪，总之没搭腔。祖父找到牛粪，铲进筐，背回家，上床又睡了一觉才明天。第二天王邪子问祖父夜里做啥去了，祖父琢磨到哪里弄钱给叔叔治病的心思正集中在一个点上，被问得张口结舌，于是"新闻"便从王邪子这里向外扩散了……

我多么想为祖父辩解，洗刷耻辱啊，可是我的辩解有用吗？祖父成了村里的"底子户"，成了一个弱者，一个任人嘲弄的人，他的"梦游"才被人们当作笑料，好事的乡亲是专门向这类人开刀的。如果有人知道了我的"梦游"，说不定会把它渲染成一种雅习呢……

三

要说祖父留在我生命里最深的印记，还得说是我的名字。

在我们家族，祖父以他至高无上的权威给他的两个孙子起名，他像一位打制金银首饰的巧匠，精心地在我哥的名字里嵌进"勤"这颗绿宝石之后，又在我的名字里装上了"俭"字的翡翠。

大字不识一马车的祖父绝不会知道诸葛亮的"静以修身，俭以养德"什么含义，他也不懂老子的"俭故能广"，他的"俭"不过是一个咸鸭蛋吃四五天。祖父兄弟四人，四条大汉，四只饿虎，足以把一个穷家吃漏了底。那个晃着脑袋、拖着长腔诵诗书的私塾先生，喊破嗓子挣来的米面养活不了他们，便早早给他们分开家，各顾各。兄弟中祖父最小，也顶起一片天。他十六七岁就出去当长工，在村西头于家铡草六年，在村东头孙家赶大车四年，后又"流落"到街心王家。他勤快，打水、喂牛、扫院子，干完这些天还不亮，别人刚上坡，他已锄过一遭地了。东家心里有数，每天都额外赏给他一块黑面饼子，祖父把这块黑面饼子悄悄盖在衣衫下，收工时拿回家，奶奶便有了口粮。大热黄天，青纱帐里的活要人命，祖父膀粗腰圆，胳膊上凸起块块肉疙瘩，锄把在手中像魔术师挥舞的魔杖，锄头翩翩飞舞。可是日头才三竿子高，锄头发沉，两臂发僵，腿也拖不动，肚子咕咕叫起来。祖父无力地到树底下躺一躺，那块黑面饼子就在一旁，伸手可及，但祖父把头扭向别处。

祖父是这样"抠牙缝"过日子、攒钱买了这副油挑子的。自古"卖席的睡凉炕，卖盐的喝淡汤"，祖父也不例外，一桶一桶黄澄澄的油从祖父手里流过，自己的饭菜里却不舍得放，做菜从来不炒，都是清水煮，然后拿小铁勺蜻蜓点水似的蘸一蘸油，在锅里画个圈，油花漂在水上，满锅都是，吃着那么香！这个过法还能不发家吗？没几年，兄弟分家时两手空空的祖父，居然置了八官亩薄地！

"勤俭"二字是祖父的哲学，以他的哲学为依据，祖父为我们规定好了人生之路。

大凡有遗传就有变异，有继承就有叛逆。我怎么也不能领会祖父哲学的深意，从读初中就听着这个名字别扭，到高中阶段我悄悄鼓起勇气向祖父的权威挑战，私自重新起了个名，但却只能当笔名用。来到大城市上学，见识了城里人的阔绰和酒绿灯红，更加感觉原来的名字土气、寒酸，就像披着一件破衣烂衫，夹在服饰华贵的人群里，它下面的我瑟瑟缩缩，自惭形秽。我恨黑大汉祖父把他的意志强加给我，终于不能忍受，找到公安机关把名字彻底改掉了——拿到新身份证的一刻，浑身轻松，仿佛卸掉一块压在身上的巨石，这时候我好像成了一个全新的人！

哥哥青年时代也曾自己改过名，他用"芹"字取代"勤"。"芹"一般是女子名字里用的字，作为血性男儿的哥哥宁肯用它，这说明了什么？但是后来哥哥却又改了回去，且再没变过。一个人的名字和他的命运是否有某种对应关系？我说不清。哥哥的大半生却确实是"勤"字的生动注解。哥哥初中毕业正值"文化大革命"爆发，招生工作中断，参加了升学考试的哥哥没有如期收到入学通知，父亲送他到五十里以外的坡庄油棉厂干临时工，扛棉包，偌大的棉包驮在背上，他小白杨似的躯干弯作九十度直角，扛一天下来，累得趴在床上挪不动身子。苦力换来的是四十元的月资，这些钱使我们干瘪的家得到滋润。这样过了三个月，邹平一中的录取通知书却鸟儿样翩翩飞来了，村里只有哥哥一人考取，是穷怕了太稀罕钱还是觉着读书无用（大喇叭里正批"读书做官论"）？父亲竟把哥哥的通知书锁进了抽屉！

才华横溢的哥哥胸壁被远大的理想顶得阵阵作痛，他多么渴望读书，他嗜书如命，书不离手，吃饭眼睛都盯在书上，连同一字一句吞下去。自然才思敏捷，出口成章，同学、老师都喊他"大才子"。"大才子"干完临时工回到家乡，"嗅"出了压在抽屉底的秘密，号啕大哭。继而，他瞪圆两只血红的眼睛，像扫荡的日本鬼子一样，在院子、屋里乱窜、寻衅，但结局已无法改变。父亲自知理亏，托人求佛，又在公社给哥哥找过两份工作，可是也怪，哥哥去哪座庙哪座庙倒塌，那两个单位先后撤销。越两载，兴开推荐上大学，候选名单上有我根正苗红、在广阔天地滚了一身泥巴的哥哥。全公社选拔五名，多轮筛选，哥哥被终止在第六名上，而最终淘汰他的理由就是他缺高中文凭那张纸！

被祖父赐予的名字笼罩，青年李登勤绝望地跑到大东洼，发疯一般，呼哧呼哧抡铁锨，把满腔的痛苦、悲愤倾泻到田垄里。田垄长得看不到尽头，瘫倒的哥哥仰天长啸，声声凄厉如猿鸣。

哥哥重复了祖父的命运，出脱为一个像祖父一样又勤劳又会过日子的庄稼汉，脸朝黄土背朝天，累死累活讨生活。"开放搞活"后，他又像当年祖父一样做起了小买卖，走街串巷卖暖瓶。不过在我看来，哥哥和祖父还是不一样，不仅是他没有用祖父留下的那两只大油篓，卖的东西不同，就本质意义上也有区别。哥哥晚年轻松多了，他的三个孩子都吃"皇粮"，孩子们都很孝顺，按时往回捎钱、捎东西，他喝上了瓷罐子装的茶叶，小北屋里摞着一箱箱好酒。理想由儿女们代他实现，对他也算是一种补偿，顶得胸壁疼痛的"硬块"变软、消失。他依然串乡，只是"权当散散心，活动活动"，而不是像祖父那样为了生存。我觉得，哥哥是过上了好日子，可是在与命运搏斗的疆场上，他却是退却了，而祖父是拼杀到最后的。

四

　　祖父没留下一张照片——有一年一个照相师傅来到我们村，在中温大爷家的大门过道里支起相机架，街前街后男女老少都跑来，老人们瞅来瞅去看"变戏法儿"，姑娘们则抢着坐在相机对面的板凳上摆弄姿态。父亲也想照张"全家福"，可是却怎么也请不来祖父，祖父的借口是那蒙着黑布的照相机是妖魔，"咔"的一下，能把你的魂抓去，实际上他是不舍得花那两毛钱——我现在已想象不出祖父的模样，在我的头脑里，祖父模糊的面影好像是一团灰。父母一结婚就被祖父"赶"出来，他和我叔叔一块生活，我们成了两个家。他收工回来托着叔叔的儿子、我的堂弟在大门口玩耍，我记忆中他从没有对我这样亲过，这造成了我们祖孙的疏远。对祖父知之甚少，回溯的路上几乎无迹可求，我的灵魂难得与祖父的灵魂碰撞，无疑是我"寻根"的障碍。

　　但是我血脉之河的上游在祖父那里，我从下游完全可以想象到上游的景观。以我和哥哥的人品、性格推测祖父，他应该是一个正直、善良、厚道、本分、勤劳、节俭、不善交往、要面子的人，也是那类不服输、打碎牙往肚里咽的硬气汉子。如果上苍眷顾，他会成就一份家业。中年的他已经离一个小地主一步之遥，可遗憾的是祖父一生倒霉，贫穷和忧愁始终在追赶、逼迫他，我甚至没见他痛痛快快地笑过，一次都没有，他的脸总是阴沉得像要下雨的天空。但是祖父在逆境中的挣扎，特别是晚年在苦难的泥沼中越陷越深，也不悲观绝望垮塌下来，使他的生命有了真正的质量。我远远望着这位只留给我一个背影的老人，他黑红的肤色像镀了一层金，闪闪发光。

叔叔的病治好了复发，复发了又治。他的病是由穷苦、艰辛、烦闷、焦虑、再婚、村人欺负、歧视多种原因导致的，这样的病无法根除。这可苦了祖父，他"牵"着叔叔到处寻医问药，心力交瘁加穷困潦倒。草棚子里的木头卖光了，家里再没有值钱的东西可倒腾。这时，祖父瞅准一个差事——割草。生产队饲养棚门口贴出"告示"，为牲口"征粮"，一般青草一斤二分钱，嫩芦芽可按三分一斤收购。为了割嫩芦芽，七十多岁的祖父跑十多里，出征芽庄湖。早晨披星戴月上路，中午在太阳底下（荒洼里连棵树都没有）啃冷干粮，水葫芦不能补充淌干热汗的身体，半下午时口干舌燥，实在渴极了就扑向湖面，狠狠地灌一肚子生水。傍晚，祖父满载而归，小山一样的草捆把他压扁，只剩两条蹒跚的腿。他尽量把头埋在草下，从人们怜悯的目光里走过（生产队里只有那些学生娃才去挣这份牛粮钱，大人去挣被人瞧不起）。短短的村街，对这个很要脸面的老人来说是这么漫长，他的每一步都是沉重的、屈辱的。好歹后来他也麻木了，两边门洞里传来的议论他已听不见。

时光是最阴毒残忍的杀手，祖父一天天老了，芽庄湖已可望而不可即，这个倔老头却仍不死心，他又找到一个门道：

赶明家集买来红麻坯子，搓成经子卖钱。这个活儿不用大力气，且可以在自己家里干。倔老头噘着厚嘴唇，甩掉外衣，扫出一块地面，摊开一把麻坯子，先一缕一缕花成细条，喷上少量水，然后取两根细麻绞搓，不断续料，经子的长度便不断延伸。祖父的手很粗大、笨拙，搓得很慢，但他有耐性，白天夜晚，不歇一歇，在那里一蹲就是两个时辰。手掌全是厚厚的茧子，像裹上了一层铁皮。指甲比鹰喙还长，留着花麻。屋子里一股挺冲的臭泥巴味，那是麻坯子带来的（红麻杆子泡在湾里，沤烂了，才能剥下皮），粉尘、毛屑满屋飞就不用说了。早晨起来，祖父圪蹴在门槛上，大口吸烟，大声咳嗽，很长时间。他的肺里积压了成吨成吨的尘埃，得靠烟刺激咳出来。他咳得很凶，震天动地，这咳声把这个在外面没有发言权、被村人遗忘的人还活着的消息带到村子的角角落落。有时候咳得喘不上气，"死"过去了，半天又缓醒过来。我不敢看这死去活来的咳嗽，它让我的心一阵阵抽紧、痉挛，但他咳完却有了精神，又回到屋里抓起麻坯。祖父明白：他只能干这种活儿了，如果放弃这个活儿，他就什么都不能干了。

那个说话呱呱呱像驴叫的王邪子，晚年给镇上一个公司看大门，天天端着一只大茶缸子，晃着肉呼呼的脑瓜儿在门口兜圈子，见了熟人就说很粗俗的笑话。祖父本也应该有这样一份清闲的，如果看大门，他会比王邪子做得好，他看过坡，眼尖得很，可是他哪里有这福气？近八十岁的人了，还得豁出一把老骨头，和命运进行决一雌雄的摔跤。

祖父一天能搓一斤经子，卖掉可挣三四毛钱。五天赶一个集，卖货进料，乐此不疲。赶集是乡村的节日，如果不是抢收抢种的农忙时节，平日，庄稼人这一天撂下手里的活儿，到集上溜一趟，买不买、卖不卖东西不是主要的，是来松松枷、解解闷，沉重的岁月需要撕开一道缝吹进一缕微风。乡间小路上，两两成对的，三五一伙的，有说有笑，慢慢悠悠，好好地享受享受这一份情趣。祖父赶集却都是"走单帮"，匆匆赶路。他不嫌孤单，早年卖油路上还借一支小曲儿驱遣寂寞，现在连这小曲儿也不哼了，一路只有橐橐的脚步声跟随。村子和明家集之间，有一条废弃的河道，从河底穿过能省不少脚力，然而那几乎被踏平的河岸，祖父经过却犯了难。因为有一回叔叔犯病，横冲直撞，把上前牵制他的祖父推倒，从此祖父多了一根木头腿。上坡时手扶拐杖拖着身子走还好说，下坡，整个人的重量几乎都集中到拐杖上，稍不留神就会连人带背上的麻坯摔下去，滚成一团。但祖父咬着牙，颤颤巍巍，一次次把河岸踩在脚下！每次爬上岸，他驻足，大喘粗气，再挺挺桅杆一样瘦硬的身躯，迷惘的眼睛望向远处。老北风呼啸着，把他单薄的衣衫鼓成一片帆……

五

暴雨刚刚停歇，团团黑云扬着长鬃驰向天边，不远处，隆隆的"雷声"反而更响了——青龙山山洪狂泻，千军万马呼啸而来，杏花河暴涨，大水漫过了老石桥，站在这边的人满脸惶恐，等水位落下去。祖父等不迭，他折了一根树枝子探路，战战兢兢到对岸去，我紧紧扯着他的衣角。

这是我还能记得的为数不多的与祖父在一起的情景，小时候我曾跟着祖父到大东洼看庄稼。他爬上锜望台，手搭凉棚四下张望，我在台子下追逐我的蝴蝶或者蚂蚱。他望了远处望近处，用目光逐一翻动排排绿浪，偷庄稼的小蟊贼休想得逞，就是一只田鼠的跳跃也逃不过他的眼睛，唯独忘记了我的存在，好像我不是他的孙子。回家吃饭的时候，我却跑过来把小手塞进他铁钳似的手掌。

蹚水过桥的情形深深刻在我的心底，我常常想起，并浮想联翩：河道是水的命，河水跑不出堤岸；而如果漫溢出来，那会是多么壮观的景象。河水溢出堤岸对河来说是壮举还是悲哀？在梁邹平原上，更多的河流却是干瘦在河底，弥漫着死亡的气息，给人以伤感、绝望。还有一种情况，大河的上游波澜壮阔，下游水跑进了一条条斜出的沟渠，沟渠上也有些小花小草，但这里的风光可与大河两面的林木森森媲美吗？

祖父是一条河流，至少是一段河流，这段河流水面上不曾跳跃阳光的金斑，总蒙着一层尘土样的黯淡，它也没有欢快的哗哗波涛声，当然更缺少滔滔激浪。但是它的下面，却有一股暗流涌动。

在我记忆中，祖父不擅在人前讲话，没出过风头；他不爱凑热闹，从不往人堆里钻。以我的性格来推测祖父，他有内向的一面，但骨子里并不乏血性，且易冲动，到底是什么让他变得如此沉默，如此孤僻和古怪？村人在背地里嘲笑他

"梦游"，我想祖父是知晓的，他完全可以站出来澄清，但他一直装聋作哑，一直背着这口黑锅默默地度日。

小胡同很窄，高高的墙把阳光挡在外面，除了正午之外，街面差不多都是暗红色的。祖父的家在小胡同深处，小胡同是他走得最多的一条路。就是在小胡同里走路，祖父也总是闷声不响，对面来了人他看也不看，你不和他打招呼，他绝不先开腔。如果有后生恭敬地问他："大爷，你上坡回来了？"他也只是"哦"一声。

踽踽而来，踽踽而去，空空的小胡同把他沉闷的脚步声放大着。

"批林批孔"那年，村里住进了工作组，那位工作组组长长长的绒线围巾搭在胸前，大背头梳得锃亮，走路把手倒剪在身后，迈四方步。这位特有派的组长到了会场上更是与众不同，讲起话来口若悬河，震得村人一愣一愣的。人们都很崇拜他，都争相亲近他，路上见了他老远就嘘寒问暖。有一天，他在小胡同里遇到了我祖父，两双眼睛对视，他等着我祖父跟他说话，可我祖父竟没吭声；他很意外，再次把目光投过来，恰巧我祖父也抬头看他，然而我祖父仍然不语，倒是他憋不住，主动跟我祖父打了招呼——这件事被当作一个笑话在村里传了好久。

我觉得这是祖父生命中很精彩的一笔！原先我很同情祖父，以为他自卑、软弱，以为他缩在自己孤寂、昏黑的世界里，逃避一切，现在我愿意从另一个角度来理解祖父，他多么了不起！内心多么强大才能让他沉默不语，让他像老牛反刍一样，一下一下消化掉闷在心里的屈辱和愁苦，而把自己铸成一块铁！我对祖父刮目相看了，我觉得我无法和祖父相比，我没有了祖父高大结实的身板，没有了他黧黑粗糙的脸膛，没有了他的坚韧、苍劲、铮铮硬骨和无视俗世的孤傲。

"高考"使我很偶然地走出小村来到城市——我命运的改变是个偶然，农家子弟考出来的有几人？作为一个整体的农家子弟无法改变命运，他们一代一代，后辈踩着前辈的脚印走——成了一个体面的城里人，但是我身上脱不尽的泥土气味与城市的气味还不相融，尴尬、困厄、压抑、孤独，仿佛我又还原为东屋里那个沉迷于幽暗的孩子。这是一个我，另一个我，虽然还保留着祖父那独来独往的秉性（这方面我像极了祖父），虽然也像祖父那样固执、死板、倔头强脑，然而很多时候却一有压力就"扁"了、"小"了，受不了一点冤屈，碰到一点磨难唉叹不止；还有，我学会了点头哈腰，学会了讨好、奉迎、唱赞歌……离那块肥沃而贫瘠的土地越来越远，离祖父越来越远，我已退化成一副卑怯、猥琐的模样，退化得一点不像我祖父了……

原载《人民文学》2018 年第 1 期

《散文海外版》2018 年第 3 期、

《散文选刊》2018 年第 6 期转载

入选《2018 年度散文》

大王的神谕

姚凤霄

　　好长时间没来河边了，难得有闲。我边走边欣赏着河边雨后的景色，满心欢喜地收纳着沿路的美和好。夏日的野外郁葱蓬勃，植物如越野赛似的抢时间，以各种姿态占领空间，叶绿花红，千姿百态。一夜豪雨后，空气湿润，植物和泥土的味道升腾起来，青草之味尤浓。草叶尖上噙着水珠摇摇欲滴，天光投进珠子里，万千变幻的镜像魔法般藏在里面。你一碰，全没了，美属于水珠自己。花蕾花瓣被水珠点缀，娇艳成美人的腮。美人往往不好惹，你最好只远观近看，别动手。大树小树被洗浴一新，摇着枝叶颤颤地舞，滞留的雨滴时不时落下来，敲一下你的脑壳。嚯，雨后的树是调皮蛋，别站在他下面。河边的景色很像一幅人为绘出的画，该有的美都有，那些丑陋的、惹人恼的东西，全不见了，特别是我讨厌的毛毛虫踪影全无。难道有诸虫子的天敌在我身后保驾护航，吓得它们闻风而逃了？这样想着，我狐假虎威地颇得意，似是大王派我来巡山，春风得意腿脚灵便了。

近三年，连续干旱，河里水很少，甚至算不上湿地，不少河段变成了水草丰美的草海。河中茂盛的芦苇杂草一人多高，很安静，风儿也不来，它们静静地站着与我对望。感觉不对啊，这里的草丛太静了，似乎比以前少了很多东西。疏离、陌生、空寂，耳根眼眸都太清净了。我在河边生活很多年了，河边不是这样的，出什么问题了？我用力想了一下，明白了，这里没有蚂蚱虫子大蝴蝶小飞蛾蜻蜓和各种鸟儿的喧闹了。这些活着的小生命都去哪里了？难道真像家中小朋友所说的，脚趾丫丫开大会去了？如果是农田林田还说得过去，人们为了让庄稼树木生长得好，喷了农药。这里不该是这样的，难道有一种附着了魔法的网，把虫子飞蛾蝴蝶们都收走了？

我的脑子里一下子闪现出一张硕大的蜘蛛网，它们全进了一张网？进了蜘蛛这种阴谋家的口腹？我打了一个激灵，哎呀，我怎么也没看到蜘蛛网呢？去年秋天来河边，大大小小的蜘蛛网到处都是。走在林间小路上，不经意时会撞破蛛网，挥手拿掉粘在头发上的网，黏黏的，一些飞虫飞蛾的尸体挂在上面，心里一阵懊恼，咋不睁大眼睛好好看路呢？我留心看四周，走了很长的路，仔细寻，连一张编制简易的蜘蛛网也没见到，更别奢望找到一张精致的蜘蛛网了。这里出了什么问题？

抖落时间的羁绊，我脑海里出现了多年前见到的大蜘蛛网。青砖砌顶的古民居，上翘的檐角凌空欲飞。老宅正屋与西屋檐角之间，高低错落处，有一张透明的蜘蛛网。夕阳下蛛网随风轻摇，金色的光从网中透过来，网上有小飞虫小飞蛾被粘了翅膀，扑棱几下，就停下，缓过劲，再挣扎着动几下。大蜘蛛沿着蛛网的丝线，快速地来取战利品。这张蛛网有精密的纹路，有弹性，有黏度，轻盈又晶亮，美若天成。硕大的蛛网透光透风透雨，却是飞虫飞蛾们难以闯过的生死之门。乾坤朗朗，一张阴谋的网却一直张开着，这玄幻之网，虫蛾们闯不过，似是一种宿命。大人常嘱咐孩子，别去蜘蛛网下面，蜘蛛尿撒在人身上会长毒疮。是的，别去那些幽暗和偏僻的角落，生死的皱褶里，没有诸多物华的提醒和影响，你有翅膀有力量也飞不过暗算。弱肉强食的大自然，内里外在，藏有无数秘密，不谨慎就吃苦头。人世间也一样，很多时候，有些人很像老谋深算的蜘蛛，他们已经织好了网潜伏着，坐等猎物莽撞地闯进来呢。波兰诗人米沃什说过，如果你热爱大自然，你就应该热爱人类的市场竞争。因为人类的竞争和大自然的物竞天择是同一个法则。是的，人和大自然息息相关，有美也有龌龊，有生也有死亡。我们接受美的，并避开恶的，人才活得智慧。

蜘蛛是世间满腹经纶的魔法师，它以小纽扣一样的身体，编制出富有艺术感的网，蕴含着天成的禀赋，貌似学问幽深。人与物常常是相通的，不管是必然还是偶然，小小的蜘蛛给予人们多重的教益和灵感。小蜘蛛的确能量不凡，从某种意义上说，它甚至能够决定英雄拿破仑的成败呢。

1874年深秋，拿破仑带领法军进攻荷兰，荷兰人打开河流的水闸，用洪水阻挡法军。拿破仑在撤退、进攻、原地待命中犹疑。正准备撤退时，他接到手下"大量蜘蛛正在吐丝结网"的报告，拿破仑做出了就地待命的决定。蜘蛛吐丝结网预示干冷天气即将到来。不久，寒潮果然袭来，河湖冰封，法军踏冰前进，攻陷了荷兰的乌德勒支要塞。在气温较低而又干燥的条件下结网，蜘蛛的这一特性，帮助拿破仑打赢了一场战争。

英国的将军威灵顿在一场战斗中吃了败仗，仓皇而逃。他躲进一农舍避风雨，他沮丧苦楚，茫然无措。他看到墙角有蜘蛛在风中结网，蜘蛛一次次地失败，一次次重新吐丝结网，刚要成功了，风吹来，纤细的丝又被吹断了，蜘蛛不气馁，不放弃，无数次努力之后，终于将网织成。威灵顿将军大受鼓舞，带领军队重振旗鼓，投入战斗。直到在滑铁卢之役打败拿破仑。想一下，就感觉到，从某种意义上说，拿破仑成也蜘蛛，败也蜘蛛。缠缠绵绵的蜘蛛弱小又强大。不管在精神上，还是在生存上，人与蜘蛛密切相连。

外国人对蜘蛛的诸多研究和著述，多是从科学方面而言。而中国人对蜘蛛的诠释，唯《西游记》中最精彩。蜘蛛精变成美女诱惑取经的唐僧，唐僧也脸红心跳，不敢睁眼，很难把持住。蜘蛛精是美丽又恶毒的妖怪，她们的老窝盘丝洞，华丽而美妙。在现代人心里，盘丝洞似是与情色搭边儿的，蜘蛛精之美是许多人心中的那个痒和疼。现代人向蜘蛛学习，像英雄的"蜘蛛侠"一样，越来越强大，一步步实现着心中的梦想。人们在大地上挖掘矿藏、隧道，修筑密布的高楼、道路、桥梁，挖掘水渠、运河、水库，在山上修筑层层梯田，在海中布下轮船，在天上放飞密密麻麻的飞机卫星飞船。但是人们也埋上炸弹、地雷，放出子弹、炮弹、核弹，布下潜艇、航空母舰、大网、水雷，发射军事卫星。想一下，人跟满肚子弯弯绕的蜘蛛有得一拼，甚至比蜘蛛更加强大，更加贪得无厌。人们爱同类也恨同类，爱自己也恨自己，只想自己过得好，不给他人他物留出生存空间。人们这样用尽心思和力量活着，到最后会是什么样子呢？能活出梦想中的精彩吗？我不知道。

天、地、人这些高大上的烦恼，我总觉得离自己还远，想得再多也只是想。眼下这河边为何没有蜘蛛结网了呢？大王派我来巡山，我被蜘蛛魅惑了呀，百思不得其解。

忙碌中过了不少时日，河边静悄悄的不解之谜，就一直闷在心里。一日，我坐高铁远行。到目的地还要近四个小时，难得这么清闲，我闭上眼睛想睡觉，可睡不着。邻座的人一直打电话，听来是一个经销商在联系业务。我只好拿着手机翻看微信。抬头看，火车上的人大都这样，手里拿个手机，低头俯视，手指忙碌，一会儿傻笑，一会儿撇嘴，玩得嗨。小小一握的手机，魅力四射，把人们搞得神魂颠倒。人们沉在虚拟的网络世界里，网来网去。还别说，这手机可是个无价之宝，一机在手，呼朋唤友，没有办不了的生活之事，衣食住行，网上订，哪里还用跑断腿儿、说破嘴呢？一部手机遥控指挥，把人乐得云里雾里，大事小情一切搞定。人走几步路，手机都记得清清楚楚，人自己不明白自己，不了解自己，手机却很清楚，并做好了各种铁证如山的记录。人常去的地方、喜好、消费、交往，手机都一一记录在案，你翻看一下历史信息，会吓得后背发凉，被闹得做鬼脸吐舌头。手机把人管得一丝不挂，而且深入人的脑子里，你想啥它都知道呢。文字、图像、声音，即时感、现场感，手机许多给力的妙处，营造的各种情势和意味，她的强大功能谁能比呢？我的文字表达与手机的本事相比，确是等而下之的。想一想，还真是怕了手机，怕了这种无处不在的网，又怕又爱。天罗地网后面，还有天罗地网，这话你得相信。

　　忽然，邻座打电话的人惊喜地叫出我的名字，我一脸懵。我不认识他，他对我的情况却很熟，甚是热情。他说，读过我的书《汊渡》，拿出名片自我介绍。我接了名片看，知道他是一家汽车销售公司的总经理。我们闲聊起来，我客气地问，生意好吗？他说，汽车销售生意一般，现在做的航拍无人机生意还不错。航拍无人机？我顿觉自己孤陋了。航拍无人机有多少人用？摄影发烧友用的可不多，能赚着钱？我一脸怀疑地问。他告诉我，无人机用途很广泛，不只是用作摄影。他加了我的微信，用微信发给我一个产品介绍。TL18T00 航拍植保无人机：广泛应用于无人机航空拍摄、遥感测绘、空中侦查、灾害监测、电缆巡线、农业植保等对移动性能要求高，设备载重大并需要较长留空航时的应用领域。实现了在大载重飞行留空时间长的优点。有效载荷和任务载重 10—50 公斤！飞行时间根据配置，15—35 分钟，重量越轻飞行时间越长。飞行器采用八轴八旋翼的设计布局，可垂直起降、自动定点悬停的无人飞行器系统，可以应用于商业航拍、影视航拍以及搜索、通信、监测、侦察、植保等多种任务。

我大开眼界，航拍无人机这么厉害！他告诉我，他正在开发无人机用于植保的业务，林业、农业都用，跟一些地方签了长期合同，喷洒农药收费，成本很小，每亩地每年收费 40 元。业务越做越大，本地和外地都很快推广开了。农民受益，病虫害控制得非常好，用户很满意。我问，航拍无人机每次能带多少农药，一亩地洒多少药，按什么比例喷洒呢？答，载荷 10—50 公斤，一亩地喷多少药没仔细算过，只喷纯药，不加水。空气中弥漫的全是农药，浓度大，喷一次，地里非常干净，什么虫子也没有，一扫光。

我恍然大悟，刹那间明白了河边为什么那么寂静了。我在心里大吼一声，心被揪起来打，好像我是呼吸着纯农药的蚂蚱、虫子、蛾子、蜘蛛、蜻蜓，扭曲着身子，疼痛地翻滚着，毒，恶狠狠地要了我的命。等我喘过一口气，就从座位上离开了。我在心里哭泣，哭泣所有的死亡，哭泣有意无意的屠杀，哭泣弱小生命不得不面对的凶残，哭泣生命中的哭泣。天哪，老天，是人在作怪！人们设置了一张虫子们逃不出的天网啊，只要暴露在空气中，只要你呼吸，管你是行走的、爬行的、长翅膀的、吐丝的，谁跑得过飞行器？空气中浓烈的毒雾损毁它们的器官，蜘蛛编织再精密的网也无用途，它们再大的立世本领，也随风而去。天网毒雾之下，虫类谁都无路可逃，毙命，即刻毙命！

人啊，人！威武不可阻挡的人，就这样决绝。没有敬畏，没有悲悯。我为害虫说话？你很不屑？我要说，害虫是人给它们的命名，对人们种植的植物来说是害虫，对整个自然界来说，它们是与人一样平等的生命。生物多样性对于地球，对于人类来说，非常重要。

待我回到座位上，就闭着眼假寐。一路上，我默默无言。我的脑海里呈现出一种河边的寂静，可怕的寂静。人们眼中河边的美，很可怕，那是要命的美啊。霸道强悍的人，只顾自己过得好。小生灵们全不见了，人还会过得好吗？我心中无限忧虑，无尽悲哀。联想，联想翩然而至……

前几年，社会上招商引资氛围浓厚，大力发展工业，振兴当地经济。某个企业每天大量抽取地下水用于工业生产，企业驻地一村子的人，为保护耕地和地下水，与企业的人动了棍棒铁锨，不少农民被绳之以法。我当时觉得企业正当生产，抽取地下水有许可证，村里的人不遵纪守法，太过粗鲁野蛮。不几年，小范围的地下水被企业挥霍一空。近几年，天大旱，当地农民用井水浇地是妄想了，浅表的地层打不出水了，眼睁睁地看着庄稼旱得打蔫绝产。我深为自己当时的无知和袖手旁观而懊悔，哪怕自己有点同情心也好。大部分人常觉得，一些事情不关乎自己，就不多言。但恰恰这些事，与所有人都有很大关系，资源枯竭和环境污染，已经呈现在我们面前。一地连续几年的大旱，是不是与环境污染，与大量地下水资源浪费有关呢？是的，我们富裕了，城市建设"高大上"了，生活水平飞速提高。但是，如果经济发展建立在断绝子孙生路之上，这种发展能要吗？地下水枯竭这心中永远的疼，会让人们惊醒吗？难道只有切掉了一只手，才知道手有用途吗？

今年春天，微信群里有人说，飞机洒药杀灭美国白蛾，请大家不要露天晾晒食品衣物，尽量不要外出，出门戴口罩。我看了信息，没在意，觉得与自己关系不大，不就是灭杀害虫吗？没想到，飞机洒药竟是这样厉害。这种手段太过决绝，杀死了美国白蛾，本土的蚂蚱虫子飞蛾蜘蛛等一扫光，没有漏网之虫。无数次看到无人机在飞行，在洒农药，洒除草剂，我熟视无睹，事不关己高高挂起。当我看到了寂静的春夏，寂静的河边，我感觉不对了。我用手机录了音，拍了照片，草丛中死一样寂静，庄稼地里一棵草没有，玉米地、高粱地、大姜地里寸草不生。那些看不见的杀虫药、除草剂，可都是经过人的手而喷洒的。我害怕了，惊醒了，心有惶惶，有点杞人忧天了。

提到绿色、生态、环境，我们就会想起美国生物学家蕾切尔·卡森。1962年，她在著作《寂静的春天》中，以许多惊心的事实，发出了旷野中的一声呐喊。对人类用现代化科技手段破坏自己的生存环境，发出第一声警告。希望唤醒人们不要使用化学药品这种蛮力，来对付昆虫植物，也呼吁人们尊重生命，不要自以为是。在当时的美国，她遭到了与农业相关企业的猛烈抨击和某些舆论的嘲弄，但是，历史最终证明她是对的，真理站在少数的她这一边。蕾切尔·卡森对人类环境意识的启蒙，对大自然的热爱，对人类未来的关注令人敬佩，她的勇气和远见卓识，对世界历史发展进程的影响是巨大的。西方国家走过的环境污染的弯路，已经给我们竖起了惊醒的路标。是否深陷泥潭，就看我们自己的选择和把持了。

19世纪50年代，西方的学者作家就已经意识到"人是世界中心"这个问题的严重性。对人与自然的谐和开始重视起来。我们中国人自古心中就有一种"天道"，大自然谐和共一之道，提倡的天时地利人和的理念，由来已久。东西方文化有差异，东方文化精髓里阔达圆融的东西，更胜一筹。

老子曰：人法地，地法天，天法道，道法自然。这个自然在人类之上，又是人类最朴素的心相。自然是我们向往的境界，言禅，言道，大都如此。万物自然，人介入其间，对其影响巨大。让天道合乎人的观念是徒劳的，老子的"天地不仁，以万物为刍狗"已经说得很明确。天之所有，就是自然，"多言数穷，不如守中"。我觉得，人不可能从自然之境中抽离，不可以人为中心，以人灭天。虽然人已经成功地干预了自然中的生灭，但会受到加倍的报复。当人不能在自然中感受自身，不能坦然接受生死，那个属于人的感悟自然的灵性和慧能，就消退隐藏了。我希望人的这种消退，慢一点，再慢一点。希望自然和本色的东西，多一点，更多一点。

中国的古时，人们对天时十分敬畏，遵循各种规则。该播种时播种，该打猎时打猎，该禁渔时禁渔；一些动物不能随意伤害捕捉，生产生活中要遵守一些禁忌；对上天要有敬畏，明白季节的力量会钳制住一些东西，罪犯等到秋后才可问斩。顺天时，大自然风调雨顺，万物蓬勃，粮棉果蔬丰收，社会也会安宁。逆天时，人们就没得吃，没得住，没有安宁的社会秩序和环境秩序。乱世往往是从逆天而行开始，人祸加剧。田地荒芜，疾病蔓延，战火连绵，争斗不休，最终人口锐减，千里无鸡鸣。人们受到"天道"的严重惩罚之后，才重新走上安居乐业的正途，历史几番轮回。

读史明理，我们读四书五经，读《史记》《资治通鉴》等典籍，中国的历史文化给予我们后人很多的教益。天地人和谐时，社会与人呈现出一种美境。我们欣赏一下隋代展子虔的《游春图》，读一下唐诗宋词，就能看到古时的山水田园之美，也能感受到国泰民安的大国风范。时间走到充满现代气息的二十一世纪，我们留给后代人的应该比隋唐时代更加美好。我们有智慧有能力，延续老祖宗的天人合一理念，维护好青山绿水和万物繁茂之境，而不是独有当代人的畅快和享受。不管天上，还是地下，某些发展和进步是可怕的，我们对大自然的干预和改变是需要限制和节制的。如果人狂妄地把自己放到世界统治者的地位，不改变人是万物之魁、万物之灵长的惯性思维，就会导致社会、政治、生态的一系列问题。

宇宙浩渺，人类孤独。现代科学始终没有找到主宰世界的神，但宇宙的运行和存在，肯定有一种规则和秩序，我们就把这种精神之最、智慧之最、宇宙之核心，尊奉为我们的心中"大王"吧。人类在大自然中生存，是其中细小的一分子。遵从大自然之道，大和谐之道，便是"大王"的神谕。我希望一直俯瞰人类的"大王"，给予人类醒悟的机会和些许宽容，希望大王的神谕，能有越来越多的人领悟。我相信，我的眼里还会出现一些细致入微的东西，能看到飞虫的仪态万方的情态和况味：扇动的透明翅翼，灵动的触须，身体上斑斓的花纹，迷离的小眼神，柔姿纤腰的风情，卿卿我我的缠绵。还能看到四野的绿帘之下，一个个自然而绚丽的生物群落，那么妖娆，那么生机蓬勃。

人类应该是大自然的敬畏者和热爱者，更应该是维护者和守望者。大自然，大和谐，需要人们的心智和能量。一些沦落与下陷的作为，就此偃息吧。为了地球和人类的未来，为了生态环境向好，我们不做布下"天网"的毒蜘蛛，宁愿不要奢侈的美，贪得无厌的享受。要知道，天罗地网后面，还有天罗地网。我更希望"大王"的卫道者众，人类的好日子多。

原载《红豆》2018 年第 1 期

水边记忆

若　荷

　　盛夏时节，人们都爱去湖边游玩，赏花、戏水，也趁机去乘凉、散心。湖是云蒙湖，水面辽阔，碧波荡漾。湖的周围，是崭新的环湖路，沿途两侧，草木葳蕤，百鸟翔集，于是湖便成了一个水鸟和花草的乐园。站在坝上，俯视湖中，一艘艘渔船划开水面，穿梭在云影之中。去年冬天，捕鱼节上，曾有人捕到百十斤大鱼。从县城出来，沿着环湖路东去，有一个自行车展馆，来自多个国家的自行车史料和实物在这里展出，一件件展品，见证了单车时代的特征与变革，让人看后触景生情。2017 年 6 月 25 日，全国"青海湖"杯自行车联赛就在这里举行。

　　青海，是我国重要的省份之一，雄踞世界屋脊青藏高原的东北部，有许多东西让我们骄傲。巍峨的昆仑山、美丽的金银滩草原、藏传佛教圣地塔尔寺以及青海湖。这是一个有着神话传说的地方，蓝天白云，无垠草地，雪山冰峰，构成了一个个令人神往的美景。这场覆盖全国的赛事，让人重又想起了它。它的坚毅、美丽，它的神话一般的故事，从青海一直延伸到沂蒙山脚下，延伸到云蒙湖畔的赛场，让人们在这盛大的活动中，目睹了来自五湖四海的运动健儿，在这里比拼真实版的速度与激情。

曾经徒步过川藏，攀登过昆仑山，朝觐过塔尔寺，领略过大美青海湖的人来了，他们怀着堆绣、唐卡、酥油花的精美绝伦，骑着不同颜色的山地车跋山涉水，自此，云蒙湖，在《沂蒙山小调》的书页上，谱写出崭新的音符。他们放下沉重的背囊，操着天南地北的口音，汇入激情昂扬的赛道，让观看的人、助阵的人，热血沸腾。那天，我特意赶去观看，在云蒙湖畔的山坡上，一缕山风柔柔拂过，我仿佛闻到一丝盛开在青海高原上的格桑花香，感受到昆仑山脉雪水溶化的清凉气息。

沿着湖区西去，有一座长长的拦河大坝，坝下块石裸露寸草不生。每天清晨，大约七点多钟，大坝都要在这个时间提闸放水，名曰泄洪，以保持河床平衡，不会泛滥溃堤。坝前是一个浅滩，离坝约一箭之地，除了庄稼，还有被湍流冲刷之后现出的坑凹，是垂钓、捕捞的好去处。每当周末，小城里的许多人，就喜欢携家带口，成双结对来到这里，找个坑满塘溢的地方以身试水，收获鱼虾。

闸门由几根腕粗的绳索悬吊，桥头有一个工作室，电钮一按，悬索缓缓升起，紧闭的铁闸豁然开启，河水从闸下缝隙奔涌而出，枯木旋起，泥沙俱下，汹涌的浪涛发出咆哮，场面震撼。原本在此闲游的野鸭，仿佛早就知道闸门要开，就在提索开闸的刹那匆匆逃遁，瞬间不见踪影，就连远远觅食的水鸟也遽然惊立，扇动着翅膀仓皇而飞。闸门之上是一座长长的大桥，站在桥上，如同立于一块巨大的甲板上面，俯瞰桥下，人在激流浪涛中挪移、游弋，令人眩晕。

越过大坝，继续往西而去，河水越来越浅，形成一片水域。从这里开始，便不再只是浩渺的湖，而是一片水草丛生的湿地。这里有连片的芦苇、香蒲和荷花。每到风来，荷叶、芦苇都会摩挲有声。风顺着曲折的回廊向水边吹来，带着清香。湿地的植物，似乎都是含着香的。它们和森林里的植物一样，是自然界最富生态功能的所在。在一望无际的绿里，几朵莲花，几枝百合，便将整片水域改天换地。

香蒲，我们当地叫蒲草，它的叶片窄而细长，柔韧且坚直，就像人类坚持不屈的个性。"君当如磐石，妾当如蒲草；蒲草韧如丝，磐石无转移。"这样的诗句，那么深情，那么忧伤。四月，碧丝初生，嫩绿的尖芽从水底淤泥下钻出，平波之上碧叶亭亭。它们是湿地上活泼的顽童，无论是河边，还是泥塘，只要有水滋养的地方，都能看到它的身影，以植物鲜明的色彩，标志着春天的苏醒。

初生的香蒲鲜嫩可食，采一段嫩绿的香蒲叶子，将饱满的地方放在嘴里轻轻咬嚼，一股淡淡的甘甜回荡唇间。蒲草长大，开出黄色小花，转秋就会结出古铜色蒲棒，看去若远古的画幅，古色古香。我们古代的诗人，真的是爱水啊，他们亲水近水，把采撷的场景，吟唱成劳动的歌谣。"彼泽之陂，有蒲与荷。有美一人，伤如之何？寤寐无为，涕泗滂沱。彼泽之陂，有蒲与蕳……"

蒲草可以编织，制席、制扇，做精美的饰品，早年也做过蓑衣。人们曾经用它换取钱粮，延续着无数度人间烟火。在时代潮流的影响下，今天的蒲编工艺又得到进一步开发，以传统古老的工艺，完成生命升华的过程，完成本不属于植物的使命。精湛的技艺，让人不仅赞美，还乐于收藏。它是一件件活的精灵，即使沉默，即使不语，也能让人读懂藏匿在生命深处的那段光阴，那份深意。

《诗经》里的植物，不仅有香蒲、荷花，还有荇菜和蒹葭。"参差荇菜，左右采之。窈窕淑女，琴瑟友之。"这是《诗经·国风·周南·关雎》中的诗句。《关雎》是一首写男女恋情的诗，春天，河边，采荇菜的姑娘，引起一个男子的爱慕。那"左右采之"的窈窕形象，让他日夜不忘，而"琴瑟友之"就成为他梦寐以求的愿望。

荇菜，云蒙湖畔似不多见，蒹葭却是无穷无尽，它们占据着湿地，吸吮着泥水里的养分，在清流之间，像一面面崛然而起的绿色浮雕。这些醉人的植物，从《诗经》里走来，在我故乡的河面层层展开。"蒹葭苍苍，白露为霜。所谓伊人，在水一方。"大片大片的芦苇，郁郁苍苍，清晨的露水，在这寒冷的季节变成霜花。于是生长在河畔旷野的蒹葭，又增添了缠绵悱恻的情怀。芦苇的确是令人伤感的，尤其是芦花纷飞的秋季，洁白的芦花让人想起尘世间衰老的生命，以及生命里易逝的光阴。

岁月倏忽，孩童时的欢笑渐行渐远，老家的土坯墙，在漫长的时光里层层剥落，我们却如一只破茧的飞蝶，抖落简单的躯壳远飞。唯有白发父母走出家门，在你曾经离家的路口痴痴等候。母亲那长长的视线，搅动着人的愁绪。而芦花，也象征着年迈父母的白发。所以远离家乡的人怀乡，大都是先从村边的河塘开始的。

我就出生在一个偏僻的小村庄。村南有一个苇塘，假期一到，苇塘就成了我们投奔的目标。苇塘里有一种小鸟，叫起来声音"喳喳"的，我们都叫它"苇喳喳"。苇喳喳长得漂亮，腿长，尾巴也长，头上还有一小撮莹光闪闪的绿毛。每当鸟类繁殖的季节，它们的欢叫便会响彻整个村庄，深秋，苇喳喳就不见了，估计是到南方过冬去了，初夏，苇子茂盛的时候，苇喳喳的声音又响起来。

除了那片苇塘，村前还有一条小河，这条河，离云蒙湖不远。

云蒙湖畔的村落大大小小有七八个，大都坐落在绵延山峦之中，一面衔湖，一面靠山，形成特有的湖光山色。雨季水大，河堤涨满，这个河就看不见了，它融进了水域宽阔的云蒙湖里。夏天的云蒙湖水是瘦的，那么我们这里的河，也能瘦成一条长练，远远绕着土地，绕着村庄，绕着周围的山峰。我盼望着这样的夏天。

闷热的天气，河畔的草丛，是各种虫类栖息的好去处；秋天风凉的时候，蛐蛐与纺织娘会竞相展开嘹亮的歌喉，尽情表达着属于它们的快乐与幸福。昆虫界的欢愉，有时真的令人类羡慕。不止是纺织娘，草丛里还有许多叫不出名字来的虫们。在夏日的田野里行走，往往能听见它们的振翅声，那是昆虫的另一种歌唱。在乡下的夏天与秋天，只要躲在家前屋后，站在小桥流水之间，那歌声就在耳边悠悠轻颤，充满新奇，好像永不间断。

我国有句古话："近水楼台先得月。"临水而居，总有与鱼虾打交道的机会，垂钓便成了我们最愉快的活动。夏日的傍晚，大人们挣脱了一天的劳累，晚饭后拿着小马扎，摇着芭蕉扇，不约而同地到冲风的地方去乘凉，孩子们则扛上虾网三五成群地下河了，用一款自己缝制的网兜临湖垂钓。又在河边淘沙、打洞，把平整的沙滩挖得到处是"战争"的痕迹。最后的结局是弄了一身沙子。不敢带着水渍回家，把外衣脱下铺展在岸，以期阳光把它们晒干。将身子躲在草丛，盈盈的，看蝴蝶起落草间。

除了深湖区，村边的河汊也能带给我们欢乐。春天来临，冰封的河面融化，河水如一条白练平静地从村边流过，夏天天气火热的时候，对岸山影青黛，投向水中长长便是阴凉。把脚没入水中，饿极了的小鱼小虾会把你的脚误以为美食，用剪刀样的钳去轻轻钳动你的脚趾，而身体柔滑的小青鱼，则会在你的脚边摇来摆去，它们用这种方式温柔地"抚摸"你，有的甚至钻到你的脚下，在脚丫和沙子的衔接处调皮钻动，钻得人心痒痒的，脚下无力地倒向河里。

常常好奇地观察夜空，细数传说中的各个星星，猜它们哪个是牛郎，哪个是织女，哪个才是他们肩头悠悠挑着的一双可爱的儿女。我不认识北斗星，曾努力地找寻。那条亿万年横亘在天空的银河，似乎在挑逗人的眼睛。至今还记得云蒙湖边流传的一个童谣：老乡老乡，背着一杆破枪，剪子两把，筷子两双……谜底揭开，原来此"老乡"非彼老乡，而是那些有着美丽眼睛的虾们呢！

蒙阴县境内多崮，亦多河，车子行驶在山里，一不小心就会错过。

曾经有一个傍晚，我们开车沿村庄行驶，无意中就闯进了一条河。河是南北向，长长的河，潺潺澹澹，依着山势，自北向南而来。这远离城镇的地方，竟然幽静到无人来往，只有绵长的小路是唯一的人迹见证。

我爱这样的一条水湾，爱它的清浅，爱它像心灵一样清而见底。没有办法不喜欢这样的河流啊，它的柔和、洁净、清凉，洗涤着人的心灵，洗涤着烦恼、懊丧，以及久居城市的仆仆风尘。

那些虾们，还曾出没低浅的水中吗？那些小小的鱼儿，还曾潜藏在润滑的沙石下面吗？这样的河，不舍张网，只舍徒手前往捕捉，只舍远远嗅着河风，听涛声，凭鱼跃，也不去打扰，任沙贝在河滩老成青瓷，青苔在岩石上簇成花朵。

幽静的水域，杂乱的青草，安静的野花，成林的岸树，还有暮色里，隐现迭起的远山，它很像一个世外桃源。这水光与树影，这荒草与远山，混在夏日的风中，挟着淡淡的草气花香，想一想，就心迷神醉！

在这样的水边，我不能停止脚步，沿着河岸一路走去，隐约地，我看见了水草，那一团团浮动的植物，在平静的水面铺成墨绿。悄悄地拉开水草，见到几尾呆头呆脑的小鱼，凝定着身子在水里如痴如梦。水草拨开，光线进入水中，它这才啪地一下拧身离开。

忆起童年的时候，在故乡的河里钓虾的情景。这是初夏的一个黄昏，我想找一找蝌蚪，看它们游泳，看它们发现我时倏一下惊恐而去的情景，可是我没有找到。这在往常，在故乡的河里，它们早已成团成群了。它们在春天与夏季交替的日子出生，就像现在这个时候，在夏季雨后交配，之后产卵。每年的夏日雨后，总能听到蟾蜍或青蛙求偶的叫声。

都说"水至清则无鱼"，在这清澈的河水里，鱼是有的，而蝌蚪却躲到幽暗的角落去了。远处是一座小小的山头，山头生长着低矮的树木。片片丛林，自是不再寂寞。山，似乎隔断了水。但当我一路追寻过去，但见青山脚下，竟有一个浅浅的沟壑，容这些许的水蛇一般绕过，向南，悠悠荡荡，峰回路转。

月渐渐升起来了，圆着一张圣洁的脸，俯视着人影、小路，俯视着水面、周围的山和土地。除了"暮云收尽溢清寒，银汉无声转玉盘"和"天阶夜色凉如水，坐看牵牛织女星"，其次，还能看到什么呢？据说，月亮是夜晚的眼睛，同时纳入它的眼眸的，还有沉默的山坡，寂静的丛林，寂寞的山村。

月亮升起来了，月下的水湾有些隐秘。在月色的映照下，黄昏的水湾，有些困了，似睡非睡。"布谷、布谷……"，突兀的、执着的，一声接着一声地啼唤，是什么鸟儿，在教人布谷、布谷呢。而谷，据说是已种下了。随着它的第一声啼唤，该种的，就都已经种下，单等它起苗，拔节，长出弯弯的谷子，一穗穗圆润、饱满，沉甸甸的。然而这个时刻，已不再是黄昏了，是美好安宁的夜晚。

夜晚的水湾，极静，只有风，在身边，在月下，在远处的树林里，"唰唰，唰唰……"发出天籁。

原载《临沂日报》2018 年 1 月 19 日

《散文海外版》2018 年第 6 期转载

群山之后

黛　安

一、画里的马

　　无论驴还是马，或是耕牛，入画都是好看的。在炭窑沟，未见驴和牛，马与青稞与羊一样，却是最寻常的。说是寻常，又不寻常。它不必入画，它本就生活在画里。无边的蓝天、天上的白云、连绵的青山、山上的绿草，都是它的大背景。枣红马、白马、黑马、棕色马、栗色马，一匹两匹三匹，或一群，随便它们什么样子，站立、俯卧、吃草、慢走，或逗弄一只前来逗弄它的蝴蝶，甚至望着青山发呆，你看过去，若不是一幅绝妙的青绿水墨，那就怪了。那不怪炭窑沟的马，怪你。

　　主人一大早把它们从家里领出来，蹚着露水，慢腾腾地走到山脚下，看准一块最绿最肥的草地，站住。有时主人只顾低头想事了，忘了是来放马的了，一直走，马心里笑笑，就自己驻足，然后喷个响鼻叫醒走神了的主人。马比人更清楚草。它不必看，只需闻一下，或用舌尖轻轻一舔，就知道一片草叶是浅绿还是深绿，汁水是饱满还是清瘦。它每天与草为伴，血液都是绿草汁。主人摸摸马的脊背，拍拍马的脑袋，看它一眼，把它留在那里，就走了，忙别的事去了。好像送孩子去幼儿园。孩子偶尔尚且哭闹，没见过哪匹马哭闹着不肯让人走的。马盼着人走，人走了它才自由，人走了它才能把自己完完全全交给山野。那是马真正的家。人其实是住在马的家里。风也住在马的家里。

　　马在草地上，主人也不拿根绳子拴着。主人把马托付给了天、云彩、大山，甚至蝴蝶。天给看着，云彩给看着，大山给看着，蝴蝶给看着，主人相信它的马丢不了。傍晚，主人忙完了一天的活计，再来领马。炭窑沟日出早，日落晚，天长。漫长的一天中，马也许曾溜达到别的地方过，但主人来的时候，马却总是待在主人能看见它的地方。它怕主人寻不到它着急吗？谁知道一匹马的心思呢。反正在主人看到自己的马，马也看到自己的主人的那一刻，两者的目光，有点像恋人、父子、父女、母女，很意味深长了。夕阳的余晖里，马和人慢腾腾地回家，嘚，嘚，嘚，嘚，像早晨出来时一样慢。有时马在前，人在后，有时人在前，马在后。天色渐暗，群山渐渐黑成一道道剪影。人和马也渐渐黑成一幅剪影。那又是另一幅画了。

《大明宫词》里有一个皮影戏的场景。皇帝李治忘了自己的身份，对正是青春少女的花朵一样的贺兰氏充满了爱恋，真是好看。画面上，一端是牵着马徐徐而行的男子，一端是提着篮子迎面款款走来的女子，路边斜伸出一枝开得正艳的桃花。男子李治说："来的是谁家的女子，生得满面春光，美丽非凡？这位姑娘，请你停下美丽的脚步，你可知道自己犯下什么样的错误？"在炭窑沟，主人与马慢慢回家，常常遇见刚刚采摘完豆苗的少妇，挎着篮子，包着彩色的头巾，脸庞红艳，身段妖娆。暮色中他们说了什么，少妇笑着疾疾地走了。那是炭窑沟的皮影戏。这两出戏里，马都是必不可少的道具。

　　有的马，不知为什么，晚上也不领回家，就把它留在山里过夜。好像那马是来山里出差的。倒也没听说过谁家的马把夜色剑一样劈开一条缝跑了。这不稀奇。炭窑沟地广人稀，人除了和人和马牛羊和青稞豆苗土豆是朋友，和月亮、星星、夜色也都是心照不宣的好朋友。马在山里，不是月亮照看着，就是星星照看着。炭窑沟的月亮那样大，银子浇成的大鼓一样立在山巅；星星那样明艳，野百合一样开满黑丝绸一样的夜空。马不在月亮下，就在星星下。没有星星和月亮的时候，黑夜自己照看着怀抱里的马。那时候，马是夜晚的婴儿。夜捧出甜蜜的露水，喂养夜色中不归的骏马。

　　看马闲走是一件销魂的事。马吃饱了。看山看饱了，看云看饱了。逗弄蝴蝶逗弄饱了。思念另一匹马思念饱了。发呆发饱了。马开始闲走。山风送来百花香。马一下一下细细嗅着。马目光明净，步态优雅，光滑的鬃毛闪着油亮的光。蓝天白云青山野花马，这得是油画了。画里空气干净，没有喧嚣与纷争，万物和平。人看着，恨自己竟不如一匹马了。

炭窑沟也有奔马。那是我平生第一次听说"骑走马"这个词。在一个牧民家，一个矮墩墩的黑脸汉子，笑容憨厚。我问他做什么，"骑走马呗。"他说。

"呃，——放马?"我不解。

"不是的呗，骑走马呗。"

"怎么个——骑走?"

他是地道的藏民，讲青海方言。我连猜带蒙，方才明白。骑走马是一种职业，就是每天骑着马走，训练马。夏天地里有庄稼，就去山里专门的遛马场；冬天，山野空旷，就在地里练马。一年到头，哪里有什么庙会，就去参加赛马。马得了名次有奖金。奖金稀松，主要是有人看上马好，高价买走。黑脸汉子说，有一年，他一匹马卖了20多万元，一家人着着实实高兴了大半年。说的时候，他深陷的眼窝里好像落进了金子，闪着明亮的光。

那时刚好八月初。八月一日，是藏族传统的赛马会，在县城，全县的人都拥去看了。会上，他得了第一名，奖了200块钱。但马并没马上卖出去，一时还没人看好。

"很辛苦吧?"我问。

"嘿嘿，惯了呗。"他依旧憨厚地笑笑。

骑走马，这真是个孤独而浪漫的职业。每天与一匹马在山野间行走，驰骋。夏天还好，群山、田野、树木，青的青，绿的绿，花烂漫，风如绸；冬天呢，长空孤雁，雪如席，风如刀，寒冷与寂寥仿佛近旁的马牙雪山，没有尽头。马把自己交给了人，人把自己交给了马，马非马，人非人，马亦人，人亦马，人与马相互依赖。只是，这种依赖，是为了最终的分离。越是好马，越留不住。骑走马，孤独、浪漫之外，还有离愁。这回，无论是快走踏清秋，还是风雪夜归人，都不能是一幅油画，得是一幅水墨山水了。驾——！驾——！扬鞭策马，跑过春夏秋冬。

　　也是那天，我第一次骑了马。群山之间，不知什么时候，升起了一轮清冽的圆月。月亮的四周，不大的一块，青蓝碧透，仿佛一口井，月亮正是从井水里咕嘟一下冒出来的。稍远些，是云彩，鳞状的、朵状的、絮状的，铺了满满一天空。黄昏时下过一阵雨，大约天并未晴透，多多少少带了些雨意，白云镶着黑边，黑云镶着白边，镶着黑边的白云向着镶着白边的黑云跑，镶着白边的黑云向着镶着黑边的白云跑，举头望去，很诡异了。黑脸汉子和他十几岁的儿子执意送我。我坐在马背上，他们牵着缰绳。马威武而温暖。它似乎懂得我一个异乡女子的胆怯，嘚，嘚，嘚，嘚，一步一步，像一曲慢板。弯曲的山路，轰鸣的溪水，青黑的群山，清明的月色，满天的云彩。我不知道，此刻，我们与马，若落在纸上，该是怎样的一幅画了。

二、藏在群山之后的马牙雪山

山也有捉迷藏的。

从炭窑沟看过去,马牙雪山躲在连绵的深绿色的群山之后,只刺棱棱地探出来一截截灰白色的大山尖,有些突兀。就好像,前面的山背着它,它趴在前面的山的背上。山尖如剑,常常烟笼雾罩,忽隐忽现,很诡异了。大约山参差错落有如马的牙齿,故名马牙雪山。但我一个异乡人看来,没那么像。然而,当地多马、牛、羊,人们便终究随口叫了马牙雪山——不然,狼牙雪山?犬牙雪山?似乎更不妥。大抵如此吧。清代诗人杨惟昶有诗曰:"马齿天成银作骨,龙鳞日积玉为胎。"看来,叫马牙是有人赞成的。

马牙雪山在甘肃天祝。天祝是藏民聚居之地。当地的藏民管马牙雪山不叫马牙雪山,叫阿尼嘎卓,称主峰白尕达为伦布什则,意思是最高的须弥山。须弥为梵语,意为宝山、妙高山、妙光山。在古印度神话里,三千个小世界为一个小千世界,三千个小千世界为一个中千世界,三千个中千世界为一个大千世界,而三千个大千世界为所有的世界。须弥山,便是位于世界中心的山。藏民把马牙雪山看作最高的须弥山,可见雪山是他们心里膜拜的神山,地位无与伦比。

有天得闲,租车去爬雪山。颠簸中,与司机郑师傅闲聊。既是雪山,想必是终年积雪吧?郑师傅说哪里有,一到夏天雪都化了。"不过,"郑师傅说,"冬天那雪可是一场接一场地下，大得很呗！齐人腰呗！就算夏天，打雷也是家常便饭哩，一打雷就下大雪，很大很大的雪呗！要是有人爬到山顶大吼一声，本来正晴着天哩，不等喊完，霎时就变了，黑云打着滚往前跑，一眼没眨完哩，哎哟哟！柴香花一样的大雪花就飞下来了呗……""哦？"我们听得来了精神，七嘴八舌地说，今天就去山顶喊下它一场没了腰的大雪。

山路难行，皮卡车一路哐哩哐啷七弯八拐。没路可走了，下车。正是清晨八点，大约时光尚早，天空清澈碧蓝，仿佛一匹靛青的丝绸，一点杂质也没有。环望四周，全是绿茵茵的大山。这儿的山，因为大，又比较平缓、平滑，给人一种憨厚驯服的感觉。马牙雪山依旧静静地矗立在这些黛青的群山之后，依旧只断断续续露出一段一段的山顶。离得近，看得清雪山上几乎没有绿色的草木，全是白石头。倒仿佛，那不是雪山，而是山坳间翻涌升腾出来的大块大块的白云彩。查阅资料，马牙雪山在北纬 37°，海拔 4447 米，严格地讲，在这个纬度上，海拔不足 4500 米，就不会有终年积雪，不能称为真正的雪山。马牙雪山之所以依然叫雪山，就是因为岩石洁白，远看如雪，即使不是真正的雪山，也不枉为雪山之名了。

我们先爬挡在雪山前面的一座绿色的大山。没有路，依着一条溪水逆流而上。溪不宽，水却不浅，水流的声音也大，哗啦啦哗啦啦，响彻山间。这是小溪唱给大山的歌。水里满是石头，水从大石块跳下去的时候，跌碎了清艳的阳光，水面顷刻间璀璨起来。俯身在小溪里撩几下，冰凉，似雪，从雪山上下来的无疑了。

往上爬，灌木多起来。只知道山上有大杜鹃、小杜鹃、格桑花、边马花，却全然分不清什么是什么。小杜鹃，当地人叫柴香花，五六月份开满山，香气随风飘到山村里。那时候，炭窑沟的人无论干什么都能嗅着花香了，梦都是香的，梦话也是香的，连婴儿的尿也是香的。可惜现在是八月初，花期已过。只有一种灌木，满开着小黄花，密的地方成了片。

山里果然变化无常。正爬着，刚刚还是大好的晴天，一眨眼，马牙雪山的上空已积聚了厚厚的云彩。云彩黑的黑，白的白，黑的朝着白的跑，白的朝着黑的跑，跑得那么快，好像乡间的黑狗白狗打群架。黑云先是吞下了雪山的山尖，然后，吞下了整座雪山。云天相接，分不清哪是云彩，哪是天空，像是天空掉了下来，压在了雪山上。雨接着就下起来了。然而，我们头顶上却是明艳的阳光。这让雨显得非常可疑，像一场白日梦，或一个巨大的谎言。可是雨的确在下，阳光也的确清亮明媚。我们只好打着眼罩听着雨点落在灌木上的沙沙声。大约，也就两支烟的光景，雨说停就停了，雪山之巅涌出了一弯彩虹。先还有些模糊，慢慢地，逐渐鲜艳起来。红橙黄绿青蓝紫，清爽爽的全有了。大约，一番云雨后，雪山终于明白了我们是远道而来的异乡人，总得有点姿态，便摆出这样一道佳肴来款待我们。我们愣怔怔的，全都看傻了眼。

地面原本湿润，一阵雨，有点泞了。不时看见清晰的蹄印和新鲜的牛粪。停下休息时，走来一群羊，后面跟着清瘦的牧羊人。有人紧喊："看，羊！羊！"

　　牧羊人说："白牦牛。"

　　"这就是牦牛啊！"

　　"那个——，"我指着一只黑色的牦牛问他，"是什么？"

　　"也是白牦牛呗。"

　　见我笑起来，他补充说："黑的白牦牛很少呗。"

　　有人想靠近了拍照，牦牛群却惊慌地飞奔起来，安静的群山，一时被踏乱了。

　　拍照。对着雪山，背着雪山，指着雪山，望着雪山，跳起来，把花丝巾高高扬起来，回眸一笑。无论我们怎么变换姿势，雪山始终一成不变。谁又能改变得了一座山呢。除非时光。在亘古的时光面前，永恒的山，也是短暂的了。沧海桑田，寥寥几个字，却是看尽了人间亿万年的容颜。

　　我们攀折着灌木爬了三两个小时，看看雪山，似乎就在眼前了，却分明依旧在青绿的群山之后，无论如何触摸不到。而且，据说，山上是有狼的，去年就曾打死了六只，因为它们袭击牛羊圈，便不再继续前行，转而下山。

　　到了山脚，再回头仰望，蓝天下坚硬的雪山顶上，不知什么时候，已游着团团柔软的白云了。这时候的马牙雪山，嶙峋还是嶙峋的，然而却也妩媚极了。

　　　　　　　　　　　　　　　原载《散文》2018 年第 1 期

寂静的月亮

米 兰

一副对联

冬日里总是有些寂寥的。一场小雪过后，情形有些改变，"绿蚁新醅酒，红泥小火炉"，文人的古意相跟着来了，再念及王子猷雪夜访戴之雅意，便起身拿了围巾和手套下楼，推上自行车出门——去漏月轩看看吧，又是六个月过去了，"翰墨因缘旧，烟云供养宜"，老先生以行楷笔法书写在自家门上的红对联褪尽颜色了吧？那字儿还能瞧出些眉目来吗？

外面的世界依旧熙熙攘攘。路两边灌木丛上残雪点点，像一朵一朵洁白的莲花。骑着自行车猛蹬几步，转往鹤伴二路。右手边是一所学校，教学楼上八个大字在阳光下熠熠生辉：先忧后乐、唯真唯实。前四字源出范仲淹《岳阳楼记》。北宋时期著名的思想家、政治家范仲淹，自四岁随母迁居淄州长山（今山东邹平），在邹平生活了二十年，齐鲁文化的滋养为他成为一代良相奠定了基础；后四字源自梁漱溟。梁先生当年选择邹平作为实验县，在这里一住就是八年，实践其乡村建设理论，为这个小城留下了一大笔文化遗产。作为校训，"先忧后乐、唯真唯实"从治学与做人两方面体现邹平一中的校园文化与教育理念，是邹平教育界、文化界，包括郭连贻在内共同讨论确定的。郭连贻题写的"魅力邹平"四个字就镌刻在路口一枚景观瓷盘上，白底蓝字，圆润宁静，细细体味即解得康有为"体庄茂而宕以逸气，力沉着而出以涩笔"之句。与郭连贻相识十年，在他始终平静如水的表情里，跌宕人生消失无形，我每每感觉流离时光背后，他那不着一言的隐士之风发散而来的大气象。得其沾溉既久，我的性情里也随之多了些天高云淡，再不喜铿锵之音，更愿意聆听对面坐着的人，无言传递过来的那些话。亦由此，当丙申年杏花开过、先生"走"了之后，面对铺天盖地的纪念文章，我保持着沉默。我以为面对极具个人色彩的一位乡贤而不作个性化的表达，是不太有趣的，信手而来的滋美之词对他也是不够尊重的。郭连贻生前抑或明白，他眼前这位"米兰女史"，依稀仿佛与他的灵魂有些微相通之处吧。别人看到的，他的笔墨文章，就在那里，我也看，只是对此未曾作过只言片语，想起来也是惆怅。

一中西临黛溪河，过了大桥，印台山陡然呈现。郭连贻的村庄就在山脚下，周围植有大片果木，每年春天花开时节，踏春的人接踵而至，人声嘈嘈，全然不见他当年为生产队看守果园时的那份清静。郭连贻长子郭宪明犹记得小学时代，每天放学后跑进果园，扔掉书包，拿起父亲炕头上的书，《契诃夫小说选》或者《聊斋志异》，随便哪一本都是一段快乐的阅读时光。"屋前一架丝瓜，几只蝈蝈飞来瓜架上吱吱叫着；雨天里坐在门口听雨声，看黄黄的丝瓜花落满一地，望着父亲穿着蓑衣，从朦胧雨中的小道上走来……"在郭宪明笔下，果园里的童年就是这么美好。只有一点，每天被父亲规定着写十张大仿，实在是额外的负担，端的不如在果园里跑来跑去，偷偷摘个果子吃好玩。每年春节前，拿着红纸来让父亲写春联的庄邻乡亲络绎不绝，不到除夕不作罢，令人烦不胜烦，写一手好字有什么用，自找麻烦。写一手好字有什么用？当郭宪明自己悟到答案的时候，老大徒悲，悔之已晚。人生的季节哪能颠倒呢。

丙申年十月十五之夜，据说是六十八年来月亮最大最圆的一次。那天晚上，我在鹤伴二路明丽的清辉里散着步，想象郭家院子里那片青青翠竹飒飒有声，像青年郭连贻风樯阵马，下笔疾走。我觉得他一定还有想说的话没说，把它们留在什么地方了。郭连贻一生磨难并不是我能会意的，对于他的书法艺术，我一个外行更无资格做高低品评。老先生一点一划横竖撇捺，在我眼里如此天真稚拙，所谓"儿童乃成人之父"，先生下笔复归本真，其中的缘由与秘密藏匿于岁月深处，无形滋渥，无由言表。想至此，仍是惆怅。

雪后初晴的景色很不错，印台山北麓雪光闪闪。薄雪覆盖的麦田扩展了视野，成群的麻雀在行道树上啁喳觅食。我骑着自行车一路生风，呼与吸凝成的白雾团团向后飘去。用不了一刻钟，就能再次见识郭家那片竹林了，那可是北方院落少有的景致。以前每次去，老先生都会站在门口迎着，我们也不拿自己当外人，像回家一样踏进门去。这次我一个人悄悄地去，只是因为想念。我谁也不打扰。甚至他家后面那座文昌阁楼顶上古老的青瓦以及瓦缝间漂亮的松花，我也不打算再拍照，看看就走。

　　郭连贻家在碑楼村街最北端。六月份的时候我来过一次，看到两扇门上各粘了一张小小的白纸，盖住了对联末尾那个字，翰墨因缘、烟云供养，郭连贻的影子在淡红的对联里沉默不语。我对着门拍了一张照片，记录下那一刻我内心的悲伤。半年后再次过来，门上纸张已然残破，颜色已然褪尽。忽然想起雷恩·寇伯音乐特辑《心灵秘境》中的一首"暗夜"：当夕阳西沉，路易斯岛上的石头送走的不是光明，而是迎来满满一屋子的宁静……

　　翰墨因缘旧，烟云供养宜。

　　可是郭连贻已经沉寂到了远方，只把一副对联留在门上，等着远远近近过来看他的人。

沉　默

　　第一次到郭连贻家拜访，是 2008 年 5 月 15 日，我和电视台张平兄陪同王红先生去的。王红与郭连贻是一对老友，王红致力于地方历史文化的研究与传承，郭连贻为书法界耆宿，两人同为县里的文化大家。张平兄爱好收藏，央视经济频道专题采访过他，他的书法也小有名气，与两位先生亦师亦友。在郭连贻家门外，我看到的是两扇有了年岁的普通木门，门上对联正是"翰墨因缘旧，烟云供养宜"，行楷字体，法意兼备。跨进门去，影壁前几杆翠竹煞是清雅，一转眼看到北屋窗下两株石榴花儿开得正艳，初夏的阳光在屋瓦上闪着光，诗书人家的气质跃然而出。郭先生着一件中式对襟上衣，戴一副黑框眼镜，样貌清癯，神态平和。他们三人聊了些什么我不记得了，我坐在一旁似听非听，只想尽快走到院子里去。进屋前我看到西墙那里有一个月亮门，上书"凤池"二字，门那边隐约可见竹影摇曳，该就是传说中的竹林吧。王红先生最是了解我，见我坐立不安，他提议到院子里走走。

一步跨进那个月亮门，果然满眼墨绿，一院竹子静悄悄散发着清香。竹林北侧又有一个月亮门，门楣上但见"光风霁月"四字，左右两边对联曰：临墨池时文字长，别处红尘自在生。门里面是一个独立的小院，坐北朝南三间青砖瓦房，西边一架紫藤，东边一株白玉兰，世外桃源的安静模样。张平兄悄悄告诉我说，这是郭先生为三弟郭在贻单独辟设的一间纪念馆——其时，我尚不了解郭在贻其人，几年后我在敦煌石窟看那些古老的壁画，曾经联想起这个名字。余秋雨写《道士塔》讲的是石窟里的故事和叹息，作为训诂学家、杭州大学的教授，郭在贻则把目光聚焦在敦煌遗书中的变文、曲子词、白话诗、券契等文书上，有三部相关著作问世。作为长兄的郭连贻，很是为三弟自豪。自从二弟郭铸贻二十一岁因病早逝，三弟就成了他唯一的精神支柱。在他看来，三弟是文化学者，著作等身，是一位成功者，他自己一介农夫，一无所成，是一个失败者。谁承想，命运偏偏捉弄人，1989年，事业正如日中天的郭在贻因病走了，当初的三兄弟只剩下郭连贻一个人了。这世界到底由谁掌控着，用什么办法才能破解所谓的命运？想了又想，想了又想，找不到答案。郭连贻所能做的，只是在宅子里辟出一角，把三弟的著作、书法作品及其他遗物一一陈列，一间简单的纪念馆落成了。他在一旁为自己放一张木台，他坐在木台边读书，在木台上练字，兄弟相伴，聊以自慰。三弟来信中曾借《南史》中那句"入吾室者，但有清风；对吾饮者，惟当明月"，对兄长倾诉为学者的孤独，其实，兄长何尝不是孤独的，久居僻壤，难以遇到可以与之对话的人，灵魂独自漂泊，孤独感何以排遣？好在天上一轮明月守时守信，不离不弃。多少个不眠夜，郭连贻练完字，走到院子里去，听风在竹林间穿梭，看月光下自己的影子长长短短。"缺月挂疏桐，漏断人初静。谁见幽人独往来，缥缈孤鸿影。惊起却回头，有恨无人省。拣尽寒枝不肯栖，寂寞沙洲冷。"苏轼这首《卜算子》，他写过不止一次，高洁自许也好，孤芳自赏也罢，彼时的郭连贻默默享受着一个人的孤寂。交际广泛的法国人伏尔泰不是说过吗，在这世上，不值得与之交谈的人比比皆是，一个人深居简出，少为拥挤、繁杂的人事掣肘，也没什么不好。郭连贻在一本刊物上见过高更 1897 年创作的那幅画《我们来自哪里？我们是谁？我们要到哪里去？》谁知道呢？无论如何，躲开喧嚣浮世，在这清静一隅读读书写写字，或为生命需要，或为情感倾诉，或为心灵慰藉，他的日子里渐渐多了些云淡风轻。嘉庆十二年四月朔，书法家伊秉绶以隶书所撰伊姓宗祠通用联"翰墨因缘旧，烟云供养宜"，据说在北京八大处还能看到，郭连贻自然无缘见那真迹，这十个字却与他此时的境地十分地契合，碑楼村边一列山脉自东南而西北，烟云缭绕，水汽涤濯，他与笔墨结缘至今，不正是该楹联的真实写照么？

郭连贻早年结识了一位山林老汉，二人性情相合，话语投机。老汉不识字，未必知道陆羽其人，更不可能读过《茶经》，但他泡制的杏梅茶却让郭连贻念念不忘。在《杏梅》一文中，郭连贻写道：

吴老汉把茶叶放进壶中，然后放进杏梅。提下烧壶约两分钟，再缓缓冲进壶中。又约三分钟倒出一杯再返回壶中，又约三分钟喝茶。初不在意，但细细品味，稍感有些苦涩，但觉清新透腹；稍感有些酸味，却并无实质的酸的物质存在。屈子曰："朝饮木兰之坠露兮，夕餐秋菊之落英。"注云："吸正阳之津液，吞阴阳之精蕊。"那么，这杏梅，不也经过了春温秋肃，夏雨冬寒，其真纯之美，是造物者所赋有，非调和炮制所可得之也。

诗人说，人可生如蚁而美如神。人生天地间，赏茶论道，岁月优游，境界至此，也即清风明月了吧。

2013年，王红先生大作《范仲淹故事评传》正式出版。9月7日，我陪同王先生去给郭先生送书。时近中秋，天气却未变凉爽，那一天很热。来到郭家，又见翠竹青青，合欢、紫藤荫凉匝地，好不惬意。两位先生一左一右坐在竹木沙发上，茉莉花茶的香在屋子里袅娜、升腾。王红于古稀之年完成《范仲淹故事评传》的写作，终偿夙愿，意兴遄飞，谈兴正健。郭连贻时年八秩有三，左手放在青花茶杯上，静静聆听，一默无语。我见他把目光投向我这边，就走过去俯在他身旁，跟他拍了张合影。他身边的柜子上放着几本书，里面恰好有我那本拙作《花布》。以老先生的岁数，应该没有办法看这本书，字儿太小，题材也多为我个人青春碎片，没多大意义，专门送给老先生一本，只为表达我的敬意。先前他写过一幅字送"米兰女史"，"文能换骨余无法，学到寻源自不疑"，这句话长期以来在我身上所起的作用是显而易见的，它让我更加遵奉耕耘与收获的质朴关系。于书法之外，郭连贻的气象与寄托我至今不能领略；于文学之外，如果让我说从他那里真正学到了什么，也许是：平静的沉默。我发现语言老了，就变成沉默。

漏月之光

1997年，郭连贻撰写八百字"连贻小传"楷书一幅，

"漏月轩"斋号始为人所知。

漏月轩者，屋顶洞开有月光筛下之谓也。幼家寒，十岁失怙，从塾师读《孟子》未竟而辍学。十八岁谋食江南，余暇从金陵大学吴先生读《左氏春秋》，从衡阳王大管先生学宋词。生计多艰，时有转徙，然余于诗文未尝久离也。十九岁从戎，念九岁归田。十年一梦，酸苦备尝，回首往事，颇有难言者也。其后生涯，则游移于稼穑笔墨之间。曾作铡草农工、河上车夫、农中教师，后有幸派为果园看管，则别有洞天矣。居处峰峦叠嶂、林木茂郁、草棚瓜架、流水绕户，夜对青灯，但闻蛩吟，读书写字，时光不迫。虽曰清贫，自谓得其所矣……

郭连贻体瘦力弱，庄稼活并不在行，家庭收入微薄，屋顶破了也无力修缮，逢雨便漏。好在有月亮的晚上，月光自屋顶漏进室内，又别有一番诗意。当然，以"漏月轩"作斋号，苦中作乐罢了。

1983 年，经由当时的县文化馆研究馆馆员王红力荐，郭连贻以农民身份加入县志编修小组，负责梳理旧县志、撰写历史大事记和历史名人小传、考察方言土语、起草序跋。无疑，这是县志中最重要的部分，也是难度最大的部分。邹平自西汉置县，历史悠久，人文荟萃，史称"齐鲁上九县"，编修这本县志，不下大力气、没有真功夫是不可能胜任的。除了没日没夜地阅读浩繁的史实资料，郭连贻还经常与王红一起下乡，骑着自行车到有关村庄做详细的田野调查，以获取第一手资料，充实到县志中去。县志编修工作断断续续，历时八年完成。这八年，郭连贻若渴骥奔泉，充分沐浴在文化的光辉里。编志之余，他创作诗歌、散文小品，撰写考证、评论文章，《邹平诗苑溯古》《范仲淹流寓考》《段成式乡贯应从邹平说》《义和拳在邹平起事始末》《朴学大师成璨》等文，即在此期间撰著完成，他也因此成为远近闻名的"布衣学者"。如果不是作家李登建着手写一部《最后的乡贤》一次次前来访问，郭连贻也没打算回过头去看人生。过去的已经过去，好年华既然就在眼下，那就专注做自己喜欢的事好了，再没有人扒翻你的社会关系，没有人像盯阶级敌人一样盯着你，没有人鄙薄你的闲情逸致，写字作文随性情发散，岂不快哉。人到老年，不是因为愈加看清了这个世界而放弃抗争和思考，恰恰相反，他将更有勇气扼住命运的咽喉，让生命之花开到荼蘼。写作《名利场》的萨克雷说，这世界是一面镜子，每个人都可以在里面看到自己的影子，你对它皱眉，它还你一副尖酸的嘴脸；你对它微笑，跟着它乐，它就是个高兴和善的伴侣。正所谓朝有梓进、野有遗贤，郭连贻饱受旧学浸染，且以农夫自视，却实在比一些梓进开明通达，比如辜鸿铭，这位无与伦比的大家巨匠，中的是中国自己五千年故步自封的咒语，偏执有余，融通不足。同为东方文脉，日本当代佛教学者铃木大拙认为，禅能让人觉照心灵的真正本性，做自心的主人。在欧洲弘扬禅宗时，有人问他：释迦牟尼对众生最后的希望是什么？铃木大拙答：抛弃依赖的心。

在郭连贻那里，我一度发现书法是思想的寂静，是视觉的音乐。然而，书法就是书写汉字的规范和法度，它的载体、用具、书体相互关联，彼此牵制，那么，书法于人的思维是否亦是一种牵制？郭连贻历经多变社会，时代反复，百味备尝，深谙儒家文化优劣所在，尤其居于孔孟之乡，不难发现孔子学说到了后来，一味倡导保护腐朽的，不惜遏制幼小的，与生命的自然发展相悖逆，确是个问题。

2001 年，郭连贻被山东省文史馆聘为研究馆馆员，每月有 1500 元补助。有了这份固定收入，他更加专注于书法修习，艺术生命愈发枝繁叶茂、飒飒作响。在艺术领域，郭连贻尽可以超然之境并迥异流俗的书法品格高居人上；于现实生活，他则是一位蔼然仁者，谦逊睿智，不私不吝，前来漏月轩拜师学书者众，无一空手而归。同乡作家李登建发现，郭连贻不仅仅是本乡本土的一位文化老人，他的品德和才学为乡人推崇敬重，是看得见的阅读。李登建意欲把中国一些传统的、美好的，又令人担心终将逝去的东西，通过郭连贻表达出来。一部散文笔法的人物传记《最后的乡贤》由此出炉，一个普通中国人成长岁月的难言伤痛以及伤口之上傲然开放的绚丽花朵在李登建笔下展现开来。

漏月轩越来越像一个巨大的磁场，吸引着一些人往这里跑。练书法的，不练书法的；搞文史的，不搞文史的；写诗的，不写诗的……凡是有"文"的情结、有精神追求的人，多喜欢到漏月轩来坐坐，或者与漏月轩有这样那样的联系。

在邹平，这成为一个非常奇特的现象。

郭家的房子后来修葺一新，月光不必自屋顶筛下，它在漏月轩自由挥洒，畅行无碍。我发现月光是一味药，能治愈人心。我又发现月光是一簇火焰，能温暖人心。当然，月光有道，能照亮人心。

寂　静

岁月忽忽，转眼又是一年。2017 年新年这天，空气质量仍然很差。困在家里无所事事，我决定管它 PM2.5 指数多少，还是应该像前几个新年那样，爬趟印台山以示庆贺。印台山海拔高度只有 259 米，离县城又近，抬脚即到。戴上防霾口罩，在朦胧日光里，我来到印台山南坡。当年张艺谋拍摄电影《活着》，福贵和二喜埋葬凤霞那段戏，外景地就选在这里。在这片枯黄的茅草地里，我仿佛又一次看到福贵和老牛在暮色苍茫中走向寂静。"我知道黄昏正在转瞬即逝，黑夜从天而降了。我看到广阔的土地裸露着结实的胸膛，那是召唤的姿势，就像女人召唤着她们的儿女，土地召唤着黑夜来临。"余华这部小说我看过两遍，两次看到这里都忍不住泪流满面。

到达山顶，雾霾更重了。看不到炊烟自农家屋顶袅袅升起的景象，看不到炊烟在霞光四射的空中分散开去的性状，甚至无法看到山脚下郭连贻居住了 86 年的那个碑楼村。四周一片空茫。这一切真是不可思议，自然界风霜雨雪成了奢侈品，人为的霾大行其道，却是为何？

爬山回来，赶紧洗了个澡，以便尽快把头发上、衣服上沾惹的有害物质冲洗掉。赃物进入下水道，然后去了哪里呢，它们还会复归天上，进入大气层吗？打开日记本想记下点什么，不期然翻到2016年6月4日那一页："未时，自漏月轩归。蝉鸣。'芒种'将至。心戚戚焉。"想起来了，那一天是郭先生寿辰，宪明宪玉兄弟俩约了几位老友到漏月轩小聚，在紫藤架下吃了顿便饭。阳光透过紫藤花架，斑斑驳驳照在西墙上，三棵指甲桃兀自在墙角开着花，一株茑萝爬到墙头上去了，竹影投在白色墙壁上，一点一点向下移挪。那位老人沉默的样子我是再也看不到了。进门前看到大门上粘贴的两张小白纸还在，盖着对联最后一个字，翰墨因缘、烟云供养，郭连贻的影子在淡红的对联里沉默不语。我拍下了那一刻我一个人的悲伤。朋友们在漏月轩走着看着，谈天说地，没有人提及老先生。郭连贻春三月"走"的时候，漫山遍野的杏花开了，可是他想说未说的那些话？我还记得为先生拟写的那副挽联："欹正疏密浓淡枯润，笔墨韵味一纸挥洒持拙存；东西南北春夏秋冬，人生甘苦百年虚怀抱道还。"如果哪个字用得不恰当，先生大概不会责怪的吧。在这座小城里，我看到又一个杰出的灵魂归于寂静，继而看到又一拨沽名之辈开始喧哗，更有一些个老人，写书的、作画的，狂狷自大，谈吐失雅，让年轻人无所适从，久而久之，难存敬意。与郭宪明闲谈，聊起此类人事，颇多无奈。宪明正热衷于习书，字儿到了一定火候。写得不顺手的时候，难免黯然神伤：再问字，找谁呢？

　　一直以来我热衷西学，对叔本华、尼采念念不忘。近年试着读《太平广记》，读晚唐邹平人段成式著作《酉阳杂俎》，始觉中华文化的确源远流长，慢慢爱上汉语之美。郭宪明从小耳濡目染，跟着父亲读了不少古书，古汉语比我精通。一次微信聊天，他说你不妨读读《古今谭概》《随园诗话》《宋稗类钞》，还有《柳弧》《池北偶谈》之类清代书籍；你看啊，民国时期大师辈出，与其国学修养深厚，文史哲等传统学科与西学交互作用不无关系……末了，宪明还以鲍照"泻水置平地，各自东西南北流"对我加以劝勉。言谈中我对三百年清朝有过讥讽之辞，尤其后期几任皇帝，坐井观天，大搞文字狱，禁锢思想，摧残人才，阻碍社会进步，"所以呀，清代笔记小说、笔记丛书尤为兴盛，原因就在这里。写志怪，写传奇，写杂录，写琐闻，间接反映社会与时代，这叫曲径通幽。如何穿过幽暗的生命隧道，以文字对世道人心作绵长体恤，进而求得救赎与超越之道，不是一个写作者更应该追求的吗？"郭宪明接着说。回想郭连贻当年在那片果园里，能够戴着不是"地富反坏"四类人，而是说不清道不明莫名其妙的一顶政治"帽子"静心读书、习书，也许是塞翁失马，它给陪同他看守果园的长子留下的，该是一笔精神财富而不是心灵创伤。在郭宪明笔下，那段童年记忆如同列宾画笔下音乐家莫索尔斯基的脸庞，蓝天白云般明媚，清风飞鸟般和谐，蹉跎人生、璀璨艺术以及品尝与咀嚼生活之后的沉郁并行其上，令他无限怀想，其来有自。

郭先生走了。一枚月亮还在天上。"三辰五巳八午真，初十出未十三申。十五酉上十八戌，二十亥上记斜神。二十三日子时出，二十六日丑时行。二十八日寅时正，三十加来卯上轮。"新年夜，一弯上弦月被雾霾重重遮蔽，但我知道，它就在天上。

原载《散文》2018 年第 2 期

母亲的随身物件

张 岚

一枚"顶针"、一方头巾、一副眼镜、一根拐杖，母亲随身的那些物件，给了我美好的记忆、质朴与善良的品格，它们身上有故乡的味道，有岁月的味道，总是给人温暖，令人思念，那是岁月留下的一瓣心香，在记忆里永恒，在时光里安详。

母亲的随身物件分了两个阶段：年轻时生活在农村里的母亲，随身离不了的物件一个是"顶针"，一个是用来包头的头巾；年岁渐长，生活在城市里的母亲，一刻不离的一个是眼镜，一个是拐杖。

顶 针

"顶针"是上世纪六十年代畅销的物品，一个十公分宽的圆形铁环，上面布满了密密麻麻的小窝窝，做针线活时戴在右手的中指上，针穿不过去时，用"顶针"顶一下，针便从布的这边穿到那边。童年的记忆里，无论是母亲抚摸我的面庞，还是攥紧我的小手；无论是拥我入怀，还是拍我入睡，总能感觉到母亲粗糙右手中指间的"顶针"。

母亲的"顶针"亲眼见证着母亲的勤劳。那时商品远没有现在丰富，吃穿用度都需要手工劳作。尤其是衣服，从头上的帽子，到身上穿的裤褂；从里面的背心、内裤，到脚上的袜子、脚底上的鞋子都需要一针一线缝制。身在农家，白天一身汗，晚上两腿泥，身上的衣服用不了几天便会磨坏。所以，农家的女人，白天下地干活，晚上纺线织布、缝补衣服，一刻也停不下来。路遇或见到的农家妇女共同之处是右手的中指都戴着一枚"顶针"，梳在后面的发髻或者胸前的衣襟或者是左侧的衣袖上，都会别上一枚带线的针，谁的衣服开了口、裂了缝或者掉了扣子，二话不说立即拔下针来，让被缝者口里衔一木棍，站在当下，三下两下缝补妥当，低下头咬下线头，再把针别回原处，然后该忙啥忙啥。

母亲的"顶针"，见证着母亲的灵巧。那时，费时费力的当属做鞋。每家按 6 口人算，一单一棉，全家就需 12 双。母亲总是把穿破的旧衣裳拆成一块块布片，天好时，把洗好的布片放在门板或面板上，刷一层糨糊贴一层布片，厚厚地糊上许多层晾干后揭下来，按大小尺寸裁成鞋底和鞋面。由于鞋底层数众多，在农村叫"千层底"。做鞋底时，要先用锥子将鞋底使劲扎透，再凭手指上的"顶针"将穿着粗粗麻线的粗钢针在锥好的厚鞋底上顶来顶去，实在顶不动了，就用钳子往外拔。为了结实，每穿过一针，母亲都要用手把粗线绳儿拽住狠狠勒紧，一双鞋底纳下来，手指节都会勒出厚厚的老茧来。等鞋底做好后，再用黑色或蓝色的布做成鞋面，用线细密地"纳实"后，再用粗壮的麻绳把底和面合在一起，一双鞋才告完工。母亲不但做着一家人的鞋子、袜子，春夏秋冬一年四季的衣服，还一年两次拆洗着全家人的被褥。因此，在农忙之余，或夏日中午，或阴雨天无法下地干活时，母亲便会哼着小曲，手不离针、针不离线地忙碌着。印象最深的是长长的冬夜，当我们钻进被窝后，母亲开始为我们补袜子。她熟练地将破袜子套在袜板上，裁剪后一针一线地缝补起来。那闪烁着银光的"顶针"，在寂静的夜晚，奏响了一串串无声的爱的音符。翌日清晨一睁眼，一双翻旧如新的袜子就会静静地躺在枕边，而母亲又在锅台边为我们熬玉米面糊糊或者烙煎饼了。即使这样，手巧的母亲做出的衣服上，总会绣上一朵小花几片绿叶；每双鞋上，母亲自己画出花样，然后绣上好看的花朵。那盛开的花儿在我的奔跑走动中活灵活现，常常惹来众多羡慕的眼光。尤其母亲缝制的枕头、荷包、鞋垫，都成为村子里年轻姑娘和刚过门的媳妇们讨要的目标。这些既实用又美观的"作品"，无不浸透着母亲的深情和爱，"顶针"更是发挥了不可或缺的作用。

在俗世的光阴里穿梭行走，年老后的母亲不用"顶针"已很多年，而我却在首饰盒里收藏着两枚母亲戴过的"顶针"，它是上苍赐予母亲的一抹月光，是母亲给予我成长的阳光，一丝一缕，呵护着我的童年，温暖全家的每一段时光。看着它，母亲那戴着"顶针"的粗糙手指就会浮现在眼前，旧日的岁月就会浮现在眼前，阵阵辛酸，丝丝暖意，便会一起涌上心头：我收藏的何止是一枚"顶针"，分明是母亲一颗爱儿女、爱家人、爱生活的心啊！

头 巾

头巾，也叫方巾，是北方农村女性生活不可或缺的物品之一，每个女性，无论长幼，都会有好几块。想来，一是能抵御北方刺骨的寒风，遮沙挡尘；二是能起到一定的美观作用吧。

沂蒙山农村常见的方巾一般 80 厘米见方，纯棉质地，四边有两厘米长的流苏穗子，质地柔软且温暖，几乎都是纯色的，或红或绿或蓝或紫或黑或黄，展开可以做包袱包物，对折后围在头上能把头发、耳朵、脖颈裹个严严实实，成为农家老少女子人手必备的物品。

记忆中，母亲喜欢的头巾有两种颜色，一种是藏蓝色的，一种是纯黑色的，或许是与母亲或蓝或黑的衣着最为相配的缘故吧。童年记忆里，方巾成了母亲以及那个时代北方女性固定的符号，除了夏天，即使在自家院子里，无论晴雨，母亲们都会戴着它：冬天是头巾，春秋是围脖，农忙时用方巾裹着饭盒到田间地头；劳动之余，捡些野菜、兰花草、地瓜、玉米、花生等，手头没有袋子时就用方巾包着，给清简的饭桌增添了不少美味。母亲的头巾还分了两种，一种下地劳作、日常生活时用，一种是走亲访友时用。每次到亲戚家串门，总能看到母亲穿戴整齐得体，亭亭玉立，即使头巾也能看出折叠的痕迹，色彩上更是与衣着相得益彰，让跟随在身边的我，心底暗暗自豪着。时至今日，我仍然清楚地记得，我上学或工作送别时，母亲包着头巾站在风里注视着我的身影。风掀起了母亲的衣角，吹开了母亲的头巾，而母亲却一直一直站在那里，站成一幅最美的图画，存在我心灵的深处。

1988年，我参加工作后第一个月的工资是100元。我便给母亲精心挑选了一块藏蓝色的头巾、一双方口的平绒布鞋，还给母亲买了一枚银戒指。母亲拿着礼物爱不释手，无论后来给母亲买真丝还是织锦缎的方巾，母亲总是笑笑收起来，却从不见戴在头上，时常戴在头上的，仍然是我第一次给她买的那块。

后来，母亲离开家乡来到了城里。最初母亲仍然是喜欢戴着头巾的，但与城里氛围很是不协调，再后来，母亲竟也习惯了不再戴头巾，每有外出，也选择了长条的围巾。但在母亲的衣柜里，仍然整整齐齐地存放着十几块头巾，有哥哥嫂子送的，也有侄子侄女送的，甚至孙女买的，每年的六月，母亲还会一一拿出来晾晒，之后再放上防虫防潮的物品，小心地存放起来。

母亲的头巾，是母亲青春岁月的印记，每当看到它们，就会让母亲回想起旧日岁月的那些日子，以及那些日子里的酸甜悲苦或喜乐来。

眼　镜

母亲离不开眼镜，是近几年的事情。

虽然母亲四十几岁就有了白发，但母亲的眼神仍然很好，即使到城里生活的头几年，年近 60 岁的母亲仍然穿针走线，尤其绣制的鞋垫更是令人爱不释手。

绣制鞋垫是一项复杂的工程：先用旧布和面糊制成做鞋垫的"壳子"，裁制得当后，母亲手绘出各色图案，如荷花、鸳鸯、竹子、石榴、蝴蝶、牡丹以及山石等象形表意的图案，间或会有"平安幸福""富贵吉祥"等字样，然后再找来各色丝线，配色热烈明快，对比鲜明地一针针绣制起来，为了保证结实，绣好图案的鞋垫再用一种近色的线细密地"纳"上一遍。用不了一周，一双线条舒展、纹样繁简得宜、生动自然又有秩序、精致绚丽、天真拙朴、独具韵味的鞋垫就会做好。垫在鞋里大小合适，穿在脚上舒适可脚，拿在手上，还可以体味到一股浓烈而又婉约的中国民间风情。无论是自用还是送朋友，都会换来一串串的赞美。

渐渐地，母亲做针线的速度放慢了，见我们在时，便会让我们穿好许多针线一排排地插在一边备用，由于线长线多，有时还会造成线与线之间的交叉，母亲往往会费很大的劲才将其分开，并歉意地说："岁月不饶人啊。"灯光下，母亲的头发白得更多，脸上的皱纹更深了。那一刻，我的心咯噔一下，才终于明白，那个年轻健壮、秀美能干的母亲终于老了，需要细心照顾和呵护了。第二天一早，我便领着母亲到了眼镜店，给母亲挑选了一副最好的老花眼镜。

自那时起，母亲对眼镜的依赖日重，除了睡觉时摘掉外，几乎片刻不离。有时已经走出门很远了，一看眼镜没戴，也要立即返身去取。为了取用方便，哥哥们也多次给母亲选配眼镜，也给母亲用过很多眼药水，但效果甚微。母亲戴眼镜戴了近二十年，不但没有丝毫的不适，反倒多了几分的书卷气，配了得体的服饰、雪白的头发，倒也成了十足的"知识分子"。为了名与实符，母亲私下里竟也学字识文，慢慢地也能认出不少的汉字来。但母亲最热衷的，仍然是闲暇时做手工物品：绣鞋垫、缝坐垫……我知道，母亲缝制的是对儿女们的关爱，是慈祥的心态和对旧日岁月美好的回忆。

每当我看到母亲戴着眼镜坐在阳光下做针线的时候，心里便会升腾起王鼎钧老先生写《那一米阳光》时的感受来，泪便会满满地涌出了眼眶……

拐　杖

年轻时的母亲，身材高挑，容貌秀美，是十里八村数一数二的漂亮媳妇。由于父亲常年在村里工作，全家六口人的衣食全由母亲一人打理。

我生活的乡村在蒙山深处，山坡荒地，几乎无路可寻，春种秋收全靠肩挑背扛，即便是居家所用的生活用水，也要到三里外的山下去挑。清楚地记得儿时母亲挑水的场景，空担时母亲抱着我挑着两个水桶一路说笑着，等打好水往回走时，是一路的上坡，两桶水约有 150 斤，担子重，路不好走，母亲总是把我放在路前边，大声跟我说着话，再跑回去挑起水桶，三里路，走走停停，往往用时半天。那时，总看到母亲挑担子的身影，总看到母亲一脸的汗水、一身的尘土。尤其后来我与哥哥在外地上中学的时候，是家里生活压力最重的时候，六口人七八亩地，几乎全是母亲一个人劳作。只有在假期里，我们才能帮母亲忙上几天，四十几岁的时候，母亲的腿明显地弯曲了。

2000 年，父亲身患重病后，母亲的腰也受了伤，但就是在这种情况下，母亲一个人承担起了照顾父亲的重担。现在想来，63 岁的母亲拖着自己不再健康的身体，每天照顾躺在床上的父亲需要付出多少精力、体力？那时，每当回去看望二老，或每日电话问询时，母亲总是轻松地说："你们安心工作就是，家里有我呢。我和你爹生活得很好。"后来，在母亲的精心照料下，父亲能说话了、能下地走动了、能生活自理了、能用左手写字了……

那些年里，我们把更多的关爱、关心都倾注在了父亲的身上。每次回家，给父亲带这样那样的药物，这样那样的食品、保健品，而母亲总是忙里忙外。父亲见到我们更像孩子一样撒娇，每当我们围在父亲身边说得热火朝天的时候，母亲忙里忙外照顾着我们的衣食住行，稍有空闲总是在一边笑着，并不多言。而无论怎样热闹，无论怎么撒娇，无论怎样亲热，每有私密的事情，父亲第一个找的人一定是母亲，比如去厕所，比如大便不畅，甚至走路时拐杖不在身边时，第一个搀扶父亲的人，也必定是母亲。而父亲，也只有在母亲的身边才表现出更多的安全和舒心。

当父亲能下地走路时，一开始时是由母亲搀扶着，父亲体胖，腰不好的母亲每搀扶一下，都是一份疼痛，但母亲却从不表现出来，总是鼓励父亲好好锻炼。这样的日子坚持了一年多，直到父亲能自己走路后，便每天拄着拐杖走来走去。父亲的拐杖是大哥自外地捎来的，母亲在拐杖顶端缠上了厚厚的纱布，还用红线拴了个小小的铃铛，每当听到父亲叮叮当当走来走去的时候，我们便笑母亲的孩子气。有一次回去看望父母时，是下午3点左右，夏天天热，连院子里的"大黄"都睡了。当我轻轻静悄悄地推开家门时，母亲靠在沙发上睡着了，粗大的手指交叉在胸前，眉头还紧紧地皱在一起。父亲则斜倚在床上，听到开门声见是我们，立即挣扎着摸到拐杖下床。拐杖一动，小铃铛就叮叮当当响个不停，母亲便立即醒了，来不及跟我打招呼就跑过去扶住了父亲。父亲则笑着说："没事没事，你就不能踏实地睡一会儿?"那一刻，看到幸福的父亲，望一望拐杖上的小铃铛，我赶紧走出门，悄悄擦掉流出来的泪水。

整整8年的时间里，母亲成为父亲行走的拐杖，成为父亲生活中必不可少的依靠和精神的安慰。2008年夏天，父亲告别了这个世界，我亲眼看到母亲悲伤无助的眼神，亲眼看到母亲手捧父亲的照片号啕大哭的样子。在收拾父亲的遗物时，母亲只选择了父亲生前用过的拐杖。

母亲始终把父亲的拐杖放在自己的床头朝夕相伴，每天更是细心擦拭，有时还经常听到母亲对着拐杖自言自语，但母亲却一直坚持不用，即使心脏病加重，走几步就需要停下来喘口气时也坚持着。现在想来，母亲担心一旦用上拐杖，就真的老了。但2014年秋天，母亲病愈后却无奈地与拐杖须臾不离了。

得知母亲用上拐杖后，家里的拐杖一下子增加了很多：有哥嫂们从外地捎来的，有侄子从泰山专程买来的，也有侄女从九华山顶求来的；有实木的、有竹子的、有铝合金的，然而，母亲却一直喜欢用父亲留下的那一个。母亲的体质越来越差，每天看到拄着父亲的拐杖叮当叮当、颤巍巍地走来走去的母亲，我们总是揪着心。于是，女儿又买来了一根四角着地铝合金的拐杖，母亲拄着它走路，从内心感觉更稳妥了些。后来，又给母亲买来带靠背椅子的那种，走累了可以坐在上面休息。但母亲却总是不习惯，直到去世仍然喜欢用父亲的那一根。

即使母亲也已逝去很久的今天，我仿佛仍然不时听到叮当叮当的响声，似乎父亲与母亲依然相扶相携行走在人生的路上。我知道，那不仅仅是一根拐杖，更多的是父母生活的见证，更多的是母亲心灵的支撑和精神的依靠啊。

原载《时代文学》2018年第2期

吾乡酱茄子

刘学刚

　　吾乡县城西关有一味小吃，叫酱茄子，是非常叫好的。

　　倘若以为酱茄子就是酱油腌茄子，或者面酱烧茄子，那就错了。西关酱茄子的主要食材是鲜茄、曲面和精盐，其酿制秘诀，一是食材要精，鲜茄老嫩适中，均匀周正；二是时间要久，犹如一部经典，是时间的杰作。

　　我们这里有"立夏栽茄子，立秋吃茄子"一说，说的是节气食俗，也道出耕作和收获的关系。立秋，鲜茄上市。圆茄大头大脑袋很是可爱，长茄则有一副好身段。我总觉得，茄子是中国最有喜剧气氛的蔬菜。摘茄子的、卖茄子的、吃茄子的，所有的人都在喊"茄子"，都长了一个菱角嘴，看上去特别开心，特有喜气。茄子带来的是好心情。而此时，选一些上好的茄子，让它和小麦面黄豆面做成的酱醅在瓷缸里相濡以沫，那好心情又会在未来的许多日子里更多一份宁静和醇香。

酱茄子，须先制酱醅。首先，精选黄豆，剔除坏的、变质的和其他杂质，清水洗净，浸泡，拌入洗净的小麦。然后，在锅里加水，以漫过豆麦为准，蒸煮至酥烂，取出，置于苇席上晾晒，半干为宜，过干则不利发酵，过湿又易伤热生虫。接着，将干湿适宜的酥烂豆麦搅拌，攥成面团，搁在荆条筐里，左右留寸许的空隙，上下两层可用洁净黄亮的麦秸间隔，将其置于通风阴凉处发酵。约莫十天，面团表面便长了一层灰黄泛白的长毛，其上附着淡黄微绿的斑点——这些长毛和生动的斑点是米曲霉留下的印迹。其实，很多微生物和人们生活在一起，它们来无影去留香，聪慧的家乡人很早就发现它们的存在，于是，利用阴凉通风的环境，让微生物们在自然状态下进入面团，培养发酵菌。圆圆的面团，其表面的每一个点都成为鲜甜的中心、酱香的反应堆。最后，将面团晒干并拂去上面的长毛，在磨坊里将其粉碎成面，把煮沸放凉的盐水倒入瓷盆，与碎的曲面搅拌成糊状，在糊状物上覆以洁净白布，置于阳光下暴晒，同时，酱盆下可铺垫一些青砖，以阻断地气之阴凉。接下来的日子里，糊状物需一日翻搅数次，隔几日加一次凉白开。直至呈暗紫之色，持筷子蘸一点入口，口感咸中带甜，酱醅乃成。

此面酱可食，是下饭妙品。可以用生菜蘸食，譬如苦菜蘸了面酱，口感层次即有提升，味蕾的感受是无比清爽。也可用来炒菜，譬如酱烧茄子，面酱热过，冷过，也曾圆鼓如球，也曾碎为齑粉，终于有了与鲜茄的一遇，那种滋味，咸鲜之中带有回甘，酱香之外似有别的味道，让人品味不尽。面酱还可用来酱黄瓜、酱莴苣、酱茄子。吾乡酱茄子始于清末，盛于民国，老县城的义和恒商号以酱茄子为招牌，其产品远近驰名，行销鲁地，远至东北。

酱茄子所酱之鲜茄，须是圆形嫩茄，以对茄和四母斗（一级侧枝果实称对茄，二级为四母斗）为佳。上好的鲜茄皮薄肉松，子嫩味甜，且大小相宜。具体做法是：将鲜茄去把，用谷草叶轻轻磨去茄子表皮，拿一根干净的竹签自茄把处插入，但不要插穿，以使酱香浸润内里；在缸底铺一层面酱，把洗净晒干的鲜茄放入，有茄把的一方朝上，其上再以面酱覆盖，如此填充至满缸；将酱缸用干净的包袱封口，放在通风阴凉处，三月之后倒缸一次，这样历时九个月，方可开缸取食。

此酱茄之法，他处罕见，所酱之茄，风味殊绝。观其色，紫色之茄，却酱腌出奇特的红褐色，且呈透明状，犹如一块晶莹剔透的美玉。把酱茄子小心搬到白瓷盘里，用筷头轻轻挑起一块，径送口中，无须细嚼，茄肉松软如酥，感觉比焖肉更加腴嫩，且甜中带酸，饱吸酱之咸香并有豆香味，用舌尖稍稍一压，腮颊之间似有一些凉凉的风，酸酸的雨，让人吃过一次就忘不了。

酱好的茄子能吃出焖肉的味道，但是制作酱茄，费工夫，成本高，周期长，所以酱茄子价格远远高于猪肉，我们这里的人常以此为佳品，馈赠亲友。南方多阴雨，盛行梅干菜；北方光照足，乃有酱茄子行世。出门或送客，就带一坛酱茄子。盛放酱茄子，吾乡最喜用油篓。那是一种坛形容器，用荆条编成，肚大口小，内外糊几层毛太纸，以桐油浸透，干燥后即可使用。小号油篓装酱茄两个，篓口以红色商标纸封好，看上去古色古香，颇有韵味。

原载《人民日报》2018 年 2 月 7 日

外婆的年

胡容尔

在我的记忆里，过年，总有一种让我口舌生津的馨香味道。那来自我的童年，与我的外婆有关。

母亲生，外婆养。父亲在昆明当兵，母亲在广州教书，顾不上我。但外婆不嫌弃。她把这块被丢在乡下的泥当成宝，又浇水，又喂肥。渐渐的，丑泥也有春天眷顾，草色青青，野花烂漫，像别的孩子一样无忧无虑。

小时候的年，是一段贴着对联、年画和窗花的乡村记忆。红彤彤的，笼罩着一团喜气。因为一反常态，而显得不安分。我的心像飘浮的纸鸢似的，晃晃悠悠荡在空中，直到吃了元宵节的汤圆，才肯落地。好在，有外婆站在地上，稳稳地接住。

我今生遇见外婆时，她已五十多岁。她的优雅，在村里无人能及。阳光似乎格外礼遇她，她的面皮白净，晒不黑。

说话温和，避开粗口，这得益于她的家教。这位当年镇上有名的"三富堂"掌柜家的四小姐，即便下嫁到庄户人家，即便与粗粝的生活斗争这么多年，依然不落下风。

喝过腊八粥，被红豆、花生、黄豆、大枣、糯米、绿豆、板栗、冰糖等稀罕食物的能量合力架起，我的身心就有了升腾的底气，上蹿下跳，生机勃勃。我人小，但不傻。我眨巴着眼睛，小狗一样摇晃着尾巴尾随在外婆的身后，东走西走。还懂得适时露面，以便第一时间享受外婆制作和买来的美食美物，既饱口福，又饱眼福。我早就发现一个秘密，外婆平日里会把最好的东西，吃的用的穿的，暗藏起来，留到腊月打开，摩挲，配备过年。我为自己的洞悉，暗自得意，并秘而不宣。

外婆忙年，从腊八开始，响亮地奏起了序曲。营生成倍增长，不止在柴米油盐酱醋茶七件事里转悠了，身边总有干不完的活计：清扫卫生，拆洗缝补，剪窗花剪福，糊顶棚糊窗；逢五遇十，备好大筐小篓，去赶集置办年货……等到小年祭灶后，还有一拉溜的面食，排队等着她去完成：发糕、年糕、豆包、菜包、馍馍、饺子……外公不会做饭，只会拉着个呼哒呼哒响的风箱，往灶膛里添柴火。但外婆并不慌张。她的双手和双脚各就各位、配合默契，在忙碌的节奏里，保持着忙而不乱的秩序。现在想来，我外婆堪称是优秀的生活家。再忙再累，她也有本事把日子治理得有条不紊。别人有的，她不缺；别人没有的，她不少，不给列祖列宗丢脸。

那些年环境清朗，胶东的冬天很纯粹，比现在冷多了。腊月天常常会下雪。大雪片子扇动着翅膀赶来，院子里，房顶上，白亮亮的，头道面粉似的，扬得到处都是。仿佛也想沾点人间喜庆的年味。天助农人。外婆把那些从集市上买来的年货，鸡鸭鱼肉分门别类，装进蛇皮袋里，埋进墙根的雪堆中，天然冷冻。就算没雪，数九寒天，滴水成冰，也不必担心食物会腐烂和变质。外公外婆的家境还算殷实。外婆总念叨着，多备点年货，亲朋好友来串门时让人家吃好喝好。其时，他们的子女、我的妈妈、舅舅、姨姨，都已经鲤鱼跃龙门，跳出村庄到外地工作了。就算过年，也难得一聚。

　　对孩子们来说，最关心的排在首位的还是吃食。民以食为天，这话永远不会过时。过了腊八，好日子就来了，饭菜会变得像模像样，流水一样，一直流到正月，比往日丰盛许多。那些平时深藏不露的腌鱼、腌肉、腌蛋，大摇大摆地登堂入室；鲜肉、香肠、豆腐，也时不时地出来露个脸儿；就连潜伏已久的糖果、桃酥、核桃、瓜子，也开始现身溜达。让我疑心，其余的月份好像就是做做样子，用来虚度的，简直白过了。我天真地想，一年里，我只过腊月和正月就好了。

　　除了吃的，让我惦念的，还有我的新衣服。自然早已准备得一应俱全，外婆从不会忽略。除了母亲从远方寄来的上海产时髦童装，足以让小伙伴们惊得目瞪口呆外，外婆亲手给我缝制的棉衣棉裤、内衣内裤，里三层外三层，都会让他们羡慕不已。

外婆掌管的春节，如同开启一个宝物匣子，里面涌出百宝光，让我目不暇接。这时的外婆看上去就像坐在莲花台上的菩萨，慈眉善目，仁爱慷慨，有求必应。

当然，外婆也有她自己的高兴事。最让她盼望的是腊月二十九。每年的这一天上午，约定俗成，村委会的一队人马，会敲锣打鼓，穿越街头巷尾，给军属家贴门对，送慰问信。

外婆一大早就起身，先把屋里屋外打扫得干干净净，再把自己收拾得整整齐齐，油亮圆润的木簪绾着的发髻，温柔地蜷缩在她的脑后。准备过年的新衣也提前穿上了。外婆端端正正地坐在堂屋里，仿佛在等待一个隆重的节日仪式。一听到外面锣鼓喧天，外婆迅速从椅子上跃起到门外，将糖果和瓜子，分发给贴门对和围观的村人。有人挥动一把白毛刷在门上刷上黏稠的糨糊，在旁人的热心指挥下比量好左右上下，将一对红灿灿的对联服帖地贴上；又有人把一张印着陆海空三军战士庄严敬礼的慰问信，恭敬地递到外婆手上。外婆在村里辈分高、威信高，大家都很敬重她。那一刻，阳光伏在新对联上，伏在外婆身上，那么明亮，那么神圣，那么美好。

外婆的三儿子，是她亲自送去参军的。我隐约觉得，作为军人的母亲，这一天，才是外婆精神层面上的过年。

过年，也是孩子们成长中的一个盛大庆典。迈过新年这道门槛就长了一岁，年龄的增减交替与更新，只在一夜之间。新年零点一过，我就迫不及待地张开小嘴，甜甜地向外公外婆拜年。一句简单的"过年好"犹如点金石，外公外婆便笑眯眯地将压岁钱塞到我手里。外婆一边看着我笑，一边抚着我的头说，好蓉儿，又长了一岁，更懂事了，外婆可是又老了一岁，白头发更多了。

外婆的笑容里，依稀透着些伤感。但当时年幼的我，并不理解，老了意味着什么。

长大后，逐渐明了：一个个的年，好比设置在人生沿途的一个个路标。它们追随时间的足音，通往一条命定的道路。它们既照亮年少者的前方，又削减年迈者四周的光亮。年少是出发点，年老是目的地。此长彼消，多么温情而冷酷的平衡哲学。

如今，外婆早已过世，但我知道她一直蛰居在我的体内。她的骨血与我的合而为一，鲜活在我的血脉中。我笑她也笑，我哭她也哭。每当过年时，我会在桌上为外婆摆出一双筷子，然后小声对她说，外婆，我们一起过年了。

原载《人民日报》2018 年 2 月 14 日

路上的它们

简　默

河上漂下一群羊

河是黄皮肤，叫黄河。

站在岸边，黄皮肤的河照黄皮肤的我，河比我黄。

我要渡河到下游去看石林，它藏匿于一条深深峡谷中，时光之手漫不经心，甩出一记记耳光，留下一个个印记，响亮至今，惊艳至今。

河，阔面苍黄，如一匹肤色最深的黄表纸，黏稠稠的波浪堆卷，一口一口的，仿佛你我头顶上的旋儿，旋转不动了，成了河的旋儿。

来前我便被告知了，今天将乘羊皮筏子渡河。我没乘过筏子，但我见过被胶片定格的筏子，竹筏子、木筏子、橡胶筏子，唯独没见过羊皮筏子。据说，这种出没于黄河胸膛的筏子，只会说这条河的方言，仅识得这条河的水性。

羊皮筏子来了，居然，是被一条中年的肩膀扛来的；居然，只有一面床板那么大；居然，由几排鼓胀的皮囊亲密串联而成。那些皮囊，是它们留在尘世的躯壳，瞧上去像一头头猪仔，咋看都不是一只只羊。

在我童年的山坡上，青草是土地茂盛的毛发，野花是月亮遗落的露珠。一群羊离我是如此近，它们悠闲地踱着花瓣的步子，埋头咀嚼着青草，像在给土地理发，用不了多久，或许就一场雨后，毛发又参差不齐地生了出来；翠绿的汁液流淌在它们雪白的牙齿和粉红的舌尖上，一朵朵的花拧身闪过不同色彩的身影，空气中泛滥着草根的清香。它们中的一只，长着两个尖尖的角，像扎着两个朝天辫，偶尔抬起头，与我对视了一眼，就这么一眼，我看见了它潮湿的眼睛里，掩饰不住的怯弱、安静与善良，它金褐色的双眼好似两枚金色小钉，将我钉在了忧伤上头。我向前一步，它退后两步，我抓住它的角，就像攥着它的命，它咩咩地大声喊救命，我头一次听见一只羊可以像一个孩子一样，拼了命地叫自己的母亲。面对比自己小不了多少的它，我心软如水，罢手了，它恢复了平静，继续埋头吃着青草，一动不动，像一块纯白的石头。

它们走下山坡，望河兴叹，命运就被篡改了。先是一柄被清水濯洗锋利的刀子，刃口向外贴着舌尖衔在齿间，一刀引出了一支血箭，接着它变成了一个动词实验工厂，撕、拉、撵、扯、挫，等等，这一连串动词只为赶在它人世的余温尚未冷却之前，剥下一具完整如初的皮囊。

对待这些皮囊，如同对待一个意志坚定者，在烈日下暴晒，在盐巴中腌渍，在清油里洗澡，直至透明光洁，成为一个个扶不起的口袋。它们会被人嘴对嘴地吹满气，这是一桩考验人的肺活量的活儿，吹满一只羊皮筏子所用的皮囊，至少需要七个以上汉子的肺活量，他们呼出今生的空气，它们吸入来世的气息，借一口气，还回了魂。

然后，它们会被赶入河中，上头载着我和我的同伴——一群曾经像它们一样四脚奔跑，后来学会两条腿直立行走的动物。它们是一群不死的魂灵，像真正的灵魂一样，没有重量，身轻如燕，没有感觉，不会喊疼，贴紧河的胸膛，注定只能顺水漂流，向下向下向下游，无法回头。但正是它们，的的确确地，叫一整条河流称不出自己的重量，感到了挫骨削皮的疼。

一辆牛车进城了

一辆牛车，不是牛拉的车，而是拉牛的车，进城了。

条条道路通县城。县城不大，像个螺蛳壳，就那么纵横几条路。有外地朋友来了，点上一支烟，自东走到西，又点上一支烟，从南走到北，临走再点上一支烟，憋住吐一大口烟雾，像一朵小小的云彩，算是挥手告别了县城，不忘说"这整个儿一乡村"。我像一头牛反刍着他的话，觉得他说的有道理，道路纵横如阡陌，我们都是偶数肢体的动物，路上不时可以看见拉着车子的驴子和骡子，埋头吃着吃着草就上了公路的羊群，除了红绿灯和斑马线这些散发着城市气息的东西，可不看上去就像个乡村。

这辆牛车，我至今说不清楚它是啥时从哪一条路开始进城的，这么些年，我一天一天地看着县城像一张水饺皮，越擀外延越大，内涵却越少，单薄得千疮百孔，一株一株挺拔如戟的玉米被连根拔除，一片一片浓绿似泼的麦子地被封存在了水泥下面，一棵一棵灿若云霞的桃树被电锯突突伐倒，木屑四溅如唾沫横飞，但两条腿的人代替了四条腿的牛羊猪驴子骡子，赶集似的越来越多，他们都是一台会直立行走的机器，有着旺盛的胃口和非凡的消化能力，这辆牛车大概就在这时进城了。

细细思量，这辆牛车像一条线索，清晰而单纯，一路串起了我的县城生活，牛哞声声仿佛响自我的体内。最初在沿河，这儿新开张了一家牛肉汤馆，离我家不远，出门向右穿河堤，过一座桥，往桥下走就是沿河边了。每天天还没亮，牛车会借着最后夜色的掩护，将牛卸到沿河边上的荒地，我没见过这辆牛车，因为我起不了这么早。待我循着沉沉牛哞找到它们时，它们或许已告别一生中最后一个黑夜，迎来了一生中最后一个黎明，朝阳正挣脱束缚一点一点地攀升，它们站在披头散发的柳树下，一动不动，仿佛被谁施了定身法，其实是一条食指粗的绳索穿过它们的鼻孔，又拴在了碗口粗的柳树上。它们只能在绳索的距离间动一动，干脆就不动了，这也符合它们隐忍内敛的性格。一眨眼工夫，朝阳已跳至固定高度，洒下万千道金光，镀亮了它们身上每一根牛毛，它们眼中圆睁着一个太阳，晶莹剔透，像泪珠，噙住了，久久地，不肯落下……

出门，到马路对面去，那时整条临山路尚未被蓝白相间的铁栏杆一隔为二，从我家到马路对面，没有红绿灯，也无斑马线，我只要瞅准空儿，躲开奔跑的汽车和摩托车，就能来到那家马家牛肉店。庆幸的是，我刚刚与一场杀戮或征服擦肩而过，身为庞然大物的牛，无论体格抑或重量看上去都比人强大，它手无寸铁，甚至不如一匹脚底钉着铁掌的马，偏偏就败于一柄铁器，准确地说，是败于人刀子似的心。我看见一人多高的铁架子上，并排挂着一个个钩子，钩子上穿着一大块一大块的肉，分别对应着牛不同的部位。一个牛头仍穿着牛皮，嘴巴点地地趴在那儿，像睡熟了一样；一张牛皮胡乱地堆砌到一起，粘连着血肉，却再也不能起身走和跑；牛蹄，一共四只，被齐膝剁下，仍裹着毛茸茸的绑腿……我躲得过杀戮或征服，却躲不开血腥的它们，我仍是一个不在场也无力还原真相的看客。

天天听见或看见上述这些，我想捂紧耳朵，紧闭眼睛，你也许会笑话我矫情，但我就是这样想的。从小我的小伙伴们在年关围观杀猪，那头猪被白刀子进去红刀子出来，一股血泉索命似的追随着刀子喷涌出来，然后它被刮得光溜溜的，惨白的肤色泛着不易察觉的青光，我却躲得远远的。我知道这辆牛车一路颠簸地拉来它们，只为了在县城的某个角落，在它们活蹦乱跳时，当众宰杀它们，人们只在乎它们新鲜与否，只关心它们渐渐凉却的体温，至于其他，都与他们无关。但叫我困惑的是，这座螺蛳壳里做道场的县城，咋就每天都有这么旺盛的消化能力，像一挂隆隆作响的履带，源源不断地将它们输送上餐桌，进入肠胃，新陈代谢掉呢？

这辆牛车追逐着我举家搬迁的路线图，或者说，是我家追随着它逐渐开辟的新路线，从城南到城北，又到城东，我始终逃不脱那声牛哞，躲不开那些血腥。我应该感谢黑夜，是黑夜，给这辆牛车和车上的它们，披上了一件硕大无边的黑斗篷，又赶在黎明到来之前，结束了对它们的杀戮或征服。

终于有一天，在县医院路边，我不可避免地遇见了这辆牛车，我先闻到早晨的风吹送来牛粪味儿和牛呼出的气息，然后看见这辆拉满牛的车子，这是一辆四周圈着铁栏杆的敞篷货车，铁栏杆有半人多高，粗壮的钢铁臂膀亲热地挽在一起，这样的高度和密度叫任何一头牛都无法中途跳车逃脱。此刻，它们摩肩接踵，并排站在车厢里，看上去秩序井然，天真无知，像一群儿童。这辆牛车每天都会拉走它们的同伴，一直是有去无回，今天轮到它们了，明天将是它们的同伴，谁都别庆幸，都会有那一天。它们看得多了，都已习惯了，也没怎么多想，踩着倾斜的木板，乖乖地就上了车，仿佛是到一个陌生的地方旅行一样。有的清楚是要赴一个死亡之约，却当作是自己与生俱来的宿命，一声不吭，兜住眼泪不叫它砸下来。这儿是人民的医院，不是它们的医院，与医院比邻的还有所谓天堂公司，同样不是它们的天堂公司，它们也用不着。我不清楚这辆牛车进城后不去它该去的地方，为何逗留在了这儿？是驾车的人病了，还是它们集体病了？

我这样想时，它们齐刷刷地低头哞哞叫了一声，又齐刷刷地抬头望了我一眼，湿润的眼睛里映出许多个不一样的我，我听见一面镜子掉到地上，碎成了许多块……

在半则成语中

我不是一个胆小如鼠的人。

我的胆子小得不如一只老鼠。

比如，一只螳螂，论体量，肯定不如一只老鼠，但我偏偏就怕了它。那天，我走在路牙石上，左脚落地，右脚抬起，就在我踏下那一刻，我瞥见自己右脚的阴影下覆盖着一只螳螂，我抽回右脚，这叫我重心不稳，差点跌倒。这是一只黄土肤色的螳螂，趴在土黄色的地面上，就像一滴水跳入一口塘中，高高在上的目光忽略了它，为数不多路过的脚步无意中错过了它，它一次次地成为劫后逃生的那一只螳螂。但它暂时还不想离开这儿，也许它是迷路了，也许它就想待在这儿，也许它不知往哪儿去，因此，危险对它继续存在着，来往脚步继续裹挟着风飞越它的头顶……

我必须承认，如果我不可救药地踏上那只脚，它将被从天降临的重量，压迫为一小团模糊血肉，像洇开的一摊墨迹。我为这个突然涌至的念头而感到可耻，我可以一脚消灭它的肉体，大洋彼岸不会因此刮起龙卷风，世界甚至连一丝最轻微的颤动都没有，但我忘不了它曾经给我的恐吓和疼痛。

那棵桑树漂亮极了，没有风，片片叶子正面朝上，阳光筛过更高的枝叶，花花点点地洒在这些叶子上头，紫红的桑葚像一枚枚心形纽扣，点缀在叶子中间，自然而然地吸引了我。我踮起脚尖，扯过树枝，探手去摘桑葚，就要摸到的那一刻，我的手背被结结实实地砍中了，疼得我丢了树枝，眼泪差点儿淌了出来。是一只螳螂，肤色碧绿，大腹便便，正挥舞着一对"镰刀"，瞪着眼睛，轻蔑地俯视着我。任何美妙的事物冥冥中注定自有其保护神，这只螳螂便是桑葚的保护神，当它看见我仰脸盯着桑葚，心里打着桑葚的主意时，悄悄地躲到了那颗最大的红到发紫的桑葚旁，它了解一个人，知道他的全部弱点，贪婪的本性叫我果真先向那颗桑葚下手，它担负起了保护神的职责，在我的手背上拉出了两条深深浅浅的血印，火辣辣地疼。我本忌惮它，看它举起两条前肢像两枚刀形币，仿佛随时会砍向我，而这次，叶子给它提供了最好的伪装，使它藏身其中不被发现，从容地袭击了我。

院子里有一棵白杨树，高高的身材，身上睁着许多大眼睛，彻夜不眠。有一只土黄色的螳螂趴在树身上，只有这样肤色的它才接近苍老的树的肤色，不容易被它的天敌（比如黄雀）发现。一只蝉飞了过来，寂静的空气中张着一面虚拟的网，微微地荡起了一圈涟漪，它早已瞄上了这棵相貌堂堂的树，想着将尖尖的吸管刺入树的身体，吸出一小口甘甜的泉。螳螂看见了它，躲到一边一动不动，待它迎面飞来时，猝然现身，探出"刀子"一把攫住了它。它受了惊吓，转身想逃，却被螳螂自背后如胶似漆地搂定了。我曾经觉得蝉生着一张猫头鹰的脸，我也愿意尽量将它想象成一只猫头鹰，但此刻，面对比自己体量小不了多少的螳螂，它只会挣扎，不会搏斗，如果挣扎不算一种被动防御的话。其实它已无防御，也无搏斗，剩下的便只有挣扎了。它被两把"刀子"拦腰狠狠地抱住了，这"刀子"太锋利了，穿过它的铠甲嵌入了它的肉里，它背对螳螂，拼了整条命哭着喊着，它是真的想不到今天会遇见这样一个狠角色，它徒劳地振动着两扇翅膀，反而暴露出它内心的恐惧与绝望。螳螂是一个行动主义者，坚定而彻底，不思考，也不怜悯。天哪，它开始在背后啃噬蝉的肉了，它的牙齿是另一把"刀子"，甚至更锋利，它边咬边嚼，一小口一小口的，在它们的世界惊心动魄，但我被麻木和冷漠层层包裹的心却风平浪静。渐渐地，蝉的哭声喊声弱了，翅膀低垂如战败的旗……

　　这只蝉和这只螳螂的故事，是有人发至微信朋友圈，被我偶然看见了。和许多人一样，我是离故事最远的一个人，我能做的唯有借助卑微的文字，尽可能地还原和描述当时的场景，但有些我却做不到，比如准确地描摹出那些站在树下迷醉地仰望整个过程的看客的心态，以及他们说过的每一句话背后的意味，等等。

有那么一瞬间，我渴望变作一只黄雀，展翅飞到螳螂背后，那样它也许为了自己保命，不得不放过这只可怜的蝉。

但我清楚，我与这只蝉和这只螳螂之间，不仅是半则成语与另半则成语之间的距离，我与它们遥不可及，覆盖了所有的繁华与荒凉。

如何送走一只"蝠爷"

说实话，下笔前，我最初的题目是《如何杀死一只"蝠爷"》，这题目借了那只"知更鸟"的光儿，杀气腾腾了些，但我却从未有过"杀死"它的念头，就放弃了。

接着，我想到了《如何赶走一只"蝠爷"》，它是户外来客，尽管不请自来，我也想叫它走，但赶走它毕竟不是待客之道。

最后，我选择了这个《如何送走一只"蝠爷"》。请神容易送神难，我没请它来，却要费尽心思地送它走，目送它扑入茫茫黑夜，找回属于它的黑暗。

"蝠爷"就是蝙蝠。我母亲属鼠，我儿子也属鼠，她却比他大了四轮。儿子幼时母亲带他，跟他说蝙蝠是老鼠偷吃了我们炒菜的盐变成的，这说法当然不是母亲的发明，它就像一首童谣，一代又一代地，在摇篮里和床头边，到处流传着。儿子当然也毫无疑问地相信了，逢人便说，我奶奶说了，蝙蝠是老鼠偷吃了我们炒菜的盐变成的，稚嫩的表情和腔调，叫人看了和听了都心疼。

小时候，在夏天，天欲黑未黑时，楼群间的空地上，我们像一群被放出的病菌，跑着喊着，活力四射。在我们头顶上，密密麻麻的蚊子织成一张网，勉强透得下天光。不知啥时，蝙蝠现身了，我们从没想过它是从哪儿飞来的，也想不到沿着它薄如蝉翼的翅膀去寻找它的家。同样都是黑夜的孩子，萤火虫耀若繁星，飞翔在我们眼前，漾开浓如老抽的黑暗，就那么一星一点，却引领着我们，漫山遍野地奔跑，甚至走近坟墓，触摸死亡的体温。眼瞅着数不清的萤火虫，环绕着一座座大大小小的坟茔，像一条条光带，秩序井然，你不必担心它们会相撞，即使偶尔碰到一起也是一次美丽的空中事故。这感觉奇异极了，就像穿越生死隧道的旅行，是萤火虫以它一粒米似的花环，叫死亡绽放出了迷人的光芒，也叫我们觉得平时退避三舍的坟茔不再可怕，而是可亲可爱了起来，这成功地抵消和移开了我们白天对死亡重若磐石的恐惧。但对于蝙蝠，我们却提不起兴趣去追逐它，我们只当它是乘着夜色猝然降临的黑斗篷，是趁火打劫的投机分子，是黑暗的同谋者和粉饰者。我屈指可数地见过它几次，随着尘埃落定了，在暴风雨之后，黑乎乎的一团，看上去是那么小，浑身毛茸茸的，可不就像一只老鼠。那一刻，我就要相信了母亲的话，天上的它与地下的它似乎真有着某些割不断的血缘。

仿佛是一眨眼和一转身，它就飞上了天，扩张开连体斗篷，俯瞰着貌似强大的我们，习惯直立行走的我们。我们气不过了，想着法子羞辱它，戏弄它。在这上头，人的手段永远比动物高明，哪怕对方是与自己一样的哺乳动物。我们脱了鞋，这些鞋是一汪小小的水库，曾经蓄满了我们的汗水，干涸后留下了我们的气息，熏得蚊蝇绕着躲着飞。我们提起它们，扬起手臂，将它们高高地扔向空中，它们追撵着它们，有些竟扑了进去，重重地摔了下来。

那次我带着儿子去爬山，车子转来转去，来到了一个小山村，听人说村边有一座焦山，山上有一个钟乳石洞。我们好奇，手脚并用地下到洞里，脚还没踩到地上，首先惊起的是一群蝙蝠，它们有十数只，大概是极少有人进洞，它们也已熟稔了黑暗中的日子，当我们带着我们的气息和外面的风进来时，它们显然是受了打扰抑或惊吓，没头似的胡飞乱撞，有的险些撞中了我们，幸好它们及时刹住了自己。洞里漆黑如史前，同行者取出打火机，啪地摁亮了，照开一小片光明，我的头皮发麻了，是那种杀人如麻的麻，只见在我们头顶，贴着岩壁上，一溜儿蝙蝠将自己倒挂起来，头朝下地盯着我们，不错眼珠地盯着我们，它们一律浑身雪白，衬得两粒小眼珠愈加黑了，钟乳石仍在生长，听得见水滴自石上，啪嗒啪嗒地击打在水洼中，就像我们掩不住的心跳。这是它们的天堂，是它们颠倒的世界，我们是冒失的闯入者，我们一刻也不敢逗留了，按原路手脚并用地爬了回去，身后似乎传来了它们尖细的嘲笑……

但我万万没想到它居然在深夜闯入了我家，我不知道它像我曾经一样冒失，还是有备前来？我眼下需要做的是如何送走它。是我的疏忽给了它可乘之机，我忘了关好前阳台的窗子，我的窗子是那种推拉窗，它们一扇扇的像一颗颗牙齿，肩并肩地咬合在一起，可以称得上天衣无缝，一旦手忙脚乱了，弄错了它们之间的顺序，它们中就出现了缝隙，风儿能够夹着尾巴钻进来，它也能够学着风儿敛起翅膀挤了进来，悄无声息地没有一丝破绽。我住在八楼，这也说明了它超强的飞翔能力，现在城市里高楼越来越多，天空越来越窄，我已很少在楼群间发现它了，我不经意地仰脸看天，四面高楼纷纷向我倾斜下来，仿佛要将我挤压至虚无，这样压抑的环境不适合它自由的天性，它渐渐地淡出了我们被喧闹和尘嚣托起的生活。

它从阳台到客厅，又到卧室和书房，一一飞了个遍，到处都留下了它的气息与影子，似乎这儿是它的领地，它也好久没来了，恰好趁机巡视了一圈。最后，它被光线迎头击中了，误入了这间灯光通明的卧室，我这才发现了它。我的第一反应是惊慌与恐惧，但它不喜欢光明，它本是黑暗之子，它很快飞到了对面的房间，那儿漆黑如夜。趁这空儿我赶紧上网去查，有人说它进家是个好兆头，意味着送福上门，家中好运将至。好兆头我暂时顾不上了，我总不能听任它躲在黑暗中，眼神炯炯地盯着我酣然入睡，我必须送走它，我知道它身上和血液里潜伏着许多病菌和病毒，说出来会吓我一跳，它尖利的牙齿也会在我裸露的身体上印下细碎的痕迹。我敲起了脸盆，它听见却装作没听见，趴在墙角一动不动，后来嫌烦了，飞进了厨房，将自己倒挂在北墙角上方，头朝下地盯着我，像我看见过的一样，我在它眼中也是颠倒的，头颅向下地立着。昏黄如豆的灯光驱赶不走它，它就那样倒挂着自己，似乎还在吱吱地聒噪着，像老鼠在叫。我无可奈何了，扫视四周，抓过一只空酒瓶，拿来一根艾条插在瓶子里，我点燃艾条，放到它下头，烟雾扭腰袅袅地向上升腾，浓浓的艾味散发了出来。它肯定没经过这阵势，也不清楚我要干啥，只是饶有兴趣地盯着我，我退出厨房，关闭那一豆昏黄，黑暗沦陷了，艾条瞪着一只血红的眸子，这环境适合它，也叫它如鱼得水，我却感觉要被它逼疯了。我在黑暗中侧耳捕捉着它的动静，它仿佛入定了，死一样寂静。厨房里弥漫着艾味，是那种烟熏火燎的气息，仍在颓废地燃烧着，缠绵地升腾着，它被熏晕了，掉了下来。它黑乎乎的一团，缩成大拇指那么长，身上毛茸茸的。我不敢正视它的眼睛，取来一沓纸，小心地包裹起它，打开窗子，将它送走了。窗外，步行街上，夜色浓黑如老墨，我想象着它被风儿吹醒了，翻一个身，飞入黑夜中。

当夜，我躺在床上，辗转难眠。不知咋的，我眼前老是出现年轻如花的海燕上身穿着蝙蝠衫，自六楼猫腰，纵身一跳，原本折叠的身体打开后，就像一只张开黑斗篷的蝙蝠……

那一刹那，夕阳坠地，大地血红……

原载《雨花》2018 年第 2 期

《新华文摘》2018 年第 10 期、

《散文海外版》2018 年第 8 期、

《散文选刊》2018 年第 8 期转载

收入漓江出版社《2018 年中国年度散文》

和《2018 年中国年度精短散文》

诗人、 疯子与鸟鸣（四章）

王　川

鸟　鸣

从一个边缘县城的温泉别墅走出来，在途经的一片树丛中忽然听到了众鸟的合唱。在黄昏与夜色之间，春天的树冠被阴影遮盖，浓密的叶子更是遮住了所有鸟儿的身影。"宿鸟归飞急。"谁都没来得及看到天空那些密密麻麻翱翔的身影，它们已经迫不及待地栖息于纷繁交错的枝叶之间了。它们隐藏起团绒绒的身躯，似乎躲避进了树冠的最深处，而将急切或悠闲的婉转投射到清冷的空气中。我看不到它们群体中哪怕一员的存在，看不到它们的姿态与表情，而那些嘈杂、尖利、短促、相互纠缠的鸣叫，仿佛是每一片树叶发出的，声音的数量巨大而琐碎，短促而脆薄，像一堆旧时代的银箔或发黑的硬币在相互摩擦、触碰——似乎声音在发光。

这是一群同类的鸟，发出的声音也雷同，但它们和鸣的交响却是如此盛大，以至使人们幻想到春天的五彩缤纷，即使在夜晚单调的光线和气温中，它们编织的音符也具有色彩与温度的生动变化和起伏，"漂移，散逸，浑融"，让我感受到某位思想家所说的"悦"，回想起所有经历过的类似的傍晚，在对时间的追溯和对空间的辨识中，对头顶上端的这群微小的异类充满感激和敬意，并一再追思它们早已消失在远方的无数个家族——它们有不曾相识的亲戚，负责在所有的春天与人类相伴。

——这是我的一厢情愿。我知道，它们只为自己而存在。它们并不知道人类在做什么，是在花团锦簇的园林中漫步，还是在战火纷纷的大街上狂奔；是在享受着恋爱的幸福，还是在忍受着分离的痛楚；是在酒足饭饱后安睡，还是在忍饥挨饿里无眠；是在甜蜜地向往，还是在绝望地啜泣；是在慢慢地觉知，还是在渐渐地麻木；是在一点点盛开，还是在一丝丝枯萎；是在抱团取暖，还是在彼此戕害；是在欢歌，还是在沉默；是在生，还是在死……

鸟儿们不知道这些，甚至不知道人类距离它们如此之近。令人困惑的是，它们的天地是如此广阔无际，为何还要选择靠近危险、在人类的城市里栖居？如果它们也具备人类聪明的大脑，也许早就找到了它们的伊甸园（它们并未遭遇人类被驱逐的命运——我想，即使它们啄食了苹果也不会），而永远避开了在某一个年代对它们灭绝式的追赶与屠戮——好在它们并不是那些鸟儿的后代，它们没有继承被迫害的集体潜意识，它们依然乐于栖落在人类栽种的植物上、兴建的园林里、搭起的屋檐下。它们真是很矛盾的一群：既要躲避，又在接近；既要隐藏，又在暴露；既在撤退，又想占领。它们哪里懂得，在这些充满矛盾的表现中，人类却从中获得了一双更为灵敏的眼睛与耳朵，或创造着音乐与绘画，或制造着霰弹与猎枪。甚至可以说，美景或废墟同样源自一群鸟的盘飞与栖落。人类是唯一能创造仿生学的生物，他们更善于毁灭，因为毁灭不费吹灰之力。在这一点上，人类最像亚马逊的蝴蝶，轻轻扇动翅膀，就能造成远处的风暴和灾难——人类拥有一双无形的翅膀。

我不知道头顶的这群鸟具备不具备此类能力。它们的翅膀应该比蝴蝶更有力——这真是一种可怕的联想，我一边聆听着美妙的、聒噪的鸟鸣，一边为自己的阴暗心理深感惭愧。倒不如想一想鸟儿的觉知造成的集体逃离会留给人类一个枯燥、单调的世界更为合理。难道我不是个矛盾的个体吗？只是对鸟儿来说没有任何意义。我没有翅膀，只有两只瘦弱的、不能用以飞翔的双臂；我能发出更为复杂的声音，却总不能被同类所理解。我的双臂多是用来服务自己并为别人制造麻烦的，而我的嘴巴多是用来养活自己并为自保制造沉默的。因为没有翅膀，我失去了自由；因为有了嘴巴，我克服了思想。我与鸟儿们该有多大的不同啊！

但我能欣赏它们。我和它们在异乡相遇，却分辨不出它们有任何乡音。因此，我很怀疑它们是永生的鸟儿，在不同的地点不断地出现在我的岁月里，它们跟随我或等待我，只是为了鼓励我，并一再让我相信这个世界还有许多美妙之处。不然，怎么理解它们迎迓我的步履靠近时骤然而发的集体和鸣呢？它们大概最早是从《诗经》里飞出来的一群吧？它们在一册册打开的书页里飞进飞出，从每个朝代的时空里飞过来，飞进我的现世，再伴随我的来生。它们知道我不信任任何夜晚，在意识的混沌与逐渐丧失中，我会丢失自己，因此借一团绽放的树冠、与一轮新升的明月一起，等候我的到来，并给予我善意的提醒：看看吧，世界还以原来的面目存在，一如你在白昼看到的一般。而在白天，它们无须如此，它们了解我的清醒——在生存的泥淖里费力挣扎，而绝不会轻易放弃。那时候，它们肆意地去寻觅更为美妙的天地了，了无牵挂。

可是，我并不经常与它们相遇。它们也并不经常伴随我的脚步抵达任何地方。我们只是偶然地邂逅。我们仍是彼此分离的存在。只是我会在每一个艰难的时刻想起它们，并深刻意识到寻找它们的意义。

狭窄的伊甸园

在一个梦中，我仿佛看到了自己的伊甸园，但我并未感觉愉悦，也没感到痛苦，虽然最后我感到了焦虑与逃脱的欲望。

那是一段两面被堵截了的河谷，四周围拢着断垣、矮堞，谷底植物茂盛、杂乱，疯狂地生长，并沿着河床往上攀升，几乎将塌落的黄土彻底覆盖，一眼看上去，就像原始人逃离后留下的城郭，与外界完全隔绝的部落遗产。

　　不知为什么，我分明知道这里曾经是一条大河的一部分。然而，在广袤的土地上奔流的宽展河流已经干涸。于是，也许是人为之功，也许是自然之力，一座废弃的封闭之地呈现在眼前。我也分明记得进入此地的时刻，是在夏末初秋的一个正午，阳光洒在浓绿的植物上，反射着刺眼的光芒，我感到一阵燥热。当我从东侧断垣间的一个豁口进入园子的时候，身体突然陷入巨大的宁静。

　　哦，这个简单的梦真的是难以叙述，我甚至已经遗忘了身后还有没有其他的人跟随。似乎只有我自己。因为刚一进入，我就感到了孤独和逼仄，以及措脚的艰难——我要在这里生存下去，但用不了半个小时，就可以穿越谷底到达对面；我没有陪伴，弃园里除了或高或矮的树木、杂草，连一声蝉嘶都听不见。在突然发现她的惊奇与兴奋过后，我的第一个念头便是：如何走出去，或"逃"出去。

　　我沿着一条小径往河谷深处行走，视野一下子被植物吞没，光线暗淡如黄昏。不知走了多久，又转而向北面的高处攀爬——我似乎听到了一个声音的指示：北面土垣的斜上方，有一个狭窄的窗口。我知道，窗口外边就是我所来的世界。

　　很快，我把我的伊甸园抛在了身后，抵达了一个木框业已朽坏的极其狭小的窗口。一个前来接引我的人突然出现，他已经弯腰将脑袋探到了另一侧。他默不作声，也不施以援手。在他即将消失的时候，我也弓腰进入了窗口的木框。那木框粗糙得磨手，分明来自一个原始的年代，多处顺着纹理开裂，散发出木头陈腐的气味。我紧紧抓住，却怎么也不能把身子钻进去，我被卡在了那里，额头渗出汗水，浑身一阵燥热、烦躁，心头充满慌乱。此刻，我回转头看看身后的园子，对那片生机勃勃却寂寞无比的"遗产"充满了恐惧与厌恶。如此逼仄的伊甸园只是一座陷阱与监狱。

我仍旧在挣扎着，要钻出去。然而，朝我所来的世界那边望过去，我看到的是一望无际的黑夜，那是虚空本身的模样，仿佛是一个外太空的巨大黑洞，所有的一切早已不复存在。

也许，我还能退回右侧脚下伊甸园？抑或不管遇到什么、哪怕是彻底消失，也要向左侧的黑暗虚空跃去？在这犹豫的关键时刻，我从梦想中豁然醒来。

真是庆幸。这是一个令我感到庆幸的梦。我对梦中涉足了一个陌生之地并不感到十分奇怪，也许她只是拼接了我小时候曾经看到的诸多情景。但它更是一个隐喻、一个意识深处的谜。它一直存在着，却一直隐身着。它只会在一个毫无意义的深夜突如其来地呈现出它的意义，却并不想揭示那个真实的谜底。它令我想到一部叫《楚门的世界》的电影，其结局总令我感到与梦中的结局相似：在一个封闭的人工世界中长大却全然不知的人，推开一扇门，进入的是真正的现实世界——对他而言，也许是另一个世界，一切不能预知的世界，但绝不是虚假的幸福世界。

也许并非如此。我无所从来亦无所从去。我非楚门。我即楚门。人人都是楚门。如此，人人都有自己的伊甸，人人都在逃离与进入中迟疑、犹豫、抉择。然而，是逃离自己吗？还是逃离之外还有逃离，幻想之外还有幻想，存在之外还有存在？

很遗憾，我忽略了那条原本辽阔的河流，它曾经存在过，但它只留下了一座废园。只有梦中的色彩给了我些许安慰。

我恍然感到了庄子的伟大。梦之内与梦之外，哪一个更接近真实？它们不过是人的一体两面而已，彼此镶嵌，相互承担，合而为一。

一个狭窄、逼仄的伊甸园就存在于我的身上，而我也一直存在于她的围困之中。

诗　人

诗人早就死了，死了很多年。

我不知道他在死之前有没有"从天空看到深渊"（鲁迅），我只知道，在他死之前，一直把一台录音机放在枕边，随时录下他想说的话，他要告诉世人的秘密。多舛的命运使持续的愤怒像一针针黑色的毒剂，不停地注入他体内，细胞疼痛地抖动——疼痛沿着神经抵达咬紧的牙齿。陈旧的血液在躯体内缓慢而滞重地循环，将所有的攻击力送达每一寸骨骼、每一根毛细血管、每一块皮肤挤压出的表情。而对外的攻击力早已经失去了靶子，除了空气以及身后的虚无，他身无长物。他身边再没有一个人。他占据在别人记忆里的空间已经被清场。他没有女人、没有孩子、没有朋友，少有几个例行公事的探视者，站在床边，像在告别一具遗体。

一阵清醒，一阵昏迷。他无法把控这两者之间的转换频率，却能深切感受到它们所造成的矛盾心情：昏迷可以暂时让躯体的疼痛消隐，但也剥夺了那根颤抖的手指按下录音键的功能。所有存在于这个僵硬躯体中的"食物"早已开始了渐次的蒸发，他所信赖的只剩下一根手指、两个鼻孔、一张嘴巴，三者的协调间，粗重而短促的呼吸在房间里回荡。他仍不愿放弃思索、声讨、怒斥和倾诉，尽管嘴里发出的声音已经含糊不清，尽管他想让天花板上飘动的幽灵显现出同情且虔诚的面孔，然而，他又向来鄙夷所有物种的恭顺、逢迎、忍耐和沉默，包括鄙视自己的虚弱和源自命定的艰难。

冬天，窗外的寒风吹进屋子，他瑟缩地裹在一床薄被里，身材瘦小得几乎看不出被子的隆起。他患了肠癌，做了手术，疼痛依然像敌人的脚步越逼越近，时间拉扯着谢幕般的乌云，即将覆盖他最后的"阵地"。他的诉说开始与疼痛博弈，在一上一下的撕扯中，胜负难辨，断断续续，状若波谷。他用一只手拼命抵住肚子，用另一只手使尽全力向来访者示意那台录音机。没有人去按下那个破旧录音机的键。他已经不能再说话，呻吟是他留给这个世界的唯一动静，他用抖动的面颊发射着"永不消失的电波"。他要发表最后的演说，揭破事情的真相，让世界聆听他的声音，让人民记住一位诗人。他信任一卷转动的磁带，在他身后仍以沙哑的声音宣告他的存在，直至永远。但得到的只是些许劝慰——没人再愿听他唠叨，他的苦只属于他自己。

他一生结过三次婚，却没留下半个儿女。他一生只出版过一本诗集。他生前结交过许多朋友，死后多年竟无人提起。他对死后的事情寄予很大的希望，以为他的诗和声音是洪钟大吕，却不会想到，他唯一的文字早已经化作了垃圾。

他被人遗忘，销声匿迹。无人知道他的坟墓在何处，无人追究他的故居在哪里。他消失了，他没想到，他的消失是永远的。

他住院的时候，我曾经守过一夜，每每被他的呻吟惊醒。他总说：你休息吧，我不碍事儿。他曾经做过我们年轻人的老师。他喜欢和年轻人在一起。那时候，只要他答应的我们文学社的活动，从不迟到，无论多远，也无论刮风还是下雨。他总是抽着一柄巨大的烟斗，一边不停地点火，一边在吞云吐雾中与我们讨论诗歌。他不知疲倦，声调铿锵，滔滔不绝，总愿意拿他的诗作范例，告诉我们现代诗的写法。因此，我们或多或少曾受过他的影响。我们把他当作忘年交，当作老朋友，主要是因为，他会发出天真的、孩子般的笑。那笑声在破旧的小屋里缭绕，将冷冷的夜晚化作了暖洋洋的春天……

我们信奉诗人，甚至对他充满了崇拜。我们知道他是五十年代某名牌大学中文系的学生，上学时便有诗名。也是那个所谓诗名，让他很快被打成"右派"，流放边地，守望荒凉。他死里逃生，却不思悔改，仍旧写他的诗歌，终于被发现，那上厕所用的草纸上的斑斑字迹被人一把火烧成了灰烬。但诗歌的余火仍旧在他身上燃绕。"我是中国最早的意象派诗人。"他告诉我们。在他那本薄薄的白皮黑字、朴实得近乎简陋的诗集里，我果然发现了几首根据回忆写下的诗，标明的年代很久远，也颇有几分意象派的味道。于是，我们夸赞他，装作不懂地询问他。他竟十分地得意，点着烟斗，猛抽几口，望着头顶的天花板出神。他的表情非常复杂，神秘莫测，在间或的微笑之后终于陷入持久的沉默。他的沉默与记忆有关，他无法抚平那些从未消失的起伏、塌陷、疙瘩、断裂、粗粝、刺痛、残酷……他的诗句像一叶孤帆漂荡在波涛汹涌的大海上，被翻滚的浪头打碎、吞没，连同他附着在诗句上的每一个字，笔画被无情地拆解，淹泡在苦涩的海水里，一如他生命的断章，无法再重组一次美丽的航行。

因此，无论诗人偶尔在我们面前表现得如何快乐、单纯，我总感觉他黑色的衣服和单薄的躯体里透出一股逼人的寒气。正是这种寒气最终要了他的命。他眼里揉不得沙子，容不得别人一丝缺点。他总要与人横眉冷对、剑拔弩张。他像修改自己的诗歌一样修改别人，结果，生命的笔最终被折断，而且被认为这笔是折断在他自己手里，固执与决绝消磨了他的魂魄，怨不得谁。直到最后他还是不服输，也不向自己的身体低头。

我曾经在他病后送给他一本道家修行的书，他认真读了，但又认真地摇摇头，说：一切，都晚了。

诗人死了。他并没有"从天空看到深渊"。他始终认为自己是正义的化身，要除去人类、至少是自己身边的所有丑恶，却不料在很多人眼里，他本身就成了一种"恶"，甚至连最好的朋友也不再理会他。人死了，朋友谅解了他，为他送葬，但都知道，他紧闭的眼睛后面的灵魂已经对谁都不肯原谅。他用了一生也没弄明白，我们这个五谷杂粮运化的身体既洁净，又污脏。

在这个城市，死去的诗人越来越多，而活着的诗人越来越少。世界在一天天进步，诗歌在一天天衰老。我怀疑，早晚有一天，这个世界不再会有绿色的树、蔚蓝的湖；不再会有翱翔的鸟、舒卷的云；不再会有忘我的朗读声，也不再会有发现诗意的、最最明亮且充满善意的眼睛……

诗人的世界关闭了。每个世界都存在于每个人的生命之中。"唯有忍耐到底的，必然得救。"（《圣经·马太福音》）

疯　子

一

在嘈杂喧嚣的城市街头匆匆行走的时候，经常会看到一两个目光散乱、垢面蓬头、破衣烂衫的乞丐模样的人，突然间发出一阵异样的声音，他们一边不停地挥手，一边重复着一句类似骂人的话，或清晰、尖锐，或混沌、模糊，表情激愤异常，却均无所指、不知所云，仿佛一阵阵胡乱扫射的子弹。那朝向空中的怒斥，永远是一个速度、一个节拍、一个音高，只构成着一个人的突发事件，只偶尔会引来几个人的驻足观望。

他们是疯子。浑身脏兮兮，乱蓬蓬的、肮脏的头发遮住肮脏、扭曲的脸，谁也看不出其丑俊，只见两道白白的目光横过街道、人群或天空。他们漫无目的地行走在这个世界上，边走边骂，边骂边走，这种类似自言自语式的攻击，不知道在何时、何处才能停歇。没有谁上前关心他们，投之以吃喝，赐之以钱币；没有谁知道他们从哪里来，又往哪里去，与之交谈，为之欢呼。他们没有亲人，没有朋友，没有对话者，更没有听众。他们也并不知道自己在说什么，甚至不知道究竟是否在说话。他们已经没有自己，没有儿女，没有家园，没有冷暖，没有痛痒，没有活着的意识，因此，也就没有了可以诉说的世界和上帝。他们成了真正的行尸走肉，除了一个尚在活动的躯体，他们的灵魂已经死去，除了一具空壳，虚无一物。也许，在寒冷的冬天，他们会忽然倒毙在地，无声无息地死去，像一只蚂蚁，不再发出任何声响，不再有一次喘息。他们在城市巨大的空间漫无目的地行走，浮现或消失于一片一片的人群、建筑和街区之中。

这是些什么人？每次看到他们其中的一员，我都会产生疑问。也许，不，我敢肯定，他们本不是疯子。他们的长相并不痴呆，非天生的愚人。他们是一只只脆弱的船，在生存的长河中遭遇了风暴、激流、险滩，颠覆与破损已无法修复。他们目睹过可怕的噩梦，在某一清醒的时刻遭遇了重创，抑或再也无法排解的委屈。他们不会也无力实施自救，在自我劝慰中寻求解脱、妥协；他们其实曾经是与命运抗争的人，然而强大的命运像钢铁的盾牌挡回了他们所有的攻击，被挡回的子弹转而崩落在自己身上，颗颗致命。他们铩羽而归，垂头丧气，压抑，沉默，扭曲，不停地戕害自己的灵魂，扼杀了仅有的一丝勇气。也许他们根本就是不会使用语言的人，却在疯狂之后忽然得到了自言自语的能力。没人能理解他们的委屈，没人倾听，没人理会，如果得到嘲笑、挖苦或者咒骂，他们便有幸拥有了这世上唯一的反响，可惜他们并不知晓。我想，他们曾不停地在心里与自己辩驳过，对整个漫长的夜晚倾诉过，以厘清自己的清白和无辜，以诉说自己的坎坷与不幸。在长时间的自言自语中，他们的天空黑了，意识变得一片混沌，他们再也分不清自己与别人，分不清白天和黑夜，分不清好人和坏人。他们乾坤颠倒，神魂飘荡，冷热不知，香臭不分，脏净不明，终于成了半人半鬼的存在，孤零零地东游西荡，变成了一颗人间的微尘。

对于他们，行人唯恐避之不及，怕沾上污脏，怕熏着恶臭，怕出门不祥的晦气。如果他们的存在还能让人感知，那剩下的就只有厌恶，只有远远的躲避。他们的前生究竟造了什么孽？"……若为人轻贱，是人先世罪业，应堕恶道；以今世人轻贱故，先世罪业即为消除，当得阿耨多罗三藐三菩提。"（《金刚经》）但愿如此。如果有来生，我希望他们重复不断的那一句咒骂，说不定能令他们进入无我之境、无余涅磐，换回来生的一身轻松。

二

我还看到过一位清醒的"疯子"，也是在城市的街头。他每天的工作就是在这个城市的不同角落"游街示众"。所不同的是，他比那些真正的疯子多了三件"行头"：一杆在手中不停挥动的红色三角旗，一只放在嘴上不停吹动的哨子，一面挂在胸前写着大字的标语板。他的哨声和肢体动作就是他的"语言"，他的"讲演"；他胸前挂的牌子就是他要诉说的一切，他吸引行人驻足观看的"戏剧"。他的行为像真正的疯子一样疯狂，但真正的疯子不需要观众，而观众却是这个男人最大的需求，是他后半生最大的指望。

我断定他不是真正的疯子，他的行为有着明确的目的：揭露一个大型商场的商业黑幕。我渐渐相信了那是真的，不然，他决不会坚持那么多年，而且不停地变换地点，以扩大传播的范围，扩大自己的声音。他要放倒自己的对手，他的对手就是他的希望，他要踏上一万只脚，只为了享受哪怕半句呻吟，他需要对手的疼痛。在与对手不停的搏杀中，他的希望在一天天迫近、增值。所以，自从我几年前第一次见过他这番打扮后，他就是这样天天在马路上"上班"，春夏秋冬，永不歇息，把所有的期望寄托于时间——他还有小半生的时光与对手、与大街上的人空耗。我估计，他原是在那家大商场的职工，换到马路上上班，完全不是出于自愿，而是出于不得已，出于忍无可忍的愤怒。他穿着整洁，意识清醒。每每人多的上下班时间，他才站在公交车站牌前拼命地挥旗、吹哨；而行人稀少的时候，他会停下来，与卖报纸的老头聊天说笑，而且极有礼貌。街头巷尾的摊主似乎与他很熟，并不把他看作疯子，而竟像是老朋友一般亲切。他们居然也谈论股市行情，谈论国家大事，谈论大家都会谈论的天气。谈话的间隙，他也不忘挥动手中的旗子。他有着超乎寻常的毅力，虽然看上去已经五十多岁，但精力十足。从他的表情中，已丝毫看不出愤怒与怨气，看不出冲动与焦虑，他气定神闲、从容不迫，似乎拥有巨大的定力，若泰山崩于前而不变色，若钢刀架于颈而不言悔。也许，他的愤怒和委屈早就属于过去时，他已经实现了从倾诉一己之私到要完成一件伟大使命的人生跨越，他要用剩下的岁月去完成良心驱使下的那个使命，那使命就是他所有的人生价值，他一切的一切。

我忽然有些佩服他了。以一己之力与一个强大集团抗争，无异于蚍蜉撼树。他的声音掷地无声，毫无反响；他的表演就像面对黑夜的放映机，不会成像，不会有剧情故事，充其量只能算是一阵聒噪，一阵让人心烦意乱的黑色幽默。但那对他有意义。他只想对得起自己，他用对别人来说毫无意义的执着塑造了对他来说最有意义的一切。他无须对任何人有交代，他只求对自己有交代。我常想，一个人的心力有多大，只要思想里有"不通"，只要灵魂深处有"迷"，只要还想"对自己有个交代"，那他就能九死不悔地坚持下去。

在城市的街头，我们每天会见到许多人。我们擦肩而过，彼此陌生。一个人来了，一个人消失，其实，都生活在完全不同的世界里，对于另一个人，我们的存在近乎虚无。我们并不能彼此互证，也永远都找不到自己的究竟。

原载《长城》2018年第3期

枣 魂

范红霞

　　黄河岸边这个小村的村头，有一棵老枣树。远看，它的树冠像巨大的云朵；待到树下仰望，五股大树杈暖瓶一般粗，像伸开的大手掌托起天空。连着地的树干却坦露着几个碗口大的黑洞，并向下延伸着长长的裂缝，有一大截几乎是空心的。听说它被雷霹烧死过，后来又奇迹般地复活了。离地半米高处横着数道深深的沟痕，有人说以前这儿拴牛拴马，也有人说村里搞建筑，一根根小拇指粗的钢筋缠在树身上，用拖拉机拉直……

　　苍老而繁茂，巍巍然站立着，一站就是几百年，是在诉说岁月的沧桑磨难，还是在展示生命的坚韧强大？我的心头，不由地缭绕起那首歌：

霹雳击穿过你，

野火焚烧过你，

刀斧砍伤过你，

绳索缠磨过你。

你浓浓的树冠依然绿，

你不朽的身躯更坚实，

还有那铮铮枝条傲苍穹，

与九天风云争高低……

这是邹平县的词作者李永水先生《老枣树》中的一段歌词，我曾笑他太能"编"，不想果真有这样一棵树，不想今天我们竟在黄河滩码头镇邵家村不期而遇。

来到村东，我震惊得发不出声了：遍地是老枣树，五百多亩地的枣园，很多树树龄都在百年以上；当然也有中年的、青年的，还有很多"少年"。它们一律雄健、蓬勃，生气盎然。它们一棵挨一棵聚集在这里，这可真是邵家的一大风景！

曾听说，一棵树的枝叶多茂密，它地下的根系就多发达。在邵家枣园，看到一蓬蓬浓绿的树冠张开在空中，在风中翻卷，树与树相互拉手牵衣，我突然感觉这片百年枣园的地下土壤里那些顽强生长、延伸的根须，相互交织，彼此召唤，那又是怎样一种壮观的景象！

一边往前走，一边不断地回头望，我还是忘不了村头那棵老枣树，它是邵家村枣园里的长者，肯定有不少故事。一位在路边拾枣的大娘兴致勃勃地提到一件事：说是前些年，一个有钱人的妹妹得了癌症，到处医治不见好，家里人就请算命先生给算一算。算命先生掐着指头，说她命里有难，得认一棵老树做干娘消灾，还煞有其事地指明了方向和距离。那一家人按方位、里程找来，正好是这棵老枣树。得癌症的女子一看见这棵老树，眼里立刻闪着泪光，人精神了许多。家里人让村里开个价，想把这棵树买走，可给多少钱村里也不卖。女子家人只好挑了一个吉日，将写有那女子生辰八字的红纸贴在树干上，烧香磕头，认了"干娘"，让树干娘保佑她。说来也奇怪，不知是因为吃药，还是认老枣树做干娘的缘故，自此那个女子的病竟真的渐有好转……

在民间确实有不少类似的现象，我小时候也听老辈里的人说，村里某某不生育，认一棵老树为干娘后开了怀儿，只是没有如此真切。老枣树树干、枝条上挂着丝丝缕缕的红线和红布条，我知道每一根丝线和布条都系着一个祈福的心愿。据说过年时，"树儿树女"们都来树下，给干娘拜年，供养。我不赞成简单地把这归为封建迷信，这实际表现了人们对一个古老而永生的生命的敬畏和仰慕，在人们眼里，一棵几百年的树就成了神。还记得，大年夜，我奶奶就总是在我家那棵老枣树根部挖一个小坑，倒进一碗煮熟的饺子，然后再把坑掩上。当时不理解奶奶的举动，现在看，她是在用这种淳朴的方式表达对枣树的敬意啊！

邵家村有这样一棵树神，这是邵家人的福祉。走在枣园深处的阡陌上，我想了很多，我感叹的还不是它为人们消灾祛难，我觉得它更是一位生命之神。这位历经无数风霜雨雪的老者，在以强大的生命力量带着子孙们在这片土地上繁衍生息、开花结果。今年春天，我曾来过这里，那时枣树刚刚抽芽，一片片新芽就像一只只亮亮的小翅膀。淡黄的米粒似的花儿，一簇一簇的，色泽并不吸引眼球，可是它散发出的浓浓香味，枣园里、村庄里，甚至方圆十里空气中都弥漫着枣花的清香。而夏天，我跟随滨州日报社和市作协采风团再来邵家村，枣园的绿更深了，像一块巨大的翡翠搁在大地上，使古老的黄河岸边越发迷人。我们早早起来到枣园里转悠，枣园的黎明别有一番清新之美。晶莹的露珠垂在叶梢，像夜晚天上的星星。等太阳升起，霞光透过枣树枝叶斜射过来，轻柔温润。而穿过枣树的缝隙抬头望天，蔚蓝的天幕上有几抹绯红的云。花生、地瓜则长满空地，绿了枣树下的地面。四周也被绿色围裹着，那是黄河岸上的防沙林带和村道旁的树木。我陶醉得不知不觉停下脚步，仿佛置身于碧绿的海洋，胸腔久积的城市喧嚣和尘埃荡然无存，心情瞬间被"刷新"。

才两个月的时间呀，枣园景色又已完全不同，当初那些很小、只有小指头肚儿大的青枣儿，现在已经很大了，沉甸甸的果实把树枝压弯，一阵风掠过，它们孕妇一样慢慢地摆动着身子。时近中秋，枣儿开始发红，一条树枝上就缀着几十颗红玛瑙般的大红枣儿，一树一树的红玛瑙连接起来，像天上的云霞落在这片土地上。有的枣熟透了，用手轻轻一拨，便掉下来。四下望去，园区掉落在地的圆铃枣厚厚的一层，红地毯一样。绿色的枝叶和紫红色的圆铃枣交相辉映，甚是好看。这时在枣园里，看枣，品枣，那种美妙感无法形容。

听见树叶摩擦的瑟瑟声从远处传来，我抬头看，几位老农正站在枣儿熟得早的树上，用木头长竿打枣——不能用竹竿，据说用竹竿会将枣树打聋，来年就不挂果了——老农挥动长竿，轻轻一扫，"哗——"像一阵金雨倾泻而下，一片成熟的圆铃枣纷纷掉落，在地上蹦蹦跳跳。树下等候的人们早已铺好床单、布片，提着箩筐，跑上前去，紧拾慢拾，欢笑着将枣归入筐中。我也加入到拾枣的行列，雹子似的枣儿落在头上、背上，我赶紧拿帽子挡住，一位大婶笑着说："甭怕，红枣落在头上会给你带来好运的。"我便不再护头，其实枣儿落在头上并不疼，只痒痒的，像按摩。头上落着枣，再送一颗放在口中，脆生生、甜丝丝的，甜蜜得很哪！

邵家村的杨书记赶过来，给我们介绍情况，他说解放前黄河堤坝决口发洪水的那些年，这里淤积了很多沙土，可播下去的小麦、玉米种子，还没发芽就被风连同沙土吹走了；只有种枣树，才能抗风沙，风吹不走，天旱不死。枣树还不怕盐碱，别的庄稼在盐碱地里不好成活，枣树却长得欢，而且盐碱地里枣树结的枣格外甜。与枣树为伴为生，他对枣树了解如同自己的家人，他像农林专家一样打着手势，继续讲，枣树的根系是由多级水平根和垂直根组成的，水平根粗大，向四方延伸的能力极强。庞大的根系深植于土壤之中，吸收水和各种养分，强有力地支撑起树冠。我认真地记下他的一句一字，我尤其感动于他对这片枣园有着如此深厚的感情："枣树救过俺村人的命啊，"他越说越动情，"上世纪六十年代，面对那场罕见的自然灾害，俺村人也够硬气的，不屈不挠地同老天斗争，村里没饿死一个人，可也多亏了枣树们给的救命粮啊！……枣树对俺邵家村有恩，俺也不能无义，有一年上面刮来一股砍枣树风，乡亲们那'枣木杠子'脾气上来了，就是抗着不砍树，冒着被批斗被整治的风险，顶住压力，保住了这些枣树。后来镇上又号召、支持俺村扩大种植面积，枣园的规模就越来越大。现在已形成了酿枣花蜜、采摘鲜枣、制作干枣和乌枣的产业链，村民们的收入大大提高了……"说到眼下，杨书记笑起来，有机圆铃枣的丰收让这位中年汉子喜兴得合不拢嘴，也让他目光更加坚定："有这片枣园，还怕啥呢！"

不远处，黄河的波涛声仿佛隆隆的滚雷。

我在枣园里穿行，我轻轻抚摸它们粗糙的树皮。一棵棵枣树落在我的背后，也留在了我的心里。我眼前幻化出一幅幅动人的图景：春天，枣园里万枚新芽鸟儿般鸣叫；夏天，树影婆娑，绿满大地；秋天，硕果累累，飞霞流丹；冬天，铜杆铁枝与老北风搏斗，铮铮有声……

春夏秋冬，一年一年……

原载《文艺报》2018 年 3 月 18 日

忧乐斋随笔（四题）

耿春元

高　汤

少年时，喜读有"学问"的书。如果那书让我不住地查字典，那学问便大了。遇上些姿态炫耀、奇巧绚丽的句子，往往如私塾里的蒙生般摇头晃脑地咏读，还常常整段整段抄录在本子上，放在枕边随时温习的。

书渐渐读得多了，才知道"中国文字的繁花似锦，最易迷惑勾引初学者"的。

鄙人所藏书籍数千册，如今能够放枕边温习的，算来不过三五本而已。其中便有一本汪曾祺先生的书。浅淡天真的儿童都能读的书，已经在枕边放了许多年了。随手翻开哪一页，无论读过多少次的句子，再读依然有一种令人回味不尽的意味——

雨真大。下得屋顶上起烟，大雨点落在天井的积水里，砸出一个一个丁字泡。

雨打得荷花缸里的荷花东倒西歪。

一只乌龟，哈，下大雨，它出来了。昂起脑袋看雨，慢慢爬到天井的水里……

———汪曾祺散文里的句子

詹大胖子是个大胖子。很胖，而且很白。是个大白胖子。

于是明子就开蒙入学……每天还要写一张仿。村里都夸他写得好，很黑。

———汪曾祺小说里的句子

贾平凹说，汪是一文狐。王安忆说，汪老小说最好读。我找不到恰当的语言形容，只感到汪老这等大巧若拙的文字功夫，施展得何等彻底！

汪曾祺自己说："修短相宜，浓淡适度，就可以无憾了。"

汪曾祺自己不知道，这话就是某些大师们，也不容易达到的高度！"提刀而立，为之四顾，为之踌躇满志"，汪曾祺在引用庄子这句话的时候，其实是很骄傲的。

读汪老，经常让我想起大厨做的高汤来。

高汤有多种。乌鸡甲鱼两样混炖较长见。炖高汤忌放葱姜等佐料的，以防夺味！但是必须加酒，以除荤腥。制作高汤需要许多工序的，最后熬出来的是一碗明亮见底的清汤！

高汤的味道是极淡的，用"大味必淡"形容高汤，再合适不过了。

吃高汤如读汪文，不是一般人能品出滋味来的。

那是美食家享有的口福！

孤独的甄如

四五十年以前，在青州东关没有不知道甄如的。甄如是一个没有户口的"黑人"，老婆和一大堆孩子也都没有户口。没有户口就没有供应粮，在东关他成了一个苦难的符号。为了养家糊口，甄如什么都干——修脚、掌鞋、骟驴、阄猪、刻字、修表、刻钢笔、卖老鼠药……数都数不过来。那年月做什么买卖都犯法，甄如只能干这等营生，他把智慧转化为一种生存的小技能了。

我年轻时曾在东关住过两三年，跟他一条街，见面就多了。甄如一表人才，即使穷困潦倒，也显得干净、优雅、阳刚、高贵。他的灵魂里没有自卑，像是从人生深处走来，大多时间都在沉默，在思索。有时他也侃侃而谈，见什么人说什么话。甄如一街好人缘，却极少搭理我，我也极少搭理他。我们在用心灵交流，他有一种无形的魅力诱惑我，挟持我，让我不得安宁。

寒冬腊月，甄如穿得极单薄，瑟瑟地缩在墙根掌鞋。我站在他旁边很久很久，谁也不理谁。他知道我的存在，我知道他的存在，一街人都消失了，只有我俩。这世间必然有一种无形的线，幽幽地，牵在一个度上，让人互相沟通。总觉着他内心藏有一种精神，像珍珠，在蚌壳里。

他给人刻钢笔，都是毛主席诗词或语录，然后再刻上钢笔主人的名字。那天，我把我的钢笔递给他，他没有看我，匆匆刻上两行字，再用黄色蜡块一擦，送到我手上，是很古意的两行金色隶书。我眼前一亮，念出声来——

不是闲人闲不得

闲人不是等闲人

我看了他一眼，他看了我一眼，彼此心领神会，互相都懂了。然后递上一毛钱，他从容地收下；再找我两分钱，我也从容地收下，并不多说一句话。这时只感到他有一种最深邃的痛楚和难以言喻的隐忍在心里。他是孤独的，我感觉到了他的孤独。终于有一天，他让整座小城吃了一惊。远方来人费尽周折找到了他，接着风传甄如是"大右派"！是 1957年逃避批斗先逃往东北然后再逃回东关老家的。

他妻子毅然丢掉工作陪他一起奔上逃亡路……她是一个好女人，但是，他值得她这样。如果是我，也会的。

远方来人是给甄如平反来了。这以后，我对东关人一直心存敬意。知根知底的人自然有，大家却守口如瓶：不然，就是逃过了 1957 年，也逃不过"文革"一劫的。

"不是闲人闲不得，闲人不是等闲人。"我想跟甄如说，我在《小窗幽记》里读到了这句话。甄如会马上补充道：作者是陈继儒。陈继儒号眉公，明朝人。

但是，很遗憾，甄如平反不久便谢世了。

我泪流满面。

写作秘笈

曾经听过刘知侠的文学讲座。想不到写出《铁道游击队》的著名作家口才却很差。啰唆，还有点口吃。也许"文革"后刚刚解放出来的缘故，一些话还吞吞吐吐欲言又止，这就更觉无趣。就有一些人没听完便悄悄离去了。我是坚持到底的。因为刘知侠一开始就卖了个关子，说是他有个写作"秘笈"，讲到最后会告诉大家的。那时我一心想当作家，听了这话自然高兴极了，说不定一旦得了那"秘笈"，这作家就成了。

听刘知侠讲了一天课。记得是在安丘的一家礼堂里。算起来已有三十多年了。现在回想起来，刘知侠的口才不仅不济，还实在没有讲出有新意的东西来，充其量是那个时代的老生常谈。其实这不能全怪刘知侠。上世纪九十年代出版的《中国当代文学史教程》（全国高校"十一五"国家级规划教材）中指出："50年代开始，文学中人性与人道主义被作为大逆不道的异端邪说"经过"一连串的批判运动之后，新中国文艺传统成了一片空白"！可想而知，从那个文艺荒漠中走出来的作家，你要求他们讲出点文学真谛，实在是强人所难。刘知侠那部反映八路军游击队打鬼子的《铁道游击队》，"文革"中在书店里都下了书架，对文学，他还能讲说什么呢？令人欣喜的是，最后他果然郑重其事地从口袋里掏出了他的

"写作秘笈"——其实很简单，就是一个小本子和一支铅笔头——大家都笑了。我却没有笑。若干年以后就是这个"秘笈"，竟然给了我意想不到的收获。因为从那天以后，我的口袋里也有了一支铅笔头和一个小本子。譬如一闪念的奇思异想、一种思想的突然开悟、一个细节的偶然捕捉、一位不识字的老头或老太的乡言村语……我的许多成功作品多是来自它们，而且绝少与人雷同。因为，它是生活特有的馈赠。

刘知侠先生是 1991 年去世的，享年 74 岁。

见到过许多作家，刘知侠先生格外让人怀念。

读　友

那天文友聚会，陈沛出了个题目：谈谈为什么要写作。大家都谈了，各有各的因由，兴致都很高。剑评最简单，只三个字：我喜欢！我也谈了。鄙人作文追求简约，说话却极啰唆。说来说去，竟然不外剑评那三个字：我喜欢。首先喜欢读书，然后喜欢上写作的。曾经写过《我是一个发烧友》的小文，说的也不过这意思。

说着写作，不由想起几位读书的朋友来。

写作有文友，饮酒有酒友，旅游有驴友，因读书结交的朋友呢，我称作"读友"。

那场史无前例的"文革"浩劫不幸被我们这辈人摊上了。却偏偏喜欢读书。可读的书却极少。还要冒风险。遇到一本好书经常是你读完偷偷传给我，我读完偷偷递给他，像地下工作者传递情报!

那时候读书的目的非常纯粹,纯粹得令人感动。

后来有的读友渐渐读得少了,都忙呢,忙家庭,忙生计……不过有了一些书卷打底子,即使清贫,也不会丢了做人的身份的。

却有一位读友始终如一地读。已经大半辈子过去了,不改初衷。后来我的业余时间被写作占去了,就是读些书,多是为写作吸收"营养"的。他却不写。就是写,也是留给自己看的,从来不示人。他仍然是纯粹的读书人。读书已是生命中必需的一部分,就像空气和水。

过去是不断见面的,见面自然谈读书。岁数大了,见面也少了,偶尔聚首,竟也不大谈读书了:闲闲地坐着,心已经交流了。

在他面前,经常自惭形秽的。他读书,还喜旅游,国内国外都去,那游记是写得极好的。我说拿出来发表了吧,明知会被拒绝的,说了就后悔了。他是真正把世事参透了,在浮华人生中,已经望断了"名利"二字背后的虚无。

腹有万卷诗书,过着庸常人的日子,有着庸常人不可企及的人生境界;白水清风、冰雪聪颖、养性修身、淡泊宁静……说着他,已有阵阵书香袭来了。

原载《文学自由谈》2018年第3期

生育记（外一篇）

王　韵

　　我们的童年，没有现在孩子们这么丰富多彩的娱乐活动。那时候，孩子们玩得最多的，就是踢毽子、捉迷藏、丢手绢、老鹰抓小鸡、过家家等游戏。我们这些文静的女孩子，都喜欢玩过家家，扮演小妻子、小母亲的角色，手里揽着金发碧眼的布娃娃，轻柔地哼着妈妈们唱给我们的儿歌，温存地哄着怀里的布娃娃入睡。那是一种潜意识母性情怀的最初萌发。

　　我所在的城市是北方沿海一座县级市，毕业后顺利进入一家开发区市政建设公司上班，然后经人介绍结婚。记得结婚半年后，我有段时间对气味特别敏感，时不时恶心呕吐，一直以为是肠胃问题，没有太在意。直到一位同事大姐善意提醒，才意识到应去医院检查一下，结果真的是怀孕了。看到B超化验单上那个十字架似的加号，在期盼之中，又有点不敢相信，一个新生命的诞生竟然是如此神秘而又奇妙，如此猝不及防而又天造地设。我甚至完全没有做好足够的心理准备，他（她）就一天一天地正向我走来。我要当妈妈了！

母亲去世，婆母远在上海大姑姐家，没有一点育儿经验的我，满心欢喜又惶恐紧张地准备着，迎接这个新生命的诞生。从检查出怀孕的第一天开始，我就郑重买来一本崭新的笔记本，开始写《宝宝日记》，记载下这个新生命成长的点滴历程，长大后与他（她）一起分享和回味。此刻我的身体是迷人的仙境，绿野河流，鸟语花香，簇拥着渐渐长大的生命。刹那间，我儿时那种怀抱布娃娃玩过家家的小母亲情怀被唤醒了。尤其对于失去了最疼我的母亲的我来说，孩子更有着不同寻常的意义，他（她）将是我亲手创造的生命，也许有着我母亲家族的隐性基因，神奇地传递着我与他基因的金丝带。一想到自己要做妈妈了，我的生活习惯改变了许多，不再挑食，也不再娇气和任性。一向爱美的我，脱下高跟鞋，摘下隐形眼镜，不施脂粉，素面朝天，开始主动锻炼身体，眼角眉梢洋溢着即将为人母的柔情和恬淡。

那时的我一味沉浸在创造新生命的狂喜和兴奋中，没想到对于一个女人再平常不过的生育，会在我日后的漫长生活中投下怎样的阴影。由于单位效益不好，已经半年没发工资了，检查费和生产费都不报销。他在我们租住房 60 里地外的乡镇上班，每天骑摩托车早出晚归，到家已是八九点了，我天天提心吊胆地听着摩托车的声音，直到听见门响的声音才彻底放心。怀孕后期，为了方便去市里医院检查，我退掉了单位附近的租住房，搬回到市区娘家的楼房，跟哥哥嫂子住在一起。我每天骑自行车跑十几里路去单位上班，单位没有食堂和宿舍，中午到外边的小吃摊上买个烧饼或者包子当午餐。就这样一直坚持到孩子临产。

10月22日，临近预产期还有半个月。大夫检查说因为母体营养不良，孩子胎盘钙化，可能要早产，让我做好提前生产的准备。听了大夫的话，慌乱中的我赶紧办理了产假手续。当天来到他所在单位的宿舍住了下来，希望在生产时一家三口能够在一起，不用每晚坐卧不安地谛听摩托车的声音而担惊受怕了。整个下午都在他宿舍忙着洗衣服打扫卫生的我，那晚8点半，觉得很疲惫，应该洗漱休息了，突然感觉身下有水一样的东西流了出来，却听不到响声。想起怀孕时曾问过姐姐临产前兆，记得姐姐说过会有水一样的东西流出来，预示羊水破了，马上要到医院待产。去市里医院来不及了，我赶紧赶到他单位所在地的一家大型企业医院。大夫们都下班了，在医院工作的表姐和值班护士过来看了看，说不要紧，明早一上班大夫会过来接生。

整整一夜，我躺在空荡荡的病房无法入睡，一直恶心呕吐，腹泻绞痛。终于挨到第二天早晨，表姐陪着妇产科大夫过来了，看见一夜未眠、被疼痛和呕吐腹泻折磨得奄奄一息的我，表姐说这个样子没有力气生产，必须要喝点小米粥才能支撑体力。为了顺利产下宝宝，我勉强喝下了表姐为我熬的小米粥。我的体内涌起一波又一波的阵痛，好像有一只坚硬的勺子在搅动五脏六腑，从腹部向下辐射撕扯。我全身被汗水浸透了，疼得说不出话来；眼泪流干了，嗓子发不出声音，已经没有哭的力气了。我实在无法忍受这折磨，费尽力气蠕动嘴唇，请求大夫做剖宫手术。大夫摸摸我的腹部，说孩子很小，我剧痛了一夜，宫口已经开了，再坚持一下，孩子就可以顺产。听说顺产对孩子以后发育有利，我豁出去了，决定自己生。嘴唇疼得咬出了血，连哭喊的力气都没有了。此时已是上午七点五十分，距离头天晚上破羊水快12个钟头了。宫口已经大开了，使劲，使劲，坚持住！配合大夫的要求，我一点一点地攒足全身力气，只想让孩子顺利健康地生下来。

这时，四下突然一片沉寂，被疼痛折磨得意识模糊的我，恍惚中听到大夫跟身旁的助产士小声说话：胎位不正，孩子脚先出来了，赶紧准备采取措施！我一下清醒过来，意识到自己不幸遭遇了难产，孩子脚先出来，如果生产不顺，就会脐带缠住脖子，有生命危险，母亲也会面临大出血，甚至可能失血而死。这样的情况，我在怀孕时听人说过，没想到噩运竟然降临到我的身上。

我的大脑瞬间空白如洗，旋即想到九个月怀孕的辛苦，对孩子的期盼，想到自己早逝的母亲。孩子尚未来到这个世间睁开眼睛看上一眼，不能让他（她）就这么一路穿过黑暗离去。宁可付出我的生命，我也要把孩子生下来。这时候，时间就是生命，每延迟一秒钟，就意味着孩子多一分危险。

我突然生出了力气，起初像抽丝，越聚越强大。对大夫说，我要孩子，要把孩子生出来。那一刻，没有了疼痛和恐惧，让孩子顺利出生的念头支配着我，身体立刻像充了电一样，全身的力量陡然爆发了。母爱的力量就这样战胜了危险，我的孩子终于顺利出生了，是个女儿，包着毯子只有二点五公斤。是女儿的瘦弱娇小拯救了她，也挽救了我。我全身瘫软，无力张口道谢。我与女儿一起携手，终于渡过了难关，这是我们母女俩第一次联手打败和逼退面目狰狞的噩运！可能是孩子太小，又早产的缘故，她出生并没有像小说中描写的那样呱呱坠地。大夫告诉我孩子出生的消息，我犹如卸去了千斤重担，人一下子瘫软下来，这时想起没有听到孩子的哭声。正要问，突然听到一声小猫一样微弱的嘤嘤哭泣，然后是大夫如释重负的声音：孩子生下来没哭，怕嘴里被羊水堵住，倒提着拍打了屁股一下，这会儿已经没事了。

我紧张的心立刻放松下来。大夫把孩子抱到我面前，孩子像一只小猫咪一样大小，略微发黄的黑色卷曲的头发，大拇指肚般大的脚后跟。看着躺在身旁紧紧闭着眼睛的小小的身体，想到刚才孩子被大夫倒提着轻轻拍打的情形，我的心针扎一样疼了起来，泪水冲决迷糊了双眼。这时我才想到，如果孩子遭遇了危险，我将如何面对。而假如我失去了生命，我的女儿又将怎样在这个世上艰难地生存下来。我已经失去了母亲，不能让我的孩子一生下来就没了母爱。从今往后，我不是我自己的了，我是一个孩子的母亲，我要好好活着，守望着她长大，不能让她像我一样，失去母亲，孤苦伶仃。

没有娘家母亲，在婆婆家坐的月子。孩子满月已经是寒冬了，他接我们从婆婆家回到娘家的楼房。

他依旧早起晚归骑摩托车去六十里外的单位上班。冬天天冷，他两三天才回来一次。我一个人照看孩子，买菜、做饭、倒垃圾、洗衣服、换洗尿布、打扫卫生。我常常把孩子哄睡，然后手忙脚乱洗尿布、打扫卫生、做饭。饭菜刚刚做好，还没来得及吃，就听到孩子微弱的哭声。我赶紧放下饭菜过去照看孩子，换尿布、喂奶。等忙完回来，饭菜已经凉透了。有时正在刷洗衣物，听到孩子的哭喊声，马上跑进房间看，床上已经找不到孩子了。循着凄厉的哭声，看到我小小的女儿翻身掉到了床下，跌进了床头旁的拖鞋里面。孩子太小了，就像一只巴掌，一只拖鞋就能把她藏起来。我是多么希望可以好好地陪陪我的孩子啊。我把女儿抱起来，眼泪不由自主地哗哗流了下来，心疼我的孩子，也更加思念我的母亲。

没妈的孩子是根草。为了我的女儿不再像她的妈妈一样仓皇无助，我要好好活着，照顾好我的女儿。他不能天天回来，我要自己出去买菜，倒垃圾。我不敢把孩子一个人放在家里，怕她醒来找不到妈妈哭喊，更担心她的安全。只有把女儿包裹得紧紧的，抱着孩子在寒风中去倒垃圾，然后到周围的市场买菜。出门时我得一手拎着垃圾袋，一手抱着孩子，拿着钱包，回来时两只手紧紧抱着孩子，胳膊上挎着菜篮子。

就这样，孩子过百天时，哺乳和一个人照看孩子的劳累，又使我恢复了少女时的苗条和轻盈。

那时候还没有热力公司，无法供暖，孩子太小，我不敢插电褥子。我住在背阴的北间，哥哥嫂子住在向阳的卧室。我只有白天抱着她，穿过哥哥嫂子的卧室，到阳台晒太阳。晚上紧紧抱着女儿，用自己的体温温暖着她。房间太冷了，阳光照耀不到的房间弥漫着一股寒气和阴气。女儿常常半夜冻醒，然后一夜夜啼哭。我只有一遍遍艰难地爬起来，给她喂奶，为她换干净的尿布，抱着她轻轻哼唱。直到她安安静静睡着了，我才能稍微躺下休息一会儿。我一夜夜反复起来又躺下，累得腰直不起来，只好拄着胳膊，托举孩子跪爬起来。从那以后，我的腰就留下了痼疾，不敢弯腰，甚至每次洗头腰肢都像断了一样，许久直不起来。

以前对房子没什么要求，但是经历了这个没有阳光的漫漫长冬，我有了迫切买房的愿望。我准备休完产假回单位上班，努力赚钱买房子，只为了可以让我的孩子每天见到阳光。可是没想到，就在我休产假期间，单位改制了，原来的国企摇身一变成了私营企业。新老板是一位干工程发了财的包工头，趁着改制之机，以极低廉的价格买下了我们的企业。新老板没有任何口头或书面通知，单方面与尚在产假期间的我，解除了劳动合同。为了生孩子后能多休几天产假，我一直坚持工作到孩子临产，以致营养不良，胎盘钙化，孩子早产。却没想到，我的产假成了自己职业生涯的长假，我永远被抛离了自己的岗位，再也回不去惯性的轨道。一夜之间，我由一名国企员工沦落为下岗工人。先是没了母亲，然后失去了工作，命运无情地抽掉了我所有的支撑。我成了一个没有身份的人。在我孱弱单薄的身上，生育和工作居然成了一对不可调和的矛盾体。如果我不生育，也许还不会下岗。可是作为一个女人，一个母亲，还有什么比一个孩子的诞生更重要的呢？生育让我失去了工作，失去了赖以生存的保障，可作为母亲的我有什么过错，非要接受这灭顶似的惩罚呢？过去我心中充满梦想，是因为有个单位在，现在没了单位，被汹涌的浪头推向了社会，我万念俱灰，真的觉得什么都没有了。

天渐渐地暖和了，我开始每天骑自行车带着孩子出去，到处看租房广告和招工启事。我想为孩子租一间有阳光的房子，一间足够；想找一份工作维持生活，不求体面，只要有解决温饱的收入就行。骑着骑着我忍不住一个人发呆，没了工作，没有房子，没了母亲，没有温暖的娘家，我像一根野草在风中飘摇，不知道自己要往哪里去，能往哪儿走。女儿能感觉到我情绪的变化，坐在宝宝椅上，从后面伸出小手抱住我的腰，柔软的身体紧紧贴在我的身上，用稚嫩的嗓音唱起了儿歌："大公鸡，喔喔喔，早早起来笑话我，笑我不劳动，笑我不干活。"听着她故意变调的儿歌，我忍不住笑了，女儿也开心地笑了，从后面更紧地抱住了我。有时候我被生活的履带碾压得没了兴致，麻木迟钝的心全然忘记了领受女儿小小的心意，没有一丝反应。女儿就会在后面奶声奶气地说："宝宝办法不好用了，妈妈不高兴了。"听到女儿这么说，我百感交集，女儿小小年纪就这么有心，这么在意妈妈，让我感到既温暖又心疼。我也会忍不住发呆，偷偷流泪，女儿看到了，边伸出小手给我擦眼泪，边把嘴巴贴到我脸上问："是宝宝不乖，妈妈生气了吗？"我忍不住把她搂到怀中。

孩子是无辜的，她是我全部的希望和寄托，是我在最艰难无助时坚持活下来的无法割舍的牵挂。每个女人都希望自己能够生一个聪明健康的宝宝。只是命运跟我开了个天大的玩笑，让我体验了生育与下岗的水深火热。但是我从未埋怨过孩子来得不合时宜，我只是心疼孩子，她生下来就跟着我吃苦受罪，颠沛流离，居无定所，三餐不继。我曾经眼睁睁地看着母亲的背影，以倒计时永远离我远去，决绝得就像输液袋中一滴一滴跳下来的泪水，我无力挽留住母亲舍我远行，但我能够紧紧地抓住孩子小小的温暖的手。我要亲手把她带大，给予她别人无法给予她的母爱，百分之百纯棉似的母爱。如果说这世上永远有一个人真心地依恋着你，真正地需要着你，你也对她永远有割不断抛不开的牵挂，她就是——你的孩子。

我不后悔，因为没有生育过孩子的女人是不完整的。

跑保险

相当一段时间，在睡梦中，我被一个飘忽的影子追赶着，慌不择路，误入荆棘丛中，被扎得遍体鳞伤，然后继续没命地拔足狂奔，失足落入水中。猝然醒来，全身浸泡在了汗水中。我油然想起了那些跑保险的日子，它们就像奶奶给我讲过的"跑反"经历，是生存的压力和艰窘像饥饿的狼群，在我身后拼命不舍地追赶我。

休产假，成为我告别体制内工作的开始，我从此进入了长时间没有尽头的休息。记得有一次回农村老家看望公婆，婆婆看着我怀里的孩子说：早点给孩子断奶吧，出去找份工作，咱们这样的人家，养不起闲人。瞅着只有七八个月大的孩子，我从内心里舍不得。孩子出生时，因为营养不良早产，面黄肌瘦，幸亏产后奶水充足，女儿已经出落得白白胖胖，皮肤水嫩，开始咿呀学语了，我怎么舍得断奶呢？即使断了奶，这么大的孩子也要喂奶粉，我们哪有钱给孩子买奶粉呢，况且什么都不如母乳营养价值高。我舍不得给孩子断奶，又不想做一个终日照看孩子的所谓闲人。我只有每天骑自行车带着孩子，流浪在大街小巷，看张贴在电线杆上、墙壁间以及塞在门面房上的租房广告和招工启事。

经过反复对比房租，我们终于选定了一家。这是一家城中村的平房，房东一家三口住四间北屋，东边一间厢房租给了一对从乡下来市里做水果生意的农民；南边说是两间，其实不到 10 平方米，隔成了两段，里面仅容一张床，一个简易塑料衣橱，外面放一个煤气罐和一张小桌子。这间房每月房租 120 元，已经是最便宜的了，我们没有能力租比这个更好的。这间房子最令人满意的，是公用卫生间有个太阳能，房东大嫂租房时答应我可以共用淋浴。虽然一个小院住了八口人，不可能天天有机会洗澡，但是能隔三岔五洗一次，已经非常幸福了。

接下来我又开始到处应聘找工作。可是每次应聘，对方看看后面宝宝椅上的孩子，问了一下能否脱身坐班，听我说"不"后，皱皱眉找个理由拒绝了。是啊，谁会犯傻招聘一个每天带着孩子上班的员工呢？别人生了孩子，双方老人像抢宝贝一样抢着带孩子，而我却要带着孩子找工作，委屈与无助由心底冲上喉咙，欲语还休，哽咽不已。奔波到初秋，我的一位同学说，你可以去保险公司做保险代理人，这份工作不需要坐班，没有时间限制，不耽误照看孩子，而且签合同后可以缴纳社会保险。我别无选择，抱着可以签合同缴纳社保的希望，去了一家寿险公司，做了一名保险代理人。

当时中国刚刚开始开拓保险市场，很多人包括我在内，根本不清楚保险工作是做什么的。我先是参加培训，每天带着女儿，保险公司管理人员倒也没什么异议。随后进行推销工作，就是通常所谓的跑保险。保险公司每天早上要按时开晨会，我就早早起来，给睡眼惺忪的孩子穿上衣服，带孩子去开晨会。在女儿心里，妈妈是她唯一的依靠，只要能跟妈妈在一起，去哪儿都开心快乐。天渐渐冷了，孩子早上起床越来越困难。租住的小平房阴冷潮湿，墙皮斑驳脱落，布满一片片发霉的东西，像苔藓一样。这个冬天我得了哮喘，晚上喘不过气，咳嗽不止。有一天晚上，强烈的窒息压迫得我坐了一夜，不敢躺下。实在坚持不住了，他送我去医院，怀里抱着刚刚睡着的孩子。本想打个消炎针就赶紧回来，可是去了一检查，患了急性肺炎，大夫要求马上住院。孩子还在哺乳期，每月仅靠他一个人的工资，又没有医保，哪里有钱住院呢？我跟大夫商量，让大夫打几天消炎针，开点药回去自己治。大夫看了看我，摇了摇头，一定要打点滴，孩子也要马上隔离。我连夜回老家，把女儿交给了婆婆。

也许上苍不忍心再这样无休止地折磨我，我没有住院，坚持打针、吃药，咳嗽症状减轻了，晚上也能喘过气躺下睡觉了。这于我已经是极大的满足，省了一笔住院的开销，症状也减轻了。当然也不可能去复查，生怕检查还有病灶，明知无钱医治，与其让人心里徒增压力，不如讳疾忌医，权当没事。从那以后，我便落下了过敏性哮喘的毛病，只要闻到异味，就会咳嗽窒息打喷嚏，憋得喘不过气来。

这时候，孩子已经一岁了，断了奶，能够自己歪歪扭扭地走路了。保险公司没有底薪，工资全靠佣金提成，没有业绩便意味着这个月没有工资。为了每个月都能有一点收入，我每天都要带着孩子出去推销险种。因为性格内向羞怯，我不习惯陌生拜访，只有找自己的亲朋好友和同学同事帮忙。从夏天到冬天，我骑着一辆半新的自行车，穿梭于小城的大街小巷。自行车后座的宝宝椅上，绑着一个小小的婴儿。婴儿有时会在车子上睡着，头歪在宝宝椅上，如果不是被绑在上面，不知要掉下去多少次了。有时孩子调皮，想在椅子上站起来，或蹬掉了鞋子，总会有好心的路人提醒我：你孩子的鞋子掉了！通常听到声音停下时，车子已经骑出去几米了。我跳下车子，慢慢地推着车子往后退，不敢支住车子停下，怕万一车子跌倒，摔坏了女儿，只好一手扶着自行车把手，一边弯腰用另一只手捡起掉在地上的鞋子。这时才敢支好自行车，一只手扶住女儿，另一只手给女儿穿鞋子。亲朋看见我带着孩子狼狈上门，大都不好意思拒绝，出于同情，会多少买一份保单，这样就可以勉强每个月都有业绩，相应地有点微薄的收入。我如果连续三个月没有业绩，就意味着被淘汰了。那几个月，是一向少言寡语的我说话最多、跑得最勤的日子。签一份单，从开始联系、宣传，到签单、收客户款，再到保险公司交款、给客户送保单，最顺利的也要五六个来回。有的人言语间不经意地流露出轻蔑或者不耐烦，原本自尊心极强的我，为了完成任务，能维持一个月的饭钱，只有假装看不见。有时签完单往回走的路上，想想自己的处境，忍不住一路走一路默默流泪。

一直记得，我签的第一份单，是自己的父亲。

下岗了，没了工作，没有住房，甚至没人帮助照看孩子，我成了父亲的一桩心事。当时六十多岁的父亲，先是遭遇老伴去世，紧接着眼睁睁地看着女儿下岗，却爱莫能助。原本一头乌发、走路大步流星的父亲，几年间迅速衰老，头发全白了，步履蹒跚了。为了让我有份收入，曾经做过法官、刚强正直、从不求人的父亲，开始挨个向亲友打电话，直至登门拜访，让他们帮忙签单。父亲开口了，亲友们都表示支持。父亲第一个签单，买了一份养老保险。

保险工作说是不坐班，时间自由，其实工作时间是最长的，根本没有规律，也没有节假日。那年圣诞节，大雪从傍晚开始纷纷扬扬，早上起来，窗外一片白茫茫，仍然要去开晨会。那时候没有手机，租住的房子也没有电话，不去参加晨会是要扣佣金的。我看看反射着炫目白光的雪地，担心骑自行车会摔跤跌伤了女儿，再看看躺在被窝里熟睡的女儿红扑扑的脸蛋，实在不忍心叫醒她。我想着自己去开会，争取早早回来，或许孩子还在酣睡没醒呢。保险公司离租住房远，走着来去怕时间长孩子醒了，又不舍得花钱坐公交车，于是轻轻锁好房门，推上自行车去保险公司了。雪还在下，自行车轧过雪地发出咯吱咯吱的声音。一路提心吊胆地赶到保险公司，眼睛头发眉毛上挂了厚厚一层积雪。照例是半个小时晨会，这一次我却感到特别漫长，牵挂着睡熟的女儿，唯恐女儿醒了找不到妈妈。终于等到晨会结束，顾不上拜访客户，我骑上自行车匆匆往家中赶。此时路上行人多了起来，雪地被踩泥泞了，结了冰。我下来推着车子走了几步，又怕孩子醒了，耳边总是萦绕着女儿凄厉的哭声，于是赶紧上了车子。前头人行道上有一辆出租车突然停了下来，从后面车座上下来两个女孩子，看也不看推开车门要下来。已经来不及躲避了，我猛一刹车，车子一下子滑倒了，我也摔在了雪地上。两个女孩子看到我突然滑倒，赶紧跑了过来，带着哭腔问，姐姐没事吧？我缓缓地爬起来，试了试还能走路，心里惦念着家里的女儿，又看看面前两个女孩子，想到了仅仅隔着三两年时光，曾经跟她们一样青涩幼稚的自己，心里多了几分怜爱，对她们说，"不要紧，你们走吧。以后一定记住，不能在人行路上停车，更不能不看看周围有没有人就贸然开车门下车，这样会出事故的。"出租车司机这才从车里下来，帮我扶起自行车，开车离开了。我勉强骑上车子，满心想着赶紧回家看女儿，这才发现车把歪了，骑上去歪歪扭扭掌握不了方向。赶紧下来正了正把手，急忙往家里赶去。终于到家了，刚走到胡同口，就听到女儿撕心裂肺的哭喊声，我的心立刻急速跳动起来。我打开门冲进院子，看见房东大嫂隔着屋门在对女儿说话。一岁多一点的女儿，穿着秋衣秋裤，赤着脚，在号啕大哭。她的个子够不到房门钥匙孔，正使劲地用手拍打着门，喊着妈妈，要出去。房东大嫂没有房门钥匙，只好站在门外哄。我的眼泪哗哗下来了，边哆嗦着从包里掏钥匙开门，边喊着女儿的名字，告诉她妈妈回来了。女儿看到妈妈回来了，骤然停止了哭喊。这时房东大嫂看到我的嘴角凝了一块血，裤子也撕破了，惊讶地问怎么了，我才想起刚才差点被出租车门子挂住，因为刹不住车而摔倒，被车把挂住嘴角出血了。大嫂问，没让出租车司机带你去医院检查吗？

我说，担心孩子醒来，摔了一下爬起来，感觉没什么事，顾不上了。大嫂说，那你该留那个司机的电话，或者让交警过来做个记录，万一有什么事，怎么办呢？我说，我当时实在顾不上了，只想赶紧回来看孩子。这时才后怕起来，都说上天是公平的，好人有好报。放司机走了，如果真的有什么后遗症，没有医保更没有钱治疗的我，又该怎样面对？我一把将女儿紧紧地抱在怀里，再也不愿分开，就这么抱着，永远，紧紧地。屋子冰窖一样寒冷，女儿冻得嘴唇都紫了，光着脚直接踩在水泥地上，脚丫冰凉。我低头亲吻女儿冰冷的小脸，解开衣服把她的脚裹到怀里，给她焐热。女儿仰头看着我，看见我嘴角的血迹，伸出小手给我擦拭，小嘴巴凑上来，一双纯净的眼睛紧盯着我说，妈妈不哭，妈妈不哭。

可是，女儿还是感冒了，当晚发高烧，小脸通红，呼吸急促，全身发烫，嘴巴像染了颜料一样红得要滴出血来。我抱着她去妇幼保健院打针，看到针头扎进她娇嫩的皮肤，比扎在我身上都疼。如果可以，我多想替女儿生病打针啊。她太小了，来到这个世界，跟着母亲颠沛流离，吃了太多的苦，受了太多同龄人没有受过的委屈。女儿哇哇大哭，连续一个星期。每次看到我要抱她走，女儿就开始声嘶力竭地大哭哀求：妈妈，不要打针，不要打针！我狠狠心，边哄着女儿，边把她绑到自行车后座上，推着车子往医院走。刚下完雪，路上结了厚厚一层冰，我不敢冒险骑上车，怕万一再有什么闪失。还没走到医院大门，女儿就认出来了，立刻挥舞着小手号啕大哭起来，边哭边喊：妈妈坏，妈妈坏，不打针。

我不敢独自将女儿撇在家里了。从周一到周五，我早早把睡梦正酣的女儿叫起来，穿衣服，带她去开会，然后奔波着挨家拜访客户。就这样跑了不到一年，亲友圈子都跑遍了，断了资源，没了业绩，保险公司终于干不下去了。我再一次徘徊在街头。在茫茫人海里，我感到的却是刻骨的孤独和无助……

原载《朔方》2017 年第 12 期

《散文海外版》2018 年第 4 期转载

入选《2018 中国散文排行榜》

面对一扇窗

冉令香

夜幕拉开，鳞次栉比的楼群隐入昏朦的夜色。一扇扇窗口悄然亮起来，光晕迷离，分割着朦胧的建筑体。站在高处俯瞰，整座城市灯火璀璨，如梦如幻，堪与奥妙的星空媲美。我们的眼睛被姿态各异的窗口吸引，被温馨柔和的光晕迷惑。

我们每天一成不变地面对着电脑窗口，通过这小小的窗口透视世界。每当双眼疲惫酸涩，需凭栏远眺时，你才发现，可供你眺望的距离如此短促，一扇扇窗口构建的楼体阻碍了你视线前行的方向，你的目光无法穿越反光的玻璃窗，只能在有限的视程内逡巡。

那天，当我的目光漫无目的地游走时，恰好与一张苍白的脸相遇，那是二楼凸出墙体的一个窗口。我的心头一抖，一种偷窥时被人发觉的羞惭隐隐袭来。惶然转身离开时，又猛然醒悟，那个苍老的面孔只是习惯性站在窗前，他看到了什么或是想看到外界的什么物体，都已不是他的大脑所能控制的事情了。他早在十几年前就丢失了记忆，即便出门也忘记了回家的路。而那扇凸出墙体的窗，只不过是他消耗时光的见证物。他空洞的眼睛，早已装不进窗外的任何风景。

这是个丢失了记忆的窗口，却收敛了太多的不幸和酸涩。难道上天让他失去记忆，就是为了让他远离那些苦恼和愁绪吗？

他曾在联欢会上即兴演唱《智斗》片段，一人扮演阿庆嫂、刁德一、胡传魁三个角色，把会场气氛营造得红火喧闹。他闲来无事最爱逗年轻人说说笑笑，无论走到哪里都是一片欢声笑语。那年他五十多岁了，还给青年人主持婚礼，他的幽默风趣、爽快洒脱，常让大家津津乐道。不幸却偏偏降临到了他的头上，他逐渐萎缩的小脑，渐渐丢失了太多记忆。他丰腴的躯体也被时光的刀片切削，枯干成风中的残竹。他与大地紧紧粘连的脚跟，也失去了定性，偶尔出门，都被老伴儿牵着手慢吞吞地一步一挪。

他丢失了记忆，记忆却一次次光顾，针灸一般企图唤醒他沉睡的意识。先是他上幼儿园的孙子患了手足口病，被医院误诊而夭折。他患高血压的儿媳，已没有了生育的可能；之后是他的女儿婚姻波折，那个失去暖巢的弱女子在痛苦中挣扎呻吟，却得不到来自坚强父亲的安抚。这一切的一切他都不知晓，岁月早已掏空了他的感知和记忆。他木然地坐在窗前，孔洞着脸、呆滞的眼，任阳光从一个角落兀自转移到另一个角落。任那一面窗内愁肠百转，却惊扰不起他心海的一丝涟漪。最后，他面窗而坐的资格和权力也被上帝收回了。他卧倒病床，一日三餐由老伴儿煮了胡萝卜白米饭一口一口地喂。他张着嘴，机械地吞咽。痛苦与幸福经过时光漂洗，如一张白纸贴在他荒寂的大脑。这一扇看似空洞的窗口，却过滤了人生太多的风霜雨雪。

也许是上天恩赐，他走的那天，他的外孙降临人世。那扇庇荫过他干涸的心灵的窗口，又飘出婴儿的啼哭。这扇演绎人生轮回的窗口，又开启了一个新生命记忆的起点。

一窗一世界，一扇窗也是透视一个人精神世界的入口。当暖阳辐射到那扇贴了大红双喜的窗口时，满满当当的甜蜜溢出来，整个世界仿佛都笼罩着幸福的中国红。俯视楼梯口，迎接新娘的鞭炮炸裂的碎片安详地浴着暖阳的金辉，和煦的春风掀动它们斑斓的身体，一双双轻松愉悦的脚沾染了喜庆的色彩，欣然而过。喜气洋洋的中国红凝聚了所有的幸福和甜蜜，遮盖了酸甜苦辣各种滋味。

那天中午，我作为守新房的唯一一人，静悄悄地坐在新房里，品味那些温馨浪漫的婚纱照，幸福也传递到我敏感的神经末梢。最动人的一幕是这对新人偎依在窗口，憧憬着美好的未来，橙红色的气球升起，正迎着窗外明艳的阳光，满世界都是醉人的柠檬色。谁能猜得到，这九十平方米的新房是一对工人夫妻奋斗半生，一个硬币一张纸钞艰难积累的血汗；两位新人不是写字楼白领，也不是高薪蓝领，只是一对同甘共苦的打工族。

环视新房内的洗衣机、冰箱、彩电、衣柜……我依然能品味到每件家具迈进门槛时的欣喜和所经历的漫长期待。那一打打纸币沾染了碱液和洗涤剂的味道，那是她皲裂的手，一张张捋顺时遗留的气味。天寒地冻的腊月，见过她困难地夹在高高的玻璃窗内擦拭的姿势，也见过她登上高高的梯子努力擦洗的姿势。厚厚的胶皮手套也没能阻止洗涤液的浸泡侵蚀，她严重变形的手，只有接过一天的辛劳报酬时，才会缓慢地舒展一下冻得僵硬的指头。

一件件家具搬进新房，陆续配置齐全，一次次激起他们对于未来生活的向往。参加过他们的订婚仪式，分享过他们携手行走的快乐，品尝过那些辛勤的汗水的滋味，他们终于手挽手走进了婚姻殿堂。

那天，她化了淡妆的脸溢满幸福的红晕，一件三百元的打折红毛衣让她心满意足，胸前佩戴的红花和"新郎的母亲"五个金色字体，遮掩了往日的疲惫沧桑。她走出楼梯口时，一阵风掀起鞭炮炸裂的碎锦，恰好涌上她棕色的新皮鞋。她没有留意，依旧迈着充满弹性的步子，一脚跨进了车内。我站在这幸福甜蜜的窗口，透过大红双喜的空间目送那辆轿车驶离，车前窗贴着的红双喜晃过法桐树杈的空隙，转弯而去。

谁知道，一扇窗遮掩了多少未知的世界，一个窗口又收敛了多少秘密，贮存了多少生活的气息。人的喜怒哀乐被小小的窗口吸纳，人性释放的尺度和空间有时也被压缩成巴掌大小的一团，成为阻止情感恣意流淌的一道坎儿。

夜色昏昏，人影暗暗。白天不轻易暴露的内心世界，经不起夜的诱惑，趁着夜幕的遮掩爆发了。那个深夜归来的男子，又喝得酩酊大醉，咆哮跳骂。他的妻子苦苦地哀求和劝告，换来了一顿拳打脚踢。激烈的争吵叫骂冲出夜窗，搅扰了整个院子的夜眠。

醉酒者咬牙切齿地诅咒，仿佛整个世界都对不起他。从他嘴里吐出来的那些名字，反复被他的仇恨咬噬，早已支离破碎，遍体鳞伤，仍然没有被放过的迹象。窗内那面墙体，忍受着他的疯狂敲打。"砰砰砰"杂乱的撞击声，震颤着寂静的夜空。突然"哗啦"一声喧响，窗玻璃碎裂的声浪戳破了夜空的罩纱，落地的碎玻璃尖锐地刺破了夜的胸膛。一声尖叫之后，窗外慢慢归于平静。

第二天，阳光依旧洒满了院子。那个发生夜战的窗口，张着空洞的眼。那是一只酒瓶疯狂击穿的洞口，放射性的裂缝寒气凛凛，一只塑料袋卡在冷风口里兀自飘上飘下，碎裂的窗子闭着另一只痛苦的眼。

那个善于打政策擦边球的高手，被某个民间理财集团深深套牢，几百万家产转眼血本无归。失去财产的恐慌和失去理智的疯狂，时常交织袭击他暴躁的神经，可怜那扇窗成了他发泄狂躁的唯一出口。

面窗而立，你的眼前不只是万家灯火暖春风。在这个世界上有多少扇打开的窗口，其实一直关闭着，即便虚掩着，后面隐匿的眼睛足以将警惕布满了防盗网。当楼体间距缩小到不能再小的时候，人与人之间的距离却远到了无法再远。同住一个单元，你无须知道对门姓字名谁，也无须关注楼上楼下的近邻，见面相逢的点头微笑足以打发掉那些尴尬和过度的亲昵。距离，让人们永远保持在旁观者或陌路人的尺度，淡漠地追随着时光之轴前行。窗口与窗口贴得再近，你永远也走不进另一扇陌生的窗口。

"炫丽的烟花已消失，震耳的鞭炮也停止了，世间终于恢复了往日的寂静。年，终于过去了。该过去的终究会过去，该来的终究还会来。无须沉浸在过往的记忆中，无论是好或坏，不论是悲或喜，都不必留恋着，仅仅是因为过去就已经成为过去……"读到某文友 3 月 6 日凌晨发于 QQ 空间的这段话时，一股冷冷的寒意袭来，内心不由得一颤。却不料，不出半日博客空间就传出了"他走了的消息"。那是他心灵窗口闪过的一道星光，转瞬间消失了，一个心灵的窗口永远关闭了。

其实，人的生活空间都隐藏在一个窗口内。只不过，那个隐秘的世界，独居专属，浓缩在一个人的心里。那扇玻璃窗又在阳光的抚摸下熠熠生辉，似乎机警地闪着明眸在向谁诉说心中的秘密。面对一扇窗，你的世界会为谁打开？

原载《散文百家》2018 年第 4 期

谷雨香椿味正浓

屈绍龙

    又是一年谷雨将至，此时是吃香椿最好的时节，有"雨前香椿嫩如丝"之说，其口感越发醇香爽口。

    在我家的旧院子里，生长着许许多多香椿树，它们遍布院子的每一个角落。每年，早在惊蛰时节，我们就盼望着它们发芽，然而在那春寒料峭的日子，香椿树只是在静静地积蓄能量，等待萌发的时机。

    一个阳光灿烂的清晨，远远地，我在和风中嗅到了一缕清香，于是急不可待地跑到树下，踮起脚尖。看见了，一簇簇短短的芽子，正立在每一个枝头的顶端，像是巧手的妇人梳的小辫子，又像面点师精心制作的小麻花。用鼻子一嗅，果真有一股浓香。

    日头渐渐升高，香椿树上的一个个小辫子、小麻花慢慢地变成了一个个精美的鸡毛毽，呈放射状朝着太阳生长。此时，心情急切的妻子总是会提前掰下一些低矮处的香椿，放在温水中一烫，褐红色的叶子立刻变得嫩绿。不一会儿，一盘香喷喷的香椿凉拌豆腐就端上了饭桌——绿在白的衬托下更为鲜绿，白在绿的点缀下更加洁白。商贩的嗅觉最为灵敏，一大早就听到了他们的吆喝，"卖香椿喽！卖香椿喽！"不一会儿，街巷里便弥漫着一股清香，一定是谁家媳妇做了一盘香椿炒鸡蛋，这是另一道乡间美味。头茬香椿最为珍贵，它们积蓄了一个冬天的力量萌发而出，怎么吃都香嫩可口，余味无穷。

旧院子里的香椿树，有的高达四五米，有的低矮不过一米多，一次采摘下来，多达十几斤重。妻子总要送给邻居一些，虽然礼轻，但邻居们格外高兴，香椿不仅让他们品尝到了春天的味道，也感受到了邻里间的情谊与温暖。

接下来的日子，香椿得到了越来越多的阳光雨露，如鱼得水，一茬又一茬地生长着，我们也一茬又一茬地吃下来，从春分到清明，到谷雨。夏日将至，妻子将摘下的香椿洗净，晾干，用盐轻轻地揉，揉到盐分与香椿融为一体，然后放在阳光下晾晒，用瓷坛储存好。如此，我们便能吃上一整年的香椿，其香味久不弥散。

冬日里，每一次我们家吃面条时，妻子总会取出一些腌好的香椿切成细丝，浇上一点醋和香油，搁在面条上，味道鲜香扑鼻。我并不喜欢吃面条，平常吃上一碗足矣，然而若是加了香椿，总是吃得直不起腰。

我的生日是农历正月，那时是难以见到香椿的。每到我的生日那天，妻子会按惯例给我煮一大碗长寿面，当然，还有不可缺少的配菜——腌香椿。吃着妻子做的长寿面，咀嚼着回味无穷的香椿，我仿佛已经嗅到了春的气息——是的，又一个春天即将来临。

　　　　　　　　　　　原载《光明日报》2018 年 4 月 13 日

无非市者

万晓岩

一

　　我曾妄想从某菜场的一个窄道穿过。两边都是摊子，蔬菜、熟食、馒头、油条……好像能吃的全都在这里。我坐在车里，把着方向盘，两边的摊主领着他们名下的各种筐子篮子和吃食都在看我的热闹。一旦我刮擦了任何一物，马上会有人来拍我的车窗。整个街比我的车宽不了几十公分。若是两边只有板棚没有人和物品的话，车子刚好鱼贯而入。

　　我是一个成年人，具有完全民事行为能力，对进入此境应该有足够的预判。这个菜场并不陌生，我也曾在此买过菜。我就是一时头脑发热，知道这条窄街并不长，前面有个喇叭口一样的分叉出口，即是我的目的地。我想只要是慢慢滑过这几百米，就可以把这一段困境扔在身后了。

事实上生活里的窄处常有，也不是每一段都能一笔了结。我开到三分之二的时候，卡住了。前面的摊子连同三轮车，还有一堆货，把路的脖子给掐住了。我寸步难行，整条窄街都僵住了。早上九点钟，摊主正在出摊上货，这时他们都停了下来，看着我的车，像是看到了一个意外，一个闯入者，因为不可能有人会把车开进这里，除非他的车子，可以坐地起飞。

我就这么在这个秋天的上午，一脚踩空落进了进退两难的境地。

幸亏后面没有像我一样的闯入者，也没有新的阻塞。那么只剩下最后的突围，在等同于车身的窄巷，从一堆摇摇欲坠的板棚、各色菜筐之间，慢慢倒回去，退回到我这个荒唐的念头之前。那个念头，似乎是一个小妖，站在我必经的大路边，一棍轻扫，我就拐进了这个困境的口袋。

我没有弃车而逃的想法。不是每个困境都可以随随便便地扔出去，多数时候，都得自己抱着。

同样的路程，前行和后退还是有很大的不同。在这里，不同主要是越过阻碍的考验。车子没有倒车雷达，我凭着三个后视镜，和一颗横下来的心，开始后退。摊主们就这样看着我从一个妄想里突围，似乎不置可否，都在不负责任地旁观。

贾平凹先生写《定西笔记》，写车子走进集市，告诫司机，莫要按喇叭，在这里你是弱势群体。

其时秋阳正好,照在新鲜的蔬菜上,露水闪出了光芒。油炸食物的香味随风而出,四下里散漫。我不敢按喇叭,因为蔬菜和油锅不会让路。轮胎几乎转半圈就要停一停,左右调整着尺度,不时有人说,车能开这里吗?!真是。我对于自己的不合时宜做着歉意地退让。在退让的过程中,有人在车后帮忙清着小型的物品,筐子、马扎等。

我有钢盔铁甲,扔下的抱怨砸不透。对身后的帮助,在退出巷口时鸣笛二声,以示谢意。

完整退出,双方无损,几百米,一斤汗。

这个早上,我贸然闯入,又仓皇败下,菜场大海一样波澜不惊,不起一朵小水花。

其后不久,我去一个美发店做头发,店后的停车场里,一个人没有,我倒车入位的时候,却遭了暗算,被地上的铁架将车后保险杠撕裂了一个口子。它实在是太隐蔽了,在我的三个后视镜之外,我实在看不到它。

二

这个菜场陷在一片老城区里。老城区的规则模糊,建筑和街道均有些随心所欲。菜场依势而生,摊子错落散漫,没有规划布局,多数随机而出。这些房子陈旧、固执、不肯就范。身边的菜场,像它们滋生出的苔藓,带着潮湿和颓败里的生机。

菜场里,不光有菜,还有衍生的其他事物。菜是厨房的主角，与之相配的肉、鱼、米、面、水果及各色调味品在菜场里一应俱全，每天在这里被分发到各色厨房里。人们总习惯叫菜场，即便是那些大的农贸市场，农副产品更多品类，人们也还是简称之菜场。买菜，是可以覆盖整个农贸市场的活动。

这个菜场的一侧是一座著名的高中，一侧是一个医院。两侧都在与命运搏杀，菜场在中间，冷漠淡然。每天都会有植物的叶子、块茎、果实、种子从塑料大棚和田野里被移送到这里，然后，被方圆几公里的居住者领回家里，终结它们全部的生长梦想。它们来的时候，带着一些泥土，部分露水，以及生长历程的全部秘密。它们从土地里被连根拔起，从枝头上被摘下，从自身的根部被切割，它们也带着分离的痛楚和哀伤。它们被整理捆扎得规范有序，待在菜场里，等着自己的归宿。城市的阳光总有些浑浊，被菜场里喧扰的人声托浮着，闪烁不定。

以往生长的记忆已渐渐模糊。如同清风明月，在一种快速生长的过程中，几乎从未被留意注视。虫鸣也很少，已经不记得与虫的嬉戏，因为，虫的链条早被切断，没有相生相克，人们采取的是快捷的方式，留菜杀虫，不知道菜与虫、虫与虫、菜与菜之间那些秘密往来，冥冥约定。在这里，所有的身世都被抹平，就像这座城市的人，他们在不同的大楼里奔波，奔波久了，业已模糊了来历，好像他们生来就是这副样子。

本地一种面食，叫烤牌。其实原来叫朝牌，就是外形类似于古时上早朝的笏板，简而言之，就是一种长方形的烧饼，外焦里软，沉静的麦香，上面撒几个芝麻，像朝奏的奏疏。

朝牌，这样庄重的官称，一跌进民间，就以讹传讹变成了"烤牌"。

菜场里一家卖烤牌的，有厚厚的芝麻，烤的火候也好，诱人。可是吃起来却没觉到浓香，后来仔细看，才发觉那层芝麻都是空心的，空有芝麻的外形，里面的油都被榨尽，原来是厚厚的一层芝麻壳——榨油坊的下脚料。

亏得不是写在笏板上，不然全是虚言妄语。

一般不会注意到这个，都这么忙，哪里顾得上这芝麻大的小事。

菜的存储和运输，也是有路数的。用药水浸泡菜根，避免腐烂，可以比较久地维持新鲜。有个姜农，在秋季收获了生姜之后，放入地窖储存，让他给取一些没放药的生姜，他说，下窖了拿不出来了，窖里药味太大，熏得人根本进不去。

我在菜场每每都会踌躇。所有的阴谋都无从辨认，菜场，有另外的搏杀。

三

有个卖豆芽的。他有九口大瓦缸，不用自来水，用自家的深井水，本地出产的非转基因黄豆，用最自然的方法，保证温度和湿度，不添加任何生长制剂，生出豆芽。九口大缸倒换着，出产一缸就用拖车拖到市场去卖，价钱高出普通豆芽三倍，卖完不论时间早晚，即收摊回家，在下一缸没有长成之前，不再出摊。他的豆芽是菜场的腕儿，从不屈就，也不爱搭理谁，我行我素，也懒得解释，爱谁谁。偏就出了大牌效应，一出场就粉丝齐涌，一大瓦缸豆芽瞬间清空。

我是很久才赶上一次豆芽盛景。没人知道他的豆芽啥时出缸，有人专门在菜场等他，却等不着，有时连续几天出摊，有时好几天不见人影，他出场次序是完全依附于豆芽的生长，把个家常的豆芽硬是搞成了可遇不可求的奢侈品。一个周末，我在菜场赶上了一缸，买了2斤，中午炒了，赶紧吃了一筷子，用一个资深主妇的味蕾感受了一番清鲜的味道，果然身世清白。我很难说清被生长素祸害过的豆芽的味道，这一点区分，只有舌头知道。

生意这么好，他却不肯扩大经营。只固守着九口大瓦缸，像固守着九卷经文。也有人如此问过他，他说，九口缸，就是我干活的极限，多了照顾不过来。别人说，可以雇人啊。他说，不雇，豆芽会认生。

我常会想到这个场景。每一次的清缸、泡豆、汲水，一切都井然有序，一个人，熟练、执着地做一个情节并不复杂、技术不至高难的事情，他只是安静地做，从容地做，不焦躁、不奸诈，心清如镜，在月华如水的夜里，与九座宫殿的精灵心心相印，那生长的欣喜，是如何愉悦人，人的心底，该是如何的安然满足。

卖豆芽的，钻进了这一件事情里。另一个人，刚好和他相反。一个中年妇女，手快嘴快，眼观六路，总是掐着时令的尖，用一台农用货车，三天两头换着最新鲜的货。大棚里第一茬下来的蔬菜水果，她总是挑最出挑的装满一车，像一座傲娇的城堡，立于菜场的入口处。她历来把自己定位于整个菜场的顶峰，别人还没上的菜，她先上；别人上了的，她上最好的；别人也上，她就用满满一大车的规模来打败你。没办法，人都是贪心的，看到一小堆菜的摊子，和一个现货足足的车，人会选择后者，因为人都是要挑挑拣拣的。她事先进货时早已苛刻地筛选过，就放手让你拣，你挑不出好歹，挑的只是个信任与包容，买卖俱欢，人多如潮，越是挤不上，越是要抢货。谁偷加几棵菜，她看到了，也不言语，笑眯眯地把货包好放到人家手上。你老老实实地，不偷拿，不讲价，她称完会主动给你加点秤，告诉你，但凡不占便宜的人她都会主动添秤。她一两天就会换货，今日刚清空了一车新鲜的芸豆，明天就换成了最甜的西瓜。她不做匠人，不会执着于某一个物品，她的功夫是在心理学，出手就打贪心的要害。

本地有一种老咸菜，是加工熟了的咸菜疙瘩，黑乎乎的，叫不熟知的人很难喜欢。像每一种地方吃食，是本地人往昔岁月的味道，总有人怀旧，专门去找这一口。卖咸菜的男人像个知识分子，温文尔雅，戴着干净的口罩，塑料手套，雪白的盖布，雪白的围裙，出摊的咸菜车和不锈钢盖子都擦到锃亮，一尘不染到让人心生敬意。说话也是温和，用词准确，像是课下给你解释一道题。我总是怀疑他身份多重，从书桌前坐累了就来客串。连盛咸菜的小袋子也是质地良好的食品袋，不像是卖老咸菜，像一种食品科研成果推介，凭空生出一种仪式感。这样一来，对这个黑到发亮的老咸菜，叫人无从疑虑在漫长腌制过程中，是不是落过苍蝇蚊虫，是不是发生过化学反应，会不会析出过量的亚硝酸盐。

人比人要死，货比货得扔。世上的事情，怕就怕一个对比。另有卖肉的夫妻两个，生生一对镇关西，男的悍，女的泼，摊子恨不得占到路中间，鲁提辖不至，血雨腥风起不来，任凭他们寒刃闪闪，手起刀落，胆小如我，只得远远绕过去，避开他们的凶相和现场。

他们在菜市，极像是，在菜市口。

四

初春，乍暖还寒。

朋友介绍一台湾人开的咖啡馆，僻静，咖啡豆来源正，味醇。有书读，关键是人少，轻言轻语，不嘈杂。

每日于市井里穿梭，这个不嘈杂，具有莫大的吸引力。

某个下午，坐在这间咖啡馆，一杯拿铁，一本林语堂英文翻译的《明清小品》，不懂英文，汉语原文稀疏其中，拣着读，倒也愉快。不懂吧，倒还有些质疑，明清小品这般清简传神的小文，译成英文，风神安在？

客人却渐渐多起来。

说话的声响渐渐大起来了。一杯拿铁喝到最后，咖啡馆已嘈杂如菜场。

读到清人沙张白《市声说》——

揽权者市权，挟势者市势，以至市文章，市技艺，市恩，市谄，市诈，市面首，市颦笑：无非市者。炫其所有，急其所无，汲汲然求济其旦夕之欲，虽不若市声之哓哓然，而无声之声，震于钟鼓矣。

无非市者。即使在不嘈杂的空间，该市啥的还是要市。即使没有表面上的哓哓然，无声之声照样震于钟鼓。如此说来，想找一个真正安静的去处，真的是难上又难。

原载《散文》2018 年第 5 期

故乡的旧时光

冯连伟

那一条长街巷陌，
换了几回过客，
只有时光还执着，
偷偷地藏在角落，
夜色中擦肩而过。

瑶色沉歌《故乡二》

远远的那个小山村，是我魂萦梦绕的故乡。

多少次深情地遥望，我难忘的故乡。

村东的河是否还清澈见底？村前的水汪可还被芦苇环绕？

村中的那盘石碾还为婶子大娘碾出面糊糊吗？村西头的打麦场还有栖身的地方吗？……

游子走多远，相思就有多长，难忘我的故乡，难忘故乡的旧时光。

一

思念故乡，总是梦到村东的那条河。

我的故乡位于沭河西岸，村中的林场一直延伸到沭河边，村子的东头为了防洪有一条河堰，村里人都把依村流淌的沭河称为东河。

如果说沂河是临沂人的母亲河，沭河也是沭河流域人民的母亲河。

沭河，发源于山东省沂山南麓，同沂河平行南流，过郯城县入江苏省。沭河上游流经鲁沂山区，地势较高、坡降较大，下游流入沂沭平原和苏北平原，遇有连日大雨易形成山洪暴发，造成下游险情或酿成水灾，有"沭水十年九祸"之说。

早在战国时期的著作《周礼·职方氏》中就有记载："正东曰青州……其浸沂沭。"意思是正东地区是青州，那里有沂河和沭河可供灌溉田地。

根据村史，我们村建村于秦汉之际，现在想来2200多年前的老祖之所以要在这里建村，与相隔不足千米的沭河应有很大的关系，我们冯家老祖元末明初来到这里安家落户、繁衍子孙也应是看到了这是一块风水宝地。

我家的老宅就在故乡的村东头，我家老宅的后面就是老村建的围墙的东大门。听老辈人讲，我村的围墙是1959年的大年初一那天才推倒的，此后集全汤河公社的劳动力沿沭河建起了保护村民防止洪灾的河堰。

小时候对河堰、河堰的出入口——闸门、河堰下坡的芦苇荡、芦苇东侧的林场、林场东侧的河（沭河）留下了刻骨铭心的记忆。

娘活着的时候经常对我说："天下的爷娘疼小儿，你出生不到一岁的时候，夏天蚊子多，你爹就抱着你到河堰上乘凉，还要用一只手抚摸着你的身子，怕蚊子咬着你，一直等到夜里不热了，你也在你爹的怀里睡了，才把你抱回家。"

爹一直非常疼我我是知道的。我记事的时候，每到夏天，爹就手里拿上一张芦席，带上一个蒲扇，牵着我的手到河堰顶上乘凉去。躺在铺着芦席的堰顶上，眼睛看着满天的繁星，爹用他掌握的不多的天文知识让我识别天上的牛郎星、织女星、天狼星、北斗七星……印象最深的是爹让我辨识北斗七星，北斗星在不同的季节和夜晚不同的时间出现于天空不同的方位，因为这七颗星星组成一个古代舀酒的斗形，所以我找不到牛郎星和织女星，但每次都能找到北斗七星。后来上学了，老师也教了关于星星的儿歌，爹再带着我去乘凉的时候，我也给爹哼两句："天上的星星，一眨一眨亮晶晶……"

故乡的林场对我是极具诱惑力的，我记事的时候还是人民公社化时期。因此，这个林场属于我们后坊坞大队所有，在那个物质极度贫乏的年代，这个林场的诱惑力就在于这里是种植瓜果、花生、板栗的集中区。

整个林场被从河堰闸门下延到沭河边的一条小路分割。

每当透过用花椒树形成的"围帐"往林场里看时，那些挂在果树上的桃啊、梨啊、杏啊、板栗啊等等，真是让人垂涎三尺，特别是到了秋天，在村里的耕地上收割的主要是水稻、玉米和地瓜，林场里大片大片的花生和黄豆。要知道那时看着从沙土里起出的花生，提起秧子只要一摔，那粘在花生上的泥沙就自动都掉下来了，看到的是青秧下的一堆抱团的花生兄弟。河堰下边最让我怀念的还是那一片芦苇荡。这片芦苇荡面积不少于一二十亩，常年有水，春天遍地的芦苇发芽时，从地里似乎一夜间来到了阳光普照的大地，展叶、孕穗、开花、成熟，从春三月到冬十月："浅水之中潮湿地，婀娜芦苇一丛丛。迎风摇曳多姿态，质朴无华野趣浓。"（余亚飞）除了端午节前采芦叶、秋冬时节摘芦花，这片芦苇荡最让我难忘的就是到这里逮鱼捉鸟了。

　　每到炎热的夏天，我们这些男孩子放了学就不约而同地回家拿铁锨的拿铁锨，拿铁盆的拿铁盆，也有提水桶拿泥盆的，目的地就是东河的芦苇荡。密密麻麻的芦苇像一面密不透风的墙，多种鸟儿在这片它们认为最安全的地方垒窝繁衍它们的后代，偏偏碰上了这些调皮的男娃子，两三个人一组深入芦苇荡腹地，只要发现了鸟窝一定要弯着芦苇把鸟窝扒下来，有时我叫不上名的鸟儿正在窝里"抱窝"呢，被我们惊吓出来，围着鸟窝看着窝里的鸟蛋心疼地叫个不停。扒完鸟窝就是选取芦苇荡里一块有水沟的地方，用铁锨除土围起来。然后用盆把水一盆盆地舀出去，然后逮一些鲫鱼、麦穗子鱼、鲇鱼、钢针鱼等，回家改善一下生活。

如今回到故乡看一看，政府已经投资在河堰顶上修上沥青路了，村民们富了，在河堰顶上跑小轿车了；河堰坡下的芦苇荡已经不见踪影了，据说为了增加耕地，把芦苇荡消灭了，国家有退耕还林，怎么就没有提倡还这片芦苇荡呢？林场的体制不在了，现在已经被人承包了，果树的品种主要是桃树、苹果树、山楂树。和过去不同的是村里的公墓林安在了这里，让这些逝去的先人每天得风得水得太阳，我的老祖和我的爹娘也都在这里安息。

二

村子不傍水库和湖泊，村中的两个水汪却让我念念不忘。

故乡有两个汪，村南的乡亲们都叫它"前汪"，村西头有一个狭长的汪，我们就叫它"西汪"。

村南侧的汪之所以叫"前汪"而不叫"南汪"，是因为"前汪"位于村子的东头，所有冯家的子孙建的房屋都在这个汪的北侧，也就是汪在住宅的前面。

我记事的时候就有了这两个汪，刻在我脑海里的就是小时候在前汪里洗澡捉鱼；冬天和伙伴们到西汪结冰的冰面上溜冰打陀螺。

不知道这两个汪是什么时候形成的，但从我记事时就深深地体会到这两个汪造福于全村的老百姓。村庄里的房子过去穷的时候都是泥土打成的墙，夏天是最怕水浸的，因此所有住家的雨水不堵不积及时排出至关重要。我印象最深的家家户户的院墙上，在大门槛的一侧都有一个院内往外排水的水沟门，这个门就是一条小水沟，一定要通到巷子里的大水沟，村里所有的水沟最终都就近通往"前汪"和"西汪"，所以，过去雨水虽多却由于排水通畅，从没听说哪个百姓家房子被雨水浸倒了。

我家的老宅就在前汪的北侧，离前汪涯只有二三十米远。我小时候学的"狗爬式"游泳就是在这个汪里学的，那时汪里的水可清了，"前汪"的周围都是芦苇。每到夏天，我记得二哥就用紫槐条子和蚊帐布编成一个"端鱼网子"，在网子的中间要放上死鸡肠子或一种槐树上的长虫子用高粱杆翻开虫子的肚子，作为鱼的诱饵，越是下雨的时候时机越好，不怕死到网里吃的主要是麦穗子鱼。二哥每次到前汪去"端鱼"的时候，我都踊跃地跟在二哥的身边去做帮手。

那时候生活贫穷，我和二哥夏天穿的凉鞋都是父亲在集市上用小推车胶皮轱辘的胶皮做的，穿在脚上稍不注意，如果一脚踏在小石头上就容易滑倒。

每次二哥端着他自制的"端鱼网子"往前汪走的时候，娘边给我往身上穿蓑衣边说："你说你非得跟着你二哥掺和啥？他不怕掉水里淹死你也不怕？"娘说完了还是又疼又气地去找个芦苇编的斗笠（我们俗语叫席夹子）递到二哥手里。

夏天下大雨的时候，我们用自制的"端鱼网子"端的都是些小鱼，要想逮一条大的鲢鱼之类的，则要等到"翻汪"

的时候。

那时候到春天，大队革委会都要集体购买一部分鲢鱼类的鱼苗放入汪里，因此汪里的鲢鱼这些大鱼就是集体资产。平时老百姓熊娃子到汪里逮些小鱼小虾是没人管的，但如果去逮汪里的大鱼就是偷盗集体资产了。

小的时候不知道"翻汪"是什么原因造成的，只知道"翻汪"的时候，汪里的大鱼小鱼都伸出头浮在水面上，听到一片"呷呷"的吸水声。现在知道应是汪里深水缺氧时，逼得这些原在深水里畅游的大鱼小鱼都不得不露出头来浮到水面上多吸点氧气好保命。每到"翻汪"的时候，村里的人能去的就都去了。小孩子是看热闹，大人们则拿着个铁锨站在汪涯上，大队干部们则各有分工围着整个汪转游。大家看似都站在汪边上在看汪中的鱼，其实目的各不同。拿铁锨的大人是在选准时机选准对象以迅雷不及掩耳之势，一铁锨下去可能就有一条大鲢鱼送命了，然后趁着大队干部不在身边，这条鲢鱼就成为胜利果实被带回自己家了。当然大队干部则是履行保护集体资产的职责，阻止更多的人把铁锨拍下去。

因为"翻汪"逮鱼，我小时候听大人们经常说的一句话是："老殿洋逮鱼——半条。""老殿洋"的全名是冯殿洋，是我本门三代内的二叔，一生未娶，和我五奶奶一起生活，耳朵又聋，大家都很同情他关照他。有一次前汪"翻汪"的时候，他也拿着铁锨去了，那一次我这个二叔很幸运，一铁锨铲下去，不仅铲到了一条大鲢鱼，还把这条鲢鱼给铲成了两半，我这二叔紧捞慢捞最后捞出了半条鱼。他不仅不怕大队干部给他没收了，一路往家走逢人就说："我今天逮了一条大鱼"，人们仔细一看其实是半条鱼，于是"老殿洋逮鱼——半条"便很快在我们村东头传开了。

村里的"西汪"非常狭长。前汪和西汪是不同的，前汪北侧生活居住的都是我们冯姓家族的穷人，因此前汪周围都是栽的芦苇；村的西头都是诸葛姓的富人，西汪的南岸是一条通往村外的小路，汪的北岸则栽满了柳树、槐树、杨树等各种树木。我们村里的耕地都是在村子的西面和北面，我们俗称"西湖"和"北湖"。

1947年"打恶霸斗地主"的时候，打斗的全是西汪周围的诸葛姓，因为地都是他们的，冯姓子弟都是给他们扛活的。后来政府划"成分"的时候，冯姓全部是贫雇农，连个"富农"成分都划不上，诸葛姓的则不是"地主"就是"富农"。曾经因为上小学填家庭出身"贫农"而自豪过，而现在想来，冯姓子孙是有欠缺的，看看冯家的祖训也是有"厚耕读"三个字的，只是后代子孙落实老祖的家训不够得力啊！

我上小学的时候是在本村草屋的土台子上上学的。那时都是各人自己从家里带"一个小木板头"当座椅，简单地说就是一块木板下面钉上了四条腿。我们村子不大，到上世纪六十年代初只有四百多人，我上学的七十年代初也只有五百人左右。我上了两个一年级，也就是两至四个年龄段出生的人一起上一年级，所以我们班有二十多人。给我当老师的从一年级到五年级换了三个老师。现在想来，这三位老师的文化水平谈不上有多高，最高水平的我应给他叫大哥的老师就把"谆谆教导"念成"享享教导"，不知天高地厚的我马上在课堂上站起来说："老师，你念得不对，不是享享教导，应该念谆谆（zhūn）教导。"我的大哥老师当时真是非常尴尬，为这次事对我很有看法。他是我本门大姑的儿子，所以他也不能一辈子记恨我。

那时小学教室就在大队部的院子里，我们上体育课就是到村西头的打麦场里。大冬天的，我这个当班长的在老师的安排下，穿着棉袄棉裤带头在打麦场上"跑圈"，最振奋人心的就是我领头喊"一二三四""一二三——四"，那可是比谁的嗓门最大声音最洪亮的时候。

冬天放学以后是不直接回家的。俗语说："一九二九不出手，三九四九冰上走。"越是三九四九天寒地冻的时候，一放学我们就像撒了欢的一群野狗直奔西汪而去，有的溜冰，有的打陀螺，也有的用石头在冰上试图掺个冰窟窿，鱼儿在冰下缺氧缺得厉害，有时一旦掺出个冰窟窿，还真有求生的鱼儿伸出头浮在水面上试图多吸几口氧气，但它们也往往就成了我同学的俘虏了。

现在回故乡看一看，两个汪都不是原来的旧模样了。前几年村里忽然上马了一批"塑料颗粒厂"，全国各地的塑料垃圾、水泥袋子成大车地一车一车拉到这个小村庄，村里的男女劳力齐上阵，用了没有两年的时间，用这两个汪的水去冲洗这些垃圾袋子，硬生生地把西汪填平了，前汪也还剩下了一半。

汪填平了，灾祸也就来了。

"塑料颗粒厂"最兴旺的时候，周末我回家看到的是村里的大街小巷都是晾晒的塑料袋，婶子大娘一点保护意识也没有，肝肺都被垃圾污染了，于是村里年轻轻的劳动力相继得了不治之症，婶子大娘挣的那点辛苦费也不够拿药治病的。一个不足千人的村庄一年去世了十八人。老娘给我打电话说："三儿啊，你再不让人管管，我们这个村的人撑不住这个死法啊！"

过去从未想到依河而居的故乡因污染而祸及乡亲们的生命，所以习总书记的"绿水青山就是金山银山"真是让全国人民歌颂领袖的英明啊！

三

耕牛的形象在我的少年岁月里占有很重的分量。牛是"块块荒田水和泥，深耕细作走东西"，于我则是"牛上唱歌牛下坐，夜归还向牛边卧"。

小时候我的父亲是生产队的牛倌，故乡的老牛也是难忘的。

农耕时代，耕牛地位的显赫和重要性是毋庸置疑的。

早在春秋战国时期，秦国就制定了"厩苑律"，规定每年的四月、七月、十月和正月评比耕牛。管子时代不讲"喂牛"

和"饲养"，而说"饭牛"。放牛娃出身的朱元璋当了明朝的皇帝后，禁杀耕牛成为明朝的传统。

我出生的年代还是人民公社时代，耕牛依然享有特权：耕牛当时受到刑法保护，凡是擅自屠宰耕牛或者偷盗贩卖耕牛的行为均会以破坏农业生产入罪，被判处徒刑。各生产队都建有牛屋，为耕牛过冬之用；建有牛棚，为耕牛过夏之用。此外，一年四季都备有充足的饲料粮、鲜草或大堆的草料。

生产队的饲养员不仅德高望重，还要懂牛的脾性、牙口。无论是"喂牛的"，还是"使牛的"都是生产队里经验丰富、社员信得过的人。

父亲从汤河供销社又下放回村成了一名农民后，就凭着他与世无争忠厚纯朴的为人成了一名"牛倌"。父亲对喂牛看得无比地重要，他和我本家的一个大叔同为饲养员，两个人经常是排班晚上要睡在牛屋里的。

父亲喂牛，我从记事起就培养了对牛的深厚感情。地里开始长青草的时候，二姐就开始带着我到田间地头，到路旁去割青草喂牛，然后到生产队的牛栏旁专门去放草料的地方过秤，一方面让牛吃上了新鲜的青草，我们也可以挣工分。我的左手食指至今还留下了一个刀痕，那就是小时候割满了一提篮青草，用镰刀把缠着提篮系背着这篮青草往回走的时候，镰刀把和提篮系脱开了，后背上的篮子掉到了地上，我也一下子摔倒了，镰刀就毫不留情地在我的左手食指的关节骨剁上了。当时真的是鲜血直流，疼得我大哭大叫，二姐也吓哭了，担心我的手指头被镰刀剁断了，领我到村卫生室包扎时，赤脚医生说伤着骨头了但没断，让我和二姐都松了一口气，但这道疤痕伴随了我几十年并将一直伴着我在人世间的岁月。

割青草最有趣的是可以逮蚂蚱。每次去割青草的时候，从家里都要带上一个小玻璃瓶子，逮的这些蚂蚱主要用途是喂鸡；如果从鸟窝里有逮的小麻雀，也要用蚂蚱喂鸟；如果幸运逮到了比较大的蚂蚱，则拿回家让娘给烧熟了成了自己的口中美食。

夏天是青草最茂盛的时候，麦收结束以后，生产队里号召大家集中去割青草，要求大家在下午集中缴到生产队以前都要到"前汪"里摆干净。我们这些男娃子就成了洗青草的主力，浑身光滑滑地下到汪里，边洗青草边洗澡边打水仗边摸鱼。有一次被汪里的玻璃渣子把脚心扎破了，从那以后再下到汪里就不敢放肆了。

夏天牛棚里的耕牛不下地的时候，我就和小伙伴们去逮喝牛血的"杀牛虻"。一直到现在我也不知道"杀牛虻"这种昆虫的学名是什么，但我亲眼看到的这种昆虫具有很强的叮咬吸血能力，我们俗称的"水牛"皮肤应该是很厚的，但"杀牛虻"成群地飞到牛身上后，把大水牛叮咬得浑身难受，又抬腿又摇晃尾巴试图赶走这些害虫，但它自身力量有限。每到放学，我就相约伙伴们去牛棚里逮这些害虫，既把这件事上升为一个娱乐活动，又解除了耕牛的痛苦。

一直到上世纪八十年代初农村实行生产责任制后，生产队的耕牛被分到了农户家中，牛屋和牛棚也都被拆除。现在回到故乡已经找不到后来生产队的牛屋和牛棚的踪迹了，现在在过去的旧址上是建起的老百姓的住房。

父亲已逝二十多年，留给我的是他当牛倌时被评为大队"先进生产者"的一张张奖状和他对国家对土地对耕牛对儿女那颗赤诚之心。

四

弯月如钩星斗漫天的夜晚，总是勾起我对故乡旧时光的回忆。

故乡，我的故乡，离开了已经很久，思念的影子却越来越长。

故乡，我的故乡，你是世界上最美的地方，是我心中最亲的地方。

故乡，我的故乡，梦里相思梦里回……

原载《散文百家》2018年第5期

娘心高处

蒋　新

一

　　每次回家，与母亲天南海北地聊天，说到家里的人和事，不知不觉就会聊到大姑身上。大姑与我父亲是叔伯兄妹，比父亲小三四岁，如果活着，也应该是九十开外的人了，可她在二十多年前就像一片树叶悄悄地落到地上，"不带走一片云彩"般地去了宁静的天堂。几十年间，母亲只要与我们唠家事叙家常，没有一次不说到大姑，而且总用"好人"二字来概括定音。只要说到这，母亲脸上的表情就会自然而然凝重起来。时间久了，我从母亲凝重的表情里渐渐掂出"好人"二字的分量。沉甸甸的如一块看不见的丰碑，矗立在娘心的高处。

　　大姑其实相当普通和平常，不但没有结实如石碑一样的身体与风采，而且十分清瘦和弱小。走路轻，说话更轻，生怕声音一大打扰了别人。母亲描写大姑说话像猫，咪咪的，从来没有高言语。大姑肤色细白，脸上的笑似乎与生俱来，在短短长长和粗粗细细的皱褶里荡漾和流淌。特别是那双沉稳和善的眼睛，如同藏在山根那眼取之不尽的滴水泉，感觉只要一碰撞，一对接，便立刻有了善良定义的全部答案。即使心中有排山倒海般的冤屈或者冲冠的怒气，瞬间也会被浅浅淡淡的笑融化得没了脾气。柔美似水的眼神在不知不觉中转化为一种扭转情绪和提升精气神的默默力量。我惊奇她那双含笑而不张扬的眼睛，应该是一双超越蒙娜丽莎的眼睛，眼睛里的微笑宛如温润的磁石，把我，还有几个兄弟都吸到她那很少照进阳光的灰暗房子里，去享受大姑咪咪的话语。

上世纪六十年代，坐落在繁华城区的老家如同一台布满包浆的老钟表，古板而又严肃地按照祖传的礼序在不紧不慢地运行。父亲兄弟几个和大姑一家拥挤在一个摇摇晃晃的四合院里，近四十口人在这里进进出出地过日子。那时，我家的日子相当窘迫，父亲又得了奇怪恼人的眼疾。父亲不愿去申请公家的救济款或者救济粮，更不乐意向亲戚朋友祈求帮助，于是，为了吃饭，我家在青砖黑瓦的院子里创造了三个第一：第一个卖家里能用的东西。母亲把红漆透亮的三件套老式嫁妆柜换了二十斤地瓜干；大姐第一个从初中辍学，去离家近十里路的煤矿做小工；第一个率先吃树叶。感觉什么树叶都曾经从我们舌尖上走过，春季吃榆树叶、槐树叶，还有冒着奶白色汁的羊角叶，秋后就是地瓜秧、玉米棒，甚至充满诗意的红叶。母亲的全部事情都在围绕着"吃"进行，从早到晚，摘洗蒸淘树叶，碾玉米棒或地瓜秧，蒸出来杂着各种味道的窝窝头或者菜饼子，来喂家雀般的我们兄弟姊妹五张嘴。院子里依然静悄悄的，任太阳和月亮交替着从屋顶、树梢、墙上、地上悄然滑过，没有人关注和发现身边发生的事情，即使看见了也是无可奈何。终于，在夜深人静的时候，大姑出现了。她蹑手蹑脚走进我们昏暗窄小的屋子，从腋下掏出一个或者两个煎饼，压着嗓子递给母亲："五嫂，喂喂孩子吧。"不等母亲回话，就含着那丝苦涩的笑转身闪出，沿着黢黑的墙根悄没声息地回到自己的屋里。屋里留下父亲的叹息声和母亲对着窗户的泪花。

在那个不敢忘却又不愿回头看望的苦涩时间，大姑究竟给我们送了多少次煎饼和窝头，不得而知。那时小弟只有一岁多，曾津津有味地吃大姑送来的煎饼。母亲不止一次跟小弟念叨："没有你大姑的接济，很难说你能不能活下来。"

大姑的家境并不比我家好多少，她膝下也有五个与我们年龄相仿的子女。只是大姑父有裁缝手艺，乡下的老家有地种，所以生活比我们略略宽裕点。她完全可以把接济我们的煎饼让自己的孩子享受，因为我见到比我小两岁的表弟啃窝头的吃相，哪里是吃呀，是一点一点用牙慢慢地蹭，似乎那不是窝头，而是一块可以充饥可以解渴的神奇宝石，似乎担心大口大口的吃嚼不出其中的滋味，失去窝头的香气和回味无穷的价值。

二

老家胡同外边是城里最阔绰的大街，逢农历的三或者八，这里就自然形成了人头攒动的贸易集市。远远近近的人，无论乡村的，还是城镇的，都带着买和卖的心思和东西向这里汇集和赶集。家长为了防止陌生人进家门，特别担心孩子被花言巧语的人拐走（因为发生过），也防止赶集的人来院子里大小便，把破旧但干净的院子弄出别样的味道，或者要饭的闪进来吓着小孩，就把两扇残旧乌黑的大门关得紧紧的，吆喝着院子里的老老少少们，进进出出都要把门插紧。人毕竟有疏忽的时候，特别是刚刚上学的我们，出去进来常常忘记随手关门。于是，赶集的人和路过的人常常进来上茅房，也有要饭的走进来，端着一只残缺的碗，或者伸着颤巍巍的手在南屋的檐下使劲哀求："大爷大娘行行好，给口啥吃吧。"那时要饭，真的是为了糊口，只要有人给一口吃的，就千恩万谢，不像现在有些乞丐，把乞讨作为发财致富的一条路径。要饭的哀求在院子里响过几声，常见大姑踮着脚快步出来打发他们。大姑常常给他们半个煎饼，或者一小块窝头，或者半碗稀粥糊糊。不多的这些常常是一口人一顿饭的内容。然后努努嘴摆摆手让他们快走，再把大门慢慢关好，沿着墙根回到阳光照不进的"耳房"去。

母亲看到大姑打发要饭的，就自言自语说："你大姑中午又要找借口不吃饭了。"

"耳房"是大姑的家，极其窄小的两间东屋，紧靠在东厢房的肩下。"耳房"里除了七口人，还有两只猫，一只纯黑色、一只虎斑黄色。据说都是相当娇贵的种。猫的来历不怎么清楚，表姐曾说是捡来的，表弟说是从墙头跳进来的。总之娇贵的猫们来了就不走了，懂事似的在屋里转悠，从来不走出大姑的房子。冬天偎在炉边床头，夏天爬在窗台上或者躲在墙旮旯里打盹。院子里偶尔也有其他声音："人都吃不饱，还有闲情养猫。"大姑曾在嗓子眼里笑着为自己辩护：它来了不走咋办？猫不也是一条命吗？我见过大姑喂猫的样子，从自己的嘴里抿出一点饭食，弯腰丢给蹲在脚下微微叫的猫，有时两口，有时三口。猫乖乖地用舌头舔着吃，那一点一点的吃相，很像表弟啃窝头的样子。

就在困难日子将要熬出去的时候，大姑家发生了塌天的事情。大姑父病了，得了比现在 H7N9 还吓人的肺结核。满院子惊慌起来。大人编些谎话阻止我们去大姑家玩耍，即使去了，大姑也倚着屋门或坐在门前挡驾，笑眯眯地哄我们不要进屋，也把那寸步不离"耳房"的两只猫送了人家。心细的大姑担心那骇人的病种传染给少不更事的我们和更不懂事的猫。乐善好施和说话幽默的大姑父，敢于嬉戏于病，每日弄剪子、尺子和布匹的大姑父终于在不停息的咳嗽声中走了。他没有用自己的豁达和善良战胜让人讨厌和惧怕的肺结核，在人生最好的时候离开了温暖的家。

大姑父的死对我刺激很大，他是我见到的第一个从身边逝去的亲人。我曾经瞧不起甚至在背后偷偷地骂过给姑父看病的医生，以为他们身上的白色大褂与他们的医术极不相称，你不是医生吗？怎么把人医死了？以至好长一段时间，见到穿白大褂的医生，心里就逆反出质问：你医死过病人吗？

大姑的脊背有了与年龄不相称的弧形，眼睛也迅速凹陷下去，说话的声音也被猫咪的声音覆盖。艰辛痛苦的日子像巨石压得瘦弱的大姑喘不过气来。喘不过气来也要喘，她用猫咪的声音指挥全家开始给鞋厂糊鞋盒，糊一个一分钱。"蜗居"的"耳房"成了加工厂，桌子上、床上、窗台上都挤满了大大小小的鞋盒。表哥表姐还有表弟们，已经没有空闲与同学朋友玩耍，他们的身份已经不单是学生，手里也不只拿铅笔、橡皮和本子，鞋盒子里面盛满了暑假寒假，阳光灯光，也盛满了他们苦涩的幼稚童年。

已经中学毕业的表哥曾经瞪着眼睛严肃地问大姑："什么时候咱能吃顿饱饭。"大姑为了让表哥表弟好好念书和糊鞋盒，用望梅止渴的法子哄他们："你们在院子里种棵树，树长高了，咱就能够想吃啥就吃啥了。"于是，表哥表弟们在东厢房屋檐下，种上了一棵期盼吃饱饭的小榆树。

榆树像解人意似的，颤巍巍地在那里与表哥表弟们一起接受苦与贫的历练。历练是个什么过程？为什么这苦与贫的历练总爱在贫穷人家转悠？尽管《菜根谭》说得很美丽，吃了菜根，方知生命的真实。生命的真实为什么非要在苦与贫中去打磨和修炼？假如必须去吃或者去打磨，最多应该像场游戏或者战役那样，是个有限的过程，短也好，长也好，不能超过生命承受的底线。然而，谁来规定底线的去处与时间的短长呢？罩在大姑头上的乌云和痛苦并没有因姑夫的去世而戛然终止。

就在榆树疯狂向上拔高，树冠蹿过屋檐的时候，表哥突然病了，又是大病，让人毛骨悚然的败血症。大姑脸上已经干涸得没有水分，笑泉似的眼睛里有了一层质问苍天的无奈——为什么会这样？为什么？

表哥的早逝让大姑的脊梁又深深地弯曲了一层。

三年走了两人，满院子寂静，满院子沉默。

三

大姑不再去理会那棵生命力顽强的榆树，终于听了算卦人的劝说，下决心搬家，搬出给她欢乐和幸福，又让她无法承受压抑与窒息的"耳房"。离开为乡下人、外地人羡慕的闹市胡同和规规矩矩的四合院，去了偏僻的青龙山公房。

公房不大，只有两小间，但有了能够照进屋里的阳光。我依旧找理由去大姑家玩耍。那年我去看她，她让我坐在那把有些摇晃的老椅子上，自己则俯在桌子上瞅我，与我慢慢地拉家常。阳光透过方格玻璃，照进屋里，洒满大姑身上。那身永远整洁的青色衣服，消瘦白皙的脸庞，还有那层为无数风霜打击历练后的笑，淡淡静静如秋天山下的孝水之河，似乎没有任何波澜经过。那笑在我看来，要么是用超人般的勇气将巨大的痛苦压抑着，不让它发芽；要么已经彻底顿悟，放下了如露亦如电般的梦幻泡影。大姑已经很少去感叹和念叨"人要认命"的沉闷话题，而是紧紧盯着走到她身边的人，一遍又一遍地询问生活咋样，工作咋样，身体咋样。并不新鲜的话题通过她的眼睛向我重复着，别到水库洗澡——因为水库每年都要淹死人；千万不要饿肚子，年轻人长个子是个大事；不要和人闹别扭，那样容易生气伤身子。声音仍旧如猫咪。我觉得大姑有了一点唠叨，增添了一些似乎多余的牵挂和不放心（母亲和弟弟也觉察到了大姑的这些微妙变化）。

她对生命的珍重和爱惜好像倍加强烈，每次我都从大姑的叮咛里深深体味到。也从她不间断的唠叨里发现了一个值得珍藏的"真理"，那就是如何去看待老人的唠叨——在她已经没有力量或能力去保护你呵护你的时候，她那份疼你爱你期盼你祝福你的心不但没有减弱，而且更加强烈、透明和执着。唠叨、叮咛或者没完没了的絮叨不仅是她年龄经验的选择，也是表达心情和爱意的直接形式。每一句话都如同善良老人向你伸出的温暖手臂，那些重复与叮咛的简单语言都带有炽热的体温，宛如春蚕或者蜘蛛吐出的缕缕丝线，颤巍巍地织成可供后辈享受徜徉的幸福之网。

每次去看她，走时她都要塞给我们一点东西做压手礼。那次她从衣兜里掏出十斤粮票递到我面前。我望着骨节有些变形的手和皱褶增多见深的脸，坚决地谢绝了。上世纪七十年代，人们的日子已经渐渐走出低谷，好过了许多，但计划供应下的粮票仍然是人们最珍贵和不能缺的物种。况且那时我已经参加工作，有了自己的饭票和工资，便一边笑嘻嘻地跟她解释，一边将珍贵的粮票塞回她那瘦弱的手里。她见我执意不收粮票，便拽着我的衣角不放，用另一只手拉开抽屉，拿出一对琉璃花球塞进我衣兜里。看着大姑少有的严肃表情，为了不让她着急和生气，只好将那对花球带回了家。

我从大姑的无尽嘱咐里对"慈母手中线，游子身上衣"有了更深的理解，也从她那慢声细语里悟出了怎样去享受老人的叮咛与无边的唠叨。也明白母亲为什么说大姑是少有的"舍胸膛顾脊梁，舍自家顾人家"的人。

大姑出殡的那天，许多人来祭奠和送行，除了家人、亲戚、邻居和表姐表弟的朋友同事，还有一些非亲非故的陌生面孔。他们或一个或几个走进灵堂，在大姑的遗像前鞠躬，或用传统的方式磕头。大姑在照片里慈祥地微笑着，笑容依旧浅浅淡淡的。

"大娘是个好人。"邻居们告诉我，大姑家的日子尽管过得十分拮据，但只要谁家有难事让她知道了，都会主动去帮衬。有人说，大姑太顾面子。我想，这不是面子的事情，而是心地使然。因为大姑不止一次跟我说过，知道人家有急事，不帮衬帮衬，心里不踏实。

我在吊唁的人群里寻找一个我不认识的人，那人我早就知道，是个小偷。大姑和小偷的故事是母亲说给我听的。大姑搬到青龙山后的第二年春节前，大姑赶年集回来，见皮箱旁边露出半截脚，她以为是表弟的，便一边拾掇东西一边喊：蹲在旮旯里干啥，还不出来。可是，等那双脚走出来，把大姑吓了一大跳，竟是一个比表弟高的陌生男人。大姑明白眼前立着的肯定是小偷。急忙拉开门，大声质问，你是谁，来俺家干啥？那人有三十岁年纪，脏兮兮的手攥着几件衣服。也不回答大姑的话，慌慌张张夺门而逃。还没跑出几步，就被大姑喊住了（我们奇怪大姑哪来那样有劲的声音）——年纪轻轻的干啥不行，非要干这事！那几件破衣裳能值仨瓜俩枣钱？大姑不知哪来的力气，一边大声训斥，一边掏出身上仅有的几块钱扔给那人，回去给老的小的买点吃的，别再去干这丢人的营生……那人或许是初犯，抑或良心为大姑的作为而惊现，惊慌失措地朝大姑瞄一眼，捡起带着大姑体温的钱，扔下那几件衣服就跑了。据说年三十晚上，那人曾把一封折成三角的信偷偷塞进大姑家里。我想那人极有可能出现在这陌生的人群里，可是，出现与不出现都不重要，因为大姑的心里没有让人感谢的地方。

"大娘是个好人。"无论熟悉的还是陌生的人无不这样叹息。我望着这些朴实者的背影，与其说他们是对大姑称颂，不如说是对柔美和善的崇敬与渴望。大姑柔静的人格魅力与不张扬的慈祥，成为大家尊敬的符号。

"好人"，成为大姑留给我们晚辈最珍贵的遗产，一份风吹不动、雷打不倒、水冲不走、时光改变不了的遗产。

大姑送我的那对琉璃花球一直跟随着我，如今还摆在书橱的耀眼处。那是一对常见的单瓣扎花琉璃球，有苹果大小，里面怒放着一支粉色牡丹与两只飞舞的蜜蜂，一动一静构成一幅动静相融的图画。接近四十年了，花球上已经滋润出淡茶色的岁月包浆，灵动而又稳重。每次看到或擦拭花球，就想起大姑，想起她那流淌着善良的眼睛和永远浅浅的笑容。我想，花球里的蜜蜂应该是大姑的写照，她老人家一辈子没有停歇，一辈子都在替别人想，蜜蜂一样不知疲倦地过日子，悄没声息地走自己的路，她没有为社会做多大的事儿，除了家人、亲戚和邻居，没有更多的人知道她，她就像一滴没有污染的水，把洁净的心和善良的笑留在一个普通祥和的人家和我们的心里。

原载《散文百家》2018 年第 5 期

入选王兆胜主编《2018 散文年选》

入选王剑冰主编《2018 年中国年度散文》

穿林而过

刘丽丽

一、美若黎明

  布谷鸟的叫声拉长了白天，这是树林最动听的时节。温暖晴朗的日子，树林深处传来布谷鸟的歌声，空旷辽远，似乎在讲述一个久远的故事。特殊的共鸣腔导致这种歌唱有了回声，在枝丫间回荡，触碰到人的耳中，带来初夏的清凉。这种调子的特点是悠长、缓慢，提醒着人们迎接节气的变化。随着天气逐渐变热，这样的歌唱也大多停留在清晨或者上午时分才能欣赏到。有时候我会怀疑这个歌手过于勤奋，民谣中收割麦子时才开始的提醒它们提前完成了，所以当心情不快的时候，那些歌唱就显得唠叨。但庆幸的是，这种情况只是偶尔才出现。

  午后，演唱舞台交给了另外一种鸟，它们比布谷鸟更神秘。它们藏身在树丛中，从高处看，树木高大壮丽，在阳光下，叶片闪烁出油脂般的光泽。那些已经在这片土地生长了许多年的树，其纹理的粗糙和新生叶子的娇嫩之间形成强烈的反差。这种鸟藏身最茂盛的树梢，偶尔亮出歌喉：嘀一哩，嘀一哩，那是露水洗过的声音，水波一样地在燥热的空气中荡漾出涟漪。很多次，当我在厨房做饭时，总是试图寻找它们的身影，却一次也没有见到过。我对它们一无所知，姓名、籍贯、住址、它们的亲戚朋友，甚至想表达一下感谢的机会都没有，这多少让人遗憾。鸟类的世界跟人类世界有许多相通之处，鸟的世界里也有隐士，隐士住在清凉的终南山上，每天在流泉旁边读诗或者扛了一把锄头下田。摆脱开凡俗世界的彼此攀附，不用看他人的脸色，遇到异类就把头扭过去保持缄默。我有一个朋友曾经说过，在电梯里遇到讨厌的人，他就蹲下身来系鞋带，把屁股朝向那个人。讨厌的人离开了，电梯到达指定楼层，他怀着某种胜利的喜悦开始工作。听他讲这段话的时候，我的脑海里莫名出现了那午后啼鸣的鸟儿。现在，山林又恢复了生机，那隐士在树梢悠然啼鸣，怎么舒服就怎么叫，怎么舒服就怎么活，这是它教给人们的。

等到秋天和冬天，它们乘坐的电梯到达另外一个维度，树丛暂时保持沉默。

鸟声更多时候带给人一种清醒。我记下了第一次蝉鸣叫的日子，记下了第一朵牵牛花开放的日子，但我每天见到最多的是窗外那几株茂盛的紫叶李。每天做饭的时间，向窗外一望，就能看到它们。

　　春天繁花季，常有孩子在树下骑车，是那种三轮的童车，车把用来掌握方向，孩子弓着身子晃动车身，利用这种力量前行。骑车的小姑娘和我们住在一个单元，大约七八岁的样子，记得第一天来的时候她就瞪着一双好奇的大眼睛，看着我包里露出来的半截画报。应该是个爱好读书的孩子，我问她的名字，"琪琪"，她大方地回答我。

　　去小区附近的惠民市场买菜，林地旁边有个爸爸模样的人领着孩子在玩。绿化带里有一堆新掘的土，男孩一手拿铲子，手边还有一台大型的塑料挖掘机。孩子掘土很认真，大概想堆一个城堡。爸爸在一旁刷手机。那时，枝条上的叶芽刚刚冒出红色，树下一对沉默的父子各自忙碌着。我从旁边走过，当爸爸的抬头看了一眼，孩子继续往挖掘机斗里掘土。此情此景勾起记忆，想起儿子幼年时，何尝不是爱土如命。如果督促不严，每天傍晚都是滚成小土猴才肯回家。那时还没有集中供暖，单位里用了锅炉，九月份开始囤积煤炭。大卡车呜呜地拉好几天，堆成一座高大的煤山。烧锅炉的那几个月，院子里男孩的鞋子经常是黑的，喊都喊不住。

　　2017 年 5 月 27 日晚，我下楼，穿过小区里最茂盛的紫叶李树林去接年轻人回家。想起刚读过的阿德勒的《性格的塑造》一书，他指出："孩子的母亲是孩子与外界发生接触的第一人。孩子一旦了解另外一个人在欣赏他时，他就已经开始了社会调适的过程。"为人母，除了给予物质上的温饱，让孩子与这个世界和解的能力，还应该具有鼓励孩子发展自己的成长能力和适应能力。我常常回想起他蹒跚学步的慎重样子，白上衣蓝色裤子的少年缺了两颗门牙的笑容，坐在自行车后座上追问"凉"是什么的童声。在树木黝黑的剪影里，偶尔漏出几颗明亮的星星。春夜鸟语，"唧"的一声，是略微羞涩的吐口，很快，这种声音便消失于枝丫间。你放慢脚步，生怕再次惊扰了它们的平静生活，这里毕竟是它们的领地。空气中跳动着火热的粒子，你知道一个炎热的季节即将开始，有一件承载希望的大事即将揭晓。你知道"母亲"这个角色很不容易扮演，也很少有完美的演出，但你依然觉得这是一件很美妙的事。那时你不知道，道路的那头，年轻人正手捧着一束鲜花走来，那是迟来的母亲节的礼物。中午他没有午休，专门跟班主任老师请假去花店定制的，为了防止花朵被烈日晒到，他还特意带了一把伞。

二、拜访田旋花

走近树林，首先感到一阵清凉的气息，尤其在炎热的夏季，从这个集合内部发散出一种独特的吸引力，让人不由自主地放慢脚步。树林在用这种方式传达出一种友善的，令人舒适的邀请。

2017 年 9 月 6 日，白露节气的前一天，从清晨开始下了一场小雨，在这样的天气里我去拜访田旋花。昨夜的梦里，她的影子在我心头挥之不去，清晨，一种莫名的冲动牵引着脚步来到这里。在树林的边缘，灌木丛的叶子开始有了细微的色彩上的变化，从春天的嫩绿，到老绿，再到现在有些叶子已经略略转为黄色，它让人们见证了秋日不变的温暖与湿润，繁盛和衰退。曲曲菜拔出细长的茎，叶子变得舒展起来。我还记得春天刚刚到来的时候，它们从褐色的土地上钻出来的样子，暗红色的叶子聚拢在一起，更像一个集合体，而现在，这批秋天的野菜变得散淡了。很容易让人产生一些联想，想到白云缭绕处的一些人，他们身着道袍麻鞋，白天抚琴习武，夜晚朝拜星斗，见素抱朴，坐忘守一，更多地向着内心深处的世界攀缘。

来看田旋花是很早就有的一个心愿。田旋花的名字中有一个"田"字，透露出它的身世和来历。在某个清晨，当它扭开小小的花苞露出笑脸的时候，"砰"的一声轻响，还是被路过的植物学家捕捉到了。他辨认出这是一种旋花科的植物，它来自田地，植物谱系上从此有了"田旋花"这个名字。但是，在它的学名诞生之前，乡野中已经有了另外的称谓，那是另一个富有想象力的场景。在东风浩荡的春天，在莽莽草野，一个农民蹲下身来，打量着田埂上的这种植物，它的叶子瘦瘦长长，开着干净的花朵。稻、麦、菽、稷都有了各自的名字，这种秀气的小花，该叫它什么呢？摩挲着平滑的叶子，他皱眉思考，抬头望向远处，恰好有几只燕子贴着柳条儿飞过，他心头一喜：这叶子活脱就像燕子的尾巴，"燕子尾"的名字便脱口而出。另外还有一种叶片宽宽，形状像斧子的，人们称之为"斧子苗儿"。"燕子尾"和"斧子苗儿"，这是关于田旋花的方言，也是它们来到世间获得的亲切的乳名。

城市不断开发，一步步拉开了人类与土著草木之间的距离。外来物种逐渐占据了街道和街区的绿地，过于模板化的园艺设计，让甲地和乙地的绿化看起来没有太大的差别。看多了，让人心生厌倦，要想欣赏真正的风景，人的脚步只能走得越来越远。现在，我已经远离了热闹地带，进入一片宁静的区域。雨水让土地变得更加松软，白色的蜘蛛网架在两棵侧柏之间，吊床的主人却已经不知去向。就在昨天，附近的学校因为要迎接上级领导的检查，雇用了许多工人，凡是领导目力所及之处，野草野花荡然无存。沿着割草人踩出来的小径，向着纵深处行走，我还是幸运地发现了田旋花的踪迹。让人稍感欣慰的是，无论昨天晚上它们的邻居遭受了怎样的浩劫，它们还是按下心头的忧伤和恐惧，按时开放了。粉色的、粉白色的、玫红色的小花，开得很安静，安静之中似乎藏了一些心事。雨丝已经很小，花瓣上沾了雨水，花头显得沉重了不少。离我最近的草丛中，一棵藤蔓上居然同时绽开了四朵粉色的小花，它们依次排开，每一朵的喇叭口都朝向天空，如同四姐妹，情深义重，互相扶持，这样的景象，让人心中莫名地百感交集。

上午八点，蟋蟀们依然在草丛深处鸣叫，银铃一样的声音也保持了原来的水准，它们的琴声多少抚慰了内心的伤感。

几年前，我所在的单位紧挨着一所学校的操场，操场上没有贴上塑胶跑道，没有围上铁栅栏，更没有装上铁丝网。附近的居民可以自由地走进操场去锻炼身体，或者推着孩子散散步。最神奇的，在跑道附近的草地上，每个清晨都会开放成片的田旋花。如同大草原上会有蘑菇圈一样，那是一片诞生田旋花的土地，非常纯粹，一簇簇粉红的花朵同时张开笑脸，让每一个在清晨路过它的人，睁开眼睛就能遇到美。它奇迹般地将一切净化、柔软，直至平静的日子变得如红酒一般芳醇。如果你不着急赶路，走过来蹲下身子，靠近土地仔细闻一闻，花朵的幽香不会让你失望。因此我常想，那个发布命令铲除一切，把这片地更改得面目全非的人，一定是不曾在这里生活过，他的眼睛不曾遇到过美，他不曾蹲下身来闻一闻花朵的幽香，这种人其实很好辨认，他们生活在城市中某一座虚空的楼阁里，在数据与数据之间疲于奔命，杀气腾腾的脸上寸草不生。

现在的人们似乎意识到了多年前犯过的这个过错，允许田旋花在这片树林旁边扎下根来。绿化带里也偶尔能见到它们的身影，这多少是一个弥补。童年时代，在麦田附近，如果不妨碍麦子的生长，农民们也都宽容地允许田旋花开花结果。一个农夫，清晨扛着铁锹下田，他的眼睛既能看得见青青麦苗，又能看到斑斓的野花，自然界的丰富广博，绝对是对一颗宽容的心的犒赏。

三、浆果

秋分之后，林地边缘的榆叶梅叶子逐渐失去了水分和光泽，枝丫间的果实踪迹皆无，从季节来讲，它已经进入这一季的暮年。但是我还记得春日昏黄的灯光下，第一次看到它们开花的景象。那天加班到很晚，迈着疲惫的脚步走进夜色，昏黄的灯光晕染出难得的温情。随意的一瞥，感觉林地边缘跟平时有一些不一样了。再走近细看，心中突然溢满惊讶。黯淡的枝条上，不知何时鼓起了成串的花苞，最下面的花苞已经绽开，暗的天光里，那些花朵上闪烁出老瓷一般的光晕。看形状，就是一朵朵冬日的梅花，但又多了一份温度在。疲惫的眼睛触碰到它们的笑脸，一汪清潭水，透出坚毅与从容，心在那一刻变得明亮起来。心想，这般景象应该配一点古筝的，听音符跌跌宕宕从枝头洒落下来；或者有一点苏州评弹，铮铮淙淙地缭绕在耳边。那个夜晚，一种莫名的喜悦充斥内心，身体的疲惫也被愉悦所取代。

林地和田野在秋风中变幻出更加丰盛的色彩，让人联想起印象派笔下的天光云影。1872 年，莫奈在勒阿弗尔港口写生。他画了一幅日出的景象，在送往首届印象派画展时，画作没有标题。画布上，景物笼罩在稀薄的海雾之中，灰色调的背景，水中反射着天空和太阳的颜色。岸上景色隐隐约约，模模糊糊看不清，给人一种瞬间的感受。日出时，由于画家要捕捉瞬间的变化，在光线还没有变化前就要完成作品，因此画面不可能描绘得很仔细。所以学院派的画家们看到这幅作品时，认为很粗糙，过于随便。一名新闻记者讽刺莫奈的画是"对美与真实的否定，只能给人一种印象"。莫奈于是就给这幅画起了个题目——《日出·印象》。没想到，这些人挖苦的话，反而成全了这批画家，"印象派"随之诞生。

大师的出现都有深厚的背景作为铺垫，在莫奈的成长史上，布丹的一句话给了他很大的启示，他曾对莫奈说："当场画下的任何东西，总是有一种以后在画室里所可不能取得的力量、真实感和笔法的生动性。"从此，年轻的莫奈开始注意画天空、大气和人物在大自然的光照中的复杂色彩，后来他走进海雾，渐渐学会表现藏在烟雾中的景物；他走进法国的乡野，走向对大自然、天空与江河的描绘之中。从寻常风景中挖掘魅力，细微观察。他对光线的变化感受十分敏锐，可以就同一处场景画出十几幅作品，如《睡莲》《草垛》等，仅此一点，就是其他画家很难做到的。这个沉默寡言的人，这个喜爱思索的人，这个印象派的先行者，当他不得不单枪匹马奋力前行的时候，笔端的兴奋与落寞，孤独与探索，都交给了画布。他的花园，他的睡莲，他的水塘和小桥，他的塞纳河的上上下下，占据了他画作的主题；同时，他也在画布上，一笔一画地交出一颗对大自然深挚热爱的心。

当我在林地周围徘徊的时候，脑海里时常涌现出大师们的画作以及他们的面容。对景物的打量，充满深深的敬意。眼前的秋日原野呈现出一种芜杂，黄色、黄绿色、老绿，以及偶尔夹杂的新绿，成为其中的主打色调。季节已经进入乐天知命的时候，褪去负累，自由自在成为当下的主题。藤蔓、灌木、乔木、野草，都处于一种无序生长的状态。就连平素苛刻的林地主人都变得格外宽容，允许草木的种子自由散落，允许藤蔓植物自由攀缘。我在当天的日记中写下一句话："世界在芜杂中期待新的秩序生成。"但是即便芜杂，造物主也没有丝毫降低造物的标准，依然在非常精心地雕琢万物，从牛筋草抽出的雷达形状的花穗，到构树分生出的最年幼的孩子，一一加以关照，其细致和耐心足以成为人类的楷模。

最吸引人类目光的，当属枝丫间各式各样的浆果。每年八月，榆叶梅枝丫间的果子成熟，眼看着一串串绿色的果子逐渐转为明黄，再增添上一些红色，格外明媚动人。榆叶梅的果实有两种，一种果核很大汁肉却很少，表面看起来光鲜亮丽，口感又酸又涩。另一种果实核很小但是汁肉多，吃起来有甜味。在九月份，金银木也将亮红色的浆果举出。每个枝丫间四粒，聚成一小簇，不多不少。秋阳下，每一颗果子的位置似乎都经过精心设计，确保了它们能最大程度接受阳光的照耀。浆果被举上枝头，茎叶自觉地形成环拱之势，自觉地把荣宠让给了新贵，体现出良好的奉献精神。

我曾经问过一位朋友，说到"浆果"你想到的是什么。他说"甜""多汁""好吃"，他的答案朴实，这属于味觉上的发现。这个答案和百度百科里给出的答案很相近，"浆果，是由子房或联合其他花器发育成柔软多汁的肉质果"。这里，强调了浆果质地的"柔软"。视觉上浆果的色泽由深到浅都有。它的动人之处全在于一种采摘的期待。悬挂在花叶之间，举在高处，简单而干净，是一种象征着快乐的果实。采下一粒浆果，就是亲手采摘了快乐。

童年时代的厨房，是我家最黯淡的地方，也是点燃灶火之后最明亮的地方，它的动人之处也在于一种期待。中秋节前后，西南风把水稻黄熟的味道吹送过来，同时吹送来的还有荷叶的气息，耳边有草木燃烧时发出噼啪的脆响。母亲坐在木墩上，火光把她的脸映照得红通通的。她忽然想起什么似的，从口袋里掏出一些东西给我，拳头舒开，是几簇野葡萄，装在口袋里的它们被母亲的体温暖热了。拿着这些浆果走进院子，心中充满幸福。月亮攀上了东墙，世界浸泡在凉凉的月光中，挑拣最大的一颗野葡萄在嘴里咀嚼，苦中甜、涩中甘，多少人生况味裹挟其中。

四、寒露的雨

人在雨雾中行走是一种奇妙的体验，感到既无限安全又无限危险。尤其在薄暮时分，天色逐渐昏暗下来，除非必需，很少有人愿意从舒适的家里走进湿漉漉的雨雾中，做这样一种刺激的尝试。

穿过积水的马路，路边千根草的叶子越发紧贴了地面，随着秋天的日益加深，它们茎叶的颜色会更深沉，变成深沉的赭石色，这是学习国画时经常用的一种色彩，用来画石头和假山，或者树木的枝干。手拿一管赭石色的颜料，会产生被允许进入神秘园林的感觉，除了喜欢，还有种油然而生的对于大自然的敬畏感。

雨后的蛙声类似于低音号，把号声拉长，加上雨雾带来的湿气，声音越发变得沉闷。它们在做一种最基本的音阶练习。当你脚步朝着灌木丛中的它们靠近，这种演奏慢慢停下，等你走远了，练习继续进行。这样的演奏方式让人听出许多漫不经心，似乎一个早就功成名就的演奏家，已经过上了闲适生活，但是为了保持自己的兴趣爱好，依然时常把乐器们拿到太阳光下检视一番。演奏者除了蛙类，还有一种秋虫，在雨雾里做着毫不怯场的歌唱，它们的调子比较嘹亮。一低一高，双声部的演奏给灌木丛增加了立体感。

在这样的演奏里，脑海中回闪着刚读过的《梵高家书》。梵高在给弟弟提奥的信里，提到了画家塞雷的故事。他这样评价："这样的人真是奇才。他一生历尽艰辛，最终创作出了哀婉动人的伟大作品。他就像一株黑山楂树，或者更像一株枝干扭曲的老苹果树，饱受摧残，终于开出了最娇美、最纯洁的花朵。"一个处于社会下层的天才，最终获得了巨大的荣誉，就像一株鲜花盛开的老树，的确令人感动。在此之前他饱受了严冬的巨大的痛苦，痛苦的程度并不是后来那些仰慕他、对他表示同情的人所能够想象得到，体验得到的。什么是画家、什么是画家的生活，一般人真是难以理解。它是那样地深奥——无比地深奥。

梵高评价塞雷的句子非常贴切，而后世在他对别人的评价中，自然联想到了他的遭际。37岁之前的日子，梵高颠沛漂泊，他的饥寒冻馁，他坚持过程中的绝望和失落，分明就是一株青年的苹果树。经历了抽枝展叶的新奇，也接受了风雨的捶打。尽管青春的气息已经在体内聚集，在寻找突破口，但是失败的天空总是那么令人绝望。

在纳南，文森特曾经跟他的一个皮革工人的朋友说过这样的一句话："我的绘画早晚会得到世人的承认。在我离开人世以后，一定会有许多文章来评论我的绘画。如果时间还来得及的话，我打算为此做好准备……"读这样的句子，在惆怅的阴霾中，总算透进了一丝阳光。这是一种对自我的相信，不是盲目的自信，而是带着穿透时间遮蔽的勇气和悲壮。稀有的植物往往生活在更加隐秘的地方，这一定是大自然更加精心的创造；而一个卓越的画家，在画出传世的作品之前，却深受生活的磨难，裹挟进深秋的雨雾之中，没有人告诉他还有多少日子才能迎来温暖和富足。

有一张画他感觉很满意，画的是在淡紫色并且略带金黄色的夜空下农舍黑乎乎的轮廓。黑黑的白杨树耸立在农舍之上。注意这几个词：淡紫色、金黄色、黑色，黑乎乎，色彩的丰富，从另外一个侧面反映出人物内心世界的多彩。大自然对于众多物种，自有其合理的安排，如果一个人因为自己所遭遇的一些不公正而停滞不前，并不明智。所幸，梵高有弟弟提奥的支持，当时还算健康的身体扛住了所有现实的窘迫，积极的精神抵挡了厄运带来的打击，那是一段穷困但是幸福的时光。

黄河滩濛濛的雨不断飘落下来，林地在远处成了黑黝黝的一片。近旁的白色水洼中倒影出最后的天光，无形中阔大了想象，让这片土地有了汪洋大海般的气势。林地四周，雨点落进灌木丛，发出轻微的击打声。由于击打的介质不同，声音也有了不同的特色。雨点从树叶上滑过，飞快坠落到地上，落进泥土的声音，略显沉闷。滴落在柏油马路上的声音就变得清脆了许多。如果雨滴落进道路附近的排水管道，许多的水珠汇聚成溪流，有了集体行进的脚步声，让人听出来一种进行曲一般的昂扬和青春的豪迈。更多的雨滴在下水管道中奔流，流水击打着水泥地面，透过缝隙传到地上变成泠泠的脆响。我站在林地旁边倾听了好一会儿，心情无端激动，感觉内心某种沉寂的东西被这种声音所唤醒——它们互相召唤，向前向前，永不止步，一颗颗欢快的心，明亮着。一个人如果没有功利之心，他的奔流本身就是目的，美，就在这样没有预设目的的自足中完成。

夜晚的第一盏灯在雨雾中亮起来，我撑着伞，回转身，朝着光亮走去。

原载《散文》2018 年第 6 期

找　娘（外一篇）

刘月新

　　我一骨碌从炕上爬起来，惺忪着眼四处找寻，看看娘不在，奶奶也不在，只有那个"小不点儿"妹妹在炕里头睡觉。外面一丝风也没有，院墙外头枣树、榆树上的知了嘶哑着嗓子"知了，知了"地叫个不停，像是要把天叫破。它们是不是想把天震破个大窟窿，好让天下大雨啊？

　　我小心地溜下炕来到外屋，发现奶奶还是不在，我揉了揉眼，迷迷瞪瞪地向门洞走去。奶奶的说话声，通过门洞，从过道里传了过来。我扒着大门的边向外瞅，看见奶奶在剁猪菜。她把小木板放在地上，旁边有一个大柳条筐，筐里筐外都是黄苤菜、青青菜，是猪爱吃的菜。

　　本院的三奶奶、三奶奶家的大媳妇——也就是我的婶婶，都拿个"小床子"（家乡的一种小板凳）坐在过道里，婶婶在织毛衣，三奶奶拿着把蒲扇在摇着。婶婶家大我四岁的小云姐姐和与我同岁但大我将近一年的院生哥哥，围在婶婶身边挖土窝儿。婶婶不时地停下手里的活儿，抬起头来跟奶奶、三奶奶说着话，只有奶奶低着头，把板子剁得山响。

小云姐姐招呼我过去玩，院生哥哥走过来牵我，并递给我一把削铅笔用的小刀，我怯怯地走过去，跟他们一起在地上挖起土窝儿来。

我们挖着土窝儿，不知不觉地，太阳跑到房顶的西面去了，过道里的阴凉地儿越来越大。不知是小云姐姐还是院生哥哥，缠着婶婶要吃甜瓜。于是，小云姐姐和院生哥哥，欢蹦乱跳地跟着婶婶去生产队的瓜园里买瓜去了。

不知从什么时候开始，树上的知了叫得不那么欢了，是不是它们也知道小云姐姐她们走了，没有人听它们唱歌了？要不，就是嗓子给喊破了，叫不出声了？真可笑，它们也没把天给震个大窟窿，因为天没下雨啊，天还是那么白白的、亮亮的，太阳照常烤得慌。

婶婶她们走了以后，三奶奶搬起"小床子"也回自己的家了，奶奶回院子里不知又忙活啥了，剩我一个人在过道里。我忽然觉得没意思起来。

找娘去！我忽然这么想。对，找娘去，就跟婶婶她们去。我坚定了信心。我不知道婶婶她们出了村去了哪个方向，更不知道娘跟生产队的人们在哪块田里干活，一个人就这么毅然决然地迷迷糊糊地出了村。

娘在哪里？娘在干什么活儿呢？是用铁锨在翻地，还是在挖沟？有一次，我跟哥哥去给娘送饭，娘正在挖沟，手背皲裂了，流了那么多血。娘在用镰刀割麦子吗？那天我跟姐姐去打菜，看见娘和队里的人们正比赛割麦子，娘的镰真快啊，别人都追不上她，那天娘还送给我一窝割麦割出来的鹌鹑蛋。或者是娘在打水浇菜？要是娘在浇甜瓜该有多好啊，小云姐姐她们就是去买甜瓜了……

我敢说，这是我有生以来做出的第一个大决定，也是一次大的行动。在以后的多少年里，我一直为我的这个决定而自豪，认为我终于会用大脑来支配自己的行动了。它在我记忆的长河里，总算溅起了一朵浪花，荡起了一层涟漪。如果说，我的大脑是一块记忆的调色板的话，那么，我的这次行动就是那块调色板上第一笔浓彩！

在村子西头，有几个大孩子凑在一起看小孩儿，旁边还围着几只狗，有大狗也有小狗，有黄的也有花的。那狗们有的趴着在打盹儿，有的坐着在摇尾巴，有的慢悠悠地走过来走过去像是在散步。我瞅着它们一点都不害怕，只是觉得这些狗不如我家养的狗好看。我家的狗一点也不厉害，妹妹抱着它的头亲亲，它就乐得摇尾巴。那只溜达的狗看见我了，摇摇晃晃向我走来，一边走还一边闻着什么，眼看它的嘴都快凑到我的嘴上了，开始我并没有打算哭，可是吓得不行，还是哇的一声哭了。那几个大孩子见我哭就站在那里直乐，拍手打掌前仰后合的，这时正巧一个大人挑水路过看见了，就把狗给吓唬跑了。

我出了村子向西走，哪里还有婶婶和小云姐姐、院生哥哥的影子？我只想找到娘，可娘在哪里？找到娘以后想干什么呢？是想叫娘亲亲抱抱，还是想叫娘给买甜瓜吃？娘要是见了我，会不会夸我？会不会打我？出了村，我不知走了多远的路，也不知走的是大道还是小道，就是一个劲儿地走啊走啊！

道边儿的沟坡上长满了高高的草和好看的花儿，有青青菜、燕子尾、小老鼠苗，还有牵牛花、墩子草、三棱子草，这些我跟娘下地时都见过，还有一些我就不认得了。沟里的水很多，都快和道儿齐着了。沟里也有草，芦草莛子老高老高的，也有菜和花儿。我不敢往水边上靠，娘说水里有"淹死鬼"，"淹死鬼"见到小孩就会拖进水里淹死吃掉，就再也找不到娘了。

地里的棒子、高粱长得可真高，都快长到天上去了。道儿两边都是密密的枣树，树的脑袋可真大，这边盖着半边道儿，那边盖着庄稼棵。树上的小枣青青的，还没长大。枣树趟子里也有花和草，还有小虫在爬，有花蝴蝶在飞。姐姐给我逮过花蝴蝶，还逮过蜻蜓呢。我瞅见一只花蝴蝶，和姐姐给我逮过的一模一样，好看极了。它正试着落到一棵"满天星"上，我猫着腰走过去想抓住它，但还差好几步远呢，蝴蝶拍拍花翅膀飞走了。我眼睁睁瞅着它飞得很高很远，直到再也瞅不见它。我想，要是姐姐在有多好，姐姐准能逮着它，哥哥在也成，哥哥还给我逮过家雀呢！

花蝴蝶飞走以后，我在那里愣了好一会儿。当我的眼光再次落到满天星上的时候，忽然，我想起了那天姐姐和她的伙伴们玩的一个游戏，想起了"小狗狗"。于是，我蹲下来，凑近满天星仔细瞅了瞅，上面果然有"小狗狗"（形似跳蚤但比跳蚤细长的一种小黑虫）在爬。那天，我跟姐姐她们下地打猪菜，不知是谁扯下一支满天星，说上面有"小狗狗"，双手合起，中间虚空，把花和小狗狗扣在里面，用嘴对着手缝儿使劲儿吹，说一声"变"，再打开手，就能把"小狗狗"变没，再也找它不着。那天我们玩得可欢了。今个儿就我自个儿，我要玩个够。我在枣树趟子里坐下来，扯一支，吹一支，扯一支，再吹一支，还真灵。不知玩了多大一会儿，只见面前扯下了一大堆的满天星，那些"小狗狗"也不知都被我吹到哪里去了。对啊，它们都到哪里去了呢？我低下头来找"小狗狗"，但又有另外的新发现，我的目标又转移了。

　　在树趟子里，由于土质坚硬，棘稞乱草又多，还有树的遮挡，蚂蚁在那里筑了好多的窝儿。我瞅见一个蚂蚁窝儿，细细的，高高的，像棵胡萝卜，有很多蚂蚁在那里爬上爬下，出出进进。它们爬进窝的时候，嘴里总是叼着一点东西，或许是它们吃的东西吧，有大一点的东西拖不动时就两只蚂蚁抬，走走，倒倒，东扯西拽，真有意思。但是从窝里出来时就轻快多了。也有不往窝里爬的蚂蚁，它们往树上爬。我凑近一棵枣树，往树干上一瞅，我的天，蚂蚁还真多。那些黑黑的树干的"皱纹"里，爬着很多大大的黑蚂蚁，它们"嗖嗖"地爬得很快。也真是怪，它们不去窝儿里，难道去树上睡觉不成？

"吱吱吱"，"吱吱吱"，突然从棒子地里传来尖尖的叫声。这从天而降的叫声，吓得我浑身一抖，头发都耸起来了。是什么东西叫得这么响？哦，我想起来了，这是老鼠的叫声。在炕上睡觉时，我就听到过这种声音，奶奶说，是老鼠在打架。是不是老鼠趁奶奶不在屋也跑到地里来了？

正在我惊恐万状的时候，一只大蛤蟆像哥哥跳远一样从地里蹦到道上，蹦到了我的面前，打得它身后的棒子叶沙沙地响，我吓得尖叫着倒退一步，两手攥拳端在胸前，不住地哆嗦着，无助地哇哇大哭起来。

娘，多好多温暖啊！能像小云姐姐、院生哥哥那样，天天守在娘身边，有娘哄着，有娘疼着，有娘护着，是多么幸福的事啊！

想到娘，我忽然记起了我出来是找娘的。可娘在哪里？我今天能找到娘吗？娘知道我在找她吗？娘是不是也在找我啊？平时我是不能天天守着娘的，小云姐姐的娘不用下地干活，是因为她爸爸当工人，我的娘要下地干活儿挣工分啊！

想到这些，我顾不得哭了，得赶紧找娘。

我走过了好多地方，一会儿绕沟，一会儿爬坡，懵懵懂懂地还记得钻过棒子地，在枣树趟子里让棘稞子划破了胳膊和腿，让"霸脚儿""霸"着了手和脸。我抬头东望望，西望望，一个人也看不见；再抬头望望天，天又高又小，让棒子稞、高粱稞和枣树给挡起来了；我还看见了一大片水，好大好大的，比我家门前的那个湾大多了，一眼望不到边，一眼望不到底，我有些晕了。我当然不能下水，娘不让下水，可我又绕不过去，我着急了。不知从什么时候起太阳不见了，周围灰蒙蒙一片——天黑了。

走啊走啊，找啊找啊，找不到娘我的心慌了，我惶恐无助地又大哭起来。以后发生的事情我就记不清了，我的大脑失去了记忆。

后来，奶奶不止一次地跟我说起，当她老人家发现我不在过道里的时候，惊得六魂都出了窍。东胡同、西过道、房前屋后、湾边沟旁井沿上，翻江倒海地找疯了。奶奶一边喊着我的名字一边跑着找着，见人就问，见水井、沟湾就瞅，后来干脆就拿根竹竿到水里去搅和了。

奶奶找我，村里的婶婶大娘叔叔大爷听说了，也都急得跟着找。就在奶奶几乎绝望了的时候，本村同姓的一个叫小六的叔叔把我抱到了奶奶跟前。奶奶见了我，一下子扑上来，连声道谢的话都没说，就瘫坐在了地上。

后来我常想，我与小六叔叔一定是前世有缘，或许他前世就是我的亲叔，如若不是，那天无助的我为什么偏偏让他给发现？如果不是他及时发现了我并把我抱回家，我不知要走到哪里去，不知会发生什么样的不幸，我的家人会急疯……在我懂事以后，每当见到小六叔叔，我会很亲地走上前去跟他说话，见到他心里就觉得很温暖。参加工作以后，一次回家听母亲说，小六叔叔跌伤做了个手术，我赶紧买了补品去看望他。我想，我们前世结下的缘今生今世是解不开了。

那天，当我重新站回到奶奶跟前时，活脱脱变成一个小泥猴，浑身上下没有一点干净的地方。奶奶给我洗着澡，我边哭边一个劲地反复唠叨：奶奶，找不到娘；奶奶，找不到奶奶；奶奶，找不到家……奶奶的眼泪和着洗澡水啪嗒啪嗒地直往盆里掉。

后来娘对我说，那天，她收工后照样没有回家，把锄头让本家的姑姑给扛回来，一个人背起大草筐去了更远的洼地。当娘顶着满天星星背着一大筐青草回到家，耳闻了这一切后，抱着我的头呜呜大哭起来。

晚上，我开始发烧，迷迷糊糊地说着胡话，一惊一乍地喊着叫着。奶奶、娘守在我的身旁，轮流着用白酒给我搓了前心搓后背。爸爸请来医生，又给我打了针。住在村南头的老三奶奶听说了，还主动过来帮我收了魂儿。

我一直昏睡了三天，娘破例歇工陪了我三天。后来我常想，那肯定是我童年时代最最幸福的三天。

奶奶说，那一年，我四岁。

花开了，你去了哪里？

尽管今年春懒，但还是赶在清明节前绽开了笑颜，楼前花园里的迎春花为证——一簇簇，一枝枝，开得温馨而执着。

花开了，可是你，去了哪里？

　　大片黄嫩嫩金灿灿的花儿，拽住我的衣角，牵住我的视线。我与她们撕扯着奔进屋里，急急地向你报喜。窗台前，床头上，客厅里，阳台上，寻啊，喊啊——快快跟我到窗前来赏花，就是往日你天天站的那个位置就好。窗子被打开，香气趁机跑进来，抖搂了满屋的清新与芬芳。快快迎接这些迟到的仙子啊！可是，你不理也不睬。你藏到哪里去了呢？

　　我深信，这个时候，只要你站到窗前向外望去，一准会拍手打掌，乐得合不拢嘴。你是多么喜欢这些春的使者啊！我也深知，你等她们盼她们已经有三个春夏与冬秋。你累了，还是生气了？

　　那是二十多年前吧，老家院子西窗下有一株柳桃树，当然是你亲手栽下的。到了夏天，一树的绿叶红花，挤挤挨挨的，把个巴掌大的院子都给挤没了。你有事没事就颠着小脚围着柳桃转，喜得拍手打掌，大呼小叫，引得大半个村子的人都来看花。到了秋后，你亲自动手，把它连土挖起，栽到一个旧木桶里，让人搬进屋，像是娶进一房可人的新媳妇。一屋的绿能温暖全家整整一个冬天。第二年报春花盛开的时候，你又像打发女儿出嫁一样，用清水把她仔仔细细地擦洗干净，然后栽回到院子的沃土里。当时我就想啊，一个饱受苦难的老太太，心里竟能装下如此纯洁美好的东西。

　　后来啊，后来你就来到了城里我们的小家。你总也忘不了那株柳桃树。常嘱咐家里人把她伺候好，就像是把你的孩子暂时托付给了人。夏天，你坐在城里的家门前，望着玉水河对岸的秋葵花（蜀葵）出神发呆，流露的那份爱慕简直能抵得上当年的赶庙会听大戏。你曾跟我说过，当年到庙会上听大戏你能一天不吃也不喝。于是，我就把小院当花圃——深红的五星花鸡冠花，粉红的夹竹桃，多彩的竹节梅，馥郁的夜来香，玫红的芙蓉花，雪白的酒红的地瓜牡丹，还有月季花菊花黄菜花，开得熙熙攘攘，沸反盈天。我还把亭亭玉立的秋葵花从小河南岸引到北岸和屋后，你目光所及的地方都是花的海洋。你在花海里，则像个翅膀沉沉的大蝴蝶，更像是一只腿脚上沾满花粉的大蜜蜂，在花丛中移过来移过去，移过来移过去。你低下头来，这里闻闻，那里摸摸；你抬起头来，一会说说，一会笑笑，总也看不够说不够。一看到你那兴奋那微醺的神态，我就哑然失笑：这老太太岂不成了十足一"花痴"了？

一夜秋风遍地黄。你不气也不恼，像是早有准备。原来你把花的种子早已藏起，用一冬的时间把她们捂着暖着，在小纸袋里，也在心底里。哦，原来花儿在冬天可以这么开。那是一大片希望的花儿。

尽管冬天的你心里并不寂寞，我还是把仙客来、杜鹃花、海棠、桃梅、百合花、红掌一股脑儿搬进家，让她们与你心里的花赛着开，比着艳。穿着棉衣坐在客厅里晒太阳的你，瞅着这些花，神态安详得像个弥勒佛。眼前的花儿，谁素雅鲜艳，谁先开后开，谁花期长短，谁香气浓淡，谁品质高下，你都看得一清二楚。并且绝不保守，待我们下班回到家，就如数家珍，娓娓道来，给我们又过了一场鲜花盛开的电影。编剧是你，导演是你，道具是花儿，配角是花儿，主角还是花儿。

有一天，一个消息送进你的耳朵：房子要拆迁。你长吁短叹了几天，最后向我们下了一道指令：找房子还是找个有院落的好，要不这些花往哪里摆，那些种子往哪里埋？因了这个缘由，我和爱人在新住宅小区的效果图上，像淘宝一样筛来选去，其中一个重要条件就是，一定要选楼前有花园的。

人生如朝露，白发日夜催。你接近90岁的年纪让我们既高兴又心急，高兴的是家里有块宝，整日乐淘淘；心急的是盼大楼早一天竣工，让你早日享受住高楼的幸福生活。小区一边叮叮当当车水马龙地施工，我们这边就快快活活热热闹闹地搬新家住新房。站到新楼的窗前，我指着还没完工的小区及窗外的花园对你说，等完工后，花园里要种好多好多的花草和树木，你只要不嫌累，就整天站在窗前观风景吧！你听了哈哈大笑，把一张脸笑成一朵秋日的菊花。接着，你唉了一声：我能活到那时吗？我用怒目圆睁来制止你，你看看我，看看我们，像个说了错话的孩子：我活到130岁，天天看花，然后又哈哈大笑起来。你用这笑声和笑脸向世人宣告：我还年轻着哪！我还要等着看窗外花园里的花呢！

在我们搬进新楼的第三年上，小区基建才告完工，大量的花草和树木被栽进花园。花园里的花草也像这春天一样耍懒，磨磨唧唧，慢慢腾腾，不慌不忙地接着地气扎着根。好不容易才长出几片叶子，不料秋风乍起，吓得她们赶紧脱下绿装，裹紧自己冬眠起来。你似乎是等得不耐烦了，对那花开失去了信心。最后，干脆耍起性子，倒在床上再也不起，再也不愿看一眼让你伤心使你心冷的窗外。你擅自做主为自己找了一个理想的去处。你一定认为那里一年四季鲜花盛开，温馨扑面，蝶飞蜂舞；你也一定认为在那里不用天天输液，打鼻饲，免得整天受罪，身体被无情摧残。你主意已决，在去冬唯一的一场雪到来之时，乘着那漫天飞舞的雪花飘然而去，毅然决然，不管不顾。哦，你一定是把雪花当成了最美的鲜花。可你只认准了她的洁白无暇高贵素雅而忘掉了季节，忘掉了她的寒冷与生硬，忘掉了她的冷酷与无情。她带你走的是一条单程线路。

亲爱的婆婆，你忘记了对我们的承诺：要活到130岁，看窗外的花草岁岁枯荣，年年盛开。你追随雪花而去，可眼前这满园的报春花儿有谁来与我分享呢？

原载《作家网》2018年8月

《散文海外版》2018年第12期转载

佛心曼陀罗

张金凤

在吾乡，曼陀罗是个女巫一般的神秘符号，神秘得有些妖冶，有些魅惑，在远远的林野里舞裙轻轻一旋转，一闪身就消失了。乡野粗人擦擦眼睛，只认为是幻觉。即便是追上了，看看它高大硕壮的样子，自嘲说，洋金花咧！

洋金花就是曼陀罗，这个来自异域的女子，总是格格不入地在北方平原众多野草杂花的混声合唱里突兀发声，用花腔领唱高声部。它高挑着身材，艳丽着衣裙，不枝不蔓，独饮独醉，自弹自唱，或者居于一隅，高擎着酒杯邀月入座，揽风入怀。

许多事物常常用它的外表迷惑你，曼陀罗首先用它的名字魅惑着文字江湖里的看客。漂洋过海移民而来的历史较为久远，但依旧一身迷。是谁给它命名的呢？这么奇特的名字背后是否也有奇异的故事？古卷说，曼陀罗是梵语的音译，梵语者天书也，弯弯曲曲的线条，若即若离的笔画，在国人眼里，它更像咒符，而梵语之音呢喃空灵又酷似经文。"曼陀罗"三字似咒语，听者尊为天籁，于是就口传开来。

梵语是汉传佛教的神语，据说是佛教守护神梵天所造。现代语言学研究从历史的褶皱里寻到了它的渊源：梵语是印欧语系的印度伊朗语族的印度雅利安语支的一种语言，是印欧语系最古老的语言之一。如此细枝末节的考证，就像在长白山挖出一棵千年人参一样，旁根侧须都极力保护才能窥见梵语的真相。梵语在当今的印度还有一顶虚虚的帽子，是国家法定的二十二种官方语言之一。二十二分之一，已经退守到无人区了，它实际上早已经退出了日常生活，但是"曼陀罗"却是一块华美无比的梵语活化石，在世界各地展览着，替所有冷寂成石的梵语生动着活力。

而乡野大地上的草民有自己的规则，自己的语汇。狗核桃、洋金花、枫茄花、闹羊花、醉心花，如是种种，这是山民给它赐予的名号。喊它"狗核桃"是能对它的果子说的，其蒴果直立生，幼时卵状，大小如核桃，成熟后淡黄色，有的像栗子一样外表多盔甲，生有坚硬针刺，但也有内心妥协外呈温驯的，它们无刺而近乎滑。徒有核桃的外表，没有核桃的众多利好，人们便鄙视它，"狗核桃"的"狗"字，一下就将它打入尘埃。更多的时候，人们凭借它的花来辨别它的身份，也因此喊成它的乳名——大喇叭花、大蓖麻、山茄子……就像喊自己家的闺女、邻居家的丫头，毫不生分。当喊到"闹羊花"时，就是人们甄别出了它貌美外表下的蛇蝎之毒。那个放羊娃漫山遍野地疯玩回来，看到羊群在一丛漂亮的洋金花前摇摇摆摆，它们的嘴上吐着泡沫，泡沫中有洋金花叶子的绿色汁液。那丛洋金花也有伤痕，齿痕清晰的伤口正渗出自我疗伤的汁。闹羊花！闹羊花！原来它是有毒的，于是乡人重新擦了擦眼睛，把这个娇艳的女子打入敌人的阵营，于是在我的家乡，它又有了一个悲情的名字：拔棵棵。见面就拔除，直接亮剑，一株植物从此面临毫无商量的被拔棵的命运。

在曼陀罗的故乡，它是圣花，佛经说，释迦牟尼成佛之时，大地震动，诸天神齐赞，天鼓齐鸣，发出妙音，天雨曼陀罗花。在西方极乐世界的佛国，空中时常发出天乐，地上都是黄金装饰，极芬芳美丽的花称为曼陀罗花，不论昼夜没有间断地从天上落下，满地缤纷。可见，曼陀罗与天堂有关与宗教有关。在佛经中，曼陀罗花是适意的意思，就是说，见到它的人都会感到愉悦。它包含着洞察幽明，超然觉悟，幻化无穷的精神。具有这种精神的人，就可以成为曼陀罗仙。带着如许光环却要泅渡异邦，从天堂跌落，在民间受如此鄙视和薄待，曼陀罗的迁徙想必是痛苦的。

传说总是消遣，真实说明一切，曼陀罗终究是要落地的，在现实版中，有毒不算最毒，漂流而有毒才可怕，于是品花家称它为恶客。还是《本草纲目》慈悲，它总是一分为二地发现优点，记录阳光和阴暗的两面。李时珍不是第一个关注曼陀罗的人，在李时珍的故乡蕲州，曼陀罗花的传说颇多，药痴李时珍于是爬山越岭寻找这有着丰富传说的曼陀罗花。终于他找到了：独茎直上，叶硕而婆，花开素洁而端庄，闪耀于叶间，的确不凡。明朝以前，人们对曼陀罗心怀戒备，未曾入药剂、药典，李时珍将其收入自己的名著《本草纲目》。他释曰："法华经言，佛说法时，天雨曼陀罗花。""道家自来有陀罗量使者，手执此花。故后人因以此为花名。"可见，曼陀罗花仍是以传说和神秘背景入典籍的。当时，李时珍对于曼陀罗的神异早有耳闻，一直想亲自效验，他听人说："笑采其花酿酒饮，令人笑；舞采其花酿酒饮，令人舞。"他对此半信半疑，决定亲自尝试一番。当发现了曼陀罗花的时候，他已经就笑而舞了，作为一个药痴，恰好遇见了他思谋已久寻觅已久的植物，怎么能不歌舞呢？传说某一天，李时珍准备了曼陀罗花酒，喊来徒弟共饮。师徒二人酣饮，亦笑亦舞而不知所终。后来，李时珍把亲自尝试曼陀罗花酒的情景写进《本草纲目》："相传此花笑采酿酒，令人笑；舞采酿酒，令人舞。予尝试之，饮酒半酣，更令一人或笑或舞引之，乃验也。"其实，寻常的酒饮多了也会出现兴奋，何况一种带迷幻成分的花酿的酒？至于歌采则歌，舞采则舞，为必然，即便是笑采，醉酒后种种状态都是失却真态，嬉笑怒骂哭诸多态势当都有之吧。

李时珍之前，人们把曼陀罗当妖魅，当成毒，恨而避之。自李时珍始，它被当成了药，以毒攻毒普济众生。将曼陀罗用于麻醉是一大贡献，他说："八月采此花，七月采火麻子花，阴干等分为末，热酒调服三钱，少顷昏昏如醉，割疮灸火，宜先服此，则不觉苦也。"这是李时珍把人们用曼陀罗花作外科麻醉的经验，第一次做了详实的阐述。麻醉剂在东汉时候就由华佗发明，传说后来真方遗失，后人所伪制的方子成分有羊踯躅、茉莉花根、当归、菖蒲等，只是无曼陀罗，即便是有，也已经迷失了使用它的踪迹，是李时珍再次拾起这种珍贵的迷幻之草，作为"醉心"之药来迷惑肢体感受，达到无痛医治。"醉心花"这个名字就是它用于医学致幻的最好佐证。

用于麻醉只是曼陀罗花功能的一个方面。曼陀罗全株可入药，以花和果实最毒也最多用。无药不毒，这是中医的基础，药物之间的相互生克，药物对肌体的滋养和对病的克都是普遍存在的，苍茫宇宙，无不生克并存，我们对有些病毒咬牙切齿束手无策，只是没有发现它的生克规律而已。李时珍在《本草纲目》中列举了曼陀罗花的主治条款："诸风及寒湿脚气，煎汤洗之；面上生疮，用曼陀罗花晒干研末，少许贴之；小儿慢惊风，曼陀罗花七朵，天麻二钱半，全蝎少十枚，天南星（炮）、丹砂、乳香各二钱半为末，每服半钱，薄荷汤调下；大肠脱肛，曼陀罗子连壳一对，橡斗十六个，同锉，水煎三五沸，入朴硝少许，洗之。"时珍的慈悲之手，终是拂去了附着在曼陀罗花身上的偏见和仇恨，也给人类洞开了一扇认知的窗。

我与曼陀罗的相遇有些戏剧色彩，第一次与曼陀罗亲密接触在三年前的泰国。泰国之旅的最后一天是自由行，七日旅途的疲惫使我放弃了旅友规划的种种路线，而选择在曼谷街头随意走走。

　　曼谷如世界上任何一个繁华城市一样不可避免地车流鼎沸喧闹如潮，沿街行走，现代化的引擎吵吵嚷嚷不绝于耳，于是就沿着一条貌似小巷的路径走向纵深。虽然多次去过热带、亚热带，看见这些热带植物还是很喜欢。高大茂盛、绿叶婆娑的芭蕉树上，一根芭蕉芯外环绕无数个青涩的拇指大小的芭蕉让人欣喜；高大的杧果树上坠着大大小小的青杧果如一枚半圆之月；菠萝蜜硕大的果实从半空中垂下来，像一根藤上垂下的葫芦，将枝条坠得如拉紧的弓弦不禁让人有些担心。还有那些花花草草，从阳台上壮硕的阳光里垂下藤蔓和花枝，点缀猩红蜡黄靛紫的花朵，鸡蛋花在高大的树上随处可见，有素淡洁白的，也有玫红妖艳的。突然，在一家二层别墅的白栅栏边看见了曼陀罗，那时我不认识它，白的、黄的、紫的、红的交植在一个大花槽里，我凑上前去拍照，顺便要贪婪地嗅它的香气。一个黄皮肤的妇人在不远处微笑着轻声说：小心点儿，这是曼陀罗，有毒的，有致幻的可能。我赶紧跳开，回过神来想向这位说华语的女士致谢，她却飘然不知所往。

　　花槽中的曼陀罗的确漂亮，绚丽中有些妖冶。这次相见，勾起了我对曼陀罗的万千思绪和探究。在我家乡，这种叫作曼陀罗的花被称作大蓖麻，它却没有蓖麻一样的待遇，而是被作为一棵毒草来看待和厌弃。妖艳而有毒的花草在自然界中并不少见，用毒来包裹它的美丽，保护它的美丽也是一种策略。世界没有尽善尽美，生活给你的总是毒药与美女结伴而行。

我土里土气的家乡是接受不了"曼陀罗"这个名字的，我们会改良它，把它归入乡土味极浓的"茄科"，这样一来，它就好似乡下园圃里随处可栽的紫花伶伶的茄子，就好像我们把碧眼金发的玛丽亚叫作小芳、燕子一样。

这种名字众多、土洋兼具的开花植物，因美艳而出名，因全株有剧毒而更让人注意。植物用毒来保护自己不被食草动物的牙齿伤害，这是曼陀罗的聪明，人类利用它的毒以毒攻毒对待更加溃痛的肢体，这是人的智慧。曼陀罗因剧毒而被人疏远，所以多野生。泰国是个与毒密切接触的国家，境内毒蛇数量品种堪称世界前茅。落后的岁月里，人们制毒的办法是柴刀，山地林野的农民每每出门劳作，必须带一把救命的锋利柴刀，柴刀不是砍毒蛇的，当被毒蛇偷袭，很多时候来不及救治就会毙命，那时候也没有救治的好办法，于是一把柴刀要在被蛇咬到的同时出手，不是回击那逃窜的蛇，而是迅速将受伤的手臂或者腿脚斩断，阻断蛇毒的扩散入侵，以此保命。这是多么悲惨而无奈的事情，为了保命，他们不得不毫不犹豫地砍下自己的肢体。拉玛九世皇体恤民生疾苦，外出考察并建立了泰国皇家毒蛇研究中心，研究人员从蛇毒中提取抗毒血清，专门医治被毒蛇咬伤的病人。正如曼陀罗一样，上天赐下一味物种时给了它两面性，曼陀罗也是现代医学的良好原材料。人间圣手如魔指一般，从曼陀罗中提取它的精魄，锁住它的兽齿，把它重新在植物序列中洗牌，使它冠以"万能神药"的绿卡在欧洲、印度、阿拉伯等国家被视为圣品。

经由李时珍的发现和漫长中医的改良，曼陀罗的叶、花、籽都是中药多宝阁里曼妙的草药，在草药的各种香气里，它敛干了妖媚之气，从良为一个规矩的女子。在中国这个中药国粹之邦，没有它收编不了的野性植物，圣医华佗遗失的药方里当初或许也取了曼陀罗迷醉的特性，发明的麻沸散成为治病救人尤其是外科疗伤止痛的神药吧。疼痛始终是人类的苦根，而治疗疼痛成为曼陀罗的菩萨心肠，或许它的降落凡尘真的是上苍对人世的恩赐。但是聪明的人总是用偏了它的美好，中国古代"蒙汗药"的主要原材料竟然也是曼陀罗，一本本武林传奇里，蒙汗药蒙倒了多少江湖好汉，促成了多少跌宕起伏的江湖恩怨。十字坡上的武松，黄泥岗上的杨志，都跌倒在一碗蒙汗药里，都被曼陀罗的妖媚裙裾扫过人生的轨迹。医治疼痛固然功德无量，但是长久的麻木是不是比疼痛更让人忧心？

说到底曼陀罗只是一株植物，怎么使用是人的智慧和选择，这个百变小妖，尽情挥霍着作为植物的权利，它的花色最齐全，几乎赤橙黄绿青蓝紫都覆盖，还多出了黑色茶色粉色，花色多花型也丰富，有的如倒挂金钟，一排整齐地垂着花瓣，似乎在聆听大地的箴言；有的不分瓣如喇叭微扬，要向那些花草虫鸟宣布什么；有的五瓣张开，在末端扭一下，如一个纸风车，在自然的风雨里逍遥转动。曼陀罗不仅花色艳丽多变，香气迷幻，而且身形也是变形金刚，这茄科植物原是南国热带的本土植物，在自己的邦国，它是一年生草本植物，可是一旦迁移到低纬度地区，就迅速入乡随俗，把自己长成亚灌木，高可达两米，混迹在草木江湖里，佯装一棵树。是否它在南国无忧无虑的日照和雨水中，不用储备太多的口粮也无忧过冬，而在温带，它就要如动物冬眠之前的储藏一样极尽所能地从自然界汲取更多的养料防风防冻防红颜褪尽一朝苍老呢？

有毒性护佑的曼陀罗，在热带亚热带甚至温带生活得风生水起，多子多孙，福泽绵延。但流落在中国北方乡下却处境惨淡。乡下人不喜欢它，乡下人的眼睛里可以看不见花朵，却必须分得清良莠，在河滩水草茂盛的地方，一个肩扛锄头的、手挥羊鞭的甚至是匆匆赶路的庄稼汉，看见了曼陀罗就会毫不犹豫地将它们拔除，一棵有毒的草在庄家人眼里是敌人，他们怕无知孩子被它的美艳花朵迷惑，更怕牲畜的肠胃和生命被它们撕裂。身有宝而无法自己托出，它所能自己托出的只有毒，也许这是曼陀罗的悲哀，也是人世间众多物事的悲哀。

有句老话叫作"没有金刚钻别揽瓷器活"，大多数人都没办法驯服曼陀罗，所以，它即使美丽也很难走进寻常百姓的生活。曼谷小巷那户养了满满一花槽曼陀罗的人家，她们深知它的毒，也贪恋它的美，此间的取舍，想必他们是有数的。泰国这个佛教国家，处处慈悲，却又汹涌着六十多万的人妖在人群中鲜艳明媚。回国后的很长一段时间，我脑海里反复都是这两个画面，芭提雅舞台上妖娆多姿的人妖和曼谷小巷里一大花槽的曼陀罗，有些明媚鲜艳是靠毒素来维持的，曼陀罗：你也是这样的吗？

原载《散文》2018 年第 8 期

入选《2018 年中国年度作品（散文）》（高玉昆主编）

入选《2018 年中国年度散文》（王剑冰主编）

唯一的高地

赵月斌

  大平原上唯一的高地就是这儿了。这唯一的高地却成了我精神上的重要寄托。它是我的精神高地，每一次登临都意味着一次扩张和高飞。大平原上突兀而起的这块高地给了我超越地平线的依持，让不甘拘囿于现实的我得以四望远处缥缈的风烟和模糊的形影。

  我把这唯一的高地叫作雪儿。在我的想象中，是两千年前的那个严寒的冬天吧，是一场铺天盖地的大雪凝固成这座梦幻之城。也许从那时起，这座城就开始融化了。

  确切地说，这片高地是一处古城遗址，是片古老的废墟。这片以土夯筑的城墙来于土地却高于土地，它漠然地匍匐于四野乡村之间，似乎又回复于土地了。如果你不注意去分辨或者不了解它的历史，你很容易把它误认为土地的自然隆起，但是，它的确是一座古城，在史书上它的名字叫作薛。

薛国故城位于鲁南平原的滕县境内。《滕县志》载:"薛国……周二十八里,盖古奚仲所封国,城则田文增筑。"面对这段贫瘠的文字我只能揣想被它掩盖了的繁华。我情愿相信那些美丽而离奇的传说,比起车祖奚仲和食客三千的孟尝君来,让我更感兴趣的倒是那位早夭于豆蔻年华的奇异公主和那个使薛城在顷刻间化为灰烬的怪物"祸"。

我下意识中竟觉得那纯洁无瑕的公主应该叫作雪儿。雪儿,我这样呼唤你,你该听见了?你骑一匹白马掠过空旷的平原,闪电一般倏忽而逝。你一袭长发流泻至今,你一支利箭射向杳杳无期的星辰。雪儿用生命的瞬间留下了永恒的背影,千百年来一直美目盼兮,气宇轩昂。痛失娇女的国王用奢侈的方法埋葬了雪儿,八个方向的八座坟墓给后代留下了几多疑惑几多迷狂。如果按一般的方法,国王以倾国之资为公主殉葬,八座坟是为迷惑那些觊觎金银财宝的人。我却不这么想,因为八座坟毕竟还是给了人们八种可能,国王不会这般简单,至少,他会用八座坟掩人耳目而另外为公主选择绝佳的安息之地。或许,做父亲的晓得女儿生性不愿拘谨,所以才给了雪儿这么多休歇的地方,让雪儿继续打马远行。这八座坟如今成了八个村庄,但它们冠以"堌堆"之名:刘堌堆、高堌堆、白堌堆……我只听说有的村庄从前还有一个高高的土丘,那就是雪儿的坟吗?还听说有个村子曾在"堌堆"里挖掘出一些碗盘之类的器皿,村人以其做红白喜事的器皿之用,但"文革"中,这些古董被"破四旧"的破掉了。

这八个"塪堆"曾引得历代目的不同的人前来寻宝，可所有的人都失望而归。这是雪儿跟人们开的玩笑吗？她用她的死捉弄了所有活着的人。其实，这本身就是一个悖论：也许那宝物确确实实存在着，但永远也不会被人找到——这莫如说宝物根本就是子虚乌有；如果人们只顾四处寻找那纯属子虚乌有的宝物——这又等于承认那宝物确确实实存在着。世上很多事不都是这样吗？有或无，永远都无法应验，人们只能屈从于模糊，屈从于懵懂。这也是一种明智吗？我曾觉得自己、他人，包括身边的一切：地球、太阳、宇宙，是不是都是另外一个人的梦？一旦他猛然醒来，所有的光怪陆离都会消失。所以，人的最佳状态就是处于混沌，如果陷入生死荣辱之外的冥想，就会趋入绝望。

人只能安慰自己，借最后一点幻想。雪儿是我登临古城时最后一点幻想。这位单纯的公主当然不会想到她的死其实意味着大薛国辉煌的终结，她悲痛的父亲竟然为此断送了一个国家。老国王接受了一个诸侯国的礼物"祸"（我只能很主观地猜成这个字）——这是一个吃铁吞金的怪物。老国王最初侍弄着这个可爱如猫的小家伙倒也暂时忘却了失女之痛。可"祸"却日渐长大，胃口也越来越大，老国王不得不以兵器盔甲填塞"祸"的巨口。三月后，那怪物已大比王宫。薛国王惊恐之间令人驱"祸"出城。然而城门太小，早有怨声的薛人拼命往外赶。谁料这怪物喷烟吐火，偌大一座城池顿时化为一片焦土，剩下的仅仅是那一圈悲哀的城墙。这一圈城墙围拢了一片骄傲，留下的却是一场悲凉。所有的鼎盛必以衰败的结局映衬方能遗世而立吗？像秦纳四海八荒终究还是破灭，像古罗马帝国占三洲之地还是不免消亡。也许盛极一时是必然，这世间原本就是盛衰剧变的轮回。可我还是悲哀。

因为薛国的强盛了无踪迹，史书无载，民间亦无口碑，即是终生处于废城中的村人也不会想到从前这座城池该是何等荣耀，连素有"善国"之称的滕也难与之比肩。这座曾拥有六万之家的战国古城内，如今散落着十二个村庄，那个叫皇殿岗的村子据说就处于当年的王宫位置。然而，无论如何你也找不到任何证明薛国强盛的痕迹，而且人们一向漠然于过往，很少有谁在意这座城缘何而筑、缘何而毁。他们心中从来没有有关薛国的骄傲或耻辱，这一城墙在他们眼里全然是土地的一部分，没有任何特别之处。所以古城墙上种满了庄稼，有的地方已因烧砖瓦窑夷为平地。本来就已颓败不堪的古城墙更加伤痕累累，它不再连贯，生活于其中的人似乎打通了很多通向外界的缺口……

不过，这片平原并未因此再度繁华，薛的辉煌随着那场大火熄灭了。骤然间的明亮之后一片黑暗，人们只能从秦汉的残砖断瓦摸索至唐宋的破陶碎瓷，从元明的动荡流离逃亡到大清的内患外辱，民国的枪炮声还响在远方，人们不经意已走到今天。这悠长的历史静如麦子的生长收割，一茬一茬的人终究没有收获祖先的荣耀，大平原依然平整如旧，只是那一段一段的城墙和一个一个的堌堆偶尔阻挡你的视线，它是在提醒也是在逼迫你——登上高地。

登上高地其实一点也不困难，登上高地其实也看不太远。这样的高地最早出现在我眼里时却委实让我惊异了一番。在大平原上疯惯的孩子远不知什么是障碍，所以在蒙蒙的雾里看见一道高高的墙，的确感到新鲜。那是我十岁的时候吧，生病的我从父亲那里第一次知道了薛国和"祸"的故事。我家离这座废城有十来里地，十三岁那年我有幸去废城里的一个村子读书一年，这时候，古城墙才真实地出现在我面前，只是我很容易就把它踩在脚下了，十三岁的孩子觉得自己很高很高。也是在那时，我第一次从老师那里知道孟尝君，知道毛遂，我开始为他们自豪，他们在小孩子眼里极易成为至尊至上的楷模。但是，我不清楚孟尝君和毛遂是何等的英雄，直至后来上中学、大学，我才明白养客的孟尝君无非是战国时一个很会利用人的贵族，他本身并无多少过人之处。要我看，孟尝君不过是利用钱财赚得了一世美名而已，他没有高标可言。至于毛遂的敢于自荐，也不过是一个人的胆量与勇气的爆发，他也没有留下什么。像这样的人在战国时期或可风光一时，但他的豪勇最终于事无补。如果让我评说，冯谖其实高于田婴（孟尝君），张仪要胜过毛遂。当然，我看的是他们的终极价值。

这块大平原（它是华北平原的一部分）几千年来也就出了这么两位名人奇士，从战国至今一直空白。这沉默的土地像冻结的湖面一样，平静得近乎入梦。有学者说，古徐州的中心就是这儿，但是后来它南移了。这样，这座废城就再也难以勃发，最后连"薛城"这个名字也被三十里外的另一市镇取走（原临城改称薛城），薛国故城终于丧失了仅有的一点虚荣。

但它的城墙还存在着，并且被人以全国重点文物的名义保护下来。人们开始以各种理由去挖掘和发挥祖先曾有或未曾有过的事迹，以赚取新的光彩和利益。我知道北辛文化遗址、前掌大墓葬群的珍贵文物（早至商周时期），已被陈列在现代化的博物馆内。我去看过新建的孟尝君陵和毛遂墓。现代气息似乎已吞没了青铜的锈斑和坟茔周围的仿古建筑，只明白门票面值的看门人在我眼里像是一个游戏人间的幽灵。很多人把灵魂抵押出去，再到别处收买更廉价的灵魂。这一块高地已很少有人登临了，大平原上矗立起很多高于城墙的楼房或水塔之类的水泥砖石建筑。

我的这块唯一的高地开始萎缩了吗？我想起十五岁时与文朋诗友组建雪飘飘文学社（这"雪"其实正出于我对薛的怀念）的情景，我在发刊词里那么慷慨地宣告："我们是雪，五彩缤纷的雪……我们要站在薛国古城上呐喊。也许，这喊声不能激荡长天；也许，这喊声不能让人听见——我们也要用赤诚的心做出卑微的贡献！"如今，那一群激昂少年已经长大。有的远走，有的高升，有的回到田间，有的徘徊在城市的喧嚣里，我则继续带着诗歌和梦想探寻。

古城墙这般沉寂是为了什么？我曾查找过地方志，尤其是抗日战争时期的历史，我发现这片土地没有留下哪怕一个流血牺牲的名字。如果作为补偿，值得欣慰的是这儿也没有出现过多大的坏人。这一片土地似乎安然地躲过了战争，远离了子弹和血光，人们就这样平安和顺地生活。这儿的人不偏不倚，不优秀也不恶劣。这就是幸福吗？这块平原不是生长传奇和壮烈的地方。吃惯了煎饼喝惯了糊涂的人已习惯了平淡无奇索然寡味，谁曾想过要改变什么？这块离孔孟之乡很近的地方竟然如此固守着夫子圣言不加怀疑，一举一动一言一行都那么畏畏缩缩唯唯诺诺。人们已不自觉地在血液里渗入了那种苟守成规安于现状的成分。几年之前又有专家学者把墨子论争给了这块平原：据说墨子故里就在故城东北十多里的地方。于是此地又成墨子圣地，人们又争相捕捉墨圣的光辉，树像建故居忙个不亦乐乎。我不否认这些做法的积极作用，我只是担心，这位小生产劳动者会不会把本来就不甚进步的人们带回那竹杖芒鞋的时代？大平原需要改变的是内在精神，大平原甚至需要危机，或许只有危机才能引发它积蕴了两千多年的潜能。

这块大平原属于谁？古城墙属于谁？在可登楼远眺的情况下我们是否还需要一块坚实的高地？至少从我的感情上，古城墙永是平原的一条脊梁，只有它才能背负起历史和未来的沉重。两千年前的那场雪融化了，露出的应该是现在。古人筑起的城墙仅剩遗骸，我们怎能不在心灵上为它留下一点位置。

然而，谁能理解它的沧桑？慕名而来的人见了它总是失望。它一点也不雄伟，甚至还有些寒酸。我曾颇有兴致地引了远方的朋友登临古城墙，他的轻佻和讪笑简直令我难以容忍，我从心里反感他的浅薄。他也写诗，难怪怎么也写不深刻。从那以后我们渐渐疏远，我们之间隔着这块唯一的高地。我还曾陪黑龙江的一个女孩登临古城墙。她一语未发，只是望着远方，这已足够。这位腿有残疾的朋友也写诗，她的诗具有城墙般的分量。

　　理解了古城墙也就在很大程度上理解了人生，这是有生命的一块高地，你怎能对它无动于衷？它存在于你的生命之前，也将存在于你的生命之后。你不可不看它，它的生命就是人类的延续，它是土地的精魂……

　　"一片辽阔的旷野中横亘着那连绵不断的高高的古城墙。它的脚下是荒石野蒿，它的身上长满了长长的枯草迎风而舞。站在城墙上迎风而立，满目苍凉。茫茫的宇宙唯有火红的夕阳挂于天际。前不见古人后不见来者，唯有你在此喟叹世之沧桑人之渺小——这是我的想象，是没见到古城墙之前通过你的言语想象的它。虽然没有说过，可在心里早已默许，有机会一定去看看它。可真的看到它时却非我所想，也不由得感到些许失望。它的周围它的上面是青青的麦，它的旁边的小路上是往来的行人，极目四望也是青的麦没叶的树和升烟的村舍。它已和周围融在了一起，安静、平和。唯有那黄土中的枯草在风中昭示它的久远，它曾有过的辉煌。我是站得高才看它很低吗？我真后悔没有站在它脚下，站在那壁立如削的一面去看它可能会是另一种感觉吧？回来之后，也不时地想起它。想象中的东西和它的真实面目总是有差距的。平常的事物一旦渗入了人的感情色彩就有了不同寻常的意义。你对古城墙的钟爱是不是也是这样呢？"

这是女友随我看过古城墙之后写来的信。诚如她所说，对古城墙的确渗入了我的感情色彩，正因如此，普普通通的土墙才在我眼里变得不同寻常。爱情不也如此吗？那次和她同上古城墙，实际是为了诀别。她第一次从她所在的城市来到我所在的乡村中学，我首先想的便是带她去看古城墙。我明白，她看了肯定失望。就像对我的失望一样。正如我预料的，她说，这就是城墙吗？这么矮。我无话可说，对即将消逝的爱情我更是无言以对。

所幸那次告别并未断送我们的爱情，反比以前更牢固了。我从心里感念古城墙，是它，给了我们一个重新审视对方的机会。

后来我又带了她去古城墙以北的一个沙塘，去看那两口古井和碎陶片。古井是人们挖沙时发现的，被泥沙淤死的井被剥除了原来的井壁，仿佛是用模具铸出了两根坚实的柱子。这就是井吗？它沉积了什么？我曾和一朋友在这片沙塘里挖取出一个庞大的瓷器，它造型奇特，让我难以命名。我们小心翼翼地把它搬回的途中，有很多人问：挖到了什么？里面有宝贝吗？

我回答他们：怎么没有，很多的泥沙！

我怎能不感到悲哀。我甚至担心有一天那仅剩的古城墙也会踪影全无。据说城后那个村子从前很穷，据说只有把村前的城墙挖光了这个村子才能富起来。现在这个村庄的确把村前的城墙"吃"掉了，这个杀鸡宰鸭的专业村，的确财运亨通了，可我从它腥气弥漫、污水四溢的街巷中走过，总觉得少了点什么。这个机器时代，民间的衰落尤其让人痛心。人们只顾追逐利益忘了歇息。往往只是一点小利小惠就出卖了这块平原。没有英雄的土地啊，沉默如万古洪荒。聒噪的是人群，他们忽略了这块平原上还有一块高地。

你知道吗？这块高度仅有五六米的高地，已没多少人能爬得上去了。

这唯一的一块高地，像我一样孤独。

原载《青年文学》2018 年第 8 期

人间走笔

葛小明

一

早晨七点，叶子上的露水准时消失，不留一丝痕迹，这种短暂的停留，让无数路过的事物过目即忘，好像一切都未曾发生，而春天离此还很远，人间已经从模糊开始变得清晰起来。

从宿舍到班车所在的文化路32号，也有很远的距离。这是一个小小的县城，因一座山而得名的县城注定处处充满了起伏，道路或高或低，炊烟或浓或淡，工作或顺或逆，影子爬坡的速度跟着坡度时快时慢。一路上，遇见的事物很多，露水是无法回避的。城里的露水跟山里的略有不同，它们喜欢趴在高高的法桐叶子上，很小的风，就能将它们摇曳到路人头顶。即使凋零，也要落入尘世之中，做一回人间的尘埃。

享受露水是一种短暂的过程，如果走得过急，甚至会忽略掉头发上的微弱变化，它们瞬间消失，了无痕迹。露水是最擅长感知世界的，它们懂得刹那即永恒的真理，一风一雨，一聚一散，新世界在不断重生。

会遇见匆匆赶路的蚂蚁。无须格外躲避，这个世上没有哪只蚂蚁会被无意的脚印踩死。蚂蚁的一生，都在收集地上的脚印，它们像人翻过大山一样，翻过一个个巨大的脚印，翻过无数个匆匆而去的背影。走过之后，才属于自己，蚂蚁深谙此道，所以我们看到的蚂蚁都是忙碌状态，它们急于重新创造这个世界。偶尔闲暇的时候，它们会拿这些脚印跟自己的对比一下，从状态和方向上来看，似乎没有什么不同。遇见行人，蚂蚁也不会慌张得不知所措，在它们看来，那不过是些移动的大树，命里同样有枯有荣，冷暖自知。

蚂蚁的记忆有几秒呢？蚂蚁的记忆或许极为短暂，走完这一步，下一步就会忘记之前的来由，会忘记为什么要奔波，蚂蚁的行走，更接近于一种本能。无须过问来由，走到哪里，哪里便是安身之处。在它们的眼里，每一条道路都是全新的，蚂蚁同样创造着这个世界。

路过一家全羊馆。时间尚早，吃大餐的人还在梦中，早起便看到了许多额外的片段。每天早上七点十分，都会有一辆灰白色的面包车停在全羊馆门口。司机事不关己地半躺在驾驶位上，一手叼着烟，一手玩弄着手机。烟有一部分通过车窗跑了出来，在人间盘旋几个来回后，瞬间融化在寂静的空气中，就像早上七点的露水，无影无踪。不一会儿，老板走了出来，简单寒暄，便自行打开后车门，开始处理里面的羊仔。

第一个动作是拉。先把羊仔从里面拉到车门边缘，这需要狠狠地用力，因为羊仔半绑着，非常不配合，它闻到了死亡的气息。第二个动作是抱。羊仔到车门口时，老板很熟练地把它抱了下车，这期间羊没有任何反应。可能所有生命都不会拒绝拥抱吧，短暂的温暖，有时候能融化巨大的事物。羊仔老老实实地躺在屠宰者的怀里，某个瞬间还以为那是母亲的温柔乡，差点睡过去。可是，时间太短暂了。第三个动作仍旧是拉。因为车门到屠宰房是有距离的，老板无法一个人把羊仔抱进去，便用手拉起来。羊的前后两腿分别绑着，无法自如地挣扎，但是它已经意识到接下来的事情了。反抗！反抗是最有力的回应，它首先大声叫了出来，那呼喊绝对不是"咩"，是救命，救命！这声音撕破了黎明的口子，撕破了羊仔一生保养好的嗓子，就是没有撕破老板的心。当然，也没有人见义勇为，离此最近的司机仍然在抽烟，手机上的画面换了一幅又一幅，他在重新创造着自己的世界。羊开始拒绝，它拼命地拉着老板，四蹄用力地踩在地上，它知道这是最后的挣扎了。那步子，是我这辈子见过最艰难的几步。羊仔的力和老板的力显然无法相提并论，就在他们相反的作用力之间，你会清楚地看到有一个微观的世界诞生，这个世界很短暂，这个世界里有眼泪，有喜悦，有盈利，有亏损，有物竞天择，也有大自然无力的慈悲。

死在黎明，或许格外悲壮一些。

那扇门打开了，很少有人看到过，食客们自然是看不到的，羊仔却看到了，这是第一次，也是最后一次，只是它没有蚂蚁一样短暂的记忆，它是带着恐慌进去的。对羊仔来说，老板轻轻地关上一扇门，这个世界就结束了。生活中无数的门，也是见不得人的，门里面的事情，尽由路人猜测，至于细节，多不为人知。或许是事情的酝酿，或许是生命的死亡，或许是重要的转折，总之不得而知了。

继续往前走，是三十秒的红绿灯，这并不稀奇，所有世界都有红绿灯。大自然的红灯在冬天，它们懂得红灯的暗示，也知道停下脚步的必要性。没有这短暂的驻足，将不会有后面精力充沛的行走。闯红灯的是少数，比如雪中绽放的腊梅，比如严冰之下偷偷产卵的河鱼，它们深知这背后的风险，但它们也给安静的世界增添了一份喜悦。绿灯的时候，世界热闹起来，草儿、花儿、人儿，在各自的行道上尽情地行走，绝不随意变道，他们懂得什么是长久之策。至于黄灯，已经被大多数人遗忘，人们要么走得过于匆忙，忽视了这一微弱的警告；要么又过于懈怠，杵在原地停滞不前，跟不上队伍了。落后不会挨打，但是会被追上来的蚂蚁吃掉影子，那个影子巨大。

人行道的对面是一个小超市，这个位置选得恰到好处，毕竟等红灯的人会多看它几眼。无论走不走进去，都会受到格外的关注，对小超市本身，这已经足够了。马路上的大多数停下来，车子，行人，匆匆赶路的心情，正在思索的事情，都被这三十秒限制。久违的天空，突然蓝了一下，为此时此刻抬头的众生。最干净的那片云掉了下来，只会落到更干净的灵魂身上。这个瞬间，世界干净，人间澄澈。

鸟也能打破红灯的限制。它们会轻蔑地将嘴在灯柱上蹭几下，交替着跺一跺爪，然后一溜烟就冲过去了。

鸟儿的红灯不在自己的规划里。它们的红灯是人们为之建立的，或者密密的细网，或者掺了农药的粮食，或者速度惊人的弹弓，总之这些红灯都有些危险，鸟的世界被这些红灯悄无声息地改变着。

二

遛狗的人多了起来，这个世上从不缺狗，缺的是与狗同行的人。有些狗由绳子拉着，有些狗由黎明拉着，对狗来说，这是全新的世界。哪怕昨天它们来过此地，但是昨天的绳子或者黎明，跟今天的略有不同。路过那个拐角时，昨天的太阳正好照到尾巴，而今天却照到了头顶，今天这狗头熠熠生辉起来。绳子的不同，在于昨天的狗和今天的不是同一只，昨天那只已然去往他处，此时此刻的狗，是全新的，陌生的，善变的。绳子硬朗，每天经历不同的落日和黎明，还要遭受无数次挣扎和牵引，在一场又一场的劫难中存活下来，实属不易。

人和其他东西毕竟不太一样，狗儿知道这个同行者，给自己食物，水，一个窝棚，每天几十分钟的自由，已经足够好。其他东西就不同了，比如那棵高大的树，既不能为自己挡风遮雨，也不能供自己吃食，遇到它还得绕开它。当然，树并非一无是处，狗儿喜欢在树的根部撒尿，酣畅淋漓地撒。人有时候也学狗，唯一的不同是，人得偷偷摸摸的，完事还得提一下裤子。不会对任何一个路人大吼大叫，早上遇见的人，跟平时来家里的，不一样。主人的呵斥也不一样，家里的呵斥是客套的，而路上的呵斥是真真的，路上不听话还要承担严重后果，狗儿知道。

另有一个同行者，在七点十五到七点二十五之间，会经常遇到他，他有好几个角色。在单位里，是我的同事，遇见会客气地称呼彼此。但是如果是在赶班车的路上遇见，他则是另一个角色。这时候，我们会无所不谈，包括其他同事的癖好，某个科室的小秘密，某个文件里的猫腻，甚至某处的房子里住着什么人，曾经发生过什么争执，等等，我们就像面对一位多年不见的老友，互相传递着平时不敢说出的秘密。人的角色经常会换，偶然同行时，警惕性往往最低，一则是同道之人，有一定的亲切感；二则同行只是暂时，很快便各往所去，无关痛痒，不会有很深的交集。

我们惬意地走在东去的路上，有时能够看到不小心交错在一起的影子，俨然一对多年失散的老友。我们都装作没有看见，毫无顾忌地行走，路过所有迎面而来的车辆，路过树上熟透而落的露水，路过其他人的纷纷扰扰。真相突然一一大白，世界干净无比。

但是一旦到了班车上，我们又装作很不熟的样子，各自寻找各自的位置，跟其他同事招呼几声，坐下，冷静地望着窗外。

他喜欢抽烟，一米开外，就能闻到那股浓浓的将军牌香烟的味道。他也会客气地拿出一根给其他同事，有时候也给我，虽然我从不抽烟。但我知道，那烟在那个时刻，他是真心想与我分享的，他也是在分享他的故事。生活中，看似多余的客套动作，一点都不多余，虽然我俩私下也曾对此嗤之以鼻。女同志大都习惯了烟味，因为周围的人都抽，避无可避，时间久了，也就喜欢上了。

烟雾渺小，从不同抽烟者的嘴中，一一散开，混入世间消失不见。但是那些运动的烟雾，并不会安安分分，它们也在进行着某种剧烈的反抗。如果仔细观察烟雾的轨迹，就会发现里面隐藏着不甘。它们不住地在空中盘旋，互相推挤，互相拉拢，一会升上去，一会又极力往下撒。它们路过车辆，路过工厂排出的巨烟，路过诗词中少见的袅袅炊烟，无论什么，都不能将之同化，即使掺和在一起，也要分出谁是谁，绝不能就这样沦为奴役。

烟雾在同事的头发上打了几个结，然后随着零下三度的风，一部分冻结，一部分升空，一部分与人融为一体，永不消失。烟雾有烟雾的选择。

三

单位所在地，处某省级名胜区，是一座以石头和松树为主的山脉，景色颇为秀丽，多年前就被开发成景区。对于每天进出的人，面孔最熟悉的就是山里的工作者，而坐班车，成为进山唯一的方式。走出小城不久，便驶入山区地带，一路颠簸，群山一一退后。青松小了，石头小了，一闪而过的车辆小了，越接近大自然，越会发现周遭一切事物的渺小。

大巴车以偏快的速度在群山中间穿梭着。窗外，熟悉的景色一一闪过，那棵村头的银杏树还在，好像又老了一些，树上的红绸子在冬风中飘扬得格外有力，好像在向游客招手，又好像在拒绝蓬头垢面的人群。

有一位庄稼人在河边洗衣服，跟几千年前浣洗的女子一样，她头上蒙了一块青灰色的布，手里的木杵不时地敲打着青石板上的衣服。那不仅是一家子的衣服，也是入冬以来沾满全身的晦气。有邻里的争吵，有生活的拮据，有儿子不理想的成绩，也有没有时常回娘家看看的不孝。她知道，要细心一点，用力一点，才能彻底让这身皮囊干净。只见她扬起的胳膊，非常有力，带起了一些水，溅到身后的土坡上。坡上有几棵草尝到了水的滋润，来年估计会长得更茂盛一些。而这一切，很快都被高速运转的班车，抛之身后了。

车上年纪大的女同事，想到了自己的往事。也曾在一条类似的水边，也曾在拼命地敲打着脏衣服，男人就在那个时候出现了。男人想这个女子一定擅长持家，看这架势，就适合过日子。不久一桩婚事，从水边诞生，那条河，也因此多了一个食尽人间烟火的名字，媳妇河。

媳妇河很长，班车一路与之平行而向，有些山水跟了过来。车身加重，速度开始慢了，这种慢是发自内心的，超然物外的。对于山水，车比人更懂得尊敬。车子小心地经过每一棵树，每一道山梁，车里的人和空气也跟着凝重起来。他们一齐向外张望，突然看到一个从未看到的世界。

再往前是一片水鸟的领地，当地人称之为白鹭的鸟，在水边代代繁衍。它们时而捕捉山上水库冲下来的鱼虾，时而对着陌生的游客长啸一番。水鸟是前几年来的，初来之时，得到了当地媒体的大肆报道，很多人不认识，远远地拍照，发到朋友圈，拿给亲戚看，好像发现了奇珍异鸟。后来，白鹭成为日常的事物，再没有人提起，看到梳妆的鸟，就像看到屋檐的麻雀一样自然。山水却不这样认为。白鹭的到来，打破了一汪碧水的宁静，冰封的水面瞬间就融化了，又一个全新的世界诞生。那些梳洗的姿势，足以让沉默的大山兴奋起来，好久没有如此美妙的身影投来，好久没有人来看透自己的心事。山水更加卖力地养育这一方世界，天空巨大，影子干净。

媳妇河有一项重要的工作——清洗水面的影子。群山和绿树影子干净，简单处理就完事，而路过的车辆和行人则不同。有些拉满欲望的车，有些心事重重的人群，经过媳妇河之后，水面变脏，寸步难行。山水能够养育多少人，就能够包容多少支离破碎的影子，它们忍受的，没有多少人知道。对于大地，只有影子干净，才能行走得有声有色，不为世界遗忘。许多不净的影子，也会风光一时，搞得世界风生水起，但是那迟早要散去的，毕竟黑夜无穷无边。

清洗过的影子，变得很轻，随便跑几步，便能很快追上来人。

一路无话，山水尽在行走中起伏不定。

山水的起伏，有一个很重要的原因，便是成就影子的婀娜。游人一一登顶，影子映进水中，群山跟着卧倒。且做一会沐浴者，道几句今夕何夕。

四

有些风从外面吹进来，里面的世界开始运动起来。能清楚地看到，尘埃躁动不安，它们不安于现状，屋内狭小的空间在风的介入后，显得越发拥挤了。尘埃有自己的野心，它们要冲出去，要自由，要干一番轰轰烈烈的事业。它们亦深知，如果只是简单地冲出去，就显得过于狼狈，好像逃亡，要想个法子，光明正大地出去，甚至要让全世界知道为好。于是，它们找到了地面的散碎的棉絮，确切地说，是另一组尘埃。那些尘埃是从外面向屋内进发时，慢慢形成的。纱窗缝隙小，且有油渍，尘埃挤进来的时候，会被迫粘在一起，越聚越大，很快就成形了。后来，落到屋子的角落里，无人问津，即使有人打扫，也清理不到，数个年月后，它们愈发强大，无论是数量上，还是野心上。

屋内的新尘埃，终于决定要跟那些旧尘埃一道，走出去。它们不约而同地抱在一起，从某个不起眼的角落，跳到人间最显眼的位置。当你看到它们，会不由自主地去清理。它们很轻，扫帚一凑过去，便粘住了，在扫帚的带动下，它们开始了新一轮的躁动。出去是自然的，但也有留下点什么，扫帚摆动几下，棉絮便跟着虚晃几下，动来动去，就是不肯顺利地进拖斗。索性使劲抖一抖扫帚，棉絮掉留下来，在拖斗二十公分之外，停住不动了。继续摆动扫帚，它们就粘到上面，死也不下来。经过几轮努力，终于安稳地进了拖斗。被抬着扛着，去了新的世界。

那些尘埃最终去了哪里，无人知晓。

办公桌上的中性笔，也是不断行走的。有时它在思考者的手中晃来晃去，有时被摁在纸上画个不停，有时也被愤怒的拍案声吓得魂不守舍，反正停不下来。在一次隆重的大会上，笔帽离笔杆而去，再无踪影。那是一次空前的会议，究竟"沙场"的老领导都有点紧张，握在手里的笔有些颤抖，当闪光灯的光线挤进眼睛时，他惊了一下，笔就从案上掉了下去。

这一路可谓惊心动魄，掷地有声。经过一秒钟的滑翔，啪的一声，落了下去，那个声音格外刺耳，当然除了老领导，其他人并不这么觉得。老领导慌乱地低下身，摸那只笔，因为没有它在手里，会感觉少了重要的东西。他在地上摸来摸去，五个指头上都粘满了灰，也没有摸到那只笔。终于，他离开座位，蹲了下来。看到了，看到了，那笔跑到邻座的脚下了。邻座是下属，平时对自己倒是毕恭毕敬，但是这次自己竟然在他面前弯腰，真是有点窘迫。就这样，笔走了一程后，回到手里，只是笔帽却不知去了何处。从此以后，这支笔便获得了新生，它开始创造它的世界了。

所谓创造，都是在运动中进行的。这笔回到自己屋里，开始兴奋地动起来，尤其没人的时候。它喜欢跳到书页上，滚来滚去。没了笔帽的枷锁，行动自如多了。那些平时严肃的文字和签名，在此刻显得那么不协调，它滚来滚去，滚来滚去，从造字文化，到中庸之道，再到一纸合同的落成。总之，有需要文字的地方，就得有行走的笔。有一次，因为兴奋过头，没有注意到主人的到来，滚到了地面上。啪的一声，让主人想到了什么。

他弯腰捡了起来，习惯性地在纸上划了划，嗯，没坏，还能写字。可是为什么纸上那几道凌乱的线那么刺眼呢，仿佛是被刀劈过一样，是伤口，是窘迫，是不齿！他做了一个艰难的决定，这决定比平时任何一个都难，扔掉那只笔。匆匆跑了出去，扔到门口的垃圾桶里，回坐到自己的座位上，踏实多了。而他刚刚走的这路，和那些突围出去的尘埃，是同一条。

五

往来于各个局室，办公室的公文被一一传送，那些化了妆的白纸，在途中慢慢蜕变。路过上漆的木门，路过褪色的柏油路，路过庭院的深深草木，路过匆匆赶路的蚂蚁，路过不同的面孔和语言，在一次次"交涉"过程中，纸上的字越来越深，越来越有力，好像要从背面冲出来。

好在有不同的签名摁住，那些跃跃欲试的文字，终究在一场交换过程中变得安分。几轮下来，它们回到档案室，分类、记录、备案、封存。过程像酿酒，一切办妥后，就得老老实实地待在角落里，动弹不得了。但是一生都在行走的事物，不会因为什么彻底停下来，那些文字，躺在白纸上，锁在厨子里，以另一种方式潜移默化地改变着这个世界。它们知道，总有一天，还会再出来。

送公文的时候，不能走得太慢，慢了会耽误事情，也会让一些人等得局促不安；也不能走得太快，快了后面失落的影子跟不上，人啊，跟地上的蚂蚁一样，行色匆匆，影子时常丢失。失去影子，走不远的。

每一个科室的领导，为了表示不同，喜欢用一些不同寻常的笔，签名也各有千秋，有的喜欢稍微挽一下袖子，有的喜欢侧一侧身子，有人则喜欢叼着烟，边抽边看，然后匆匆几笔，呼啸而去。但是，那些笔在文件上划出的沙沙声，却又那么相似，如果闭上眼睛，便很难分辨得出谁是谁了。笔尖就像路上的行人，匆匆地划过每一张纸，那些痕迹，或深或浅，或明或暗，总之在一下停顿之后，已瞬间黯淡，它们会不会疼？会不会有些不情不愿？我无从得知。

阳光已经开始后退。我看到那些透过纱窗钻进来的阳光，无力地射穿每一张纸，墨迹仿佛要与白纸脱离，影影绰绰，挣扎了起来。刚刚还在纸上得意扬扬的笔，此时老老实实躺在角落，一言不发。仔细看，会发现它的影子病恹恹的，渐渐地与屋子里其他的影子融为一体，再难厘清。相比之下，公文上留白的地方，却显得明亮异常。

总之，影子不是可有可无的。

从出生后记忆最深的那个夜晚起，我便明白这个道理。那个夜里，母亲因为父亲的酒话，匆匆离家，同时带走了家里新买的一瓶农药。父亲慌了，平时沉默寡言的他，终于甩开了步子，匆匆跑上街，询问了任何母亲可能去的亲戚和邻居，无果。于是，更多的亲戚加入到了搜寻母亲的行列。月亮很亮，人们的影子比地上的任何一个影子都要厚重，他们急速地匍匐，从村里到村外，再到周围的田里地里，很难找啊，黑夜是个巨大的影子，轻轻松松就藏好了一切，而母亲也在其中。我第一次感到无助，我拼命地喊着"娘""娘""娘"，来不及看任何其他的事物，黑暗里，找到母亲，便能获得光明。找到她时，她正坐在我家地的最头上，手里握着药瓶，她很平静地说了一句，来干什么，大晚上的也不怕别人笑话。我和父亲都没有拥抱她，在农村，拥抱是件近乎不可能的事，但是我们都拥抱了那个巨大的黑夜，那时候，我们三人的影子是交织在一起的，它短时间内静止了下来。

行走的时候，大地上的道路也在行走，它们身形巨大却动于无形，它们懂得什么叫暗流涌动，更懂得动里藏拙。这么多年，山在长，水在涨，一切影子都在变化，停不下来的人间呀。

下班回去的时候，群山后退，夕阳满路，就连平日不起眼的班车，也一下子闪耀起来。这一路，风风光光，每一次车轮的转动都格外有力。车内的人和下班的夕阳一道，越来越安静，越来越遥远，终于消失在世界尽头。

原载《作品》2018 年第 8 期

夏日睡方还少年

时培京

　　午间小睡，古人称之为午枕、午梦、昼寝等。王安石《午枕》《悟真院》诗云："午枕花前簟欲流，日催红影上帘钩。窥人鸟鸣悠扬梦，隔水山供宛转愁。""午窗残梦鸟相呼""细书妨老眼，长簟惬昏眠。依簟且一息，抛书还少年。"于午睡，王安石"老夫聊发少年狂"。

　　看来"暧昧斜卧日曛腰，一觉闲眠百病消"（白居易），"不觅仙方觅睡方"（陆游）丝毫不谬。睡方是克服昏然困乏、养精蓄锐的怡情享受，提高工作效率的有效举措。堪比仙方，"百病消"，岂不是长生不老？实乃养生妙方，王安石"且一息"之后"还少年"。

　　夏日昼长夜短，午睡能消除疲劳，养心养目，收神守心，有益健康。古人有许多吟咏午睡的诗歌。白居易曾在《食后》中写道："食罢一觉睡，起来两瓯茶。"年老饮食清淡，注意午睡，"且昼两疏食，日中一闲眠"，"便是了一日，如此已三年"。"暑风微变候，昼刻渐加数……不作午时眠，日长安可度？""知足保和"，白居易享年七十五岁。

"午梦觉来闻鸟语，歌眠似听朝鸡早"，午睡带来宁静心境，人与自然融为一体。"寿星诗翁"陆游"相对蒲团睡味长，主人与客两相忘。须臾客去主人睡，一半西窗无夕阳。""午梦初回理旧琴，竹炉重炷海南沉。"主客对榻，相忘相安，浑我无知。宋朝僧人有规诗云："读书已觉眉棱重，就枕方欣骨节和。睡起不知天早晚，西窗残日已无多。"把读书和午睡结合起来，张弛有度，符合养生之术。苏东坡写道："日长惟有睡相宜，半脱纱中落纨扇。"刘伯温说："如何一岁三春景，不及闲窗午梦长。"李渔在《闲情偶寄》谈养生之诀，"午睡之乐，倍于黄昏，三时皆所不宜，而独宜于长夏"，他主张在白昼特长气温特高的夏天午睡，并咏诗"吾在此静睡，起来常过午。便活七十岁，止当三十五"。陈迦陵则在词中说"小院日长惟好睡"，"饱饭风前贪美睡"。

古代文人雅士似乎大多有午睡的习惯。唐李建勋的"睡方"令人拍案叫绝：绝郊游之乐，享午睡之趣。其诗云："他皆携手寻芳去，我独关门好静眠；唯有杨花似相觅，因风时复到床前。"午睡成癖好，谁能惊扰。杨花似乎也想午睡了，趁着风来与我相就，杨花与诗人两相知了，都是喜静不好动的。年年岁岁一床书，读书倦罢午睡去。杨花最能解人意，投怀送抱总怨风。

最为著名的午睡诗当推宋人蔡确的《夏日登车盖亭》。诗人以书催眠，醒后不仅精神爽快，而且备感环境宜人。此法凡读书人多有体会，堪称最雅致的午睡术。"纸屏石枕竹方床，手倦抛书午梦长。睡觉莞然成独笑，数声渔笛在沧浪。"诵读诗卷双目微饧，随遇而安卧，枕石入梦；醒来之时，声声渔笛入耳。境界幽邃，情致高雅，脱略形骸，道出了午睡乐之妙谛。

杨万里《闲居初夏午睡起（其一）》："梅子留酸软齿牙，芭蕉分绿与窗纱。日长睡起无情思，闲看儿童捉柳花。"《闲居初夏午睡起（其二）》："松阴一架半弓苔，偶欲看书又懒开。戏掬清泉洒蕉叶，儿童误认雨声来。"杨号"诚斋"，"正心诚意"，其所创作平易自然、清新活泼的诗体，时人号为"诚斋体"。他善于敏锐地发现与迅速地把握自然万物和日常生活中常人难以发现的或容易忽视的富有情趣与美感的景象，注重于景物的描写中融入自我。师法自然，白描出新意，想象新奇、语言通俗、风格圆活。试以以上诗作意译：梅子"酸软齿牙"，睡意袭人，于是梦为绿色，也只有芭蕉的绿与窗纱绿。妙在诗人睡起闲情偶寄，没有什么好做的，就看儿童捕捉柳絮吧。着笔妙而轻，看似无意却有意。那种闲适态和懒散状好一幅《逸致观絮图》。

周密在《齐东野语》"睡"条里曾经说到昼寝：杜牧有睡癖，夏侯隐号睡仙，而他自己也"习懒成癖"，必须午睡。他还提到一个叫作有规的和尚："睡起不知天早晚，西窗残日亦无多"，睡瘾甚大，一睡就是大半天。还叫什么有规——中规中矩，简直是无法无天——有酒肉和尚也有"睡和尚"。佛门有此"睡德"高僧，可谓真性情。

吕荣阳闲卧竹床，"考看文书兴易阑，谁知养病不如闲；竹床瓦枕虚堂上，卧看江南雨后山"。午睡无他念，淡泊明志宁静致远。再看诸葛亮"草堂春睡足，窗外日迟迟"，"睡足"了无人相请，"日迟迟"志不得酬，哪有心思卧看牛郎织女星，唯恐"年与时驰，意与日去，遂成枯落，多不接世，悲守穷庐，将复何及！"刘备三顾茅庐最后一次偶遇诸葛亮午睡。睡足了的诸葛亮醒来口念："大梦谁先觉？……"吟诗毕，第一句问话就是："有俗客来否？"照我看来卧着的诸葛亮才是俗客，大俗客，诗是俗诗。丘处机的词《无俗念》他是怎么样都比不上的。

夏日午睡，调节精神，焚香消午睡更佳。李笠翁说：夏日午睡，犹如饥之得食，渴之得饮，养生之计，未有善于此者。"饱食缓行初睡觉，一瓯新茗侍儿煎。脱巾斜倚绳床坐，风送水声到耳边。"这是诗人丁崖州的闲情。

诗人还写到午睡起来的情景，也充满了情趣。如苏轼的"觉来身世都是梦，坐久枕痕犹著面"，细腻逼真。杨万里"日长睡起无情思，闲看儿童捉柳花"，赤子童心；陆游"坐睡觉来无一事，满窗晴日看蚕生"，恬淡闲适。不知有无"流氓成性"裸睡的，宜裸睡，想必午起惊世骇俗。

梁章钜以为午睡使人头昏脑涨，而以"博弈"消磨时间。本不喜下棋的他，为了"消炎暑，却午眠"下起棋并以诗志之：“老来博弈岂荒湛，饱食真嫌不用心。藉免出门憧扰扰，犹胜午枕梦沉沉。”

原载《光明日报》2018 年 8 月 3 日

路被鞋子磨亮

周蓬桦

霞光在树梢上升起，像新鲜又好看的绸缎，水汽从地下冒出来，制造着好闻的气息——这是一片银塔结构的森林，和自然界的森林一样。到处湿漉漉的，草尖上挂满了露珠，被鞋子踢落。三十多年前，他做了工厂里的安全员。从那一刻起，他开始了一个人在白天游走、在深夜巡逻的漫长生涯。

安全员的一天，是用脚步丈量的一天，岁月在增，四季在轮回，鞋子磨穿了一双又一双，而厂区的路面依然坚硬。那些路被他的鞋子磨得又光又亮，在深黑的夜里听得懂他的心事。

空气凛冽，风呜呜作响。巡检，防火，一双鹰隼的眼，及时发现隐患，他给每一道装置都取了名字，作下标记，刻入脑海。美丽的编号从零开始，抵达未知与无限。

那时候他还小，刚刚从父亲手里接过安全员的接力棒，头一天，父亲带着他逛遍了整个厂区，手把手地传授技艺，眼力和心力。父亲表情严肃，平时脾气很火爆，像山一样沉默寡言，但那一天却滔滔不绝地对他说了那么多，那么多。成千上万的话语在父亲严肃的表情里融化。

开始，他认真地听着父亲的唠叨，甚至极力压抑着内心的兴奋，——他为一个即将到来的事实而兴奋：从这一刻起，他长大了，成了一名骄傲的石化工人。他原本在一个山村的林子里出生，在林子里长大，对山上的一切都是那么熟悉，然而，当一座工厂的安危系于他一个人时，沉重感爬上了心头。整整一天结束了，夕阳收工，上夜班的工友仍然忙碌穿梭，塔林披上了庄重的夜色，他开始了夜间巡逻。

多少年过去，他已经成长为一名不折不扣的汉子，他的本领过人，在月光下可以发现一颗松动的螺丝钉。长年的劳作让他体魄强健，他一顿饭吃下十张麦子面的煎饼，喝三碗野菜粉丝胡辣汤，再吃半盆猪下货和一碗辣椒酱。时常，他正吃着饭，当听到了异常的响声，他抓起三只大包子就朝装置区跑去。

他能用眼睛看出塔林的微小变化，耳朵能分辨出风声、鸟声和锯声，他能从百里之外闻到山火的气味。

时常，他用一只手转动石磨像转动岁月的唱片，更多的路面被他的鞋子磨亮。

后来，他搬进了一座山上屋，那里的安静可以听到风吹树叶的响声和泉水流淌的声音；伸出缺乏钙质的手掌，摸一摸树身上的疤痕和泪痕，他要抱住一棵最粗壮的树，贴上滚烫的脸颊，听一听树的心脏在怎样别别地跳动，感应着岁月的沧桑、年轮的滚动和青草的呼吸。

深夜，他举着灯盏，沿着石磨亮的路面，一棵树一棵树地寻找，每一棵银塔树都在讲述一个长长的故事；每一棵银塔树的身上，都隐藏着一个神秘的洞穴。

　　他太知道一个安全员的孤独与寂寞，一个人守着装置，一待就是一生。

　　秋天，山上的野果挂满枝头，怎么吃都吃不完，山上不知名的花朵和植物美到了极致，它们在风中张开嘴巴，似乎想说什么，他把脸贴上去聆听，聆听，听了半天才知道它们都不能发出声音。它们永远说不出人的语言。那一年，他对五岁的儿子说：儿子，你知道一个人在深夜转悠，需要和另一个人说说话，拉拉家常，在黄昏、在泉边、在每一株寂寞的山楂树下——树寂寞了还会开花结果，鸟寂寞了会在枝头歌唱，人寂寞了却只能默默忍受。

　　那时候，儿子还太小，只知道快乐与玩耍，即便玩耍时不小心被石块绊倒，磕破了额头，也只是哇哇地哭几声，然后又继续他的快乐与玩耍。白天他手持弹弓追赶麻雀，夜晚怀抱木枪含笑睡眠。儿子，你快乐地朝前跑去，还不懂得一生的含义。一生就是一辈子，而人，只活一个一生。死亡如灯灭，人不会有第二个人生。

　　在这幢孤独的屋子里，凝聚着几代石油人的魂魄和气息，它们穿越时空，化作了山的影子和树的形象，给他的肉体注入能量，在无数风雨交加的天气，护佑设备歌唱，装置平安。

原载《文艺报》2018 年 8 月 6 日

水墨繁华

苏雪依

　　站立在《玉龙雪山》前。粗拙的线条勾出崇山的峻拔，峻拔之上是圣洁。伫立久了，会觉得冷，仿佛那无与伦比的气势，穿越纸背横亘头顶。而后，你会变成一片雪花，在无垠的时空里飘。飘至《江峡泛舟》前，你又觉得成了御风而行的舟中人，群山倏忽，银瀑飞溅，高峡浅浪，蔚为大观。就这样，在现实与意境中恍惚，在色彩与感念中迷幻。

　　印象里，名字中有"石"的，一般都比较有个性，比如孙大石。到了孙大石美术馆，先生在入口处迎候着来人，他嘴唇紧抿，鼻梁高挺，目光炯炯——他的雕像如同他的画，风骨铮铮。雕像后面是他的"自白"："我读了无字天书，上了社会大学，拜了造化为师，画了自我之画，白手起家乎？孤军奋战乎？"

　　这是孙大石一生的写照。不过，虽是"白手起家"，他的画却实实搅动了画坛。27岁时，他拿着一幅速写给丰子恺看，丰子恺端详半天，发出赞叹："大家在精神，名家在气象，骨性天成，各行其是，此帧骨格昂然，堪称佳作！"李苦禅曾在孙大石的《江帆风顺图》上挥笔题道："师自然即师造化。上帝造万物，画家亦能造万物，画自家画，即开辟自家蹊径也。"在画中，他就是上帝，纵横恣肆，无所不往。凭了自身的灵气和勤奋，他以一支画笔叩开国门，走向世界。

对于先生的热爱，使我对他的家乡有了深刻的印象。高唐历史悠久，人文色彩浓郁，被齐威王视为国宝的田盼、三国名臣华歆、《水浒》中的小旋风柴进都与高唐有关。还有一位人物，比孙大石早出生20年的写意画大师李苦禅也出生于此。天地造化，两人的村子相距不过十里。

二人的人生轨迹产生了奇妙的错落和纠缠。当孙大石拿着树枝画下云雀时，李苦禅已走出李奇村，在北平的国立艺专学习，并趁空去老师齐白石家学画，晚上还要别着防身的七节鞭拉人力车，为自己挣一份生活费用。孙大石握起画笔时，恰逢抗战爆发，他投笔从戎，战斗间隙画下大量速写。而李苦禅也拒绝了担任伪公职的邀请，参与地下抗战活动，直到被日伪抓走。铮铮铁骨表现在他们极为相似的绘画观上。孙大石说："绘画到了最后，就是思想感情的发泄和人格的较量。"李苦禅认为："人，必先有人格，然后才有画格；人无品格，下笔无方。"

这样两个有着奇妙因缘的人迟早会相遇的，尽管这相遇来得有点儿晚。

1982 年的金秋，黄叶如蝶，北京李苦禅的寓所，两位大师的手紧紧地握在了一起，他们悠远而宁静的目光中都泛着微澜。彼此自然谈到了故乡，谈到离家后的雨雪风霜。马颊河还在日夜喧鸣？鱼丘湖或还波光荡漾？那棵 700 年的老桑依然结着甜美的果实？故乡对一个游子来说，是一生的情感羁绊。此后的相聚里，他们或许曾相约回故乡。可惜的是，次年 6 月，李苦禅因病离世。孙大石慨叹不已，岁月不饶人，他不能再等了，于是有些迫切携眷回到了高唐。

高唐张开双臂迎接这位少小离家的老人，为他建了美术馆，后来又为他建了纪念馆。漂泊已久的游子是带着全部积蓄而来的，他用这积蓄修建了希望小学，在高唐一中设立了奖学金。

孙大石美术馆就坐落在鱼丘湖东畔。老人画累了，便踱出那座古朴的庭院，到岸边散散步，吹一吹清润的湖风。湖的南岸，是李苦禅纪念馆。纪念馆中，我看到冷峭的岩石上，一只雄鹰兀立，目光机敏而锐利，身畔是呼啸的长风。画境其实就是心境。馆内有一幅占了整面墙的夏日荷花图，荷叶田田，流水潺潺，红莲炽烈，几只水鸟各成姿态，笔力漫漶出夏的盛大与风华。

两位老人终于在家乡遥遥相视了。

大师的艺术无声地浸染着这块沃土。越来越多的人在他们的根系旁茁茁然而出。谁能想到，这里的书协美协会员众多，达到县级展出水平的就有 5000 人。李奇村有 900 人，其中能写会画的就有一百多人。

高唐不忘锦上添花，建起了书画一条街和书画研究院。除两位大师的美术馆外，还建了四座名家展馆，每年都会举办书画博览会。文化之树根深叶茂，郁郁成林，繁华了这片土地。两位大师若有知，定会露出欣慰的笑容。

原载《光明日报》2018 年 8 月 31 日

村庄周围

孙继泉

插在地里的一张锨

一张锨插在地里再正常不过，再合适不过。锨还会插在哪里呢？城市坚硬的地面上插不进一张锨。如果硬把一张锨竖在城市里贴了马赛克的楼墙上、广场铺了红色花岗石的台阶上、高速公路漆了颜色的栏杆上，都会让一张锨感到尴尬。锨是属于土地的。你看，一张锨直直地插在地里，它是多么威武。问题是该有一个人——高个儿，黑脸膛，穿着朴素，满手老茧。他握住锨把，很轻松地把铁锨踩进地里，然后把土翻出，扬起，挥洒自如。或者他这会儿没有剜地，他把锨插在那里，在地头上蹲着吸烟。一会儿又站起来，四处张望。然而没有。地里没人。只有插在地里的一张锨。

地有半亩左右，差不多叫一个人翻完了。现在，没翻的地还有一张席子大小，不，还大一点，有半间屋子大小。土是黄色，略微泛黑，含沙，这是一块好地，值得让人精心侍弄。翻过的地暄软平坦，像铺好的新床。剜地的是个很细心的人，他把剜出的一锨新土放下，又翻过锨头用锨背拍一下，把大块的土拍碎。地里有不知怎么混进去的石头，他把石头捏起，在锨把上敲两下，接着把它扔到地头上。地头上有一小堆被剔出来的石头，石头上粘着新鲜的泥土。但是，人呢？

他去岭下的沟里解手？也许，他牵了一只羊出来，肩上扛着锨，手里牵着羊出来，他剜地，羊吃草。他剜地剜得很专注，把羊给忘了。鲜嫩的草把羊引走了。他转身不见了羊。他去寻找。还有一种可能：他早上提了一壶开水出来，打算把这块地一口气翻完，后来，水喝光了。他口渴（他出了不少汗呢），回村提开水去了，又被家里的一件什么事给牵扯住……

我刚从村里出来。村里静悄悄的。几座崭新的平房夹杂在老屋中间，像用不同花纹的新布补上了村庄的一个个破洞，四周还留着歪歪扭扭的针脚。要过好长时间，这块"新补丁"才能和村子一个颜色。一个妇女推着一辆三轮车卖菜，沿路叫喊："谁买萝卜土豆芹菜菜花辣椒蒜苗葱……"一个老人赶着四只羊回家，一只母羊、三只羊羔。羊羔出生不久，走路还有些蹒跚。一只羊羔的头和左前蹄是黑的，其余都是白的，看上去有些滑稽，它自己可能浑然不觉。一个没有院墙的院子里，一头牛在树下默默站立。一头光鲜幼嫩的牛犊在母亲腹下蹭来蹭去。我从这儿经过的时候，牛粗着嗓子低沉地哞叫了一声。谁家敞开的屋门里，可能正熟睡着一个婴儿。草垛旁边，拱出一棵榆树或者楝子。这些幼小的生命，在和煦的阳光下，开始了漫长艰辛的成长。每一个生命的诞生和生长，都使村庄不知不觉中改变着模样。

没有一个人从村里走过来。

我握住了插在地里的这张锨。

这张锨的锨把是用杨木做的。双手抓握的地方，木纹非常清晰。随着一次次的舞动，锨把会磨得越来越细，上面的木纹也会随时发生变化，只是它的主人不会注意它，他注意的是地里的庄稼。锨头是一位有名的铁匠打制的，上部砸着一个方形的钢印，这是那个匠人的印章，印章上只刻着他的姓。

这张锨的主人习惯把左手放在上边，右手放在下边，用右脚踏锨，右边的锨棱被踏磨得锃亮。那个人和我个头儿差不多，剜地的架势也一样，锨在我手里特别顺手。只是我觉得这件活儿的确费力。地里的哪一样活儿你都别想偷懒。地上撒了一层薄薄的粪土，是为地施的底肥。粪土对庄稼最好。地面上长了密密的幼小的野菜，叶子有圆形的，有长条状的，有锯齿状的，四面的叶子都平铺在地上，像别在地上的一朵朵小花。翻完这片地，这些"花"就见不到了，未免有些可惜。从地里我翻出几个上茬植物的枯根，仔细辨认了一下，我确定它们是芝麻。我还翻出几片塑料纸，不知是哪茬蔬菜的覆膜留在地里。土地很难消化这样的东西。我把塑料纸捡出，和地头上那一小堆石头放在一起。记得小时候剜地，剜不出塑料纸什么的，倒是经常剜出蛐蟮，蛐蟮无声地在土里扭动，又一锨土把它盖住。

地翻完之后，我把锨插好，站在地头上休息，想那个人会在这块地上种什么。是一片芹菜还是几架黄瓜。左边是几畦油菜，右边是刚刚培好的土垄，像是种土豆用的。一个月后，我再从这儿经过的时候，地里该是满目青绿了，或许还会开出黄色的紫色的白色的花。

只是，直到我离开这块地的时候，也没有见到那个人。只有一张锨插在地里，等它的主人。

旷野里相遇的两个男人

我们离得已经很近了，我才看见他。原先是一条高出地面的废弃的石渠把他挡住了。他微微地低着头，眼睛似乎只看着路面。两只手都空着，随着走路的节奏前后摆动，看上去很自然，也很协调。不像我，两只手轮流插进兜里、抱在胸前或者背在身后，好像怎么放都不是很合适。他留着短发，这样显得很有精神。他的年龄在三十五到四十岁之间，也是正有精神的时候。只是穿的不好。我想他一定有一身满意而又合体的服装，在家里放着，平时不穿，平时他得劳动。他这个年纪，眼神、听力都很好，也爱谈吐，脑子活络。我也是这样。我想这样的两个男人在旷野里偶然相遇，总该停下来说说话，说说各自一路上看到的东西，想到的事情，或者其他。若谈得高兴，他可能从兜里掏出烟来，送到嘴里吸，也许习惯地递给我一支，我不会吸，但还是接了，吸了，直呛得咳嗽。

然而没有。两个男人默默地擦肩而过。在擦肩的那一霎，还各自缩了缩靠近对方的那只胳膊。相互都没有对视一下。走了一段路，我回头看了看他，他头也没回地往前走。他走得比我快些。前边正有一件事情等着他去做。

无论你觉得可惜还是不可惜，记住或者即刻忘掉，这都可能是两个人一生中唯一的一次相遇。

我们相遇的地方离四周的村庄都很远。我们相向而走的这条窄窄的小路正傍着一条长满荒草的石渠。两边都是麦子。麦子已经抽穗，整个田野里荡着一股鲜气。石渠下，一片地黄顶着喇叭状的花朵，几棵蒲公英擎着一球白绒绒的种子。在我离开这里的时候，地黄的花朵就会凋谢，蒲公英的种子会随风飘散。前方有一溜被堆好拍平的粪肥，粪肥堆上野生着一棵南瓜。南瓜枝蔓粗壮，叶片肥大，一片叶子的后面，生出一朵娇艳的黄花，下次再来，它该结出一个惹人爱怜的小瓜了。被一片野火烧得焦黑的土埂上，钻出一丛嫩绿的茅草，不久，茅草密密的叶条就将地面盖住，遮住野火留下的痕迹。

放蜂人

枣花使整个四月充满芬芳和甜蜜。

枣花飘香的时候，正是麦收季节。田野里晃动着一些戴着草帽收麦的人。还有一些戴着草帽以另一种方式忙碌的人，他们就是放蜂人。

从邹城东部直到沂蒙山余脉的城前镇，这条浩浩百里枣林带上活跃着多少放蜂人啊？几十米一个，上百米一个，谁也没数过到底有多少个。

……我不知道他的名字，我也不曾与他攀谈。我见到他的时候，他正拾掇着装车。蜂箱、帆布帐篷、拆开的床、蜂窝煤炉、钢精锅、洗脸盆、塑料桶、暖壶、马扎、杌子、臼子、旧被子、破自行车……正当枣花流蜜的时候，他为什么回家？枣花过后，还有景芝花，更有丘陵地带数不尽的杂花。而且，出来一趟又是多么地不容易。一定是一件突发的事情让他回返，而且必须回返。家中老人死了？孩子病了？还是他遭了当地人的欺负？我不知道，也没有问。

旁边的一棵枣树上，挂着他的两件衣服，衣服大概是早晨洗出来的，这会儿还没干。也许临上车的时候他才把它们收起，这会儿他把它们忘记了。我手扶自行车看他把一件件东西往车上装。我想他会很快把车装完，我想目送他离开。如果他忘了收他的衣服，我就提醒他一下。但是他半天也没有把车装好。他有意磨蹭？还是一边装车一边琢磨什么事情？或许他在等着一个人从附近过来，了结一件与他有关的事情。我走的时候，他还没有装完车。

我没问他为什么走。我想十有八九是件不愉快的事情使他离开，而这类令人伤心的事情是不希望别人触碰的。

一只喜鹊

我是在一个被污染的河湾处遇上那只喜鹊的。当时我顺着堤路向前走，一边看着苦菜和地黄开出的黄的、白的、红的花朵，它在小河的那边，从一棵杨树飞到另一棵杨树，跟着我往前走。后来我走进了麦地里。让我惊讶的是它还在跟着我。我走的是麦地中间的一条小路，麦地的左边是一溜水泥杆擎着的电线，右边是一排杨树长在拐过来的河堤上，那只喜鹊就忽儿从东边的电线上斜着飞到西边的杨树上，接着又从西边的杨树上斜着飞到东边的电线上。大概它单飞的距离总有一个限，所以它飞一阵儿总得找个歇脚的地方。在每次经过我头顶的时候，它都嘎嘎地叫上几声，我不知道它是向我说出一个预言还是向我祈福。这样直到它陪着我穿越了一块几百亩之广的麦地。

我是穿着一件蜡染的 T 恤走到地里去的，最初大约是我身上的这个图案吸引了它。不过我想能够吸引它的原因也许是这么两条：它把我当作同类，引起了它的兴趣；它把我当成异类，感到了惊惧和威胁。

原载《厦门文学》2018年第11期

入选漓江出版社《2018中国年度精短散文》

报告文学

晃晃悠悠船老大

赵德发

百年前的一个凌晨。鲁东南的一个渔村。

一弯下弦月从东方升起，给正在涨潮的大海洒下点点
银光。

村边海滩上，停着一艘艘渔船，船上船下人影幢幢，有许多
个光点乍明乍暗。这是下海的人收拾好了渔具，在抽着烟等待
潮水。

渔村静静地卧在沙滩的尽头。村里的鸡叫声此起彼伏：
"勾勾喽——""勾勾喽——"

鸡鸣间隙，忽有女人的哭叫声传来。下海的人们竖起耳
朵听，边听边问："这是咋啦？"

有人听明白了："是谁家要生小孩。"

他们听着一声声鸡叫，听着女人一声声哭喊。他们想象
公鸡打鸣时昂首雄起的样子，也想象大肚子女人临产时的种

种折腾。

又一声鸡叫响起来，"勾勾喽——"就在那只公鸡底气十足，将后面的"喽"声拖得长而又长时，一声婴儿的啼哭声传来："哇——"

有人高兴地道："小孩来了。"

有人哈哈一笑："如果是带把儿的，准是个好样的船老大！"

这时，潮水涨到船边，船老大吆喝伙计们上船。大家把烟袋杆儿在手掌上磕磕，磕出一簇簇火星子随风飘散。

渔船漂浮在水上，小伙计喊起"撑篙号子"，将船撑离原处。接着，其他几位伙计唱响了"张篷号子"，一边唱一边奋力扯动篷绳。等到篷在桅杆上张成大鸟翅膀的样子，船便借助风力，以更快的速度向海里驶去。

第二天，一些船满载而归。接海的女人一边手脚麻利地帮忙卸鱼，一边绘形绘色地说着新鲜事儿：昨天谁家生了个男孩，是在鸡叫声里落地的。

船老大点点头："嗯，是干我这一行的。"

若干年之后，那个男孩果然成了一名优秀的船老大，带船闯海，出生入死。

各位读者请海涵。上面这段描述，来自我的想象。

虽是想象，却有依据。我二十年前在海边采访，一位渔民亲口告诉我，如果渔家有男孩出生，生在鸡叫声里，他长大之后就会是个船老大。那只大公鸡叫出"勾勾"之后，将脖子压低、前伸，终于唱完那一声"喽"，再把脖子扬起、把头抬起时，这时如果有男孩出生，他就是船老大里拔尖的。

对这个说法，我曾向另外一些渔民求证，有人首肯，有人否认。否认的人说：没那回事。管他是什么时候生的，只要有本事，就能当上船老大。还有人反问我：现在有闹钟、手机了，不用鸡打鸣了，难道女人就生不出船老大了？

我想，沿海一带之所以有那个说法，无非是想说明船老大的来历不凡。

船老大，是渔民中的佼佼者。他负责一条船，是全船人员的灵魂，是向大海开战的将官。这个角色，非一般人所能胜任。

一

采集，渔猎，是史前人类的主要谋生方式。

采集，有的在陆上，有的在水边。古人习惯于逐水而居，在采撷植物果实的同时，也捡拾水边贝类，破壳食肉。由于捡拾的地点较为固定，丢弃的贝壳相对集中，渐渐积成大堆、积成长堤。这种贝壳堤、贝壳堆，至今保存在世界的许多地方。在龙山文化遗址之一的日照东海峪，就有典型的一处，它厚达二三十厘米，与大量陶片混杂在一起。捡一片贝壳瞧瞧，仿佛还能嗅到一丝远古的海鲜味儿。

人心不足蛇吞象。我们的老祖宗不满足于捡食贝类，将贪婪的目光投向了鱼虾。于是，用手捉，用木棍打，用骨质或角质鱼镖去刺，用荆棘做成渔钩去钓。进而，还用麻绳或丝线结成网子，放入水中捕捞。我在许多博物馆见到史前人类制造的石网坠、陶网坠，想象那些涉水操网者的劳作，似乎能感应到他们觅食的急切和收获的喜悦。

人类学会制造木筏和船只之后，更是借助于这些工具，驰骋于江河湖海，享用更多的新鲜水产。此时，发明了文字的汉人祖先就专门创造了一个"渔"字，从水从鱼，将一种职业正式确认在中华文明史上。

我1991年到日照工作，次年曾在一家海水养殖场挂职半年，后来又在石臼、岚山一带采访过许多渔民。身为农家子弟，我对海边的一切感觉新鲜。我发现，农业文明和渔业文明，真是完全不同的两大系统，一类人从土里刨食吃，一类人从水里讨生活。我在土地里滚大，深知"打庄户"的不易，到了海边，方知渔民更苦更难。

我参加过一次"拉筻"。那是较原始的一种捕鱼方式。我们抬着十二个人才能抬起的一张大网，到海边放到一只小船上，留一根网绳在岸。三个渔民开船，到海里撒网，兜一个大大的圈子，回到几百米之外的另一处岸边，将另一根网绳抛上来。我们几十个人便分成两队，在两边往岸上拉网。大网沉得很，须弯腰弓背用上全身力气，每迈一步，都会蹚出一个深深的沙窝。老渔民带领我们喊起了号子："嗨呀！嗨呀！鱼儿来！鱼儿来！"喊着号子，踩着同一的步调，我们将网慢慢拉出大海。我听他们说，在过去，拉筻的人是光着屁股的，图的是干活利索、节省衣裳。一听这"拉筸号"，女人自会躲避。我想象着那些光着屁股步步负重的前辈渔人，真真切切体会到了他们的艰辛。

拉筸，其实是在岸边捕鱼。过去有些渔民置不起大船，就用这种办法。还有的人，连小舢板都没有，只好拉"鸡毛翎网"：这种网并不是网，是一根长绳，上面隔一拃远便拴上两根鸡（或鸭、鹅、雁）的长翎。两个人扯起这根美丽的绳子在浅水里飞跑，一边跑一边"嗷嗷"大叫，将那些遭受惊叫的小鱼，赶向同伙早已在海沟里张起的网子。

更多的渔人是乘船出海，或垂钓，或下网。他们长年经受日晒风吹，人人肤色黝黑。他们从事高强度体力劳动，个个肌肉丰满。他们在风声涛声中说话，都练出了一副大嗓门，一发音就是高分贝。他们要在颠簸着的船上站稳，恨不得像树木一样扎出根来，久而久之，十个脚趾会大大张开，难以并拢。每当出海归来，一踏上坚实稳定的陆地，他们会不同程度地出现"晕岸"现象：脚步踉踉跄跄，身体晃晃悠悠，要过一会儿才能适应。

在刚刚上岸的渔民里面，你会发现有这样的人：他脚步不稳，但目光沉稳。他身体晃晃悠悠，但神态笃定安详。他有一种气场，会慑服周围的人，谁见了都会恭恭敬敬叫一声"老大"。他有一种气概，让那些"旱鸭子"以及接海的女人纷纷投去崇拜的目光。其中一些，是"公鸡中的战斗机"，上岸后大声说笑，大声放屁，大碗喝酒，大口吃鱼，将海滩与码头变成了他展现豪迈人生的舞台。

这样的人，就是船老大。

二

二十多年前，我随一位船老大出过海。他那天要带人按惯例去起网，我问他可不可以跟着看看，他慷慨答应。

以前日照渔民捕鱼，主要的方式是下坛子网。他们根据经验，到海里选一个海流经过的地方，打上四根木桩，叫作"打户"。谷雨过后，渔民便在"户"上拴一张大网，大网上拴上两个坛子，让它口朝下以浮起渔网。每当大海涨潮，网口迎流张开，途经此处的水族纷纷入内，小的从网眼里逃走，大的则在网里困住，被按时赶来的渔民起网收走。日照渔民在近海忙活一个春汛，还会跟着鱼群虾群"下北海"，到辽东半岛与渤海湾打户张网。当地一些渔民学习了这种捕鱼方式，称日照船老大为老师。有意思的是，每年去北海，都有姑娘跟着日照"老师"过来，嫁给他们，成就一桩桩姻缘佳话。还有的"老师"认为"北海"鱼多人少，就在那边落户，不再回来，渐渐繁衍成村庄，让独特的日照乡音代代传承。

那天我们出海，是在一个晴朗的春晨。四个人乘一艘四十马力的渔船，从岚山渔港出发，向太阳升起的地方急驶。海风带着腥气从我耳边掠过，报告着渔汛的到来。"海猫子"（海鸥）边叫边追逐船只，看甲板上有没有鱼虾可抢。那位姓张的船老大掌着舵，不时回望岸上的标志物以校正航向。

我们跑了半个多小时，后面的海岸早已不见，只露出几座山头，前面却出现了一个让人惊异的景象：似乎有许多人在那里泅渡，一个个脑袋载沉载浮。我知道，"大网行（hang）"到了。近前看看，果然是一个个底朝天的坛子，还有一根根露出水面的木桩。有好几条船已停在那里，船上的人都在忙活。

老张让船靠近他的网地，将机器停掉，指挥两位船工起网。他熟练地使橹，让船靠近网囊，一位船工提一根长篙，迅速勾起网缏，另一人伸手抓住。他们二人一起提上网囊，拽开底部的活结，将鱼货倒进甲板上早已摆好的塑料筐。有一些鱼没有倒进筐里，在甲板上活蹦乱跳，招致船老大的一顿臭骂。两个伙计一声也不敢吭，将网囊重新扎好，扔进海里，又蹲下身去收拾鱼货。

这时候，我晕船了。渔船开着机器行进，基本平稳，一旦停下，浮沉幅度很大，我就觉得恶心欲吐。好在起网作业很快结束，老张又发动机器返航了。

回到渔港，他老婆与几个帮忙的渔家妇女分拣鱼货，老张则坐到一边抽烟休息。我与他交谈起来，请教一些问题。我问他，去大网行，白天能看到岸上的标志物，夜间靠什么指路？他说，靠星星。我问，如果是阴天呢？他说，凭感觉。

好一个"凭感觉"！这正是船老大的过人之处。黑漆漆的夜，黑漆漆的海，他们竟然凭着感觉去十几里、几十里之外的海里找到自家网地，就像老农民到自己的地里干活一样，轻车熟路，来回自如。这个本事，让我由衷赞叹。

我听说，过去开"黄花船"的船老大更是厉害。

那时，位于盐城至长江口东部海域的"吕泗洋"是著名渔场，每年一次的黄花渔汛，引得日照渔民纷纷前去捕捞。因为要去几百里甚至千里之外，都用载重十多万斤的大船。那种船被称作"黄花船"，一般人家造不起，只有那些有实力的渔行才行。在日照的涛雒、栈子、石臼等海口，过去每到阳春三月，便有一条条四桅或五桅大船在鞭炮声中起航，升起篷帆，向南方而去。那些五桅船巨大而威武，桅杆上都贴了红纸，分别写着："大将军八面威风"；"二将军前部先锋"；"三将军随后听令"；"四将军一路太平"；"五将军马到成功"。他们到了吕泗洋，加入千船围捕之阵，将一网一网的黄花鱼倒入船舱，撒上盐，直到黄花汛结束才回来。黄花船共五个舱，如果有四个舱装满，就是重载，回港时要插"重旗"，将一面红旗插上大桅杆。这样，一来是向岸上人报告丰收喜讯，二来让家人早做准备，多雇人接海。万顷碧波之中，飘着红艳艳的"重旗"，是那时候海边人心目中最美的风景，会引发一阵阵热烈欢呼。

"黄花船"只干一个春季，夏天检修，秋冬季节则搞运输，来往于青岛与长江口之间。每年的第一趟运输，是从贩运莱阳梨开始的。在青岛沙子口港装上一船，"装上梨，不问天"，天好天孬都得走，因为梨容易坏，不能耽搁。到了苏南，奔向各个码头，火速出手。有时为了找到好的买家，还要雇人拉纤，进入内河。卖完这一茬梨，再把山东的花生油、生猪、白菜之类向南运。从南方回来，则装崇明布、桐油、猪血、红麻等货。猪血，是北方渔民用来"血网"的，新结的渔网要放在猪血里煮，以增加其结实度和对鱼虾的吸引力。

在下"南洋"的航程中，船老大起着绝对的核心作用，十几个人，唯其马首是瞻。船上的伙计们，在家哪怕是船老大的长辈，是他的亲爹，上了船也要乖乖地服从其指挥。因为，"老大多了船会翻"，如果不是由船老大专权独断，会出各种麻烦甚至重大事故。

船老大，不管是开自家船还是雇给别人，都是因为他有本事，航海捕捞经验丰富，被大家公认。据说，船老大看看风向，看看云状，便知未来几个小时天气如何。他听听船头水声，便知航速多少，到达目的地需要多长时间。他看看海水颜色，尝尝海泥味道，便知已经到了哪个海域。他爬到桅杆上望望，或用空心竹竿插到水里听一听，便知有没有鱼群，是什么鱼种，鱼苗是厚是薄。所以，一个有经验的船老大，七老八十也是宝。据说，过去有一位船老大，年纪大了，眼睛瞎了，还是被人抬到船上发号施令。有一回海雾很大，船老大睡了一觉，起来闻闻海风，说船跑偏了，快到日本了，伙计们急忙调帆转向。跑了一段问船老大，现在到了哪里，老大让他们捞出一点海泥，他尝了尝说，到长江口了。过一会儿，大雾消退，崇明岛果然遥遥在望。

我二十年前，就欣赏过日照渔民唱的"满江红"。这种民间小调，旋律婉转、古朴典雅，有"细曲""雅歌"之称。过去，渔民从海上满载而归，便与亲朋好友饮酒欢聚。酒至半酣，手舞足蹈，忘情欢歌，碗、碟、盅、筷都成为敲打节拍的助兴乐器。1957年春天，日照县民间艺人参加全国第二届民间音乐舞蹈会演，唱的就是"满江红"，中央人民广播电台找他们录了音，播放过多次。

我是学过音乐的，一听便知"满江红"不是本地出产，是"舶来品"。因为，它像糯米团一样甜甜软软，吴侬味儿十足。有一曲《梧桐叶落金风送》，唱词如下：

> 梧桐叶落金风送，
> 丹桂飘香海棠红。
> 是谁家半夜三更把个瑞琴弄，
> 操琴的人全不顾人心酸痛。
> 才郎出后奴的个房中儿空，
> 思念那郎君心情倒有个千斤重，
> 待要奴的愁眉展哎，
> 除非是奴的个冤家速还家哎早回程！

其实，这只是记录了唱词主干，词语之间还有一些"哎"，一些"呀"，极尽缠绵，与鲁南小调的爽直、纯朴迥然不同。

我了解到过去渔民"下南洋"的经历，便猜出了"满江红"的来历：那是日照船老大从温柔之乡带回来的。他们卸货装货时客居码头，免不了去青楼歌馆寻乐子。那些花枝招展的小姐，那些"手拿碟儿唱起来"的小曲，让他们心旌摇动，就跟着学，跟着唱。回到船上，回到家中，还是念念不忘，哼唱不已，有空就找关系亲密的伙计们唱起来。他们记不清那些曲名，但记得歌楼外江面上那些摇曳多姿红彤彤的灯影儿，于是统称这些小曲为"满江红"。

"满江红"，已被山东省列为第一批非物质文化遗产，被文化部列入第二批国家级非物质文化遗产保护名录。

"满江红"，承载了日照船老大的一份浪漫记忆，耐人寻味。

三

船老大威风八面，偶尔还能来点儿小浪漫，但这只是他们光鲜的一面，而且只是这个群体当中一小部分拔尖者才能享受的荣耀与待遇。绝大多数船老大，即使胆识过人，本领超群，却依然是地地道道的渔民。他们终日面对动荡不安的大海，奔赴吉凶难料的前程，过着含辛茹苦的生活。

日出而作，日入而息，是农民的习惯。但渔民不一样，过去要看潮水行事，尤其是下坛网的，每天都要根据潮涨潮落安排作息。他们要在潮水涨起时出海，在平潮时到达网地作业，在没有钟表的年代，很难睡一个安稳觉。尽管家中老人或妻子会"值更"，晴天到院里看三星走到了哪里，阴天在屋里点上香看烧掉了几根，时辰到了就把下海的人叫醒，但下海的人还是睡不踏实。尤其是船老大，要惦记这惦记那，唯恐盘算不周，出现差池。

那时候下海，人人是两套衣着：一是夹袄斗裤。由渔民的母亲或妻子加工而成，用布块一层一层叠起，细针密线，纳成铜钱一般厚，有五六斤重。这其实是渔民的铠甲，穿上它，一般的风浪打不透。这一套，渔民是光着身子穿的，而且不要扣子，只将夹袄束进斗裤，用一根棕绳扎住打个活结。一旦落水，将绳扣一拉，衣裤立马被浪卷走，对逃生有利。二是油衣油裤。用白布做一套衣裤、帽子，用桐油煮透，并且反复刷上几遍，下雨天穿在身上。然而，真的来了狂风暴雨，油衣还是难以抵挡，大雨点子能把他们的脸打出包来，更别说雹子那种冰疙瘩了。他们哀叹：庄户人家，来了雨把草筐都收拾到屋里去，可是俺们无处躲无处藏，连个草筐也不如！

过去，渔民常常忍饥受饿。因为渔行长年供应渔民粮食和食油，他们要用鱼货抵顶。再好的船老大，也不能保证网网有鱼，甚至还有"十网九空"的说法。收获少了，渔行的欠账还不上，经常是辛苦一年，拉下一腔饥荒，连锅都揭不开。再者，渔民终究还是人类，属于杂食动物，光吃鱼不吃粮也受不了。我听一位日照当地的朋友讲，他小的时候经常饿肚子，有一年夏天的一个早晨，全家吃了一大筐梭子蟹，他到了东南晌饿得直哭。为什么？因为梭子蟹春天鲜美，满壳是黄，可是下籽之后，到夏天它瘦得只剩下壳，被称作"骷髅蟹"。别的鱼虾也是这样，当令时很肥，过一段时间就没有肉，让人吃起来像"嚼麦秸筒子"。于是，怎样弄来粮食，将家人的肚子填饱，便成了许多渔民很头疼的事情。麦收之后，他们更想弄来麦子，磨成白面，让全家人尝尝这种世界上最好的粮食。常见的做法是，五月十三左右的渔汛过后，渔民们收了鱼货，便与住在山岭、平原的亲戚走动起来，和他们以物易物。亲戚们也明白，就将新麦子送给他们一些。但是，有的亲戚并不情愿，就编出了这样的顺口溜：

> 过了五月十三汛，
> 狗日的就把亲来认。
> 提着两串臭螃蟹，
> 捎着两根狗鱼棍（狗鱼，是一种体型较长的鱼）。
> 进门就把姨来叫，
> 眼瞅着门后的大麦囤。

是饥是饱还是小事，是生是死才是大事。渔民们常说："脚踏三块板，性命交给天。"这里说的天，首先是天气。过去没有气象部门发布天气预报，后来有了，也不是百分百的准确，因为海上天气实在难以捉摸。优秀的船老大，能凭借经验看天，但老天爷的脸却是说变就变，给出海者带来种种风险。

风险，这个词儿造得十分贴切。有了风，便有险，过去海上死人，多由风灾造成。有的时候，明明是风平浪静，海不扬波，却突然狂风大作，巨浪滔天。有经验的船老大，会赶紧降下篷帆，把稳船舵，化险为夷。如果连收篷都来不及，船老大只好忍痛发令，让手下人用早已备好的"太平斧"迅速将桅杆砍断，以保船保命。

　　即使拼上全力对付，还是有一些船被风吹翻，被浪打翻，弄船的人掉入海中。"一寸三分阴阳板，隔壁就是阎王村"，这是一代代渔民的切身体会。在恶劣天气，一旦坠海，除了有些人水性超强，体力特棒，或者运气好，遇上了能够搭救他们的船只，多数人都是丢了性命，连尸首都不能让家人见到。1952 年 12 月 18 日，日照金家沟渔民在海上遭遇狂风，有 4 个人失踪，另有 4 个人的尸体被找了回来。因为尸体冻僵无法伸展，成殓时只好让他们跪在或蹲在棺材里，寿衣披在身上，棺材盖不上。在一些渔村，过去都有一座座衣冠冢，让人望之凄然。所以，渔民为了避免家中男人死绝，就有了这样的规矩："父子不同船、兄弟不同船。"

　　后来，船上有了收音机，有了电台，甚至有了卫星云图接收设备，天气预报变得及时而准确，但风险还是不能完全避免。在日照渔民的记忆里，1995 年 11 月 7 日那次海难最为惨烈。

　　我是在海难过去一个月之后，听我的朋友张宗团讲述的。"黑风吹海海夜立，倏忽平地生波涛。"时任岚山圣岚路居委党支部书记的他，用清末诗人黄遵宪的两句诗来描述那天早晨的海上情景。他说，天气预报讲，那天早晨有五至六级北风，阵风七级。这样的风，渔民能够对付，就在那天凌晨四点左右纷纷出海。不料到了四点半，海上突然刮起九至十级大风。有一艘185马力的钢壳船，炊事员做好了一锅饭，正要招呼伙计们吃，一个大浪突然打来，连锅带饭全部飞走。他探头看看外边：一边是浪山，另一边竟是空的。在另一艘钢壳船上，有个船员本来站在船头，被浪一下子打到船尾，导致髋骨骨折。有的船老大，这时早已调转航向，让船头斜对着风来的方向，将机器开足马力。有的船没来得及这么做，在转向的时候侧面迎风，就被吹翻。有的船依旧顺风顺水跑，结果让浪掀起屁股，螺旋桨露在水外导致空车，再来第二浪时就完了。

狂风吹翻了大海，也吹翻了一个个渔村。那天，岚山的渔港和海边站满了人，大伙都在急切地等待着出海者归来。渔民家属更是泪流满面，面对涌动着狂涛巨浪的大海一声声呼唤亲人。

日照青年作家雷娟，那年十五岁，是众多等待者当中的一员。她父亲是船老大，姑父在船上帮工，二人出海后没有任何消息。两家人苦苦等了三天，才接到父亲从江苏打回来的报平安电话。原来，他们的船一直被大风吹着跑，抛了锚也不管用。老雷开机器掌舵，让妹夫清理船舱里的积水。妹夫吓坏了，加上那些水随泼随进，最后整个人彻底崩溃，瘫倒在船舱里等死。老雷这时腾出一只手，狠狠地扇他耳光，厉声骂他，让他想想家里的老婆孩子。妹夫被扇醒骂醒，这才振作起来与风浪搏斗。后来，他们的船漂到一座海岛旁边，锚挂在了养殖扇贝的网缆上，这才捡回两条命。

平安消息一一传来，噩耗也一一传来，死者家属哭声震天。到第四天，尚有 8 条船七十多人失联，岚山区政府组织了 7 艘钢壳船，又请求部队派一只军舰支援，一起出海搜救，最终在江苏射阳县海域找到了他们。看到家乡来人，船上的人放声大哭。他们说，他们做了最坏的打算，有人已经把自己的脚腕拴在船上，好留住尸体。

那次大风灾，光是岚山渔民就有 7 人罹难、6 人失踪。失踪人数本来更多，有的人家里已经给他埋起衣冠冢办完丧事，没想到他又回来了。

张宗团沉痛地讲，一次伤人这么多，岚山从 1949 年之后从没有过。他陪政府领导去慰问死者家属，到哪一户都是白花花一片穿孝的人，看到那个情景，谁也无法控制眼泪。离开其中一户时，家属孩子向他们号哭着下跪，司机因为泪水模糊视线，一时无法开车。

媒体报道，1995 年 11 月 7 日，山东四十多个县（市）遭受暴风袭击，35 人死亡，121 人失踪，320 人受伤，直接经济损失十亿多元。死者和失踪者，绝大部分是青岛、日照和微山湖的渔民。《日照年鉴》记载，那天日照市共损坏渔船 124 艘，砸碎 5 艘，死亡 9 人，失踪 6 人。

四

因为风险随时都可能发生，渔民们对有关事物抱有深深的敬畏。

他们敬龙王。有的地方在正月初五，有的地方在六月十三，渔民要在船头或海滩祭拜龙王。供品，有的是一口整猪，有的是一个猪头加一条猪尾巴。猪要嘴衔红花，身披彩绸。猪脸上要用刀划出一个十字，抹上豆瓣酱，旁边还放上两棵大葱，这是按山东人的口味讨好龙王爷了。供品摆好，便上香，烧纸，船老大带领伙计们向大海恭恭敬敬磕头，祈求龙王爷保佑。沿海的一座座龙王庙，这天更是渔民云集，香火旺盛。

他们敬妈祖。这位出身于福建渔村、能够在海上救苦救难的女神，也被北方渔民虔诚崇拜。在青岛、在日照，都有专门建起的"天后宫"，供奉着"天后圣母"塑像。有钱人造船的时候，要另造一模型，和原船一模一样，放在天后宫里，让海神娘娘认得这船，为其护航。在下海的大船上，后舱中放着海神娘娘的坐像，像前常年放一个香炉、三个酒杯，船老大每天清晨要站在船面上，向东南方向吐一口清水，而后进入后舱为海神娘娘上香敬酒，口中念念有词，祈求风平浪静。

他们敬"老鱼"。过去每到春夏季节，都有一些鲸鱼、鲨鱼出现在日照海域，被渔民奉若神明。据说，这是"大老爷赴龙宫赶考，浮出水面问路"。邂逅之际，船老大会带领船上人下跪磕头，口称"大老爷"，极尽敬畏之态。老大还要撒小米于海，抛小红旗入水，这叫"撒米施舍，抛旗引路"，同时还焚烧纸钱，给"大老爷"送"盘缠"，让它们赶快离开，免得掀起巨浪，让船翻沉。岚山一位姓徐的船老大，向我讲过年轻时见"老鱼"的经历。他说有一回网住了一条"老鱼"，身子比他们的船还要长，眼有脸盆那么大。他们吓坏了，赶紧跪下求饶，说：大老爷，俺错了，没注意惊动了您老人家，您多多原谅！老徐说："人家到底是活了几千岁，有胸怀，不跟咱计较，回头望了俺们一眼，抬头压住网边，慢慢走脱了。"有一年，涛雒某村渔民捕回了一条六七千斤的"蛤蟆鲨"，用铁锚拴在海边，准备杀了卖肉。岚山佛手湾村的几个船老大看见了，就偷偷去解了锚，趁着涨潮放掉。该村渔民告到派出所，派出所判赔三千元。佛手湾全体村民集资交上，毫无怨言。

他们敬各路神灵。过去，每年第一次出海，渔民在头一天都要到船上烧纸，这叫"行文书"，就是向各路神灵祷告：俺们的船要出海了，请多多保佑。船在海上过夜，每到晚上，都由伙夫烧几张纸扔到海里，这叫"烧水皮钱"，目的是与海上神灵们结缘，讨其欢心。

信仰与禁忌是孪生的。在敬拜神灵的同时，不能说、不能做的，也被一代代渔民口耳相传，严格遵守。一条条渔家禁忌，涵盖生产与生活的方方面面，数不胜数。有一些禁忌，让人既惊奇又感慨。

譬如说，渔民忌穿湿衣服上船，因为人落了水衣服才是湿的。而在一些穷苦渔家，下海人只有一身夹袄斗裤，上船之前，家里人一定将其晒干。如果遇上阴天不见太阳，就点火烧锅，将湿衣用热锅熥干。

譬如说，渔家女人虽然全身心地伺候上船的亲人，她们却要时时小心，免得犯忌。尤其是不能上船，因为"女人上船船会翻，女人过网网必破"。谁家晾晒渔网时如果被女人迈过，那就遭了"血气冲扑"，要用谷秸草烤过之后才能再用。

譬如说，渔民上了船，一定不能在船头大小便，不能光着身子睡觉，因为那样会冒犯海神娘娘。船老大发现了，会把那个不懂事的家伙往死里打。

譬如说，在海上发现死尸，要称其为"财神"。这位"财神"是不能拉回来的，因为那是龙王爷召去的，不能私自带回。我听日照北部一位老渔民讲，那年他们村有一人使船拉网，拉上了一具死尸，是个小伙子。他认得这人，是邻村的，刚结婚不久，落水而死。他依照老规矩，将小伙子丢掉。再接着拉网，一会儿又拉出一具，仔细看看，还是那个人。他觉得晦气，赶紧再丢。万万想不到的是，下了第三网，小伙子又被他拉了上来。第三次弃尸后收船回家，他心情腌臜至极，好多天没再出海。我听了这个故事，为那个新婚青年痛惜不已——他是不是想回家让爱妻看到，才这么一而再、再而三地投网现身？

尽管敬这敬那万般虔诚，尽管不干这不干那严守禁忌，但海上事故还是不能完全避免，打渔的人还是有旦夕祸福。所以，渔民历来被视为"死了没埋的人"，久而久之，他们形成了一套人生观与价值观。有一些渔民，看多了生死，对世间得失看得很淡。有的人则得过且过、及时行乐。譬如说，渔民上船之前绝对不能喝酒，但出海归来，有些人往往一醉方休。

　　但是，醉酒是暂时的，醒酒之后的船老大，大多是有担当、有责任感，无论在家里、在船上，都是有仁有义，顶天立地。

　　日照广播电视台总经理李世成的高祖父叫李章，当年是一个船老大。他有一回运货到长江口，在岸上发现一个五六岁的男孩站在那里哭。他起初没有在意，临走时发现男孩还在那里，近前问问，原来这孩子是个孤儿，家人都在战乱中丧生。他就把孩子带回山东，将他收作义子抚养长大，让他成家立业。一百年下去，这个孤儿繁衍出子子孙孙一大家人。

　　岚山头街道官草汪居渔民宋祥善，年轻时捕鱼，后来养起了扇贝。1997年8月11日，台风突袭日照，他的5艘船全部被撞碎，80％以上的扇贝死亡，损失五百多万元。当时，他连死的心都有了，但想到欠别人的债务，便召开家庭会议，动员全家，无论如何要把钱还上。他说："还不上这些钱，咱这辈子都别想抬起头。"会后，年过半百的老宋又借债几十万元，置办渔船重操旧业。他把捕来的鱼卖钱，一笔一笔偿还债务。风里来浪里去，奋斗了整整十六年，到2012年底，他将260多万元欠款连本带息全部还清。有的债主当初看到他受灾的惨状，根本没指望他还钱，把欠条都撕了，却在若干年后收到了他的还款。

最让人感动的，是渔民在海上救人的行为。千百年来，他们已经形成了规矩：发现有人求救，立即出手相助。有的船正在作业，拉着满满的一网鱼虾，一旦接到求救信号，为了尽快赶到出事地点，船老大会毫不迟疑地将网缆砍断，将网具和鱼货丢掉。出事时一般都是坏天气，风大浪急，随时会有危险，但他们会将生死置之度外。

2002年10月18日21时20分，鲁日渔1007号渔船正在海上作业，船员忽然看到有一颗浅红色的求救信号弹升空亮起，船长张彦书立即让船180度回航，迎着八级大风和滔天巨浪，向信号弹闪烁的东北方向驶去。主船在前，副船鲁日渔1008号随后，20分钟后，他们找到了遇险船只。那是一艘满载1400吨陶土的江苏货船，船舱进水，船身明显倾斜，14名船员已经用一根绳子把大家串在一起，准备集体跳海。经过一个小时的努力，他们把这14个人一一救了上来。有人估算了一下，这次救援行动，让日照的两条船损失10万元。船长却说："要考虑这个，我们就不救人了。"

2010年9月3日上午7时，在黄海中部103海区，有十几只大马力渔船正在作业，渔民们都期盼着开海后的第一网能有丰硕收获。突然，一股龙卷风从天而降，直击鲁岚渔

2883 船。转眼间，船被掀偏，船舱进水下沉，五名渔民只好爬到尚露出水面的垛楼顶和船头上。此时，鲁岚渔 7237 渔船正在百米之外，船长王汉海看到险情当即大喊："快砍断缆绳救人去！"他们丢弃了价值一万多元的渔网和价值五千多元的鱼货，向出事的船头靠近，抛去缆绳让对方固定到船帮上，遇险的五个人一个个顺着缆绳爬了过来。等到最后一人脱险，那条船已经完全沉入海中。

六年过去，救人的王汉海又被别人救了。2016 年 11 月 10 日晚 8 时，他正带船在车牛岛东南海域作业，船上突然停电，他赶紧跑到船舱查看，只见舱内严重进水，导致电瓶停电，已经无法发出求救信号。他一边喊话，让船上三名船员赶快逃生，一边向附近的渔船高声呼救。这时，海上风急浪高，失去动力的渔船倾斜下沉，王汉海差点被浪打到海里，只好拼死抱住船尾垛，另外三人已经被浪打到了海里。王汉海想，完了，回不了家了。就在这时，有两条船靠了过来。原来，同是岚山甜水河村的张明书、牛桂伟两位船长离他不远，听到呼救，立即驱船赶来。张明书指挥船员抛下缆绳，合力把落水的 3 人拉到船上；那边，牛桂伟也找到王汉海，将他救起。

五

在日照，还有一项"非物质文化遗产"——"岚山号子"。前几年，岚山渔民号子主体舞蹈节目先后在央视多套节目上亮相，2007年11月代表山东省参加"舟山群岛·国际渔歌邀请赛"，获"最佳号子王"称号。日照市每当举办大型文艺演出活动，都有"岚山号子"唱响。

我第一次听"岚山号子"是在二十年前。那时我在岚山采访，文化站站长周平和先生向我介绍它，还找来几个船老大唱给我听。

几个船老大都已年过花甲，脸上皱纹纵横，分明是被岁月与风浪镌刻而成。周平和让他们唱号子，他们摇头道：不拿网不使船，怎么唱？我想了个主意，让他们背对我们，把眼前空空的墙壁当成海，就像当年出海一样。他们点点头：中。几个人商量了一下，决定先唱一个《张篷号》。

他们伸出筋骨嶙峋的双手，做出抓篷绠的动作，最老的船老大喊一声："哎来响哟！"其他人接唱："哟来哟哟来！"那种近乎假嗓的高亢声音，像电流一样突然将我击中，让我的半边脸麻酥酥的，心脏也震颤不已。我看见，船老大们一边唱，一边竭尽全力做着动作，全身的肌肉统统绷紧。我恍惚间看到，他们正踩在甲板上，通过一下下拉拽，让篷帆升起、张开，让船借助风力驶入大海……我听说，过去日照渔家制作船帆，都用槲树皮煮汁染成紫色。在他们的喊唱中，我眼前出现了一片片紫帆，像神鸟翅膀似的飞翔于海面之上……

唱完《张篷号》，他们又唱《撑篙号》《拿船号》《溜网号》《拿鱼号》，唱了一支又一支。

我看明白了，听明白了，这是渔民的劳动号子。一人领，众人和，以协调劳动节奏，并相互鼓劲。号子里多是语气助词，像"啊、嗨、嗷、哟、哎、啦、唵"等。这时，我想起了家乡老辈人唱的"吆牛号子"。但那种号子是唱给牛听，让牛振作精神干活的，曲调舒缓，节奏自由，风格大相径庭。对比两种号子，我看到了渔业生产的两大特色：群体性与节奏感。

船老大们唱完，兴奋劲儿久久没有消退。他们说，一唱号子就来劲，可惜，现在用不上了，没人唱了。

原来，自从机器船代替了木帆船，渔民的劳动方式发生了很大改变，好多号子用不上了。譬如说，过去要唱着《成缆号》打缆绳，现在的缆绳多是用买来的尼龙绳子。过去要唱着《抬网号》往船上抬网，现在是用拖拉机送。过去开船，要唱《点篙号》《张篷号》，现在机器一响船就开了。即使有一些活儿还跟过去差不多，但是那些年轻人，尤其是来打工的农家子弟，也不愿学、不愿唱了。

船老大们讲，机器船的普及，是从 1980 年左右开始的，从那以后，在渔港里、在码头上、在海里，号子声越来越少。再后来，到处是一片机器声，再也听不到号子了。他们还说，自从有了机器船，船老大就"不值钱了"。说罢这话，他们默默抽烟，脸上的失落与沮丧显而易见。

"不值钱"，是指他们失去了价值。我明白了一件事情：渔家号子的消逝，其实代表了传统渔业的终结，宣告了老一辈船老大的退休。在过去，出海捕鱼全凭对传统渔具的熟练掌握，对天气、海况及渔情的经验性判断，而现在，用了机器，老一套基本用不上了。譬如说，在几百马力、上千马力的钢壳船上，配备了各种现代化的仪器，包括雷达、卫星导航、通讯电台、卫星云图接收设备、垂直探鱼仪、渔用声呐、网情仪和应急救援系统等等，驾驶者要经过严格的专业培训。这些人，是与机器形成一体的，离开了机器，他们无法捕鱼。

更重要的一个变化，是人们称那些大船的驾驶者为船长，一般不称船老大了。那些大船，有的从事远游捕捞作业，太平洋、印度洋、大西洋，哪儿都能去，鱼货随时销给当地的收购者，船上人员的称呼，当然要与国际接轨。

所以，那些上了年纪的船老大，一批一批告别篷帆桨棹，一批一批成为"闲人"。在沿海的码头上、街道边，会看到一些高龄船老大蹲在那里打牌、拉呱，有人还带着酒容骂骂咧咧，吵吵闹闹，宣泄着心中的郁闷。有一回，我在日照街头遇见一位老头，正穿着环卫工的马甲扫大街，可能是因为工作不达标，被一位年轻的管理人员训了一通。望着管理人员离去的背影，他压低声音嘟嘟囔囔，眼神里满是愤怒。我与他交谈起来，原来他竟然是昔日的船老大，因为年纪大了不能弄船，才当了环卫工，挣点零花钱。他说，像他这样转业的船老大有不少，有的扫大街，有的当门卫，反正都成了磨道里的驴，听呵声受人管了。听了他的诉说，想想他们当年的叱咤风云、今天的虎落平川，我望着城市东面的大海怅然许久。

目前在沿海，被称作船老大的人还有一些。他们或者开船到近海拉网，或者像前辈一样，每天要去自家的定置坛子网那里作业。然而，下坛网用的坛子已经不是砂坛，而是塑料做的了。跟随他们的伙计是雇来的渔工，而且多是来自平原和山地的年轻人。我老婆的一个堂弟，十几年前就骑着摩托车跑二百里路到岚山打工，中间出了一次车祸差点儿丧命，他还是没有退缩，伤好后又上了船。现在他已经成为一个技术熟练、粗皮糙肉的渔民，用挣来的血汗钱在临沂买了楼房让老婆孩子居住，供女儿读到了研究生。

然而，现在的船老大，日子并不好过。我多次看到海边有这样的情景：正值渔汛期间，却有渔民一群一伙蹲在海边，看着停泊在港湾里的渔船发呆。问他们为何不出海，他们愤懑地说：出海就赔本，还出什么出？经过了解，原来是近海的鱼越来越少，经常是出海忙活几天，收获寥寥无几。卖完鱼货算算，不够油钱和人工钱，成了赔本的生意。

为了减少成本，有的船老大就移风易俗，不惜犯忌，让老婆上船当帮手。渔港里偶尔蹿出的"夫妻船"，让老一辈船老大瞠目结舌、议论纷纷。还有人不带老婆也不雇帮工，铤而走险。我在日照北部的一个渔村听一位中年渔民讲，他出海拉网不雇人，一个人使船，出一趟就是两天一夜。我不敢相信，说你要开船、下网、起网、吃喝拉撒，两天一夜不睡，能干得了吗？能熬得了吗？他说，干不了也得干，熬不了也得熬，因为雇一个帮工，一天开支三百块钱，连阴天下雨不能出海的时候也得发给人家，我一个人干，还能有些节余。挣不着钱，一家人生活靠什么？孩子上学靠什么？

我无言以对，心中悲怆。看着海面上来来往往、轰轰作响的那么多渔船，我想到海洋的几十亿年历史，想到地球上正在进行、难以遏止的"人类世大灭绝"，想到当今海洋资源的迅速枯竭，想到船老大几千年来的辉煌与失落，觉得耳边的波涛声全都化作了一声声深沉而悠长的叹息。

六

2017年农历六月十三，日照市举办"渔文化节"，几处海边，几座龙王庙里，都摆上了供桌，一头头整猪趴在那里用作牺牲。船老大们毕恭毕敬，在供桌前上香、敬酒、磕头。

裴家村的祭海仪式，早已被政府列为"非遗"。该村的龙王庙建在海边，规模很大，且有常驻道士。"潮汐汐潮舟顺渔盛，晴雨雨晴禾茂粮丰"，大殿门柱上的这副楹联，表达了人们对于龙王爷的恳切祈求。

一位中年渔民磕过头，站到一边抽烟。我过去与他攀谈，问他休渔期间干什么，他说：休渔跟我没有关系，我现在搞海水养殖。我问，今天来磕头的船老大，有多少还是出海打渔的？他说，很少，多数都是养殖户。我问，都养些什么？他说，扇贝、贻贝、海参、牡蛎、梭子蟹、基尾虾等，品种很多。

通过交谈，我了解到了沿海渔业的又一重大变化：从捕捞为主到养殖为主。渔民们的养殖场就建在海边，即使在海里，也不是太远。这样，他们面对的风险大大减少，收入也较为稳定。

这位船老大说，风险减少，不等于没有风险。搞养殖，怕台风、怕大潮、怕病害，还怕海水污染。另外，气候变暖带来的海温升高，化肥入海造成的海水富营养化，都对养殖业产生影响。

他说，过去海上很少见到浒苔，现在几乎年年都有，就因为海水太有营养了。这些天，海上漂来大量浒苔，绿油油的看上去很美，可是它们进入养殖场被笼子挂住，会腐烂下沉，造成扇贝缺氧死亡。他整天拦截、清理，浒苔还是像潮水一样涌来，可把他愁坏了，累坏了。说到这里，他打了个呵欠道：唉，不说了，我还得去跟浒苔战斗！走啦！

看看他晃晃悠悠的背影，再扭头瞅瞅在大殿内端坐的龙王，我在心里发问：龙王爷，你了解这些新情况新问题吗？你能保佑海水养殖业繁荣昌盛，让今天向你跪拜献祭的新型船老大们安心生产吗？

袅袅青烟里，龙王爷表情凝重，一声不响。

原载《中国作家》纪实版 2018 年第 1 期

寻找一个兵

简　默

一

2002 年，正在负责编撰《中国人民解放军院校发展史》的国防大学教授苏士甲，致函中共贵州省委党史研究室，请求帮助调查一个叫蒙九龄的黔南人的出生地。

调查工作迅速在黔南布依族苗族自治州所辖 12 个县市展开。几个月过去了，其中 11 个县市陆续反馈查无蒙九龄此人。唯独在荔波县，调查人员寻访到蒙姓家族较为集中的县城南门街及周边时，发现了一个"蒙九岭"，据这个"蒙九岭"的亲属和街坊邻居介绍，"蒙九岭"一九二几年便从军离开了荔波，至今一直杳无音信。在蒙氏家族祖坟的墓碑上，调查人员也找到了"孝男蒙九岭"的字样。

但"蒙九龄"与"蒙九岭"，虽读音相同，却一字之差，就有可能是两个人。当这个结果提供给苏士甲教授，得到的答复是名字不吻合，不可采信。

调查工作暂时搁置了下来。直到 2005 年 8 月，中共中央党史研究室在国防大学开设培训班，当时参与调查蒙九龄出生地的荔波县工作人员何羡坤，作为革命老区荔波县的代表被选派参加学习。学习期间何羡坤拜访了苏士甲教授，他向苏教授详细介绍了调查情况，苏教授建议他根据已掌握的蒙九龄系黄埔军校学生等情况，到中共中央党史研究室图书馆去查阅相关资料。在那儿，何羡坤翻阅《黄埔军校同学录》，"蒙九龄"赫然在第三期步兵科之列，姓名：蒙九龄，年龄：22 岁，籍贯：贵州荔波，通讯地址：荔波县城南街。何羡坤按捺不住兴奋，土生土长于荔波的他清楚，荔波蒙姓人家尤其是城南街的蒙姓家族，世代都是布依族，因此蒙九龄必是布依族无疑。

当晚，何羡坤将这页通讯录的复印件送给苏士甲教授，苏教授认真对照分析原先荔波县提供的调查材料，认定虽然"龄"和"岭"二字有差别，但其他信息吻合，"蒙九龄"与"蒙九岭"确系同一个人，应该采信。至于为何出现这种音同字异的情形，大概是由于方言发音所致，即使随后发现也将错就错了。

回到荔波后，何羡坤查阅了能够找到的贵州省及黔南州出版的各种文史资料和人物传记，始终没有寻觅到有关蒙九龄的足迹。

其后的近三年间，何羡坤等人多次前往广州、南昌、郴州等地，寻访蒙九龄曾经学习和战斗过的地方，实地采访耄耋之年的知情人，终于沿着当年蒙九龄走过的足迹，捡拾起了他戎马倥偬的一生。

至此，一段尘封八十六年的峥嵘往事被揭开了面纱，一个当年出走乡关的有志青年南下纵横几省的崎岖脚印被收拢齐了，一个怀揣热血似的理想和信仰的普通一兵短暂而悲壮的人生被真实地还原了。

而此前的荔波县，除了极少数人依稀记得蒙九龄年轻刚毅的面容和听说过他以外，更多的人根本不知道荔波曾有此人，也不清楚他当初是跟随哪支部队走的，甚至他的个别亲属认为他是跟梁子（土匪）走了。八十多载漫漫时光，仿佛是一眨眼，他离开荔波，就像从人间蒸发了，自此渺无音讯，又像樟江上被一阵风吹散的薄雾，无影无踪了。他成为一个身份不明的人，一个下落不明的人，他渐行渐远的背影走进苍茫暮色，走进峰丛密林，像是一粒遗落在历史缝隙中的种子，再也没有回头……

二

1903 年，蒙九龄出生于荔波县城南门街的一个布依族农民家庭，蒙家世代以务农为主，其父亲通晓文墨，除种田稼穑外，还开设私塾教授学生、替人写诉状打官司，属于当时比较殷实的家庭。站在南门街上，来往行人能够看见蒙家两层传统布依族木瓦结构的楼房，最高处正中央悬有"鹏程万里"四个黑底金色大字，似乎寄寓了蒙家对自己子孙的殷切期许。信奉忠厚传家的蒙家，至蒙九龄这一代，果真振翅飞出了蒙九龄这只大鹏，扶摇直上青天，翻越关山万重，一路引吭一曲《碧血丹心》。

幼时的蒙九龄周围不乏同龄的小伙伴，其中最令他佩服的要数邓恩铭了。邓恩铭是水族人，长他两岁，家住北门街。横过门前同一条街，蒙邓两家相距不过三百多米。他俩和其他小伙伴经常围着大榕树捉迷藏、做游戏，到东门大井纳凉……小恩铭稳重懂事，他的母亲磨豆腐卖，他常常帮着母亲到东门大井挑水磨豆子，母亲和他挑着两只水桶，沿着石阶，一级一级地下到井口，打满水再一级一级地挑上来，竹扁担在母亲肩头颤颤悠悠，发出吱呀吱呀的响声，他在旁边轻扶着桶，上来恰好碰到蒙九龄也跟随母亲来挑水，他俩相视一笑，脱口叫着对方的名字，熟稔中透着亲热。

十岁时，邓恩铭从私塾转入荔波县公立两等小学校（原为荔泉书院）读书。这是一所七年制的新式学校，首用新式教材，开设有修身、国文、讲经、历史、天文、地理等课程。两年后，十岁的蒙九龄也由私塾转入该校。他们共同的老师有高煌等。高煌是荔波县第一位留学生，也是荔波县"睁眼看世界的第一人"，他在日本主习高等理化和师范专业，回到荔波在两等小学校采用新式教法，注重对西方自然科学的传授，同时他积极向学生们介绍国内国际形势，宣扬孙中山的革命主张，培养学生的民主精神，使邓恩铭和蒙九龄等一批进步学生萌发了反帝反封建、立志报国的思想，为他们走上革命道路奠定了最初的思想基础。

1915年6月，高煌老师带领学生走上街头，开展反日讨袁的爱国运动。邓恩铭慷慨激昂地演讲，号召群众抵制日货，当他看见自己的二舅仍戴着一顶东洋帽时，上前一把抢下帽子，摔到地上狠狠地用脚踩。见此情景，蒙九龄也将自己穿的一双东洋袜子脱下，划一根火柴烧毁了。

1917年8月，邓恩铭辞别亲友，出走黎明关，踏上了北上求学之路。蒙九龄站在送别的人群中，看着邓恩铭瘦小羸弱的身影越走越远，越缩越小，禁不住喉结哽咽，泪水滚落……

蒙九龄以优异的成绩毕业于两等小学校后，考入都匀初级中学。这期间，他与远在济南奔波参加学生运动、工人运动和筹备建党的邓恩铭一直保持着通信联系，受到其先进思想的熏陶和影响。

1922年，一支滇军奉命南下广州讨伐陈炯明叛军，队伍浩浩荡荡地途经荔波县城，正愁报国无门的蒙九龄，征得爹娘的同意，毅然投笔从戎，加入其中。他一身戎装，跟随着队伍，走过大榕树，经过家门前，抬眼望见湛蓝如洗的天空下，自家楼房最高处，那块"鹏程万里"的匾额，心里默念：别了，生我养我的故乡；别了，疼我爱我的爹娘；别了，樟江水、大榕树、东门大井、荔泉书院……他强忍泪水，加快脚步，踏着青石板路，继续向南行进。他太熟悉脚下这条黔桂古道了，从汉代至民国初年，它一直是贵州通往广西的商旅驿道，它像一根蜿蜒坚韧的藤蔓，自贵阳一路延伸，途经贵定、独山等地，由荔波越黎明关出黔入桂，连接起了九万大山和山外的世界，号称"通粤达海，进川入滇"。这条古道负载着盐巴、粮食、红糖、布匹、洋货、土特产等物资，每日进出多达一万四千斤左右。它横过自家门前，自懂事时起，他便听惯了各种乡音，见惯了各色人等，他们中有坐轿的、骑马的，也有穿草鞋的、打赤脚的，还有仗剑浪迹的游侠、前行后继的马帮。给他印象最深的是那些替人背盐巴的穷苦百姓，他们佝偻着身子，肩头的背篓里装着沉甸甸的盐巴，挂棍一步一步地走在仿佛没有尽头的石阶上，烈日将他们的影子深刻地拓印在地上，汗水化作一道道小溪流浸湿了衣裳，流到青石板上，立刻被烤成了蒸汽；他们不时在他家中打尖，热火朝天地说着途中见闻，新鲜有趣的气息扑面涌来，叫他对山外的世界充满了憧憬，山里人最向往的是大海，他渴望走出群山，奔向大海，迎迓新生活。同样是黎明关，这是五年前邓恩铭由此走过北上寻求真理的关隘，出了这儿便离了乡关，成为异乡客了，今天他步邓恩铭的后尘来了，所不同的是他将沿着黔桂古道，南下追寻自己的理想，施展自己的抱负。谁料想，风萧萧兮樟江寒，壮士一去兮不复还，他和邓恩铭一样，自走出黎明关，便如一朵无根的白云，永远没回到故乡的天空……

荔波的文史爱好者曾经总结了邓恩铭与蒙九龄的相同之处，竟有十项之多。诸如同城、同街、同饮一井水、同校、同老师、同龄人、同为少数民族等，前头已有交代，自不必多言，还有同信仰、同参加北伐战争、同为中国革命献身等。这看似巧合，实乃必然，他们都生在长在荔波这片妖娆多姿的热土上，血肉里埋藏着这片土地特有的文化基因和性格密码，浸染着历史沿袭和现实风气。住在北门的邓恩铭北上激情建党，成为中国共产党的创始人之一；住在南门的蒙九龄南下参加建军，成为创建新型人民军队的参与者和见证人，殊途同归，分别在党旗和军旗上留下了最初的足迹。他们虽为不同民族，但志向一致，理想相同，声气互通，共同以淋漓热血写下了各自的血色人生，汇入了中国革命的滚滚洪流当中。

这在上个世纪初偏僻闭塞的荔波，在这个吸一支烟逛遍全城的小县城，不能不说是一件令人拍案称奇的大事。

三

1924年冬，蒙九龄在广州考入黄埔军校第三期。正是从这一期学生开始，黄埔军校实行了入伍生教育。除日常出操上课外，蒙九龄他们还参加了平定杨希闵的滇军、刘震寰的桂军叛乱和第二次东征的战斗，参与支援广州各界"六二三"反帝斗争等。多年后，同期学生在回忆文章中说，当时因担任的勤务较多，而导致各种科目都是初学，没有学好。但正是因为这些勤务，使蒙九龄身临残酷的战争当中，不断地参加实际作战，为日后艰苦的军事斗争打下了基础。

1925 年 7 月，蒙九龄入伍期满，正式升为军官学生，编入步兵科。此间他受到周恩来、恽代英、肖楚女等共产党人的影响，加入了共产党。

1926 年 5 月，北伐战争拉开序幕，以黄埔军校中的共产党员为骨干，以铁甲车队全体官兵为基础组成了叶挺独立团，蒙九龄任该团连长，率部参加了汀泗桥、贺胜桥和武昌等战役。独立团担当"开路先锋"，所向披靡，被誉为"铁军"。

1927 年 8 月 1 日凌晨 2 时，南昌城内静悄悄，年轻的共产党人周恩来、贺龙、叶挺、刘伯承、朱德等率领两万三千余北伐军，打响了武装反抗国民党反动派的第一枪，南昌就此成为人民军队的摇篮和军旗升起的地方。全体起义人员一律胸佩红领带，像一束束激情燃烧的火苗，映红了胸中心头的理想与信念。经过四个多小时的激战，敌人缴械投降，起义部队完全控制了南昌城。

根据起义前周恩来与聂荣臻的约定，南昌城内战斗打响后从南昌发一列火车到九江的马回岭，以告知驻扎在那里待命的第四军 25 师 73 团的同志这边起义了，要求他们马上把部队拉出来，向南昌方向进发。南昌城内起义当天，下午 1 时，73 团等部队以打野外的名义，将部队拉出各部驻地，按计划在下午 6 时前全部到达德安车站附近集中，73 团 1 营担任后卫，闻讯赶来阻挠起义的张发奎卫队营被全员缴枪。待那列火车轰隆隆地赶到，起义部队立刻跳上火车奔向南昌城，第二天拂晓时分，全部到达南昌与主力会合。当时蒙九龄担任 73 团 3 营营长，他率部抢占德安车站西北端高地，居高临下，准备迎头痛击追敌，因此幸运地成为新型人民军队创建的参与者和见证人。在南昌起义参加者已知的 1042 人名录中，写有蒙九龄的名字，他的名字和照片还被展示在了南昌起义纪念馆的墙上。

起义后蒙九龄随新编 25 师南撤，率领 3 营参加两次攻占会昌城战役，分别在岚山岭阵地和城北丘陵地带发起进攻，配合歼灭敌军，夺取敌军阵地。9 月，南昌起义军在三河坝分兵两路：主力部队由周恩来、贺龙、叶挺、刘伯承等率领直奔潮汕；朱德率领第九军教育团和 25 师共计四千多人留守三河坝，阻击敌人抄袭起义军主力的后路。自此，蒙九龄一直追随着朱德。

蒙九龄跟着部队经过三天三夜阻击伤亡过半，又闻主力部队已在潮汕失利，有人趁机提出就地散伙，各奔东西。朱德遂决定将这支唯一建制尚存的起义部队余部隐蔽北上，穿山西直接奔湘南。一路转移途中，部队除被敌军主力追杀和围剿，还时遭地主武装和土匪伏击，只能择山间小道逶迤前行。时近冬天，蒙九龄仍穿着南昌起义时的单衣和短裤，鞋子破了，拱出了脚指头。南方天气多雨，正庆幸着天空晴朗，一转眼便下起大雨，打在枝头叶上发出急促响亮的声音，像是许多急行军的脚步飞奔而过。饥饿考验着他的耐力，听着像青蛙一样咕咕喊饿的肚子，他和战友们四下寻找能吃的野菜；山中丛林密布，即使白天也难以透射进阳光，每到夜晚宿营更是寒凉浸骨。他发起高烧，说着胡话，头冒冷汗，浑身如水洗，折腾一宿，终于退烧了。再看看周围，伤病的战友因为缺医少药，得不到及时治疗，必需的枪支弹药也无法补充……

终于走到江西安远的天心圩，从师、团级主官开始，各级干部纷纷脱离部队，最后团以上干部走得仅剩朱德、陈毅、王尔琢三人。营长、连长们也携枪结伙逃走，有的公然拉走了一个排或一个连。某营长与蒙九龄平素关系不错，找到他说："兄弟，现在部队不行了，跟哥一起拖枪带人另外去搞吧，也强过在这儿等死。"蒙九龄瞪了瞪他，斩钉截铁地说："要走你走，我不当逃兵。"某营长无奈地摇了摇头，拉起一个连不辞而别了。此刻，部队面临着分崩离析、一哄而散，南昌起义留下的这点火种，有顷刻熄灭的可能。朱德召开全体军人大会，重申了自己磐石一样不可动摇的信仰，随即统一整编了部队，共计八百多人。

两万三千多人的南昌起义队伍，最后真正保存下来的，就是这八百多人的家底。这点家底后来成为中国工农红军的精髓，更成为中国人民解放军建军的基础与核心战斗力。

而蒙九龄，正是自始至终站在这支队伍里面，而且自愿坚定地留下来浴血奋战的一分子。

四

作为黄埔生，蒙九龄具有扎实的军事理论，又在平定杨、刘叛乱，第二次东征、北伐战争和南昌起义等战斗中，积累了丰富的实战经验，逐渐展露了出众的指挥才能，朱德曾称赞他"善打阻击"。

三河坝分兵后，朱德开始从思想和组织上整顿部队，一贯重视培养干部的他，在原来南昌军官教育团的基础上，抽出力量成立"特务大队"，任用黄埔生李奇中、蒙九龄等主持工作。"特务大队"也叫学兵队或学生队，是学校性质的组织，负责培训官兵掌握军事知识，了解我军的宗旨、性质和任务，开展随营军政训练。后改称教导队，湘南起义爆发时称为湘南起义教导队，担负的职责却一直没变。

1927 年 12 月，朱德、陈毅率领部队在广东韶关的犁铺头驻扎下来，进行休整。时任教导队队长的李奇中后来撰文《朱德同志教我们战斗》回忆道：有一天，教导队刚出操回来，朱德就将他和副队长蒙九龄等叫了去，先简单地问了问队员们的情绪和生活情况，然后笑着问他们："部队已经休息了几天，应该进行些军事科目训练呀，如何进行训练，你们考虑过没有？"他们红着脸回答："没有。""咳，怎么能不考虑呢？"朱德略带责备地说："就现在的形势看来，我们像这样安定的机会并不多。敌人总要打我们，我们总是要打仗的。可是以后要打什么样的仗，仗怎么打，大家并不了解。我们要抓紧一切机会来训练部队，让他们经常学到新的作战知识才行。"紧接着，朱德跟他们讲起了自己反复思考的新战术，他从连接敌人运动前的队形讲起，要求在讲授战术动作时，将旧的疏开队形改为电光形即梯次配备的疏开队形，以减少密集队伍在接敌运动中受到敌人火力杀伤；将散兵队形由一字散兵线改为弧形的和纵深配备的散兵群，以构成阵前纵深的交叉火网而在战斗上造成以少胜多的条件，等等。每讲述一个问题，他总告诫他们："一定要让每个同志牢牢地记住，我们人少枪少，不能和敌人硬拼，我们要瞅敌人的弱点。我们要注意避实击虚的游击战术。"

李奇中和蒙九龄等边听边记，一个上午不知不觉地过去了。他们回去将朱德讲的内容整理出来，便是新鲜实用的一课。随后，朱德又向他们讲了第二课、第三课……朱德还在丰富的战争实践和厚实的理论学识基础上，创造性地提出了自己的游击战争原则。李奇中和蒙九龄他们根据朱德的讲授，结合自己在实际教练中的体会，陆续整理编写成简单教范，经过朱德审定后，作为训练中的临时教材。紧张的训练先从教导队开始，学员们经李奇中和蒙九龄他们培训后，再带着教材到各营去担任教员。短时间内，朱德的新军事思想和新战术在这支队伍中得到了层层推广，整个队伍的战术水平迅速提高，并在以后的多次战斗中赢得了胜利。

朱德自己也做了记述："每隔一两天上一次大课，小课则保持天天上。为了适应客观要求，当时已提出了新战术问题，主要是怎样从打大仗转变为打小仗，也就是打游击战的问题，以及把一线式战斗队形改为'人'字战斗队形等。"①

在《中国人民解放军院校发展史》中，记载有由南昌起义军余部的教导队发展而来的湘南起义教导队，它们是我党自己创办军校的主要源头，是行军中办在脚板上的军校，肯定了作为副队长并积极参与其中的蒙九龄在我党我军院校发展史上占有一席之地。

五

1928年1月，朱德和陈毅率领南昌起义的余部和湘南农军一起，发动了宜章年关暴动，揭开了声势浩大的湘南起义的序幕。起义范围波及二十多个县，动员起百万以上人民群众参与，前后历时近四个月，以武装暴动建立了湘南苏维埃政府和八个县苏维埃政权，开展了轰轰烈烈的土地革命运动，起义部队扩编到一万多人，是中共领导的创建新型人民军队的又一次大规模武装起义。

为支持郴县的武装起义，蒙九龄被从教导队派到郴县担任工农革命军第七师3团团长。第七师是以赤色游击队为基础成立的工农革命武装。为了显示革命军队的特点，这支部队的每一名战士的左臂都戴着一个红绸箍，干部则以三寸宽的红布条斜佩胸前，并胸佩一朵红绸花。

---

① 《朱德选集》，人民出版社1983年版，中共中央文献研究室编辑委员会编辑，第394页。

蒙九龄率部战斗在郴县、宜章、永兴、资兴等地，攻占县城，扫除顽敌，巩固新生的苏维埃政权。4月初，湘南各县工农革命军接到通知后，开始陆续经资兴撤往井冈山。4月7日，陈毅率工农革命军第一师机关和学兵营及湘南特委机关最后一批人员撤出郴县；4月8日，宜章、永兴、郴县、耒阳等县的工农革命军和自发跟随的人民群众近八千人汇集在陈毅麾下，向资兴县城进发。这支队伍庞大而杂乱，有白发老翁，也有小脚老妪，有的全家都跟来了。他们挑担推车，拖儿带女，弃家相随。队伍越走越大，沿途不断有人加入进来，一天只能走二三十里路。而此时敌人第十三军2师一个团正由永兴方向朝资兴扑来。为掩护起义军部队和人民群众安全转移上井冈山，蒙九龄临危奉陈毅之命，率领3团殿后阻击。在资兴县城内，两支部队开始了激烈的巷战，蒙九龄率领的部队着装不一，枪支极少，以大刀、梭镖等简陋武器为主；对方部队个个军装笔挺，清一色的汉阳造步枪。他们在每一条街巷展开激战，大刀、梭镖近距离地给敌人以有效杀伤，枪声、呐喊声、惨叫声交织在一起，久久萦绕在资兴上空。一时间，尸横遍地，血流成河。战斗自早晨坚持至中午，工农革命军损失惨重，大部分战士阵亡，边战边撤离县城，退至城郊的船形山上，敌人尾随蜂拥而至，船形山像一弯月牙儿，两头高中间低，工农革命军据险阻击，子弹打光了，就搬起石头砸向敌人；后又撤到山脚下的老虎山继续抵抗，到下午又有二百多人牺牲，年仅25岁的蒙九龄和他新婚的妻子也在多处负伤后壮烈牺牲。

在蒙九龄牺牲八十年后的 2008 年，荔波县工作人员何羡坤等来到他牺牲的地方——资兴老县城。据当地八九十岁的老人告知，当年蒙九龄率领的 3 团官兵，在县城内阻击敌人，掩护一万多人的队伍沿着县城旁边的石板小道撤往井冈山。由于起义军队伍人多，加上许多家属孩子，行动迟缓，给 3 团阻击造成很大压力。这是一场没载入史册的阻击战，却是真正的恶仗与血战，持续时间长，敌我尸首堆积如山，战后只能一概就地掩埋了，从此，老百姓都管这儿叫"坟上坟"。

而蒙九龄的妻子至今没寻到名字，调查人员只了解到她是资兴人，与蒙九龄新婚不久。也许在她中弹仰面倒下的那一瞬间，那片浸透鲜血的土地已然野草蓊郁，鲜花盛开，她眼前重新浮起她的九龄郎吹木叶唱情歌的情景。那是他俩新婚的夜晚，踏着皎洁缠绵的月光，他俩并肩来到小溪边，蒙九龄抬手摘了一片枫树叶，横到唇间吹了起来，悠扬婉转的声音倾泻而出，溪流上雾气氤氲。他俩相互依偎着，蒙九龄对她深情地唱道："妹是清亮一条溪，哥是溪边翠竹丛；日日翠竹映溪心，夜夜溪声伴竹蓬……"而此刻，没有月亮，只有太阳，血红的太阳，黏稠如一滴硕大的血，正在急速下沉，天空倾斜了，太阳坠地了，溅开一天灿烂晚霞……伴随着木叶声声，她的九龄郎的歌声由远及近破空传来："清溪从此伴翠竹，此后翠竹缠清溪；不求富贵不羡仙，只愿溪竹永相守……"

尽管血写的历史没有如果，但我还是想说，如果，我是说如果没有蒙九龄率领 3 团以近一天时间浴血奋战,阻击敌人,以全团几乎牺牲殆尽的代价,以自己年轻的生命拖住了敌人,赢得了起义军队伍安全转移撤往井冈山的宝贵时间,湘南起义大部队就有可能被中途截击溃败,"朱毛会师"就有可能无法实现,历史就有可能被改写。

六

寻找蒙九龄,我才发现作为个体生命,也作为普通一兵,他已隐藏在人民军队的滚滚洪流之中,他的所有足迹都散落在了那个由鲜血和生命冲击形成的大平原上。在那个非凡时代,他在一顶斗笠中、一领蓑衣中、一条标语中、一盏油灯中、一粒子弹中,可以说他无时无处不在,但我却很难将他的足迹从千千万万相同的脚印中剥离出来,也无法将他短暂如流星的人生敷陈为壮丽的史诗。相对于那些灿若恒星的将帅,也许他是如此微不足道,如此不显山不露水,更不属于"这一个"之类的宏阔叙事,但他的身影,他的血肉,他的生命,他的灵魂,始终在这支军队中,从创建开始,一直,都在。

而这支军队的源头与上游,是许许多多像蒙九龄一样的普通一兵,是他们以自己的精神血脉与信念胆气营养了这支军队,为这支军队打上了鲜明纯粹的底色。这支军队的旗帜也因为有了他们,一直牢牢地扎根在大地之上,扎根于人民之中,迎风猎猎飘扬,永远鲜红如一支进行曲。

在蒙九龄的家乡荔波县，土壤贫瘠的茂兰喀斯特地貌上，生长着两万多公顷原始森林，站在观景台上极目望去，锥状峰丛林海浩瀚恣肆，乘着清风，破着激浪，冲撞前来。单独一座山、一棵树、一株草，都不会产生这样有视觉冲击力和心灵震撼力的景象，是无数山、树与草，甚至鸟鸣、蝶舞与猿啼，手拉着手，肩并着肩，才形成了这挺拔向上的绿，没有破绽的绿，无边无际的绿。

而普通一兵蒙九龄正是这样一座山，一棵树，一株草。

因此，我要说，我是在寻找一个兵，更是在寻找一支新型人民军队从创建一路走来的风雨历程。

七

2011年11月27日，贵州省人民政府以黔府函（2011）第456号文件，正式追认蒙九龄为革命烈士。

原载《光明日报》2018年8月17日
《新华文摘网络版》2018年第21期转载

筑 梦

——明化集团浴火重生记（节选）

牛余和

一、辉煌与困顿

第一章 岁月，闪回的荣耀和伤痕

1

2013 年的 8 月 12 日，星期一，农历癸巳年七月初六，立秋的第六天，天空澄澈，气温还带着夏日的溽热。

绣江河源头的大片水稻泛着金黄，明水城区飘散着农作物即将成熟的气息。与明化集团隔着条老济青公路的百脉泉公园一派闲适，避暑、游玩的人熙熙攘攘，东麻湾水清波静，摇曳的柳树枝条轻轻拂弄水面，划出一圈圈细碎的波纹。

这是明水城区一个普通而轻松的日子。而对于已经陷入困顿的明水化肥厂，这一天注定会成为一个绕不过去的节点，伤疤一样结在它历史的年轮上。

随着明水城区规模的不断扩大,居民区、公共设施与明化集团危化品生产装置的安全距离不断缩小,塔罐林立的化工设备与公园的小桥流水,生产车间的噪声异味和东麻湾畔的鸟语花香,形成了强烈反差。曾几何时,明水人打量这座大型国营企业的目光,由欣赏羡慕变成了厌嫌和担忧,害怕它不定什么时候就会城门失火殃及池鱼。

下午四点多,明水化肥厂方向,忽然传来一声闷响!

公园和附近居民区的人都抬头望去,滚滚烟尘和刺鼻气味在秋日透亮的天空弥漫开来。那次震惊章丘,至今还让明化人感到疼痛的爆燃突如其来。

明化厂区里,集团副总殷传光和负责安全的同志第一时间赶赴现场,组织职工撤离。刺鼻的气味弥漫在空气里,爆燃的危险随时可能发生,化工企业的爆燃事故最怕的是易燃易爆气体再次聚集,达到一定浓度,引起爆炸。

车间里火势汹汹,殷传光他们踏在爆炸的危险上,迅速查明了爆燃原因:车间的2#脱碳系统5#脱碳泵涡轮机的离合器膜片突然损坏,使离合器甩出,机械密封压盖与轴承支架拉出,导致从轴密封处喷溅出的丙碳液着火。

接警赶到的消防队立即展开灭火,但丙碳液的不住喷洒和高温天气的助燃,使火势仍然在蔓延扩大。肆虐的火焰引发了生产管道中的易燃气体,砰的一声,耀眼的火球四散炸裂。幸好经验丰富的消防队员在爆燃的前一刻,翻身跃出火场。易燃易爆气体一旦燃烧，就不能再直接扑灭，只能让其继续燃烧殆尽。消防队马上散开，阻止火势往四周蔓延，待其自灭。

章丘市长匆匆赶到，问明情况后，马上组织领导干部现场开会，对明化的安全生产提出严肃要求。董事长周霖看着市长眼睛里跳动的火苗，疲惫的脸上挂满了忧郁。

天已接近傍晚。持续燃烧的火势，在暮色中格外耀眼。一路之隔的居民区里家家亮起灯光，职工们担忧地望着映红的夜空。

周霖默默站在现场，直到火焰渐渐熄灭，消防队处理好余火灰烬后撤离，他才慢慢离去，脚步滞缓而沉重。

当晚章丘人的微信群、朋友圈被"化肥厂又着火爆炸了"的信息霸屏，紧跟的评论也火一样爆燃，"污染""危险""停工搬迁"的话题，再次从媒体流向会场、酒桌、坊间，社会上要求将化工、污染企业搬离明水城区的呼声越来越强烈，已经身处困境的明化集团被推向舆论的风口浪尖。

8月16日上午，市委、市政府主要领导带领公安、纪检、检察、安监、环保等部门负责人进入明化。没有握手，没有寒暄，领导们个个脸色凝重。参加这次安全生产督查会议的几个中层干部小声嘀咕：这架势是要抓人呀。

近期章丘接连发生两起震惊全国的重大安全事故：5月20日，坐落在曹范镇的保利民爆济南科技有限公司生产车间发生爆炸，造成重大伤亡。5月24日，埠村办事处发生盗采煤炭透水事故，同样造成重大伤亡。章丘的安全生产形势已经再也经不起任何事故的冲击。

会议先在令人窒息的气氛中通报了明化自2007年以来逐年发生的安全事故，2013年除"8·12"事故外还有三次：2月20日，鲁明压缩机爆炸起火，导致永久停产；5月14日，明泉化肥厂发生闪爆；6月5日，明泉化肥锅炉拆除时发生坍塌。

集团领导们的头几乎都垂到了桌面上。

2

接下来的几天里，明化集团陷入一片惶惑和担忧。

干部们黑着脸急急忙忙处理着爆燃后的整顿；停工的工人，回避着来自各方的电话问询，更不愿回老家面对亲朋谈及企业现状；原本退休在家的老人们，听到消息，陆陆续续三五成群地赶到厂里打探消息。他们只想问问化肥厂还能干下去吗？这些和明化一起走过风风雨雨的老人，筋骨血肉早已和这座工厂长在了一起。明化容载着他们的青春、汗水和骄傲，更是他们的家和晚年生活的依托。可如今这个家，这面曾经引领章丘工业发展的红旗，却成了影响章丘发展和稳定的累赘，成了人们眼里的危险隐患。

一位老工人从厂里走出来，又转身看着工厂大门，看着大门一侧"明水大化集团"的牌子，眼里笼满泪水。

他是一名1964年进入化肥厂的普通职工，陪伴着明水化肥厂三十多年从小到大、从弱到强又渐渐陷入困顿的过程。

在这里工作的时间是他生命中全部的热血年华，这里记录了他作为一个工人对社会所做的贡献，盛满了他和同事们攻坚的执着、劳累和成功的喜悦。是明水化肥厂把他从一个什么也不懂的懵懂青年，培养成了遵守规范、精通技术的合成岗位岗长、企业的行业标兵。作为一名具有经典意义的老职工，对此他心存感激，笃定地认为是明化的发展，成就了他的人生。2002年的大年初一，是一个与往年一样的春节。他走出职工宿舍区，穿过济青公路，站在工厂门前，心里忽然一动，一种难以言说的纯粹而神圣的感觉，顷刻间弥漫了全身，不由自主地对着工厂深深地鞠了一躬。直起身再打量蒸馏塔上吐出的白絮般的水雾，心中一片释然，感到无意中找到了自己表达感激的"宗教仪式"。从此，每年的初一早晨，无论刮风下雪，他不去寺庙、道观为自己和家庭敬香祈福，早早来到化肥厂门口，深鞠一躬，表达自己的敬意和感激，祝福明化长盛不衰。

他，隋荣善，今年就要退休了。他眯起眼睛，凝视着眼前的化肥厂，一双老眼和满是皱纹的脸上，透出深深的不舍，稀疏而执拗的白发，在寒风中不肯屈从地晃动，就像他不愿离去的心情。刚才他没有从厂里得到他期待的答案，也许他将会在一片废墟上完成他的退休仪式。进进出出的工人心绪万端地注视着这位功勋老人，看着他对着工厂大门慢慢地、吃力地弯下腰，深深地鞠了一躬，再鞠一躬，又鞠一躬。

岁月在大家模糊的泪眼中闪回。

3

1958 年 12 月中旬一天清晨，初升的太阳印染了东方天际的缤纷，原来灰暗的云朵霎时间变得红晕透亮起来。

章丘县城沐浴在霞光里。紧挨着县委驻地的东麻湾，寂静的湖面上水汽袅袅升腾，从湖里流淌出的水，蜿蜒穿行在向北的沟渠，沟渠边的枯草丛铺洒了一层白晃晃的晨霜，伴随着升起的太阳，化成一粒粒滚动的露珠，跌落在水中。东北方向空旷寂静的田野上，晨雾渐渐消退。

一辆疾驶而过的大卡车打破了早晨的安静。卡车在颠簸的土路上扬起一阵尘土，最后停在了明水东北、王白庄西边的一片庄稼地边上，车上下来一群干部模样的人，一位身穿没有帽徽领章解放军服装的人向大伙招招手，在卡车引擎盖上铺开图纸，阳光下图纸上的标题大字格外显眼："济南市明水小氮肥厂规划图。"作为国家"二五"计划"全国首批十三套年产两千吨小氮肥厂"之一的明水化肥厂，就选址在这片农田。第一任党支部书记、县团级干部董延彬和济南市化工局，章丘县委、县政府领导一起，在这片已经上冻的农田里，正式标注下了工厂奠基仪式的地点。

第一次职工大会就在刚划定的农田里召开了，临时用木头搭建的高台上，高悬着"明水氮肥厂建设誓师大会"的横幅，台子四角柱子上的红旗在北风中猎猎招展。换上新工装的董延彬书记，面对着刚从各地招来的技术人员和年轻工人，用他那洪亮的声音震撼着大家："咱中国这十多年来，打日本鬼子、打老蒋，新中国成立了，又到朝鲜打美国鬼子，战斗一直都没有停下。现在战火硝烟渐渐散去，中国共产党凭着在一片废墟上建设一个新中国的信念，在政务院 1953 年制定的第一个五年计划完成后，1958 年的中国迎来了第二个五年计划。济南明水化肥厂，作为全国首批确定的十三个年产 2000 吨合成氨的县级小型氮肥厂示范项目之一，就即将在我们脚下建成，我们是化肥厂奠基立业的第一代，是新中国工业的创业者！"

董书记带着硝烟味的战前动员和工人们"嗷嗷"的欢呼声激荡在一起，震醒了寒冬的田野。

誓师大会不久，碳化塔等大型机器设备就陆续运抵章丘火车站。没有大型吊车和拖车，光扎架子用倒链卸车就费了三天工夫。大家用厚木板将大机器上下固定住，前后上下拴上粗绳子，分为前后牵拉绳、左右稳定绳。道路组负责平整路面，填凹除凸；滚木组负责将若干圆形木头铺设到前行路上并及时移动；锜望组负责观察前后左右的机器平稳运行。各组就位，指挥员摆动小红旗，牵引组在号子中均匀用力，缓缓往前拉动。锜望组将四角绳子拉紧，稳住机器不倒。指挥员令旗下压，哨声响起，牵引停下；滚木组开始从后面挪动滚木到前面排放好。就这样走走停停，一件件大机器在一段一段的挪行中，经过 2.9 公里的泥土路，全部拉到了厂里。由于当时明水段的路桥承重不足，一些特大型设备是从枣园车站卸载，通过 4.8 公里路径挪到工地的。想想吧，一路摆旗、一路哨声、一路号子、一路风尘，那原始的运输场面是何等震撼。

明水化肥厂的建设正处在三年困难时期，而从厂领导到职工，都在从事工程队一样的艰苦劳动，配给的口粮难以满足超负荷的体力付出，但这支怀揣理想的钢铁队伍，硬是一天工期也没耽误。

1962年1月18日，明水化肥厂正式投产。

明水的老百姓仰头望着高大烟囱上冒出的烟雾，脸上写满欢乐和自豪。那是个诗人们以澎湃的热情礼赞烟囱的年代，那如花的黑白烟朵，象征着工业化的兴起，寄托着"楼上楼下电灯电话"的美好梦想。

4

时光走过二十多年。

明水化肥厂历经董延彬、张晋田、徐光远、王立业、于承福、梅士山、鲁朝选、高原八任书记、厂长，穿过风雨，迎来了改革开放的春风。随着农业联产承包责任制的实施，农民种田的积极性空前高涨，由氨水、碳酸氢铵为主的氮肥生产，进入了一个供不应求的卖方市场。能从化肥厂买出一吨化肥，倒手就是百元利润，就连含氮很少的氨水，一出厂就被抢购一空。

1985年，生产标兵、技术骨干出身的副厂长孙华田担任厂长，面对农村改革给化肥行业带来的红利，他始终保持清醒头脑，带领厂领导一班人居安思危，不断实施技改项目、扩大生产能力，确保化肥厂产能、品种、质量与市场同步发展。到 2000 年前，企业尿素年生产达到了 25 万吨。十多年间，明水化肥厂先后被授予"国家二级企业""国家一级节能企业""全国 500 家最大化工企业"。孙华田先后被授予全国"五一"劳动奖章、"全国化学工业劳动模范"、"全国化肥、矿山行业优秀厂（矿）长"等荣誉称号。

这一时期的化肥厂保持着章丘市"最高工资""最多奖金""最好福利""最新家属宿舍楼"，成为"大学生最具吸引力的就业单位"，明化职工也成为章丘企业中最牛的职工，化肥厂工装成了明水大街上吸引路人目光的亮丽风景。

2001 年，化肥厂党委书记石建忠兼任董事长。这时的市场形势已经急转直下，原料煤价格开始攀升，运费提高，仅此一项一年多支出 2000 余万元；尿素销售价格一落再落，降至成本以下，企业入不敷出。为使企业迅速摆脱困境，石建忠接连实施了干部人事制度改革、调整产业结构、狠抓内部管理三项措施，保持了企业的稳定发展。

对于明化来说，2005 年是大事件接连不断的一年。4 月，经济南市国资委批准，明化公司原 45％的国有股权一次性整体转让给企业内部，国有股权全部退出，更名为"山东明水化工有限公司"，石建忠任公司董事长。6 月初，从章丘发展和稳定的大局出发，在章丘市委市政府协调下，由山东明水化工有限公司牵头，对已经濒临破产的章丘市热电公司、鲁明化工有限公司、华饰纸业有限公司实施战略重组，成立山东明水大化集团，史称"北四厂合并"。这一举措给其余三厂注入了活力，避免了3000多名职工的下岗，明化作出了贡献，也背上了包袱。6月底，明化集团加盟山西晋煤集团，成为其旗下的一个控股公司，一举解决了明化发展的两大难题：获得了稳定的煤炭来源，从此不管全国各地煤炭供应多么紧张，原料煤都会及时供应；资金得到保障，晋煤集团占35％股份，一次性投资6421万元，以晋煤集团作担保，大化的融资环境大为改观。

从2006年开始，明化进入扩张发展阶段。几年间，十来家子公司先后在全省和东北相继成立。随着化肥生产形势的急剧动荡和国内市场的无序竞争，这些子公司渐渐成为明化的负累。在2005年春石建忠在逆境中奋力支撑，决定在刁镇化工园实施"1830"工程，扭转被动局面。2012年2月，早已罹患重病，为明化拼尽心血的石建忠再也支撑不住了，提出由时任党委书记周霖全面主持集团工作。2012年8月，心系明化的石建忠走完了他的人生旅程。周霖正式接任董事长。

第二章　再起步，风萧萧兮扣雄关

1

接过董事长职务的周霖，没有一丝新官上任的喜悦，只感到肩头的压力山一样沉重。

作为企业的党委书记，没有谁比他更了解明化的困境。靠集团不断输血存活的外地子公司苟延残喘，作为核心企业的原"北四厂"其他三厂也嗷嗷待哺，使得集团无法集中财力上新创新，明化的主产品尿素，生产能力和产品竞争力持续下滑。前些年许多新兴的大型化肥厂抓住资本重组、市场重组的机遇，迅速积累资金，创新产品，低价抢占市场，把资金少、产品单一、生产效能低下的明化，一下逼入绝境。曾经在市场上叱咤风云的明化，迅速陷入"越生产越赔钱"的怪圈。原本由晋煤担保发放贷款的银行，纷纷对明化关闭了大门，甚至开始追索前期款项。接任之初，他就去山西请求晋煤集团给予支持，但在国家对资源企业进行整顿之际，晋煤集团无暇也不愿再对旗下亏损企业投资。而最难收拾的是彷徨的人心，明化的魂散了。

接任董事长职务，周霖内心不是没有纠结没有徘徊过。但作为党委书记，他清楚自己的责任，知道在眼下这关键时刻，他即便不能挽狂澜于既倒，也要敢于横肩担当，哪怕前面是沼泽是泥泞，他也要义无反顾地带领明化渡过眼前的非常时期。他相信在艰难前行中，会有承担大任者站出来。其实那时他心里就已经有了属意的人选。

但时间似乎很快就走向那个"节点"。

就在周霖全力以赴地化解矛盾、聚拢人心，组织上新产品，求突破求生存时，"8·12"爆燃事故猝然发生，把刚刚理顺的生产秩序和职工情绪又一下崩散了。

8月16日的会议刚散，周霖来不及安抚内心复杂的情绪，立即再次安排全面排查安全隐患，要求集团分管领导和各企业主要负责人带队，分别深入到每个厂区、车间、岗位，全面筛查隐患，现场解决问题。同时召集集团各部门技术、财务人员对保证以后安全生产下的整改费用进行评估。

检查结果和整改费用很快就汇总上来。由于受厂区面积所限，明化在发展过程中各个项目场地交叉排列，缺少应有的安全距离，即使投资1.6亿元进行整改，依旧不能确保上级提出的安全标准，也谈不上工艺与技术的改造和提升。如此一来，明化就只剩下一个选项：搬迁。周霖已经明白，自己该做出决定了。

他将自己锁在办公室里，胸口憋闷得喘不上气来，门外每一下敲门声都撞击着他的胸膛。环顾近年的煤化工企业，触礁沉船的不胜枚举。或因违反游戏规则，受到法律和市场的制裁，使本来光明的前景瞬间暗淡；或因迷失于高速扩张，深陷泥潭无法自拔，终至资金链断裂；或因放松质量监管，被卡死在各种各样的"质量门"；或因故步自封导致慢性死亡；或因一场事故造成不可挽回的倾颓……曾经的繁华一夜之间便风流云散，不可收拾。

他抹一把额头上的冷汗，明化的历史就像放电影一样，一幕幕闪过心头。作为剧中人的自己，有艰辛的创业，有收获的喜悦，有豪气的担当，有困境的忧愁，也有逆境中不屈的坚持，更有一个期盼明化再次崛起的心愿。接任之前他的身体状况就已经屡次亮起红灯，但担任董事长一职，他没有在自己的利害得失上兜圈子，当时只有一个念头，保住已经站立了半个多世纪的明化，留住它再创辉煌的希望。任职以来他曾经看到了希望的闪光，但现在只有走搬迁这一条路了，而他的身心已经难以再支撑。他必须再次做出抉择：与其带病坚持贻误战机，不如断然让位临阵换帅。也许这是他最后一次对明化作出贡献了。

周霖从抽屉里拿出信笺。明化走搬迁求生存的路，必须有一位有胆魄敢担当，能在困境中杀出血路，能疏通各方运筹资金，能凝聚人心鼓舞士气的掌舵人。

8月17日，身体已经严重不适，决定外出就医的周霖董事长，用委托书的形式向明化集团董事会，陈述了辞去董事长，由集团副董事长、财务副总孙洪海接任明化负责人的意见。由于委托人不在场，孙洪海没有申述个人意愿的对象，就在一片并不那么热烈的掌声中临危受命，接过了这一沉重的委托。此时，爆燃事故的硝烟还没有从明化人心头消散，社会上还飘浮着刺鼻的气息。

2

对于周霖董事长的委托，大多数老明化人并不感到意外。

毕业于山东工商学院（原中国煤炭经济学院）工业会计专业的孙洪海，是在1990年作为财务特招人才来到工厂的，那时的明水化肥厂正红红火火。高高的个子、清瘦的脸颊、走路疾步如飞，笑声爽朗通透，是当时明化人对这位一米八的大学生的印象。

二十多年过去了，孙洪海从财务会计干起，历任主任科员、财务科副科长、科长、财务处长，2000 年开始主持财务工作，2002 年担任财务副总，2008 年担任集团副董事长，依然分管财务和经营。二十多年的工作经历，使他像一位舵手熟悉航海图一样，熟悉企业财务的循环状况，能从每一点脉动的异常，捕捉企业运行过程中的危险信号，这使他常常见微知著，每每在企业发展的重要节点，提出切中肯綮的建议。周霖董事长在企业生死存亡之际，把明化委托给他，这肯定是一个重要的考量。毕竟财务是企业的血脉，特别是在面临搬迁的关键时期，哪一个节点上供不上血，明化的心脏都会猝然停摆，连抢救的机会都不给。

面对这一托付，孙洪海异常清醒。明化血脉几近枯竭，不采取断然措施只能坐以待毙。原地修修补补，就算市委、市政府和社会舆论同意，其结果也不过是把一个心肺功能衰竭的病危者送进重症监护室，除了徒增痛苦，使病人死得更难看，断不会有起死回生的奇迹发生。但多数明化人特别是很多老职工，并不了解或者并不情愿接受这一现实。

长期从事财务领导工作的经历和注册会计师的资格，赋予孙洪海冷静分析、把握盈亏的特点，但他更是个骨血里浸透了国学滋养的文化人，具有中国传统文人时不我待，敢于任事的性格。他怕气血双亏的明化经不起拖沓等待，还没去晋煤集团总部做例行汇报，就迅速展开工作。

文人好招惹麻烦，文人情怀的企业家更是如此。在委托主持工作和正式任命之前，是一个微妙的时间。微妙就在于它给人以微妙的想象空间。精通为官之道的人，会在这段时间里只拱手不动手，"今天天气，呵呵"。孙洪海有孙洪海的风格，他不屑于摆花架子做虚功，一出手就直指要害。一时间针对他的手机短信、微信、小字报、大字报广而告之，一时谣言满天飞。作为章丘第一个拥有国家注册会计师证书的孙洪海，面对这些"无中生有"，说实在话，烦，很烦。之前，在他没被委托主持工作的时候，早就有许多单位向他伸出了橄榄枝，他也曾三次向集团主要领导提出辞职。但眼下他已经接受委托，难道能够在集团遇难、人心动荡的时候一走了之吗？孙洪海给自己做出了回答："不能！在这档口，如果选择当逃兵，就是道德问题。一个人有没有文化修养，其根本区别在于有没有底线意识。做人，不能失去底线。"

无端的攻击反而使孙洪海的心志更加坚强：逆风突袭，不必理会飘落在身上的蜘蛛网，只管前行，活一个拼命三郎才有滋味。壮士断腕，绝地奋起，明化没有别的路可走。

二、背水一战

第三章　废墟、夕阳和升腾的梦想

"轰——"，一声沉闷的爆破，地面一阵颤抖，两座64米高的尿素造粒塔，先是微微耸动了几下，像是在踮起脚依恋地张望着公路对面的城市，还有城市以远的天际，接着就如抽去筋骨的巨人似的扭曲着晃动着，缓缓地瘫软下来，訇然倒塌。翻卷的烟尘贴着地面"噗噜"窜出，迎风高高腾起，在双塔屹立过的天空徘徊盘旋，向四面八方弥漫开来……

烟尘在一片叹息声中消散。没有了，这两座上世纪90年代初明水化肥厂乃至整个明水城堪称"地标"的建筑，这两个曾经结束济南无尿素产品记录的化工明星，阅尽二十多年波诡云谲的市场竞争风云的功勋，以这样一种悲壮的形式，完成了自己的告别仪式。

满目废墟的明化场地突然空旷如沙漠如荒原，一切喧嚣都归于沉寂。现场的工人后来回忆说，两座造粒塔倒塌的时候无声无息，直到烟尘蹿起来遮住了天空，才听到"轰隆"一声。许多老工人都说，那是两座高塔生命远去的回声。

这一天是2015年3月25日。

一抹夕阳掠过烟尘的废墟，斜斜地投射在几个并肩伫立的身影上。

爆破前，孙洪海董事长刚刚从外地考察"MTA项目"回来，就马不停蹄地赶了过来。先后赶来的还有集团的五位副总：常务副总殷传光，党委副书记、副总仇健，以及副总彭建军、郭彦超、孙志田。

他们赶到时"造粒塔"四周已围满了职工。西斜的阳光辉映着人群中的一簇簇白发，将爆破现场渲染出一片送别的感伤，大家心里瞬间涌起一阵被抽空的疼痛，不觉相互看了看。

他们大多是上世纪80年代末、90年代初分配到明化的大学生，不仅亲眼看着尿素造粒塔一点点拔地而起，还亲历了尿素生产线的建设到开车再到大规模生产的整个过程。他们至今还记得第一批尿素成功下线的那天晚上，几个"一人吃饱全家不饿"的主儿兴奋不已，买了几瓶章丘"小瓷葫芦"百脉泉、几包干烘花生米、两个鱼罐头、三四根火腿肠，在集体宿舍庆祝明化这历史性的时刻。几位愣头青喝得痛快，哪知道这高度"百脉泉"的后劲，等"小瓷葫芦"都底朝天了，他们的舌头也都将不直了，迷迷糊糊间开始掏心掏肺。

郭彦超拍拍孙洪海后背："你还记得吗，我们刚来报到时，感觉自己上当了？说是分到省会济南，哪承想是济南辖区的一个小县城，而且还是县城的边边上，四周都是庄稼地！"

"咋不记得呢。"不知谁抢过话头，"宣布分配计划的时候，说的是去小泉城。我当时只知道济南是泉城，还纳闷呢，济南是省会，咋还'小'了呢？可就这个'小'字，把我一翅子刮到了农村。这不成'社来社去了'吗？转了一圈又回到了农村。不过，人家可是没有骗咱，章丘可不是'小泉城'么。嘿嘿，咱们是跟百脉泉有缘分呐。"

"是呀，话又说回来，虽然这里不是省城，可我们的厂子可是名冠全省呢！现在又上了济南唯一一条尿素生产线，我们的工资可是要翻倍的呀。咱就擎好吧！"

"那是。章丘虽不是济南，可这里也是有山有水的，而且这里的泉水绝不逊于济南，关键这泉水滋润出的姑娘那叫一个'俊'呀。哥，不瞒你说，我可是要娶章丘的姑娘做媳妇，在这里安营扎寨了。"

大家都抢着说，话搅成了一锅粥。有意思的是那句"婆章丘姑娘"的醉话，后来他们都兑了现，成了"章丘女婿"。

孙洪海百感交集。就在刚才尿素造粒塔倒地的一刹那，他想起前不久公司开展"依依惜别老厂区"活动的情景：四面八方的离退休老员工和广大在职员工怀揣不舍、眷恋、浓得化不开的深情来到老厂区。他们几十年工作奉献在明化，从风华正茂到如今的满头银发，他们最放心不下的还是明化。再次走进熟悉的工厂，行走在百千次巡检过的厂区里，无数的回忆如潮水般涌过。老师傅们相互间紧紧握手、拥抱："再来看看吧，咱们干了一辈子的地方，再不来就真的没有了！"

他侧身看着与自己一起见证明化辉煌，经历明化困顿，同时在这片家园施展人生抱负的殷传光他们，大家都低头打量着脚下的废墟，神情有太多的不忍。孙洪海忽然动容，眼眶禁不住潮湿了。他低声说："老明化历经半个世纪的风华沧桑，已然完成了她的历史使命，美丽的蜕变正在发生。我们今天站在这里，是送别更是接生。"他顺手往只留下一抹红痕的西边天际一指，"正如这夕阳，从容而落正预示着灿烂而升。没有今天的沉落，就不会有明朝再次辉煌的升起。夜与昼的更迭，黑暗与光明的交替，所有机遇都潜伏在这时间的转角，而我们正站在这个转角上"。

大家的手叠握在一起，脸颊因夕光的浸染生动起来。他们透过无边的尘埃，极目远眺，仿佛看到一个新明化的大美蓝图正展开于地平线上。再造一个崭新明化的梦想,已开始从废墟上升腾。

让我们再把时间切换回"双塔"爆破之前,对接到孙洪海临危受命的那个节点——

1

事物的兴衰存废,岁月的起止始终,以宏观的视野观之,其历史发展进程中那些可圈可点,甚至决定成败的瞬间,往往不在起点,也不在终点,而在于转折点。转折,从来都是一个充满挑战与神奇力量的词汇。回顾中国的改革开放,其艰难而辉煌,低回徘徊又波澜壮阔的伟大历程,正是由小岗村大包干、恢复高考、平反冤假错案、真理标准大讨论、设立特区、发行股票等等,一系列平凡而奇崛的转折载入史册的。再让我们放低目光,来看看F1赛场,最精彩最激动人心的时刻莫过于弯道超车,优秀的车手会在激烈的竞逐中,抓住稍纵即逝的转弯瞬间果断加速,实现惊心动魄的制胜超越。

在传统煤化工赛场上直道前行了半个多世纪的明化,被残酷的市场竞争、推动高标准环保的社会力量和那声爆燃闷响,甩到了时间的弯道上。这丝毫容不得明化做出选择,明化人唯一能选择的是他们处于弯道的作为,而时间不会容许他们慢慢来。

这时间的弯道就是"北四厂搬迁",它已经注定成为明化命运的转折点,也是明化千载难逢的机遇。或迎着风险果断实施搬迁,放下包袱,借机转型升级,演绎弯道超车的精彩,实现转折点上的华丽转身，重塑明化未来；或畏惧风险，当断不断，导致企业在转折点上坐失良机，就此黯然衰败。

然而，每当面临必须砸烂坛坛罐罐，实施战略转移的关键时刻，总会有很多痛彻心扉的不舍和对前路的种种担忧：

"明化自 1958 年建厂，多少家庭祖孙几代都扎根在这里了，哪能说拆就拆，说搬就搬呀。"

"俗话说'搬家三年穷'，何况是已经丧失元气、连年亏损的老企业，咋还能经得起折腾。"

"搬迁，搬迁，谈何容易，明泉化肥厂就一个"1830"项目，哪能容得下这么多人，我们的饭碗怎么办？"

听起来似乎都在理上。但这"理"形势和时间都不会给予理睬，更不会展开讨论，它们只等着收割结果，不管最终打开的是庆贺的香槟，还是祭奠的苦酒。

天下事无论巨细，陷在议论里总是无益，必须躬自入局，挺膺负责，乃有成事之可冀。面对充满无限未知的明化，孙洪海和明化的领导团队决心已定，毅然决然地推动企业迈向新征途。

2013 年 9 月 20—21 日，集团连续召开了中层及以上管理人员会议、职工代表（扩大）会议、退休老同志代表座谈会和全体职工大会，孙洪海纵论明化的昨天、今天和明天，从十个方面阐述了北四厂搬迁的必要性和必然性，提出"借搬迁之机实现企业转型升级发展"的理念，描述了"用未来3—5 年再造一个全新明化"的目标。

两天四个会议，疑虑消散，人心聚拢，北四厂搬迁的集结号就此吹响。明化在机遇和时间的电光石火之间，牢牢抓住了命运的缆绳。

2

理论与实践的距离永远不会以理论测量，而是要靠实践度度。

那场"思想风暴"之后，大家都以为明化搬迁重建已是顺理成章的事，彼岸的曙光已依稀可辨。然而——又是"然而"，世间万物的生长发展，总离不开这个词所包含的近乎宿命般的转折，生命的历程因而跌宕起伏、精彩纷呈——北四厂的搬迁绝不仅仅是明化的事，它牵扯着方方面面的神经和利益，几乎是刚一起步就陷入重重纠葛，各种矛盾扯不断理还乱。

一个城区老企业的搬迁是一项系统工程，要想顺利实施，须有只无形的手统筹上下、协调各方。

一直密切关注北四厂搬迁，并将其纳入章丘市城北整体发展规划的市委市政府及时出手，首先协调各方，对明化集团实施搬迁给予大力支持，各种矛盾纠葛迅速化解；其次整合资源，对明化现有的有证土地，按规划进行商业开发，并拨付与土地收储熟化、招拍挂后净收益等额的资金，用于人员分流安置、弥补搬迁损失和项目建设所需；其三提供建设用地，在刁镇化工园区为明化划拨近900亩土地，并在刁镇驻地规划办公区、周转房用地，保证了新厂建设所需。

提起当年市委市政府的一系列支持措施，孙洪海至今感慨不已，说："这简直是给明化送东风下及时雨呀。"好风好雨凭借力，孙洪海和他的团队得以眼睛向内，集中精力展开搬迁工程。

北四厂搬迁，不仅是几千员工的大搬家，还有设备、产能的转移，新项目建设、企业文化的接续传承等等，可谓千头万绪。下好这盘棋，既要有全局眼光，也要在每颗棋的落子上审时度势，小心经营，一着不慎便会导致全局动荡。

这一时期，孙洪海办公室的灯常常亮到深夜甚至通宵不熄。白天是停不下来的，除了搬迁这一摊子麻烦事，他还要奔波"MTA"项目。这个项目不仅是为几千职工创造新的工作岗位，更着眼于给传统煤化工找一条新出路，这是他兑现承诺，打造全新明化的希望所在。晚上他要让心沉静下来，复盘昨天棋局，理清明天思路。深夜的厂区是寂静的，偶尔有风从窗外刮过，挟着明化的过去和未来。那纸重托让他感觉不到疲惫。向着目标冲刺的过程总是充满了兴奋，辛苦要等到打开香槟酒的时候才会慢慢涌上来。

好在还有个明泉化肥厂，可作为缓冲搬迁压力的桥头堡。

早在2007年就已在明水以北刁镇工化园建成投产的明泉化肥厂，经过六年的不断填平补齐、醇联氨技术改造，各项工艺技术先进，操作自动化程度高，系统运行稳定，产能大幅提升。作为集团最年轻的企业，明泉化肥厂虽然经营效益未达到预期，但却拥有一支平均学历最高的员工队伍，很多近几年进厂的大学毕业生，正在逐步成长为生产、技术骨干、业务尖子，足可作为新项目建设的中坚力量。

孙洪海忽然间想跟几位副总说会儿话，摸起手机又摇摇头放下：已是深夜了。他把窗户打开道缝，风吹了进来，凉爽中带着尖哨。节令已是"山明水净夜来霜"的秋分时节。"多好的搭档啊"，确定搬迁以来，集团的几位副总各自掌管一方靠前指挥，保证了各项前期工作的有条不紊。

在建的"3050"项目正在紧张施工。尿素厂房框架、造粒塔主体已经拔地而起，合成框架地下基础已经全部完工。"3050"项目是集团实施搬迁的第一个重点项目，建成后与明泉化肥厂 30 万吨甲醇系统进行联产，可以盘活现有装置，实现优化运行，提供 400 人的工作岗位。

双氧水搬迁改造项目已经全面启动，根据目前的市场价格，一期、二期全部建成达产后，将全面实现技术升级、产能升级，提供二百多人的工作岗位，每年可实现利润数千万元。

甲醛—吡啶等几个新项目，也已经初步完成调研考察，为明年的开工建设做好了储备。

看来度过了初期那段惶惑迷茫，明化这个历经沧桑的老企业正向着既定的目标稳步前行。

然而——在明化凤凰涅槃这篇大文章里，这个词是躲不开的，不管它带来的是开心的笑脸还是痛苦的表情——时间推移到 2014 年夏天，正当在建项目有序进行，新上项目顺利动工的时候，北四厂之一的华饰纸业公司三百多职工突然聚集在市委、市政府大楼前上访。

这时正值孙洪海在外地考察"MTA"项目，负责职工分流安置的党委副书记仇健匆匆前往处理。

3

"搬迁绝不仅仅是拆除旧厂房建设新厂房这样简单，它直接关系到近五千职工的家庭生活，这里面有复杂的感情因素。职工利益大如天，没有职工情绪的稳定，就没有搬迁工作的稳定。"孙洪海转动着手里的笔，看着大家。关于人员分流和安置的会议已经开了好几个，这次会议要最终敲定方案。

经过反复讨论，集团确定按照"四个确保"的原则制订分流安置方案，即"确保达到内退条件人员按照集团已经出台的内退方案有一份稳定的保障性收入，并保持收入相对稳定；确保未达内退年龄人员都有合适的工作岗位；确保在本次转岗中，所有中层以上人员带职转岗；确保留用人员满足当前工作需要，预留未来两年发展所需人才"。对职工普遍关心的股份问题，孙洪海郑重承诺，集团将按照已经发布实施的职工内部股份管理办法，按时确保足额兑现。又是一个确保。须知眼下的明化集团正处于资金捉襟见肘的困难境地。

人心是一片最容易感知阳光的草坪，温暖的善意一经投射，心灵最柔软的部分瞬间蓬松滋润，心扉便会轰然打开。在集团体贴的分流安置方案感召下，率先分流的明化和鲁明员工，迅速在新园区明泉化肥厂选择到新岗位，首批分流工作顺风顺水。

阻力出现在热电厂和华饰纸业公司。

2013秋、冬时期，当明化与鲁明相继关停、人员安置、设备拆除有条不紊地推进之时，热电厂因承担辖区内冬季供暖未及时关停。由于热电厂生产的气和电长期以来供给华饰纸业公司使用，形成了很大的债务，北四厂确定搬迁后，在经信局协调下，两家企业以债转股的形式解决了债务问题。这样一来，华饰90％的股份都在热电厂，热电厂继续供暖，华饰也就延缓了关停。

此时，仇健副书记正盯着两家企业的分流安置工作，夜以继日地带领他的搬迁善后工作小组，反复思考讨论分流安置中可能遇到的问题和解决办法。

面对同样温度的分流安置方案，这两家企业员工的感受却不尽相同。明化和明泉化肥厂跟刁镇化工园的企业工艺相同、岗位相近，员工分流过去很快就能在新岗位上驾轻就熟，对新工厂容易产生归属感。而热电厂和华饰纸业公司员工却对新工厂、新岗位感到完全陌生，内心充满疑虑。人一旦有了疑虑，心地就会坚硬，心扉便容易关闭。

在两家企业继续开车的时期，仇健和他的小组成员反复研究面临的当前和历史遗留问题，计算安置岗位。狭小的办公室烟味浓重。仅热电厂就几百名职工，在建项目还没投产，明泉化工对口的锅炉岗位能有多少，僧多粥少，如何分配？至于华饰置业公司，根本与化工风马牛不相及，怎样分流？

既要为安置岗位出思路、想办法，又要考虑员工利益最大化，还要保证分流安置工作依法依规进行。具体方案制订了一套又一套，要做到几全其美，难啊。

2014年3月15日，热电厂停止供暖，两企业关停。

3月22日，华饰员工三百多人突然去市委、市政府楼前上访，主诉求是解决老企业欠下的个人工资问题。其他要求大致分为三种：愿意上班的要合适岗位，想内退的要工资，既不愿上班又不到内退年龄的要高额补偿。

楼前广场上人群涌动，喊声鼎沸。此时恰逢全市教育实践活动开展的关键时期。

仇健带领相关人员连续在广场上靠了五天，倾听意见，化解疑虑，讲政策讲感情，苦口婆心，终于劝退了群访队伍。

孙洪海听取了仇健的汇报，马上召集领导班子成员研究解决办法，提出"积极应对、稳妥处置、两手齐抓"的处理原则："面对极其复杂的情况和各种各样合理、不合理的诉求，我们必须把法治和德治结合起来处置。大家要明白，所谓'两手齐抓'，是刚与柔的结合，是度的正确把握和关系的良好协调，是在平衡中寻求问题的妥善解决，做到不伤正气，不纵邪气，进而培育促进发展的元气。"

对华饰纸业公司员工的主诉求，他分析得很清楚：解决这个历史遗留问题，既要讲道理，也要重情理。按照2005年"北四厂整合"时的规定，站在企业的立场上，明化集团应该解决的是整合以后产生的问题。但从员工的利益出发，不管什么时候拖欠的工资，都是他们应得的报酬，是他们的血汗钱。所以我们的态度应该是，不管昨日之债主是哪家企业，只管今日之员工是明化的兄弟姐妹。会后，明化集团出资1500万元，一次性偿清了自1998年以来华饰纸业公司两次破产遗留的职工债务。

同时，对员工的其他要求，按《劳动合同法》列出三条解决途径：愿意上班的可以留下；达到内退年龄的可以内退，集团支付工资的80%；既不愿上班，又不到内退年龄的，可以买断工龄，按规定补偿。华饰纸业公司人员安置分流得以顺利解决，随后热电厂的人员分流安置也顺风顺水。为明化集团顺利实施搬迁转型战略创造了稳定的环境。

接下来，"北四厂"开始拆除设备。

化工设备的拆除危险重重，到处是隐患。几十年的老设备里一旦有原料残留，沾火即爆，后果不堪设想。

明化集团成立了以副总经理彭建军为总负责人的工作班子。第一项工作就是装置拍卖，为实现闲置装置处置效益最大化，拆迁工作班子根据各类装置、物资的性质类别的不同，积极探索和创新处置新模式。为规避社会矛盾和暗箱操作，引入阳光招标、网络拍卖的新形式，于2014年5月23日、10月11日，分两次对整体装置进行拆除拍卖，取得了超出预期的经济收益和社会效果。

紧接着彭建军按照"用最专业的人员制订方案，用最专业的处理消除隐患，用最完善的措施确保安全"的要求，组织各个作业组"把好装置停车关、把好危险品处理关、把好装置拆除关",展开拆除工作。同时,市政府由分管市长任组长,经信、安监、公安、消防、质监、住建等部门为成员的"北四厂"安全拆除督导领导小组随之进驻企业。

历经小心翼翼、如履薄冰的四百多天,所有设备终于安全顺利拆除。时任市长刘天东兑现承诺,奖励明化设备拆除工作 100 万元。孙洪海长长舒了口气。

至此,北四厂分流员工 2600 余名,历史遗留问题顺利解决,安全拆除所有设备,合理处置全部闲置资产,保持了人心稳定、大局稳定,实现了城市安全、环保、优化生态环境、拓展城市发展空间、企业转型升级等五大综合社会效益。济南市委领导视察搬迁项目后,明确表态,将明化搬迁作为济南市老工业企业搬迁转型升级的典型案例进行总结推广。

4

天空一片晴朗,但明化还没有闲暇欣赏蓝天白云。要想真正轻装上阵,必须尽快解决外地企业的问题,甩掉车厢外挂的包袱。这无疑又是一场硬仗。

明化在迅速膨胀时期,以晋煤为煤炭产业链延伸,对外扩疆拓土,先后成立了宁阳明升达、郓城鲁发、文登恒盛、滕州瑞达四家驻外企业,由于市场变化和经营不善,各个企业几乎都在连年亏损,截至孙洪海接任集团董事长,四家驻外企业已是负债累累。处理这四家外地企业,成为长期困扰明化的棘手问题。

然而孙洪海认为，"审度时宜，虑定而动，天下无不可为之事"，他在领导班子会议上说："毒蛇螫手，壮士断腕，非不爱腕，非去腕不足以全一身。我们必须以最快的速度、最好的方式、最强的手腕解决驻外四家企业的问题，该弃的弃，该转的转，该整的整。将沉疴旧疾剜除，还集团一个轻盈之身。"这是一场攻坚战，需要勇气，更需要韬略。孙洪海委派仇健赴外全面处理。

文登恒盛公司，仇健接手处理时已经关停，集团已经放进去 7300 万元，其中银行贷款担保 4000 万元，融资借款 3300 万元。此时公司又向集团提出资金支持 2000 万元，重新开车。面对这个无法起死回生的无底洞，投钱，就意味着打水漂。然而天时佑人，机遇适时出现了。威海正值环保模范城市复审关键期，仇健抓住文登恒盛公司没有企业环评这个突破口，与政府谈判，敦促政府宣布公司破产。但促进企业破产和当初来投资建厂所面临的境遇大不一样：建厂是喜事，到处是讨喜的笑脸，破产是丧事，进门就是哭丧脸。当地政府有他们的难处和现实考量，下岗职工问题就是个绕不过去的坎。仇健他们急得在公司内外转来转去，没想到这一转却转出了转机。在与人谈话间，他们了解到文登恒盛的厂长在老厂区藏匿了 14 亩地，仇健高兴得与同事击掌相庆。很快这 14 亩地就成功转化为职工补偿款，解决了影响当地政府下决心的一大难题，文登恒盛公司顺利破产。

经过反复谈判，滕州瑞达公司以股权转让的形式，抵顶

60多套商品房，减轻了集团损失。

从山重水复到柳暗花明，宁阳明升达公司的历史遗留问题得以顺利解决，为集团计划中的大项目建设奠定了基础。

而郓城鲁发公司在完成了企业人员分流与设备拆除后，携手北京"北玻集团"，利用郓城政府9000万元资金支持成功转型，由仇健出任董事长，明化集团51％控股。郓城鲁发枯木逢春，生机勃发。

一番刮骨疗伤，去腐生肌，明化集团成功卸掉包袱，拆去捆绑，甩脱羁绊，严冬已过，春光在前。从北四厂搬迁到解决驻外企业难题，是再创明化辉煌的一个战略转型过程，明化集团领导团队在舍与得之间做出了智慧的抉择，正如《了凡四训》所言："有舍有得，不舍不得，小舍小得，大舍大得。"明化人舍弃了老旧的坛坛罐罐，得到了新生的契机；舍弃了眼前利益，得到了长远空间。放眼望去，前路纵使还会有风也有雨，彩虹已悬挂天边。此刻，明化的天际鲲飞云动，九万里鲲鹏正举。

原载《中国作家》2018年第9期

郭川的海洋（节选）

许　晨

> 好奇与冒险本来就是人类与生俱来的品性，是人类进步
> 的优良基因，我不过遵从了这种本性的召唤，回归真实的自
> 我……
>
> ——郭川

引子　永远的航海家

朋友，你还记得郭川吗？

对了，就是那位中国职业帆船航海家的奇人郭川！就是
那位单人单船挑战太平不幸失联的硬汉郭川！

2017年的12月20日，在一片热烈深情的掌声中，航海
英雄郭川的妻子肖莉走上了前台。去年的今天，郭川被授予
2016年劳伦斯体育精神奖，可惜他消失在大海的波涛中，是
由妻子肖莉代领的。而在今年中国十佳劳伦斯颁奖盛典现场，

肖莉受到特别邀请前来与大家见面。

郭川船长已经离开人们的视线 421 天了。他的传奇故事，他的拼搏精神，从国内到海外，仍然影响和激励着越来越多的人。他是一位震撼人心的永远的航海家！肖莉穿着一身黑色的衣裙，看上去还是那样干练、乐观。自从丈夫失联以后，这个外表柔弱的女人没有倒下，没有绝望，而是更加坚强地挺起了腰身……

"感谢大家给我的掌声，我知道这个掌声是给我们家庭的，这个掌声是送给曾经获得过最佳体育精神奖的郭川。非常感谢郭川，过去的这一年，我的地球变大了，原来郭川每天给我们打电话，昨天还在欧洲，今天就回到了家，前几天还在北冰洋，今天就回到了青岛，那时候地球很小。但这四百多天，没有再接到他的电话了，地球变得好大好大，大到我们大家都找不到他了。非常想和郭川说，'我们真的很想你，我们也非常地爱你。'"说这些话时，肖莉几度哽咽，现场的人们也为之动容。

当然，很快她就控制住感情，眼睛依然闪着坚定的光泽。随后，工作人员播放了一段肖莉和孩子们的视频。郭川夫妇为小儿子取了一个很有意义的名字——郭伦布，这个名字寄托了多么厚重的期望啊！如今小伦布已经 5 岁了，对于一个 5 岁孩童来说，"失联"意味着什么或许他还不能完全理解。面对镜头，郭伦布用自己的方式与父亲对话。

他指着墙上爸爸的照片说："这个人什么时候回来啊？"

妈妈说:"不知道。你知道他去干什么了?"郭伦布说道:"航海啊!"妈妈说:"他为什么去航海就不回来啊?"郭伦布回答说:"因为海大呗!"妈妈又问道:"刚才你除了说爱他之外还想说什么?""亲我们一下啊,亲这里亲这里亲这里(郭伦布用手指着自己的脸)。除了亲还想让他抱抱我。"

天真烂漫充满童趣的话语,却让大家泪眼蒙眬……

郭川船长的大儿子则对着镜头说道:"老爸在出发前写的信我都做到了。就是多听妈妈的话,照顾好郭伦布,我都做得非常好。"郭伦布还为爸爸画了一幅画,上面写着郭伦布、肖莉、郭川的名字。画中有一幅帆船,帆船还写得 SOS,帆船后面还有涡轮增压,他希望帆船速度能够快一些,海里还有大鱼和小鱼,他还画了一个 EF—330 飞机,他说爸爸一定能坐着飞机回来的。

此时,郭川的好友瑞士冒险家迈克·霍恩也来到了现场。他同样是一位冒险家,曾在 2001 年获得劳伦斯最佳极限运动员奖。他是不借助机动交通工具实现绕北极之旅的世界第一人。在他看来,"一个喜欢冒险的运动员,家人的支持给了太多的温暖和动力!"他此行的目的只有一个,那就是看望郭川的家人,准备重走马六甲海域航线:"因为那是郭川航海回家时必须经过的路线。我想在马六甲海峡等待郭川的回来!"

闻听此言,肖莉十分感动,走上前去与他握手相拥,说:"我在这里也拜托霍恩先生,将孩子的这幅画装进漂流瓶。带上这个漂流瓶重走郭川的航线,把我们一家人的思念带到马六甲海峡，也希望郭川早日归来……"

面对肖莉这样的请求，迈克·霍恩情绪十分激动，他郑重地接过漂流瓶并亲口承诺："你们放心，我一定会带到，这是我的使命！"

伴随着台上感人的一幕，著名歌手尚雯婕演唱了那首名为 *hero* 的歌曲："有一位英雄，如果你探寻内心，你不必害怕，自己是什么。有一种答案，如果你深入自己的灵魂，你所经历的痛苦，将随之消散。会有一位英雄向你走来，带着继续奋斗的力量……"

那么，英雄是怎样成长的？

第一章　一石激起千层浪

"大海啊，请你停一停浪涛，祈祷我们的船长平安吧！"

"海风啊，请你静一静呼啸，祝福英雄的郭川回家吧！"

一个冷秋的夜晚，华灯初上，光影迷离，美丽的海滨城市青岛笼罩在安谧的夜幕之中。忙碌了一天的人们或乘车疾驶、或步履匆匆，穿过整洁而宽阔的街道，奔向自己那个叫作"家"的温馨港湾。可在著名的青岛奥林匹克帆船中心，远离闹市区的情人坝（挡浪坝）灯塔下，却有一群群普通的市民离开家门，走向这里，自发地聚拢在一起。

秋夜的海边寒意袭人，可他们丝毫没有觉得，面容焦虑、神情严峻，拉起了一条条长长的横幅，点燃了一支支红红的腊烛，面向浩瀚大海，仰望无限星空，有的人双手合十，有的人喃喃自语：郭川船长啊，你在哪儿？你听到亲人的呼唤了吗？家乡盼望你平安无事，祖国期待你凯旋……

这是公元 2016 年 10 月 28 日，距离那个令人震惊的一刻仅仅过去三天。

那是怎样的一刻啊！不忍回眸的一刻！

10 月 26 日，中央电视台新闻频道正常播出，突然屏幕下面飞出一条字幕：据新华社消息，正在单人驾驶帆船穿越太平洋的中国职业帆船选手郭川，在航行至夏威夷西约 900 公里海域时，于北京时间 25 日 15 时 30 分与岸上团队通话之后失去联系！

一石激起千层浪。

立时，亿万国人的心像被一只无形的手揪住似的。

失联！自从马航 370 客机在南中国海上空"失联"之后，这个名词便几乎与"不幸"二字画上了等号。

数年来，郭川的名字在航海界、体育界抑或是社会各界，不能说如雷贯耳，也是早已声名显赫了。他的不凡业绩通过广播电视、报纸杂志传遍了北国江南、华夏大地乃至世界航海业。郭川是中国职业帆船航海第一人，在国际知名帆船赛事中创造过诸多"第一"。

第一位参加克利伯（Clipper）环球帆船赛的中国人。

2006 年 1 月至 4 月，郭川参加 Clipper 环球航海比赛，从新加坡出发，经菲律宾，最后抵达青岛。

第一位完成沃尔沃环球帆船赛的亚洲人。

沃尔沃环球帆船赛是目前全球影响力最大、赛程最艰巨的专业帆船赛事和团队运动赛事之一。郭川是 2008—2009 沃尔沃环球帆船赛唯一一名亚洲人，也是首次参加并全程完成比赛的中国人。比赛历时 10 个月，途经阿利坎特—开普敦—科钦—新加坡—青岛—里约热内卢—波士顿—高威—哥德堡—斯德哥尔摩—圣彼得堡，航行约 39000 海里。

第一位单人帆船跨越英吉利海峡的中国人。

2008 年 7 月，郭川驾船绕行法国 ReIsland 及爱尔兰 ConninbegLightVessel 一圈，总航程（不间断航行）约 1000 海里（合 1852 公里）。

第一位参加 6.5 米极限帆船赛事的中国人。

2008 年至 2010 年，郭川在欧洲参加多场 6.5 米极限帆船赛，并于 2010 年 8 月完成从法国西岸到葡萄牙亚速尔群岛的单人 6.5 米帆船赛。

参加环法帆船赛并首次夺冠的中国人之一。

法国的环法帆船赛是仅次于环法自行车赛的第二大体育赛事，从二战结束时开始，已经拥有 33 年的历史。6 月 24 日，郭川从法国东北部港口城市敦刻尔克扬帆起航，于 7 月 25 日在滨海拉塞纳收帆。

第一位参加跨大西洋 minitransat 极限帆船赛事的中国人。

2011 年 9 月至 11 月。该赛事使用最小的 6.5 米跨洋帆船，完成单人不停航航行，是航海领域的极限赛事之一，是对参赛者个人能力的极致考验。郭川是参加此项赛事的首位中国人。

第一位单人不间断环球航行并创造 40 英尺级帆船世界纪录的中国人。

2012 年 11 月 18 日，郭川开启"单人不间断帆船环球航行"之旅，从青岛港启航，经历了海上近 138 天、超过 21600 海里的艰苦航行，于 2013 年 4 月 5 日上午 8 时左右，驾驶"中国·青岛"号帆船荣归母港青岛，完成了环球航行，成为第一个成就单人不间断环球航行伟业的中国人，同时创造了国际帆联认可的 40 英尺级帆船单人不间断环球航行世界纪录。

第一位率领国际团队，完成北冰洋（东北航道）创纪录航行壮举的中国人。

2015 年 12 月 21 日，"中国·青岛"号超级三体大帆船郭川船长，组织国际团队，历时 16 天，穿越了具有"死亡航道"之称的北冰洋，创造了史无前例的世界纪录……

进入 2016 年以来，郭川团队一直在国外训练、调整、准备，7 月应奥运会主席巴赫之约，从法国拉特里尼泰出发，跨越大西洋到巴西里约热内卢，观礼 2016 年奥运会，而后启航穿越巴拿马运河北上太平洋，经过两段航程共 43 天的航行之后，绕地球大半圈，于当地时间 9 月 30 日凌晨抵达美国旧金山。

按照预先计划：在 10 月中下旬，由郭川单独驾驶帆船横跨太平洋，目标地为中国上海。

这个航次是一项挑战之旅：去年6月，意大利"玛莎拉蒂"号船队创造了从旧金山到上海，用时21天的帆船速度世界纪录。郭川决心单人单船沿此航线突破上述纪录，用16天至20天左右完成此项赛事。

因为"玛莎拉蒂"号船队有11名船员，所以郭川不管用多长时间到达目的地，都将创造一项新的世界纪录：单人不间断跨越太平洋航行！从美国旧金山市到中国上海金山区，两岸都有个金山，也称之为"金色太平洋挑战"航海活动。

历史性的一天到来了——2016年10月18日上午，美国旧金山湾区阳光明媚，郭川驾驶标有"中国·青岛"号的三体大型帆船，离开停靠的里士满游艇码头，在人们的一片欢呼送行中，踏上了直奔中国上海的航程。

当鲜红的三体船从旧金山地标建筑金门大桥下通过的瞬间，守候在大桥北塔的国际帆船联合会记时员沙马·科塔古特蒂按下计时器，显示当地时间14时23分11秒。这年，郭川已经51岁了，将在太平洋上独自航行约7000海里（12964公里），一路上需闯过风暴、海浪、鲨鱼、孤独等等难关。一般人连想都不敢想，可我们的船长已如履平地。

当然，他不是只知蛮干的傻大胆儿，而是建立在科学训练和多年实践的基础上。他此次驾驶的超级三体船长约30米、宽16.5米，桅杆32米，使用碳纤维材料制造，重量轻，性能好，为世界上仅有的五艘超级帆船之一，在上次的北冰洋航行中表现甚佳。为了准备这次挑战，郭川团队又对此船进行了部分设备的升级改造，并驾船在从法国一路走来的途中，进行了大量模拟训练。他在船上可以通过海事卫星、因特网与外界保持密切联系，并且安装了 GPS 跟踪器，会将自己的定位信息随时发回岸基网站上。

万事俱备，只欠东风。

众所周知，帆船前进的动力就是风，一帆风顺，乘风破浪，祖先留下的诸多成语证明了这个道理。然而，这是一柄双刃剑，无风难行船，风大浪必高。特别是一个人一条船，只靠自然风航行在茫茫大海上，如果遇上狂风暴雨、浪大涛急，那将是难以言表的灾难与不幸。虽说郭川船长是久经沙场的战将了，也不免谈此色变，百倍小心。

本次临行前，他与友人聊到此事时，说了一句耐人寻味的话："从某种意义上说，我是在不断挑战一个更高的层面。我希望把这件事做得精彩，给自己的帆船梦想增添新的高度。风是我的对手，也是我的伴侣。没有风，走不好；风很大，会带来很多压力。我要时刻小心谨慎，不要产生不好的结果……"

难道是一语成谶？

就在郭川驾船航行一周后的 10 月 25 日，"中国·青岛"号驶到距离夏威夷以西 900 多公里的海域，上午 11 时左右曾与岸上团队连线通话："怎么样，船长，没事吧？你那边有什么新情况？"

"啊，还行。"郭川答道，声音里透着疲惫："没事就是最好的情况。昨天晚上有些不稳定的阵风，有两个乌云团突袭，然后阵风加大，船体感受到突如其来的压力，如果没有防范准备，就会有问题。好在都已经应对过去了。"

"那你一定要多加注意啊，利用风浪较小的时间，尽量休息一下，保持体力。如果再遇到突发之事，比如撞上鲨鱼什么的，没有体力是不行的。"

"是的！远航撞到大鱼是比较常见的事情，这回我就有两次撞到了，大概有一两米长，好在对船没有造成什么损害。当然，我不希望撞到鲸鱼，否则那将会有不可预估的后果……"

"好的，不说了，保重！"

此次通话后，郭川一位同学又打通了电话，聊了一会儿，他就休息了。北京时间下午3时半左右，岸基保障团队GBS定位图屏上，突然显示帆船航速慢了下来，从二三十节突然降到了六七节，大家赶紧联络郭川，不料却一点儿回音也没有了！

"青岛号，青岛号，你在哪里？听到请回答！听到请回答！"

"郭川船长、郭川船长，在何方位？发生了什么事情？请回答、请回答……"

岸上保障团队负责人刘玲玲接到报告后，马上与她的团队伙伴们，一遍又一遍地用海事卫星电话、互联网通信呼唤着联系着。十分钟过去了、一个小时过去了、两个小时过去了，均无应答。平常郭川需要节省海事电话的数据流量，在不需要与岸队联络时关闭卫星电话，以为船长关机了。

可是等到预定联系时间，刘玲玲还是没有打通郭川的卫星电话，这下整个团队都慌了神。船载全球卫星定位系统（GPS）支持的航行轨迹跟踪仪，是唯一可以确认帆船仍在继续航行的信息来源，只是随波逐流，不像有人在操控。郭川船长就像人间蒸发了一般，无声无息，无影无踪。

失联！

这两个幽灵一样的大字，像两记大锤重重地砸在人们心上。在茫茫无边、风急浪高的远海大洋上，失去联系意味着什么？不敢想象。郭川岸队马上向中国驻美国外交使团报告，并联系美国海事部门请求援助。

中国驻洛杉矶总领事馆、国际海事救援中心北京分部对此高度重视，立即启动了应急机制，敦促美方采取一切必要措施全力展开搜救。这是人道主义的救援，国际上照例是一路绿灯。美国海岸警卫队夏威夷海事救援机构、美国海军在附近海域游弋的舰只，以及法国航海帆船运动基地有经验的水手，纷纷在第一时间前往事发地点。

五个多小时后，郭川岸队收到国际海事救援协调中心的回音：美方派出的固定翼搜救飞机经四小时飞行，赶到了"中国·青岛"号帆船所在海域，发现帆船大三角帆落水，甲板上没有人，无线电对讲机呼叫无应答，飞机在盘旋一小时后，因即将没油了，不得不返航。

消息传来，人们心情十分沉重，这说明郭川落水了……

熟悉帆船运动的人都知道：单人单船的航程中，最怕的是人船分离，一旦由于狂风大浪抑或是大鱼撞击，失足坠入海中，根本赶不上一直前行的帆船，前后左右无人施救，就会遭遇灭顶之灾。

如此看来，郭川船长境况不妙，生死未卜。唯一期盼的是，他在海面上漂浮或游到某个荒岛上，利用野外生存知识坚持，伺机被前往搜救的飞机舰船找到并且安全地带回来。

奇迹会出现吗？

祖国时时刻刻牵挂着她的儿女！

自从"中国·青岛"号失联的消息公布之后，举国上下就被"郭川"这个名字牢牢吸引住了。每天每夜，人们密切注视着中央电视台的《新闻直播间》《二十四小时》，甚而《新闻联播》等栏目，忧心如焚地等待着来自太平洋救援的信息。

在10月27日的中国外交部例行记者会上，严肃而不失可亲的发言人陆慷代表中国政府表示："外交部和中国驻洛杉矶总领馆，正密切关注有关事态，继续协调相关工作，全力搜救。目前郭川还在失联，如果有进一步的消息，我们会及时向大家提供。"

郭川的家乡——山东省青岛市，更是在第一时间启动应急机制。省委常委、青岛市委书记李群，原青岛市长、现副省长夏耕等有关领导同志，以及山东省外事办公室、山东省体育局、青岛市体育局、市帆船帆板运动协会等部门高度重视，全力以赴配合好前方的搜救工作，并且及时联系郭川的岸上保障团队，了解本次航行活动的最新信息，慰问郭川的妻子肖莉和其他亲属，适时对他们的情绪进行安抚。

著名乒乓球运动员是郭川的青岛老乡，第一时间在新浪微博上写道："您的征途是星辰大海，但您的港湾永远在这里。每次都是默默地离开，每次又都是那么骄傲地回来！今夜，全国人民为您祈祷，等您凯旋！老船长，听到请回答！"

微博发出后迅速被转发上万次，评论数超万。网友们在其微博下纷纷留言关注。"船长，我们等你回来！""老船长，听到请回答！"……同样作为青岛老乡的中国女子射箭队队员张娟娟，也在其社交媒体上发出"保佑郭船长平安归来"的祝福。

虽然与郭川不是老乡，但中国自由式滑雪空中技巧运动员、两届冬奥会亚军的李妮娜专门为其送出祝福："郭川船长，素未谋面，朋友圈里流传着您的传奇故事，这次您又去哪淘气了？快回来吧，回来给我们再讲讲您的故事……"

中国前体操队名将邢傲伟写道："郭川船长，虽然素未谋面，但是作为体育人早听说你的壮举，为你祈祷，早日有平安的消息。"

前不久采访过郭川的央视新闻主持人王东，惊异地表示："刚刚惊悉郭川在单人航海返回上海途中在夏威夷附近水域失联，难以置信！两个多月前我们还在里约奥运会期间见过面，且在他的这艘帆船上谈笑风生。让我们共同为这位中国航海第一人祈祷，保佑郭船长平安归来！！"

最为令人感动的，还有那些普普通通的青岛市民。他们视郭川为自己的城市英雄、家乡的优秀儿女，震撼、担忧之余，各个微信群朋友圈里振臂一呼，决定于 10 月 28 日晚上来到奥帆中心码头，为郭川船长祈福：祈祷他逢凶化吉、遇难呈祥、转危为安、平安归来！

于是，这就发生了本文开头的一幕。

青岛，是当年北京奥运会的伙伴城市，是举办奥运帆船项目比赛的地方，也是航海英雄郭川驾驶着"中国·青岛"号扬帆起航，以及凯旋的港口。多少次，他就是在这里迎着满天朝霞，装满了亲人朋友和社会各界的祝福，走向深海大洋。又有多少次，他还是在这里披着一片夕阳，载负着疲惫的身躯和成功的喜悦，胜利地归来了！

不管是出海还是返航，青岛奥帆中心基地里总是簇拥着迎送的人群，荡漾着欣喜的笑意和敬佩的掌声。唯独这天晚上，黑黝黝的海面、静悄悄的码头，怀揣着沉甸甸心情的人们，仰望着远方的海浪，点燃起一根根火红的蜡烛，向着大海星空祈祷。一声声呼唤此起彼伏："回来吧，我们的郭川船长！"

北京航空航天大学青岛校友会、帆船之友会、青岛一中校友群、帆船帆板协会等群友们，还有许多自发赶来的市民、游客和外宾都一脸凝重、虔诚地伫立在海边，起风了，涨潮了，犹如人们此时此刻的心声。

那摆放在海滨的数百根腊烛，组成了一个个放射着红红光焰的大字——"郭川平安""船长归来!"在夜幕下与满天星辰相映成辉、分外醒目。

一位网名叫"青岛君"的青年人即兴题诗朗诵：

我们的船长从不服风浪

"青岛"号怎能不回家乡

今天，此时此刻

大家都在为这个男人祈祷!

祈祷郭川能像往日一样，化险为夷

祈祷郭川能像往日一样，平安归来

海水太冰冷了

郭川，900 万青岛人正等你回家!

等你和"青岛"号一起

回到家乡温暖的怀抱……

第二章 "疯子"郭川

他从哪里驾船来?

郭川是一个什么样的人?

他又是怎样成为一名职业帆船赛手的?

要想了解清楚其中的来龙去脉，那还要从国际帆船运动这个项目说起。

帆船，顾名思义是利用风力前进的船，是继舟、筏之后的一种古老的水上交通工具，距今已有五千多年的历史。

人类最早的木帆船起源于古埃及，约在 4700 年前，已有木帆船航行于尼罗河和地中海。当时的船桅接近船头，由两根木杆在上端扎成 A 字形，横悬一面矩形或方形的帆。初期的帆不能转动，只有风顺时才能使用，风不顺就只有落帆划桨。

后人在航行的实践中逐步发现，即使不顺风，只要使帆与风向成一定的角度，帆上还是能受到推船的风力，于是人们又创造了转动帆，在逆风的情况下，船也能行进。

我国帆船出现的时间比西方晚，但没经历过漫长的横帆阶段，而是一开始就发展为可转动的纵帆。三国时期，周瑜、诸葛亮联手赤壁之战，火烧曹操长江战船，就是用的这种帆船。后来的郑和七下西洋，所用的航海宝船长 148 米、宽 60 米，是当时世界上最大的木帆船队。云帆蔽日，浩浩荡荡。

可以说，帆船的产生、发展与衰变是东方先民认识海洋、征服海洋漫长历史的缩影。历朝历代留下的许多诗文，生动形象地诠释了这一点。比如唐代李白的"孤帆远影碧空尽，唯见长江天际流"，王湾的"潮平两岸阔，风正一帆悬"，宋代张孝祥的"风帆更起，望一天秋色，离愁无数……"

15 世纪时，大西洋沿岸的欧洲国家在帆船设计方面有一项划时代的进展，就是三桅船。它基本上集中了各种船的优点，装有艉柱铰链舵，方帆与三角帆并用，能利用各个方向的风，并把帆分悬在三根到四根桅杆上，操纵更加灵活，主桅及前桅上有二张至三张方帆。帆面积增大，船速就加快，船的体积也可增大。随着西方资本主义兴起，海外贸易和对外扩张的需要，船舶技术大踏步前进。

旅行探险、载人运货、巡逻作战，帆船是人类向大自然作斗争的一个见证。

西方的哥伦布、麦哲伦、库克船长等人就是凭借着一艘艘先进的多桅帆船，环球航海发现新大陆、征服土著人的。近年风靡一时的美国大片《加勒比海盗》，也是以帆船为其纵横天下的舞台。

直到蒸汽机轮船问世，帆船失去了用武之地，不再是承载大量运输任务的水运工具，而成为一种文化和娱乐的象征。这就是水上运动项目之一的帆船比赛。

帆船运动中，选手依靠自然风力作用于船帆上，驾驶船只前进，是一项集竞技、娱乐、观赏、探险于一体的体育运动项目。它具有较高的观赏性和健身性，备受人们喜爱。经常从事这种运动，能增强体质，锻炼意志。特别是在风云莫测，海浪、气象、水文条件的不断变化中，迎风斗浪，培养战胜自然、挑战自我的拼搏精神。

18 世纪后，英、美、瑞典、德、法、俄等国家先后成立了帆船俱乐部或帆船竞赛协会，各国之间经常进行大规模的帆船比赛。1870年美国和英国举行了第一届著名的横渡大西洋"美洲杯"帆船比赛。1907年，世界第一个国际帆船组织——国际帆船联合会正式成立，简称"ISAF"，是世界上最大的单项体育联合会之一，现有122个会员国（或地区），组织管辖了81个帆船级别。

现代帆船运动已经成为世界沿海国家和地区最为喜闻乐见的体育活动之一，也是各国人民进行体育文化交流的重要内容。

国际帆船赛事总体上分为两种。一种是运动员驾驶帆船在规定的场地内、按级别比赛速度，比如奥运会帆船项目；另一种是离岸远航横跨大洋抑或是环球不间断航行，具有探险和科考性质。

相比而言，后一种更加考验船员的意志品质、驾船技术。舍弃机器，扬起风帆，"御风而行"，环游大洋，完全借助大自然的力量前进，这一项古老的比赛项目，今天仍然散发出迷人的"速度与激情"。

郭川，就属于这种更具挑战性的帆船航海家。然而，他并不像欧美国家的运动员那样，大都从小就在海水里扑腾、迎着风喝着浪锻炼成长，而是半路出家，一步步从业余爱好，走上职业航海生涯的。算起来，他真正从事这项运动时，早已过了而立，接近不惑之年了……

是的，四十岁之前的郭川，与当下的大部分人一样，上学，读书，工作。只不过从小特殊的家庭经历，养成了他

"敏于行而讷于言"、思维独立爱冒险的性格。

郭川原籍就是青岛，生于1965年1月，上有姐姐下有妹妹。爸爸妈妈早年在贵州大三线地质勘察队工作，条件艰苦，只好常把几个孩子放在老人身边。

小小年纪，远离父母之爱，或许是一个人童年的不幸，但从另一个角度上看，缺少管束的日子，加之隔辈亲爷爷姥娘的疼爱，也会给男孩子的天性发展以更大的空间。小郭川从记事起就爱满世界跑，爬树上房掏鸟蛋，下海玩水摸蛤喇，成了一帮小伙伴的头儿。

快上小学了，父母把他接到了身边读书。地质勘察队不是固定在一个地方，哪里有矿苗就到哪里去，家属孩子跟着，几乎成了以大篷车为家的"吉普赛人"。或许从那时候起，郭川幼小的心灵里就有了"流动"的意识。

小学五年级的时候，县里电影放映队到各个村庄去放露天电影。当时有一部片子叫《海霞》，讲述了南海女民兵守海岛的故事。可能是从电影里看到了久别的大海，又是当时少有的彩色影片，郭川看了还想看。有一天放学后，听说十几里地外的村子还要放映此片，他便带着戴健、唐矿田几个小伙伴连家也没回，背着书包徒步追着看去了。

夜幕渐渐降临，到了吃晚饭的时辰，还没见他们的踪影，家长们有点着急了，找到学校才发现早已放学，问谁都不知道几个孩子上哪儿去了，便满世界地寻找：

"小川哟，郭川！你在哪里啊？快回来吧！"

"小健子、小健，回家吃饭了……"

天完全黑了下来，仍然毫无消息，几位小学生父母只得报告了勘探队领导。

"孩子丢了，这还了得?! 找，赶快找!"

队长一声令下，队员们兵分几路，派出了汽车到周边乡村去找孩子。一直忙活到半夜，终于在一条村路上找到了。几个小学生累得满头大汗，还没走到放电影的村庄呢! 不用说，领头的小郭川屁股上挨了爸爸几巴掌。

瞧，小小年纪就埋下了"好奇""探险"的种子。

两年后，郭川被送回家乡，进入了青岛第一中学学习。也许是接受了小学的教训，他变得腼腆起来，加之个子不高身子骨也不壮，说话文文静静，跟个女孩似的，在班上很不起眼。唯独天资聪颖，逻辑思维能力强。那时社会上流行玩魔方：一个塑料制成的红黄绿蓝方块体，转来扭去，直到所有面全排列成一种颜色。

许多人转了一两天，也转不成。郭川拿到手上，略微一琢磨，三下两下，一会儿就把一个魔方解开了。因此，他的学习成绩很好，稳定在班级里的前三名。

家乡面临黄海，蓝色的波涛一望无际，少年郭川常常站在大海边，久久地痴痴地凝望，天蓝蓝、海蓝蓝、飞舞的海鸥、漂荡的帆船、苍翠的小岛，情一样深啊梦一样美，令他心醉神迷。

几十年后，郭川曾经老实地讲："那时并没有将来航海的想法，也不知道世界上还有帆船比赛，只是出于好奇、看不透，看不透就越想看……"

这样的中学生，典型的求知欲旺盛的"理工男"，高考一定不在话下。果然，郭川一路考到了北京航空航天大学，又在那里读到了硕士。不过在同学们眼里，他从来不是那种光知道埋头用功"死读书"的学生，而是一个兴趣广泛天性好动的人。

功课紧张，可他的成绩一直不错，还能找出空闲时间来，想办法去勤工俭学。

"广奇，我发现同学们爱喝牛奶，咱们批发一些来卖，一定能赚钱。"一天，郭川突发奇想，对好朋友郝广奇说。

郝广奇是他的同班同学，本科四年、研究生三年一直在一起，平时佩服郭川有主见敢担当，不过这回有点迟疑："卖牛奶？这行吗？人家会笑话咱的。"

"哎，按照西方人的习惯，我们已经满 18 岁，是成年人了。应该能够自立，不要再依赖家人，没人笑话。"

于是，两个同学到奶站订来新鲜牛奶，利用晚上的空闲时间，在北航的主教学楼门前支上一口锅，煮牛奶卖给过路同学。为了保证质量，他们从不加水煮，卖的绝对是放心奶。没想到这个不加水的牛奶一点不好卖，后来才知道，鲜牛奶不加水是煮不好的，煮着煮着就糊了。

茅塞顿开，郭川和郝广奇迅速改进了技术，按比例加了水的牛奶果然比较受欢迎，三角钱一碗卖得挺好。不过，这个生意没做多久，因为他们发现鲜牛奶一煮，损耗太多，且不易存放，干来干去是个赔本买卖，只好"关张大吉"了。

这一次的经济冒险没有成功，可锤炼了他那不满足现状，喜欢尝试新鲜事儿的性情。

1989 年，郭川顺利拿到了北京航空航天大学飞行器控制专业硕士学位，不久又考取了北京大学光华管理学院，攻读 MBA。1998 年他就职于中国长城工业总公司（CGWIC）宇航部，参与国际商业卫星发射工作，26 岁被提拔为副处长。瞧，大型国企、高科技行业、高学历……他看起来前程似锦：29 岁调任总经理助理并提拔为正处级，32 岁出任长城国际经济技术合作公司副总经理，相当于副司局级，负责航天领域国际工程业务。

如果沿着这条现成的大路走下去，他的人生履历便会如期写上"某某公司总经理、首席执行官"之类的头衔。可是，郭川性情中"不安分儿"的细胞一直在活跃着，总觉得每天忙碌在写字楼里十分压抑。1997 年冬天，北大 MBA 班的一位同学拉着郭川去了趟亚布力滑雪场，给他带来了全新的体验，他说："那次去滑雪，感觉特别兴奋，觉得找到了自己的理想、带回去一种好的心情。这和我当时的工作环境、工作状态，恰恰成为鲜明的对比。那个感觉，像进入一个童话世界，白天滑雪很刺激，晚上到农家院围坐炕上，喝点儿'小烧'喝得醉醺醺地出来打雪仗……那时候去滑雪的人很多，但是能把滑雪变成爱好的不多，很多人就是滑过一两次，而我几乎年年去。"

在滑雪中享受到的心灵放飞和情感释放,让郭川愈发坚定了离开长城公司的决心。在他看来:副司长的行政级别可以不要,因为处在一个不能有所作为的位置上,他受不了办公室生活的庸人之扰;国企副总的工资收入可以不要,因为这份收入还不到能收买他自由的额度。

唯一有点儿牵挂的是公司分给他的那套房子,虽说2000年前后北京的房价远不如今天,但在当时也价值百万了。可是,斟酌再三,最终他还是遵循了心灵的召唤。

正如后来郭川自述的那样:"突然有一天,这种单调的生活让我厌倦,我开始拼命拓展生命的外延,因此我去学开滑翔机、学习潜水、学习滑雪……用一切可能的方式挑战自我的极限,用常人难以想象的意志力和与'年龄不符'的热情疯狂填充自己生命中的空白。应该说,是帆船改变了我的后半生。感谢帆船,让我自由的灵魂得以释放,而我放荡不羁的内心也找到了皈依的地方。十五年来的帆船生活,让我对人生有了全新的思考,但这一切都要基于一个科学的态度和方法!"

他骨子里有一颗自由的灵魂,甚至用诗一样的语言,形容那种离开固有的束缚和羁绊,奔向自己喜爱的广阔天地的心情:"从空中飞下来,沐浴着夕阳温暖的光线,像自由的鸟儿一样,在秋天金黄的树梢之上飞来飞去,你想想那有多美!我被这种纯粹自然的美所吸引,常常在空中流连忘返……"

是的，从此郭川的人生之旅拐了一个弯。

2000年，他不顾器重他、关心他的领导们一再挽留，不顾父母亲朋、好友同事不理解的诧异目光，放弃了曾引人为傲的级别和那套分给自己的住房，毅然决然办理了辞职手续，"赤条条来去无牵挂"地离开了长城公司，开始奔向了广阔的梦想天地。

对于这个举动，有不少人是不理解不赞同的："郭川，你疯了吗？公职、房子都不要了？去玩什么户外探险？简直不可思议！"

郭川一笑置之。他记起了美国电影《燃情岁月》中的开场白："有些人能清楚地听见自己心灵的声音，并按这个声音去生活。这样的人，不是疯子，就是成了传奇。"

他这个惊世骇俗、反向思维的行动，就是义无反顾地遵从了自己心灵的呼唤。并且他还想告诉大家，只要有梦想，只要想改变，什么时候都不算晚！

诚然，他不是一时的心血来潮，而是经过了慎重的思考甚而是痛苦的煎熬。这一年，郭川正好36岁。

如同一只小鸟迎风展翅，自由自在地飞上蓝天；如同一条小溪飞流而下，无遮无拦地奔向大海。

郭川摆脱了日常繁杂的事务，沿着自己热爱的轨道"撒欢儿"了。天是那样地湛蓝，风是那样地柔和，就连路边的不知名的花草也在向他点头微笑……

不过，他没有像其他人一样，辞了职或到国外留学，或去下海经商，而是痛痛快快地去追逐早年的梦想，套用今天流行的一句话：天地这么大，我要去看看；世界多少迷，我要去探探。

郭川有计划地去从事各种各样的户外运动、极限挑战。

从上个世纪 90 年代中期，他在中国最早的户外亚布力滑雪场上大展身手；1999 年，开始投入滑翔伞运动；2000 年，又迷上了滑水、冲浪、潜海；2003 年，他在阿拉善腾格里沙漠，学习驾驶动力三角翼超轻型飞机。

这些活动既磨炼了身体意志，又掌握了如何挑战艰苦环境的知识技能。当然，如同宿命一样，少年时的海边眺望有了答案，郭川最终迷上了帆船航海。

2001 年，那是个值得中国人大书特书的一年：7 月 13 日，北京申办奥运会成功；10 月 7 日，中国男子足球队闯入世界杯决赛圈；11 月 10 日，中国加入 WTO……举国上下振奋不已，特别是因了奥运会花落北京，掀起了体育热。

郭川通过朋友介绍，认识了在国家体委任中国帆船帆板领队的曲春。他是青岛老乡，也是一位航海专家。曲春比他大两岁，从小长在海边，爱好水上运动，一直沿着市队、省队、国家队专业队员的道路走上来，上世纪 90 年代调到北京工作。当时中国的航海运动还停留在为亚运会、奥运会专业训练争奖牌方面，并未引发普通大众的参与热情。

同时，也结识了著名帆板运动员张小冬，她在中国航海运动历史上是一个里程碑式的人物——中国帆船帆板项目的第一位世界冠军，在 1992 年的巴塞罗那奥运会上，成为第一个获得奖牌的中国海上项目选手。说来有缘，曲春和张小冬后来都回到青岛，出任总局下属的航海运动学校副校长，与郭川帆船航海有了直接联系。

他们看到这位老乡十分真诚，便详尽介绍了有关情况和知识，最后说："如果你真对航海运动感兴趣的话，不妨去尝试一下大帆船，那才是航海运动桂冠上的明珠呢！"

当时，香港帆船协会赠送给中国帆船帆板协会一条大帆船，取名"中国一号"，由于没有人会操弄，一直停放在深圳港湾里。说来可悲，我们幅员辽阔，有 18000 公里大陆海岸线和 14000 公里岛屿海岸线，却在 20 世纪之前没有一个真正从事远洋航海的帆船手，更没有一条正儿八经的运动大帆船。虽然中国也开展了奥运会级别的帆船运动，但还只限于近海湾内里比赛，大帆船运动一直是个热切的向往和美丽的传说！

"中国一号"一放两三年，几乎无人问津，不但没人驾船，也没有进行正规的维护。张小冬看出郭川充满了渴望，建议他租下这条船，实现自己航海的梦想。

"好啊！"郭川跃跃欲试，"应该找谁联系呢？"

"这条船属于中国帆船协会的财产，要想租船，可以到体委去找主管帆船项目的李全海处长。"

李全海当时的职务，是国家体育总局水上运动管理中心帆船处处长，2004 年雅典奥运会，中国选手殷剑夺得女子帆板银牌，论功行赏，升任中心副主任。2012 年亚特兰大奥运会，徐莉佳又获得女子帆船金牌之后，李全海领导有方，升任水上运动中心一把手，属于长期执掌中国帆船运动"印把子"的人。

在张小冬、曲春等人的介绍下，李全海处长与郭川相约在2001年9月3日见面详谈。此后，郭川开车去西藏旅游探险，一走40天。他是个一诺千金的人，心里想着9月3日，那就一定不能爽约。不料在西藏路上，他开的车翻了，好在人无大碍，好不容易把车弄到成都，花了十几天修好了，连续开了三天两夜，恰在9月3日那天回到北京。

他连家都没回，来到体委附近的大宝饭店开房洗了个澡，换了一身衣服，就赶过去和李全海见面。李处长早就听说郭川为了户外运动，都辞去了公职，是个想干大事的奇人，热情接待。见时光不早，他领着全处人请郭川一同吃饭。边吃边谈，听完郭川的想法之后，李全海说："租船我们完全支持，可这需要一段时间办理各种手续，你是不是先找条船跑跑体验一下？"

"那当然好了，不过哪有合适的船呀？"

"巧了，不久我们在烟台蓬莱海域，举办全国帆板锦标赛，香港同行开来一条帆船展示。你可以上去试试。"

如此，在李全海处长、曲春领队等人的介绍下，郭川来到距家乡青岛不远的烟台，观看全国帆板赛事与同时进行的帆船表演。比赛间隙，他兴致勃勃地受邀，登上了那条从香港开来的外观漂亮、功能先进的帆船，出海体验了一把。

这是他第一次摸到了帆船，第一次站上去有了飘飞在海面上的感觉。那白白的风帆、那坚实的甲板，手把着舵轮，迎风踏浪，驰骋海天，一下子使他着魔似的爱上了它、爱上了航海。仿佛苦苦寻找了多年的雪莲花，突然盛开在灿烂的阳光下，他义无反顾地拥抱了它。

事后，郭川感慨地对朋友说："那次的航行带给我很好的一种感受，那是一种初恋的感觉，很兴奋。我在船上与其说是水手，不如说更像一个乘客，因为我什么都做不了，连怎么拉缆绳都不会，但我始终处在一种极度兴奋的状态中。过去我玩了很多体育项目，都觉得不太过瘾。这次到了帆船上，我突然发现航海就是我的梦想，就是我这辈子的生命，以前玩的那些东西，跟航海比起来都无足轻重了！"

说这话时，他的两眼炯炯发光。其实这一点也不奇怪：一直蛰伏在他心底的崇尚自由、追求极致的放飞意识找到了喷发点，不可遏止地怒放了！

然而，郭川最初几年的航海之路，还只是在海湾里或近海边"打转转"，属于这项运动的"发烧友"水平。事实上，这项欧美十分兴盛的帆船航海运动，在中国仍然处于少数派，数遍全国也没有几个有影响的职业帆船手。

直到有一天，郭川遇到了一个在他走向大洋中至关重要的人，才逐渐有了根本性的改变。这个人名叫朱悦涛，时任青岛奥运会帆船比赛组委会综合部主任。

2016年初冬的一天，我在青岛市旅游局见到了任职副局长的朱悦涛。

他已过了知天命之年，可身材保持得不错，看得出来爱好运动，曾经有着十几年的军旅生涯，上世纪 90 年代转业到青岛工作。得知我正在寻访探究郭川的航海人生，他先是盯着我看了一会儿，而后为我倒了一杯热茶，陷入了深沉而永恒的记忆之中。

本来，他与郭川的生活道路是两条平行线，没有机会交集，可当年那场轰动中外的北京奥运会，共同的目标、共同的追求将他们联接到一起，相识相知，成为终生的朋友⋯⋯

众所周知，进入新世纪以来，中国人最自豪的事情之一就是赢得了 2008 年夏季奥运会举办权。

北京，古老而年轻的北京第一次成为奥运城市，而风景秀丽、海面清澈，有着帆船运动基础的青岛，则幸运地成为北京的伙伴城市，获得承办其中的一个项目——帆船比赛。于是，一个响亮的口号迅速响彻全市、全省乃至全国："相约奥运，扬帆青岛。"

那么，青岛是如何迎来"奥运"的呢？1993 年北京第一次申办奥运会的时候，申办帆船帆板比赛的伙伴城市是秦皇岛。那次申办没有成功。几年之后，当北京再次申办奥运会的时候，位于青岛的体育总局航海运动学校以专业的眼光，认为是个好机会，积极向市委、市政府建议：应由青岛竞争为伙伴城市，承办 2008 年奥运会的帆船比赛。

当时的青岛市主要领导人，也充分认识到奥运会帆船赛如果放在青岛举行，将极大促进整个城市建设。于是，他们立即行动起来，组成了以市长为组长的申办小组，编制了周密可行的实施计划，做好各种准备，邀请国家体育总局领导、国际奥委会委员们前来审查。其中，力度最大的是将位于东部浮山湾的北海造船厂整体搬迁，建设全新的现代化的奥林匹克帆船中心和比赛基地。

如此精心筹办，终于赢得了国内外专家的青睐——如今，每个来到青岛的人，都会到奥帆中心，感受一下那蔚蓝色的诱惑，欣赏那白帆点点的风景。这完全是因为奥运会和奥帆基地的缘故，这座城市的色彩不再只是"红瓦绿树碧海蓝天"，而是增加了一抹童话般的白色……

可在当年，青岛市上上下下那是下足了功夫，社会各界全民总动员，为办好奥帆赛竭尽全力。

首先早早成立了第二十九届奥林匹克运动会组织委员会帆船委员会，简称青岛奥帆委，是北京奥组委批准成立的第一个单项运动委员会，也是北京之外的唯一一个委员会。它接受北京奥组委和青岛市政府的双重领导，由国家体育总局水上运动管理中心业务指导，是独立的事业法人，其主要职责任务是全面负责第二十九届奥运会帆船比赛的筹备和举办工作。

奥帆委人员编制核定 100 名。内设 15 个工作机构，即综合部、宣传部、人事培训部、竞赛部、工程与环保部。2003年 6 月 11 日正式挂牌，北京市副市长、北京奥组委常务副主任刘敬民专程前来，代表北京奥组委对青岛奥帆赛的筹备工作给予了高度评价，提出了具体要求。青岛市委副书记、市长夏耕任奥帆委主席，表示迅速实现机构到位、角色到位、工作到位和人员到位，高标准、高水平、高质量地推进各项筹备工作。

为了实现这个宏伟目标，青岛选调了一批年富力强的干部来到奥帆委工作。2003 年 7 月，刚过不惑之年的朱悦涛出任奥帆委综合部副主任，当时没有主任，他主持工作。实话说，开始他与大多数局外人一样，并不真正了解帆船项目，但多年军旅生涯养成的基本素质使其干一行爱一行，以高度的热情投入进去。

青岛，是中国现代帆船运动的发源地，曾经为国家培养了一大批优秀教练员和运动员。这次第二十九届奥帆赛的落户，使大家看到了帆船运动对城市品牌所蕴藏着的巨大推动力。市委、市政府适时提出打造"帆船之都"的构想，希望通过奥运会帆船比赛的成功举办，叫响一个新的城市名片。

那么，究竟怎样抓住这个契机，宣传青岛、弘扬奥运精神呢？有关各方都在动脑筋，想点子。

我们的主人公郭川，就在这个时候这个地方登场了，只是初时没有当下的时髦话说得那样，一点也不闪亮，而是悄悄地走来，默默地出现……

时任青岛市体育总会主席的林志伟，是一位精明强干的女将，生在青岛长在海边，对这座城市充满了感情。她思维敏捷勇于创新,当过市妇联的副主席,倡导少儿艺术教育;也在市旅游局的局长任上,推动了青岛啤酒节的创立;现在转战群众性体育战线,她又积极与奥帆委合作,策划帆船运动进校园等活动。这时,她与郭川相识了,被他的执着和真诚所打动,特别是感受到他对家乡的一片真情,一直全力以赴给予支持,从此与他和他的家人结下了深厚的情谊。

而前面提到的曲春领队,两年前也调回家乡青岛了,在隶属国家体育总局的航海运动学校任副校长,是国际帆联认可的帆船帆板运动专家,既懂组织训练,也是国际级的裁判。他是青岛奥帆委不可或缺的人才,借调来当了副秘书长兼竞赛部部长,全力推广与组织帆船比赛。不用说,回到家乡的曲副校长热情更高,对后来参与进来的老朋友郭川,毫无二话地伸出友谊之手。

当然,最先直接联系郭川与青岛奥帆委结缘的,还是那位有着军人作风的综合部朱悦涛主任,后来出任了奥帆委副秘书长。他想到:打造"帆船之都"城市名片,扩大青岛国际影响力,仅靠奥运会还不行,因为奥帆比赛是在港湾赛场里进行,不具备远航能力。如果能像欧美帆船手那样,驾船出海,借奥运会名义推广城市形象效果会更好。这就需要找合适的船与合适的人!

可是远航帆船多为进口的,价格昂贵,新建立的奥帆委没有这笔经费。

说话间来到了2004年4月,上海举行帆船展销,朱悦涛前去参观并借机寻船。会上，与一位名叫张伟民的船商相识了。他代理世界上著名的美国"亨特"牌游艇帆船，希望找个海港城市做基地，扩大销路。

两人一拍即合。朱悦涛代表青岛奥帆委提供停放港湾，张伟民同意免费出借一条帆船，船名可以叫作"青岛"号。为此，他们策划了一系列活动，简言之就是"航海三步走战略"：

一是走出国门，宣传奥运、宣传青岛；

二是中国沿海行，驾船沿海岸线前进，一路走一路报道。古代郑和下西洋时这样走过，可惜后继乏人，此次属于继往开来；

三是环球航海行，进一步扩大青岛奥帆赛的影响力。那时这方面还是空白，也不懂其中的奥秘和风险，他们无知者无畏，敢想敢干。

船有了，战略目标有了，谁来驾船去实现呢？船东张伟民说香港、厦门有这样的人才。朱悦涛想了想，摇摇头，提出了选人三条件：

这个水手必须是青岛人，才能代表青岛城市形象；

他要有一定基础，胆大心细懂帆船；

他要有钱有闲有热情，不能勉强。

于是按此标准满世界找，一时难以如愿。虽然青岛有全国第一流的航海运动学校，但上到教练员，下到运动员，都是驾驭的运动帆船，这和远洋帆船完全是两个概念。

后来，还是做帆船生意的张伟民熟悉这个"圈子"，推荐道："有一个叫郭川的人，是你们青岛籍的，原先玩过滑雪、滑翔，现在喜欢上帆船了，行吗？"

"那好，让他来谈谈看。"

在青岛奥帆委办公室里，朱悦涛与郭川见了面，攀谈几句，发现郭川说着带有西南口音的普通话，而不是青岛人特有的"青普"，加之他姓名里带有一个川字，有些疑惑："你是青岛人吗？怎么没有一点本地口音？"

"哦，我出生在青岛，但很小就随父母在贵州、四川生活，上中学时又回来，在青岛一中考的大学。"

朱悦涛释然了，又试探性地问："你驾过大帆船吗？"

郭川点了下头，说："我在香港和奥克兰学过一点儿，但水平不高。"

这不同于有些人满嘴打包票的做派——郭川老实直白的回答，让朱悦涛顿生好感。很快，两人就利用帆船宣传城市的话题达成了一致。别看郭川身材不高不壮，也不善言辞，但那略显红黑色的瘦削的面孔、明亮坚毅的目光，还是显露着长期从事野外运动的锤炼，以及性格的朴实、真诚与执着。

最重要的一点是，他们的世界观、人生观、价值观等"三观"完全相同，一切以事业、梦想为重。此前，朱悦涛曾与另一人洽谈此事，不料那人一张口就是："我来办这件事，给多少钱？"

"这个……刚刚起步，等拉到赞助……"

"那免谈，我不能白干哪！"

可此时的郭川根本没提钱的事儿，满脑子想着如何尽快出海成行。这让朱悦涛认定他是个能干大事的人！

原载《中国作家》2018 年第 11 期

儿童文学

一封非常非常重要的信

胡明宝

一天早上，音乐家棕熊先生找来兔子邮递员，亲自交给他一封信，说："阿本先生，这是一封非常非常重要的信，麻烦你明天一定要交给黑熊先生本人。"棕熊先生说完，还轻轻拍了拍他的肩膀，阿本认真地点点头。

他要过一片茫茫的草地、一条宽宽的大河、一座茂密的山林，才能到达黑熊先生那儿。虽然奔跑是邮递员阿本最大的优点，但两天跑完这段长长的路，阿本确实有些吃不消，但他又是个非常称职的邮递员，他答应了就一定要做到。

阿本把这封非常非常重要的信小心地放在邮袋里，立刻奔跑起来。

阳光在头顶紧追着阿本的脚步，汗水像雨水似的，把阿本的全身一次次浸湿了。中午过后，阿本坐在一棵孤独的枯树下休息，他把邮袋放在身边的石头上，拿出自带的面包大口嚼着。无边的草原被太阳炙烤着，小鸟和小虫子们都躲到草根下乘凉了，草原上一片寂静。阿本吃着面包，无意间看向邮袋的时候，眼睛突然瞪大了，嘴巴也停止了咀嚼，他"僵"住了。

原来，躺在石头上安安静静的邮袋悄悄"动"起来了，里面好像有一只小老鼠，拱来拱去的。阿本愣了两秒钟，也许是三秒钟吧，棕熊先生的信就突然挤出了邮袋，先是在邮袋上方歪歪扭扭，一悠一荡地飘，接着像小鸟一样倏地飞走了。

"我的信！我的信！"等阿本反应过来，扑在邮袋上，又跳起来追信的时候，信已经飞远了。"信，信，我的信。"阿本一蹦一跳追赶那封飞得越来越高的信。他摔了一跤，爬起来，再抬头看时，信已经飞得更远了。

阿本大叫着，紧追不舍。好在，那封信不久便落在了一棵高大的黄栌树上。阿本追过去，看到信在树枝上飘了飘，又跳进一个树洞里不见了。怎么办呢？这可是一封非常非常重要的信啊。阿本不会爬树，即使爬上树也不可能钻进小小的树洞里捡回信。

阿本抬起头看着天空，阳光像小烙铁，立刻烫得他的脸生疼。阿本痛苦地想，天空连只小鸟都没有。阿本又蹲下来，草地上连只蚂蚁也没有。哎呀，怎么办呢？谁来帮我呢？

阿本开始抱着树，肚皮紧贴着树干，他要爬到树上取信。可是，他每次爬不了一米，便顺着树干滑下来。阿本没有气馁，他已经爬了五十次了，当然也滑下来五十次。当阿本第五十一次抱住树干攀爬时，一只啄木鸟飞来了，啄木鸟说："哈哈，邮递员阿本，在这儿练习爬树啊？"

阿本也认识啄木鸟，他兴奋地说："啄木鸟，别开玩笑了，我有一封非常非常重要的信掉进树洞里了，快帮我取出来吧。"

啄木鸟笑嘻嘻地说："难道你的信会飞会跳？呵呵，我还从没听过这么稀奇的事呢。"

阿本跺着脚说："快帮我取出来吧，我还急着送信呢，别的事以后再给你解释。"

啄木鸟见阿本是认真的，就扑棱棱飞到树上，又钻进洞里将信封衔出来，啄木鸟说："好奇怪啊，这封信空空荡荡，也就一张纸吧，可是有一瞬间，我仿佛听到有谁轻轻叫了一声，这个声音还很柔和，像唱歌，啊不，像吟诗，像……"

阿本才不听啄木鸟唠叨呢，他接过信，装进邮袋，又将邮袋盖严，转身跑了。啄木鸟追着阿本说："阿本，这肯定是一封特别的信。"阿本边跑边说："对，这是一封又重要又特别的信。"然后，阿本就消失在茂盛的草地里了。

晚上睡觉的时候，阿本把邮袋枕在脑袋底下，他怕那封信再拱出邮袋飞走了。半夜，阿本突然醒了，他听到柔和的声音在说话，又真切又遥远。阿本摇摇脑袋，让自己清醒些。他将耳朵附在邮袋上，却再也听不到了。阿本想，难道刚才做梦了？阿本不睡了，他背起邮袋，借着月光，又开始奔跑了。

第二天上午，阿本赶到河边，正好遇到了摆渡的水獭大伯，顺利地过了河。下午，阿本在翻越山林时，实在太困了，他紧紧抱着邮袋，倚在一棵海棠树下睡着了。睡着睡着，他又听到了那个声音，像是说悄悄话，又像是唱歌，不，像吟诗，像……阿本忽地醒过来，他抬起头，看到一只顽皮的猴子将邮袋抢过去了，正对着他做鬼脸。阿本说："快给我，这是一封非常非常重要的信。"

猴子嬉皮笑脸地说："哦，怎么重要了？我倒要看看。"说着便鲁莽地把邮袋倒扣过来，抖来抖去，一封薄薄的信掉出来。它在落地的一瞬间又飘起来，要飞走了。阿本跳起来抓住了它。现在我不要邮袋了，我只要信。阿本这样想着，把信揣进怀里，撒腿就跑。

顽劣的猴子没有追上阿本。满天晚霞染红山林那一边的时候，疲惫的阿本终于敲开了黑熊先生家的门。黑熊先生一脸憔悴。

阿本说："这是棕熊先生给您的信，他说是一封非常非常重要的信，可是我觉得还是一封非常非常奇怪的信。"

黑熊先生听了，脸色顿时生动起来，眼睛也闪烁着喜悦的光辉。他激动地接过信说："哦，我知道了，太棒了！"

黑熊先生打开信封，抽出一张折叠齐整的信纸，轻轻展开，嘴唇嚅动了两下，又激动地将它贴在胸口。他兴奋和幸福的样子真是难以形容。

阿本在一边看呆了，他等黑熊先生稍稍平静了些，小心翼翼地说："其实，我本不该问的，可是我想知道棕熊先生为什么说这是一封非常非常重要的信。这封信会飞，还会小声讲话，又像是唱歌……"阿本顿了顿，又说，"对我来说，这是一封非常奇怪的信。您能告诉我是为什么吗？"

黑熊先生爽快地说："当然可以啦。"他将信纸递给阿本看。信纸上却空空的，什么都没有。

"一张白纸？"

阿本更不明白了，他懵懂地向黑熊先生笑笑。

黑熊先生热情地拉住阿本的手，在钢琴前坐下来，说："我费尽心血谱了一首最得意的曲子，准备参加明天的森林钢琴大赛。可几天前，两个调皮的音符飞走了，我再也没有找到它们，找不到它们，我的曲子就不完整，就无法参加比赛，无法改变命运……幸亏棕熊先生找到了它们，把两个小家伙'关'在信封里，让您送过来。明天，我又可以参加比赛啦。"

"哦，原来是音符在说话、唱歌、飞翔啊。"阿本听呆了。

黑熊先生早已抑制不住兴奋的心，叮叮咚咚弹起了曲子。"阿本，太谢谢你了，我想把这首完整的曲子弹给你听。你是第一个听到这首曲子的听众哦。"

无数长着翅膀的音符飞起来，把阿本带进一个梦幻般的世界里。阿本沉浸在美好的音乐中，忘记了疲劳。

原载《儿童文学》2018 年第 1 期

半个月亮爬大台

郭凯冰

一

我和爷爷坐在河坝上，望着我们的大台。我的羊，在一边安静地吃草。

大台好大啊！

上数学课，爷爷让我们量了：从东南角大门到西南角尹老师家西院墙，一百六十米。南北，是一百二十米。高呢，我们量不出来。爷爷有办法，他量了斜坡长，量了一棵树高，说，台高六米。

起风了。

大台上的槐树枝叶翻飞着，风强一阵，枝干跟着向西北倾倒，风弱一会儿，树干直起身。这样，大台上一会儿新绿，一会儿白绿，好像风在用大台变戏法。我知道，那是槐树叶一会儿朝上，一会儿朝下呢！

"爷爷，大台像不像一艘大海船，喘着气，迎着风，在海上跑？"我猛地站起来，大声说。

"是啊，一艘大海船！咱们学校，就在大海船上呢！我天天围着它转悠，怎么从来没这么想呢！"爷爷也站起来，还叉着腰呢！

镇上人说，很久很久以前，一个叫曹操的人带着十万人长途跋涉路过这里，人困马乏，就停下来歇脚，磕一磕鞋里的泥土。这一磕不要紧，就磕出了大台。

爷爷说，大台可不是曹操的功劳。它是两千多年前，一个叫齐桓公的人建起来望海的。台子建好了，又建了柏木的宫殿，夜里灯火通明，歌舞奏乐，热闹着呢。

怎么就什么也没有了呢？那宫殿呢？喝酒用的桌椅呢？杯碟碗筷呢？

爷爷说："没了，都没了……一场战火，几通折腾，房屋没了，器物毁了……"

"爷爷，那你怎么还天天围着它转悠？"

"来了拐孩子的呢。大台上下那么多槐树，正合适坏人藏着，我得赶走他们。"

"拐孩子的刚来，你围着台子，转了很多年了！"我一翻白眼，扭过身子，对着我那三只正吃草的羊，给他个后背！他是不是也像我爸，觉得我逛？

"我要看好槐树，才能采好多槐米炒茶啊！"他捅捅我的腰眼，笑嘻嘻地说。

嗯，这还差不多。每年，爷爷都采好多槐米茶，送学校尹老师些，送镇上的老人一些，更多的槐米茶，邮寄到北京。镇上有人说，北京那人一定是个女人，要不怎么年年邮寄，他也一辈子不结婚呢。

我就又转过身，靠着爷爷，一起望着大台。羊见我不理它们了，咩咩叫几声，继续吃草。

又一阵大风刮过，台上的槐树都倾了身，一簇火红又现出来了，是我们镇小学的旗子。

大台北沿一溜十三间砖瓦房，是我们村小学。尹老师是校长，他的家也在台上，西南角五间瓦房就是。

大台西南角下的公路，是进镇子的入口。东南角一侧，是爷爷的宅子，现在，也是我的家了。

到爷爷家第一顿饭，爷爷炖了鸡，他说："明月，你爸妈想得周到，怕我闷，还让你陪我。你要想家了，就跟我说，回家住几天。"

可我知道，爸爸是要我给爷爷摔老盆呢！

在我们镇上，人死了，得有儿子摔了老盆才能起灵下葬，那是很重要的事情。摔老盆的人，有权继承去世人的房子。爷爷没儿没女。我爸爸的祖爷爷，和爷爷的爷爷，是兄弟俩。我爸爸就成了他最亲的人。

我没觉得爸爸跟爷爷亲。爸爸说起爷爷，总是老逛老逛地叫。

来爷爷家第一晚，我就觉得跟爷爷亲——他竟然跟我商量重新上学的事呢！

二

我起初不想来爷爷家，是因为人家叫他老逛。逛，是说人傻笨，做事不靠谱。

自从我救了人家的羊，自家的羊被河水冲走，爸爸就老叫我小逛。我要是去了，两个"逛"一起吃饭，一起睡觉，还一起走路，多丢人！

去他家前，我问爸爸爷爷为啥叫"老逛"。

爸爸说："就为他傻呀还为啥？老逛爸，可是镇上考出去学问最高的人，北京一个大学的教授呢。谁也没想到，有一天，长大了的老逛一个人背着铺盖卷回来了。他说他爸妈没了。大北京的人呢，最后啥也不是就回来了，多'逛'的事！

"老逛家的老宅，院子里黄鼠狼安家，屋子里老鼠乱窜，怎么住？你说这逛人，真就住下啦！住下就住下吧，你说他，把带回来的钱，都买了槐树苗，种满了大台上上下下，说是喜欢喝槐米茶，种了槐树等着采槐米呢！你说逛不逛？种完槐树不算完，又种了一棵芙蓉树。大老爷们儿，种开粉花的树，还当宝贝一样，有一年胖黄在树下刨了一铁锹土，他差点和人家拼命。镇上人都说，他是把这树，当成女人了。这以后，就天天拿把铁锹围着大台转悠：看到有小豁口，从台下铲了土补上；看到大豁口，借小推车推土垫上，压实。种树刨土玩，真是读书读傻了！

"还有逛事呢！县里招老师，老逛是在北京上过学的人，就招他去县一中。老逛说他喜欢天天守着槐树，就只当了镇小学老师。小逛，哦，明月，你说，他逛不逛?!"

我这才知道，大台上的槐树，是这么来的，我还以为从有大台，就有槐树呢。

我突然觉得，过继给爷爷做孙子，不那么难受了。这么多槐树，都是他种的，真厉害！还喜欢大台，喜欢槐树，我喜欢他！

上完四年级，爸爸不让我上学了，说识字不少了，能算个账啥的就行了。就给我买了三只羊，说："好好放羊，攒着钱，将来给你盖房子。"

我不想要房子，想上学。我就把羊牵到大台上，羊吃教室后面的草，我听老师上课，啥也不耽误。

羊吃饱了尹老师种的菠菜，我还猫着腰在后窗听课呢。爷爷把我叫进办公室，让我说说尹老师讲了什么课，我就背了尹老师讲的《绝句》，还把意思说给他听。一边的尹老师连连说好，爷爷拍拍我肩膀，说："明月，该上学!"

我觉得喉咙很不得劲儿，就不说话。晚上，爷爷去我家，爸爸一翻眼皮，说："他那么个逛人，上学有啥用？你还上过大北京的学校呢，还不是回咱镇上?!"

就是这个晚上，我爸跟我妈说："老逛五十多了，又跟咱们最近，把小逛过继给他摔老盆咋样？"

这样，大台上的槐树还没发芽，我就跟爷爷成了一家人。我叫他爷爷，他叫我明月。我觉得，我们俩，谁也不逛！

一早，我拿着语文课本去河坝上放羊。爷爷围着大台转一圈后回家做饭，饭好了，站门口吆喝几声，我就把羊拴在河坝的树下回家。吃过饭，我和爷爷去学校，他当老师，我当学生。

大课间，我呼呼飞着去河坝给羊换棵树，又呼呼飞着回大台。有一次，我肚子难受，在河坝上解决了往回跑，等飞到大台门口，尹老师开始敲钟，也没耽误。

爷爷说："明月，你跑起来那个轻快，真像只小鸟啊！好好学习，将来，要飞到更远的地方，懂更多的学问呢！"

三

晚上做完作业，我不想睡，就去大台找爷爷。

傍晚下过一场雨，这会儿，大月亮出来了，我走它也跟着走，我和大月亮一起来到了大台脚下。

槐米清苦的香味格外好闻。今天，爷爷采了今年第一批槐米，明天是周末，他要炒槐米茶。

"臣要学姜子牙钓鱼岸上，臣要学钟子期砍樵山冈。臣要学诸葛亮耕种田上，臣要学吕蒙正苦读文章。弹一曲瑶琴流泉声响，着一局残棋烂柯山旁。写一篇法书晋唐以上，画一幅山水卧游徜徉……"

大台西南角，爷爷正唱着京戏呢。没有尹老师的琴伴奏，看来，爷爷还在台脚下转悠。

我喜欢听爷爷唱京戏。镇上会唱京戏的没几个人，爷爷唱的，最好听。可除了围着大台转的时候，除了在我和尹老师面前，他从不当着别人面唱。

来爷爷家住下我才知道，每天晚上，爷爷都要围着大台转几圈，下雨下雪也不例外。拐孩子的事情，唬了一阵人，也没见有孩子丢，就谁也不提了。

他天天在台上上课，还用得着早上晚上看护？再说，这树种了四十多年，年年绿着呢，不用看也照样绿。

我觉得，爷爷就是喜欢围着大台转，要不，他围着大台转悠的时候，怎么总是唱呀唱呢！

我循着爷爷的声音跑过去，也大声唱起来："半个月亮爬大台，清光万里巡逻来。槐风阵阵歌响亮，狐仙狐仙莫出来。"

镇上人说，夜深人静的时候，大台上灯火通明，乐音缥缈，那是狐仙嫁女呢。镇上的小孩子从不敢夜里上大台。我们一上学，老师就教这首歌。胆小的再走夜路，大声唱着"月亮爬大台"，就不再怕了。

爷爷说："有啥怕的呢？在台脚下住了多少年，没见过一个狐仙呢。不过呢，夜深人静，静下心细听，老能听到缥缈的古乐呢。"我信了爷爷的话，夜深人静猫在台下，耳朵支棱得疼，只听见河坝上传来几声夜猫子叫。

我从不害怕。今晚唱起来，是跟爷爷打招呼呢。

果然，就听见爷爷停住唱，很快，前面月亮地里，出现了爷爷高高瘦瘦的身影，站着等我。

台上，尹老师的声音传过来："正明老师，上来喝壶槐米茶，咱们来一曲啊！"

尹老师是爷爷最聊得来的大人。镇上的大人，明里暗里会叫爷爷老逛。只有尹老师，总是叫爷爷"正明老师"，又亲热又庄重的样子。遇见小孩子对爷爷不恭敬，好脾气的尹老师，也会发火、训人。

爷爷朝台上答："稍等，我马上到！"就朝我走过来，一起向回走，到大台正门。他从来都是从正门上大台。

上了台，经过一棵棵槐树，来到爷爷种的芙蓉树下。尹老师已经在石桌上摆好茶具，见我们坐下，端起茶壶倒茶。爷爷的芙蓉树下有石桌、石凳，爷爷喜欢在树下坐，尹老师知道。

"去年最后一壶了，就等着您一起来喝呢。您早没得喝了吧？"尹老师双手端给爷爷一杯。

爷爷笑笑，不说话，双手接过茶，慢慢举到嘴边，喝一小口，在嘴里咂吧半天。我可等不及，爷爷的槐米茶闻着都那么香，喝到嘴里，该多香啊！

"哎哎哎——"我舌头烫得好疼。

"皓月当空，咱得来个应景的。"尹老师说着，把琴筒放在左腿上，左手握琴，右手扬起，悠悠荡荡的曲子就响起来。爷爷左手端茶杯，右手指在饭桌上轻轻叩着，摇头晃脑地唱起来：

"海岛冰轮初转腾，见玉兔，玉兔又早东升。那冰轮离海岛，乾坤分外明，皓月当空，恰便似嫦娥离月宫，奴似嫦娥离月宫。好一似嫦娥下九重，清清冷落在广寒宫，啊，在广寒宫……"

咿咿呀呀的胡琴，咿咿呀呀的京戏，飘上了头顶的槐树梢，我听着，曲子竟好像很远很远的样子。

爷爷很快就进了戏里。他缓缓站起，一扭身，又一甩手，要是穿上戏服，一定像电影里的人呢。尹老师就在他对面，可他眼里没了尹老师，没了旁边的我，也没有大台，又像在家唱戏入神了一般，月光下，两眼亮汪汪的。

我听着他的唱，心里酸酸的，真想哭。

唱完一曲，尹老师说："明月，先回家睡吧，小孩子，不能太晚睡。我跟你爷爷再消遣会儿。"

月亮已经挂到头顶的树梢，我一走，它又跟着我走。我到了台脚，它也在台脚的槐树顶上望着我。

大台上的琴声和唱腔，从槐树枝叶间飘下来，好像沾染了槐树刚结出的槐米清苦的香气，缥缥纱纱的。

我沿着台脚下的路向西走去，一边四处查看，一边小声唱着："大个月亮爬大台，清光万里巡逻来。槐风阵阵歌响亮，狐仙狐仙莫出来。"这么圆的月亮，我就改了词。我突然想起了《西游记》里小妖巡山，我这是巡台。

四

爷爷走了。

空中一轮弯月，大台寂静一片。

我和尹老师来到爷爷的芙蓉树下。正是芙蓉花开时节，它粉红的羽毛样的花，散发着若有若无的清香。芙蓉花开的日子，爷爷更多地在树下留恋，吹落地上的花也被他拾起，放进办公桌上一个玻璃瓶里。

尹老师一手扶着芙蓉树，一手搭住我的肩："明月，我觉得，我该告诉你一些事，让你明白，你爷爷是个怎样的人……你祖爷爷是北京一个大学考古专业的教授，除了教课，就喜欢往各地遗址古迹跑，在古文物鉴赏方面很有造诣……他去世前一年，在北京一家博物馆，发现一件可能出自大台的酒器……那时候，国家乱糟糟的，很多文物毁了……为了保护这件酒器，你祖爷爷和祖奶奶自杀了……你爷爷呢，还差半年就要大学毕业……为了完成你祖爷爷的遗愿，你爷爷退学，跟女朋友分手，回到大台……那时候，很多人从大台上挖土垫地基，要不是你爷爷种上树，咱这两千多年的大台，早就没了……镇上人都说他逛，可他们不明白，你爷爷是个了不起的人！"

"爷爷……"我抱住尹老师，又哭了起来。

"明月，别哭了，你都哭一天了……"尹老师坐到石凳上，把我拉到他怀里。

“老师，我给爷爷摔老盆吧……我，我不要他的东西！”爷爷死了，我不答应爸爸摔老盆，是不想让他贪到爷爷的东西。

尹老师摸一摸我的头，说："明月，你爷爷说了，他的东西都是你的。他还让你帮他给北京的奶奶邮寄槐米茶呢，你炒的茶，很不错了。"

自从喝过爷爷的槐米茶，我迷上了，就跟他学炒茶。镇上人说我跟爷爷学到挣饭吃的本事了，可我的槐米茶味道，跟爷爷的总差那么一点点，也不知为什么。

尹老师仰头望着西斜的月亮，沉默好一阵，说："明月，你爷爷不让说，可我觉得你该知道：你爷爷，他……是被人刺伤腿上的大动脉……"我仰起头，看见了尹老师眼里的两汪泪水。

村里人都知道，爷爷是围着大台转悠的时候，脑溢血死的。尹老师来不及叫人，就给爷爷净了身！尹师母去爷爷家叫起睡着的我，也是这么说的呀！

"……前一阵子，闹哄哄说有拐孩子的，其实是一伙偷盗文物的。你爷爷很担心，我半夜起来也转悠一圈。前天晚上，你爷爷发现那伙人在台脚挖洞，去拦，就被刺了一刀……唉，我那天晚上喝多了酒，睡得沉，等睡了一觉起来，听到台脚下的动静，才发现了……已经不行了……"

"老师，你报警啊！"我抓住尹老师的胳膊使劲摇着说。

"……你爷爷说，文物的事要传出去，不用说外面的人，就镇上的人也会把大台翻个底朝天。他……情愿悄悄走，也情愿大台和大台上的……都安安静静的……"

"老师，咱大台还有……文物？"

"没有！这么多年，怎么还会有呢！"尹老师声音高起来。

"那些人怎么还来挖洞呢？又没文物了，爷爷干啥还去保护？"

"人，愚昧呢……这大台，两千多年了，是当年齐桓公的行宫呢，古迹啊……"

大台寂静，只有风在轻轻摇动槐树和芙蓉树的枝条，有影影绰绰的芙蓉花在飘，散发着若有若无的香。

我突然想起一个问题："老师，那，爷爷保护的酒器……"

"……尘归尘，土归土吧……"我不知道尹老师这话什么意思。

"明月，咱们要保护好大台，保护好你爷爷的槐树，更要保护好你爷爷的……芙蓉树……"尹老师紧紧搂了我几下。

"老师，酒器的事，我谁也不说！"我看着头顶的芙蓉树，脑瓜里劈开一道闪电，开了窍，又觉得自己应该这么跟尹老师保证。

"嗯，咱俩什么也不知道，什么也不说！"尹老师将两手放到我肩上，重重摁两下。

月亮在空中亮着，芙蓉树枝叶在头顶簌簌响着，我好像听见爷爷又在台脚下唱京戏呢。

爷爷的坟，在村前河坝下，正对着大台，好像他守着大台，也好像大台守着他。

他的墓碑上，刻着尹老师题的两行字："一生寂寞无须问，心如明月照乾坤。"

我爸说，尹老师这是写的啥呀，咱们粗人不懂。

我也不懂，可又觉得，我懂。

五

又一个初夏，尹老师帮我把最好的十斤槐米茶邮寄去了北京。小学毕业后，爸爸又让我退学了。

槐米茶寄走十几天后，一个白头发的奶奶坐着清水河的船来到了大台——她就是爷爷大学老师的女儿，一个京戏演员，那个叫芙蓉的人。我和尹老师一直收拾着爷爷的屋子，奶奶来了，就住爷爷家。

夜晚，村子安静下来，我带奶奶登上大台，指给她爷爷的芙蓉树，就下了大台，把芙蓉树留给她一个人。

我转到台西的时候，听见奶奶的声音远远飘上大台的槐树梢："海岛冰轮初转腾，见玉兔，玉兔又早东升。那冰轮离海岛，乾坤分外明，皓月当空，恰便似嫦娥离月宫，奴似嫦娥离月宫。好一似嫦娥下九重，清清冷落在广寒宫，啊，在广寒宫……"

我在台下走着，小声唱着："半个月亮爬大台，清光万里巡逻来。槐风阵阵歌响亮，狐仙狐仙莫出来。"天上的月亮，朦胧一片，我怎么也看不清。

我和奶奶从大台上采来槐米，教她炒槐米茶。

我小心翼翼地过筛，筛去开过和干瘪的槐米；用清水淘洗三遍，在笼屉上蒸熟，又用雪白的棉布吸干水分，放在专门炒茶的紫砂锅里慢火炒。炒到大半熟，放上切好的干红枣翻炒几分钟，又放上熟槐花蜜炒散，临出锅的时候，再放上十几粒枸杞。我特意嘱咐奶奶，一锅最多炒半斤，再不能多；翻炒的时候，最好用手，手最能掌握火候的大小。我炒茶从没像这次这么用心，好像这茶，是炒给爷爷喝的。

奶奶双手捧起茶杯，清澈金黄的茶汤在白瓷杯里轻轻漾着。她轻轻舒一口气，低下头，将嘴巴凑近微微抖动的茶杯，慢慢喝一小口，闭上眼……眼泪从她脸上不停歇地流下来。

好久，奶奶睁开眼，冲我笑笑，说："明月，这次的茶，比上次寄给我的好，跟你爷爷炒的一样醇厚清香。就这颜色，也一模一样的！"

我端起另一个杯子，清澈金黄的茶汤飘出一缕缕清香，扑进鼻子，喝一小口，先有点若有若无的清苦，正要去辨时，香味在口中喉里散开；咽下去，微微的清凉散遍全身——是爷爷的槐米茶的味道呢！

奶奶走的时候，不让我们去送她。我站在爷爷的芙蓉树下，看她锁上爷爷的院门，走过爷爷的坟，走上河坝，走向渡口。微风阵阵，远远送来奶奶的声音："猛志在胸催解缆，远行女儿待扬帆。织机佛卷与医典，已然等候辞长安。何惧前途路遥远，何惧大野风霜寒……"

这个冬天，大台成了我们省里的重点保护古迹。尹老师说，这是爷爷的功劳，也是奶奶的功劳。

如今，围着大台转的，是我。爷爷手写的《大台考证》，我从不离身。

风来的时候，我觉得我就是船长，随着这艘古老的海船乘风破浪在大海上奔跑；月亮上来的时候，我大声唱着"半个月亮爬大台"，再不担心人家笑话我"逛"。

夜深人静，我常常在爷爷的芙蓉树下流连。

昏暗的树影下，一定有一方清澈的明亮，浸润了芙蓉花淡淡的清香，伴随着咿咿呀呀悠悠扬扬的吟唱，让我脚下的路明亮，让我的心比当空的大月亮照着还安宁。

原载《儿童文学》2018年第7期

姥娘的黑狗

黄　鑫

爷爷奶奶走得早，没有姥爷，父母在外地的工作场所又不稳定，我从小只好与姥娘相依为命了。

姥娘是我见过的唯一一个小脚女人，我在七岁前，往往会好奇地缠着她问诸多与"裹脚和裹脚布"有关的问题，令她不胜其烦。好在后来家里及时地添了条小黑狗，我才转移了兴趣，姥娘也得了解脱。

黑狗是一个乞丐送来的。记得一开始，乞丐是想拉一段《二泉映月》换两个窝头喂饱自己随身牵引的一条怀孕母狗的，可惜二胡乱了弦。结果姥娘不但没有计较音准，还在给他的窝头中夹了一片肥猪肉。乞丐实在过意不去，第二年一开春就送来了一条小黑狗。乞丐很诚实，说母狗产仔一月后莫名死了，这是一窝中别人挑剩的，其他的都在大集上卖掉了。姥娘以"春狗秋猫性命难逃"为由，推让半天，对方还是丢下小狗头也不回地离开了，等我疑问着"是不是春天的狗真的难养"时，姥娘却回头笑笑，说了声等你长大后就明白了。

我喜欢动物。时至今日，我都仍坚信姥娘当年养的五只鸭、三只鹅和不计其数的鸡，是因我喜欢动物的缘故，但我当时对抚养黑色动物是有抵触的——姥娘养大的一头黑毛肥猪也是听我说了一年多悄悄话的忠实哥们儿，前几天刚刚被村民当我面儿活活屠宰了！最近，除了"吃猪肉包子"和"啃红烧猪蹄"时那点特殊的美满瞬间，其他大部分时间我都陷在了深深的痛苦中，不能自拔。所以一开始我是不接受黑狗的。

但姥娘还是按部就班给黑狗起了名子——虎子！我越发不满，那虽没侵权我的名，但是牵扯了我的属相，仿佛是更大的忌讳。虎子还很会撒娇，姥娘每次在灶前烧火时，它都会紧紧依靠在姥娘补满青色补丁的裤角旁，形影不离，这原本是我的位置啊！而且每次在我试图将这货拎远一点给自己腾出地盘的时候，姥娘总是笑着用烧火棍阻止我；还指指身体的另一旁示意我有权另辟根据地；有时还过分地就地画个圆圈，限制我的人身自由！当然我也有实在委屈不过的时候，便一把抱起黑狗集体扑在姥娘背上。姥娘便一味地咧开嘴巴笑，我也笑，虎子也笑……那一刻，大家都是孩子。

我真正喜欢上虎子是在我十岁左右。

当时我已上小学，学期是注定要去城里跟父母拴在一起的，所以只有放寒暑长假才得闲回村里陪一陪姥娘。我记得那年自己长得飞快，寒假到暑假仅仅半年的时间，姥娘原本高大的身影在我面前已变得佝偻了许多。虎子却也到了成年，出落成了一条威风凛凛的看家狗，虽说依然黑，但因为对我的俯首贴耳乖巧温顺，还是成了我走在村子里昂首挺胸的资本。尤其与伙伴们在河边聚堆洗澡时，总是少不了它的。虎子的水性极佳，我每次下水都因身边有名合格的救生员而有恃无恐。这天，大家正在及腰的水中游得欢畅，忽然听得不远处有小伙伴急喊救命，岸上也有大人焦急地喊着：河里有漩涡！有盗沙人留下的漩涡！危险啊！大人们边喊边争先恐后往水里冲着救人，但总归鞭长莫及，溺水的孩子渐渐在困境中停了挣扎。再过片刻，绝望的人们竟惊呼成一片，我定睛一瞧，呵，原来是我家虎子游了过去。过程不必多说，那孩子终是得救了。

事件成就了虎子的英名，但村里的大人们也给吓破了胆，严禁孩子们下河游泳。更严重的是消息传到了我的父母耳中，他们便风风火火地自城里一路赶来，先是埋怨了一顿严重失责的姥娘，然后执拗地把我拎回城里，关了多年的禁闭。

此后，我便很长时间没有见到姥娘和虎子。但这并没有影响我每日每夜一刻不停地怀念着她们，哪怕自己学业最紧的那段时间里，我的怀念依然不减。我会经常梦到姥娘打开锅盖后身上留下的阵阵面香扑鼻而来；梦到虎子在雪地里欢快地奔跑；还梦到过它摇着尾巴用呼呼的热气温暖我冰凉的脸庞……那段漫长的日子里我就那样一直深深地怀念着她们，像个正常的亲人。

再次见到姥娘时，是我高中毕业要进大学的那个暑期。那年我已十七岁，虎子尚在，算算正好十岁。姥娘的腰已永久性地弯成了九十度，她给虎子喂食时的每一个环节已不需要再去刻意地改变身姿。虎子也基本不再活动了，姥娘说黑狗最近老得很快，先是一颗颗地掉牙，再是吃食越来越少。我走上前去，它果然像个风烛残年的病人，看到亲切的我和我手中的火腿肠，也只是小角度扫扫尾巴，象征性地舔了几口，眼皮都懒得抬一下。

再聊几句，姥娘也开始哈欠连连。她们给我的感觉只是想睡。我连忙解释自己有几顿频繁的谢师宴脱不开身，不得不在当天的黄昏前去赶最后一趟公交车……话没说完我便匆匆地走了——但没人想象得出，当时我有多么渴望躺在姥娘那块清凉或温暖的炕头上再睡上一宿；或者依偎在她那块柔软而宽阔的粗布补丁上再待上一会儿，另一边躺着我的狗。可惜她们始终没有挽留。

虎子是在我上完大一后的那个七月初七死掉的。

死讯是第二年七月初七姥娘去世时家人一起告诉我的。他们还告诫我好好学习，回不回去都无所谓，说我的妈妈并非姥娘亲生，她是周岁左右被一个饿死的乞丐遗弃在姥娘家门口的，为了孩子姥娘终生未嫁……他们还捎来了姥娘的两句遗言：第一，两间土房子留给我；第二，把自己的骨灰埋在黑狗坟旁。

　　从此我再也没回过姥娘和黑狗居住的那个小山村。但我依然牢牢记得那条通往村子狭窄而弯曲的路，我还会在每年的七月初七一遍遍地叮嘱自己吃吃作笑的儿女们：多年以后，老爸一定会死在那个日夜思念的小山沟里，到时候你们一定要找到那座旁边埋着一条黑狗的荒草坟头，然后把我埋在另一边。

　　越近越好。

　　　　　　原载《中国校园文学》少年号 2018 年第 10 期

万物神秘又简单（组诗）

雨　兰

小房子

圆圆的蜂巢
是一座温暖的小房子
蜜蜂宝宝们藏在里面

长长的豌豆荚
是一座可爱的小房子
豌豆娃娃们住在里面

粉红色的石榴
是一座甜美的小房子
石榴娃娃们躲在里面

妈妈的身体
是一座会走动的小房子

很小很小的娃娃

静静地睡在里面

我的脑袋

是一座有趣的小房子

很多很多的梦想

热闹地住在里面

哦，美美的小房子

暖暖的小房子

甜甜的小房子

因为有娃娃们住在里面

有快乐住在里面

有梦想住在里面

还有幸福，住在里面

一切都是刚刚好

绿色的丝瓜藤蔓

刚好攀住了篱笆

长大了的狗尾巴草

刚好踏上了小南风的节拍

爱美的柳树

刚好在湖水里看到自己

在黑暗里探险的树根

刚好遇到了甜甜的溪水

走得最慢的鸡雏

刚好跟上了队伍

踮着脚尖的美娃

刚好吻到了妈妈的脸颊

哦，一切都是刚刚好

蔬菜王国

我有我的蔬菜王国

金色的南瓜

是有着慈悲心肠的王后

红色的小尖椒

是坏脾气的老王子

冬瓜个头再大

也是憨厚的冬瓜娃娃

青葱的莴苣

是可爱的卫士

穿超短裙的西红柿
是任性的公主

蔬菜王国的国王
当然要威风凛凛
还要会对王后说甜蜜的悄悄话
我的蔬菜王国里
至今国王暂缺
国王暂缺

阳光下的祝福

我想祝福蜜蜂姑娘
能采集到香甜的蜜
祝福忙碌的蚂蚁先生
疲倦时能找到柔软的床

祝福挑剔的蜻蜓小姐
遇到心仪的蜻蜓王子
祝福一对勤劳的粪金龟夫妇
养育出一大群可爱的宝宝

祝福掉了尾巴的壁虎先生
快快长出新的尾巴

祝福蟋蟀琴师
弹奏出最新的乐曲

最后，祝福我自己
完成了这些美好的祝福

原载《中国校园文学》少年号 2018 年第 3 期

季节的故事（组诗）

张晓楠

春的消息

燕子做窝，衔来
童年的踪迹
左一搭右一搭
让温暖汇集

沉睡一冬的草儿
开始醒来
无意间，挠痒
河坡的足底

而那些脚印儿
也纷纷出动
或深或浅
都装满了春意

甜甜的草根

是春的味道吗

新翻的泥土

是春的本色吗

在翠绿的张望中

三两黄鹂

跃上柳枝

发布春的消息

荷塘的童话

最初，那只青蛙

一个猛子

扎进夏天深处

忙着撑伞的荷叶

进也不是

退也不是

搓着脚，在水下

暗暗怄气

那些鱼虾，趁机

跑来捣乱

大头蜻蜓，甚至

在荷叶上

练起了倒立

而拖水鸟，开始

奔走相告

平静的水面上

一道拉链

拉开又合起

后来，是莲蓬拍下

这荒诞一幕

在夏天的群里

传来传去……

输了的秋天

好吧，不必对

一只棉铃虫

说三道四

自毁江山的事儿

在秋天里

随处可见

那些，把树叶
吹向枝头
又吹落地面的
风儿，是吧

那些，被麻雀
逗来逗去
垂头丧气的
谷穗儿，是吧

那些，老想着
出人头地
裸露膀子的
白萝卜，是吧

挖空心思的
莲藕是吧
贼头贼脑的
田鼠是吧
弃阵而逃的
雁群是吧

秋天啊，你的
散兵游勇

终归要管教的
不然的话
你输掉的，何止
是一个盛夏

雪天的故事

雪天的故事，源于
一只黑狗
想变成白狗

现在，机会来了
它招呼着
伙伴们，去雪地上
演绎神奇

一只田鼠，首先
表示顾虑
整个冬天，它已
发福不少
再裹一身雪花
会不会
钻不进洞里去

一只麻雀，同样

提出质疑

整个冬天，它已

翅膀发硬

再裹一身雪花

会不会

飞不上窝里去

一只猫咪，担心

鼠的伪装

一只母鸡，害怕

蛋的失迷

据说后来，黑狗

变了主意

赶紧抖落雪花

唯恐主人

认不出自己

原载《少年文艺》2018 年第 5 期

《2018 中国年度儿童文学》选载

编后记

    编辑出版《山东作家作品年选》，是山东省作家协会按照省委、省政府关于加快建设经济文化强省的部署要求，为繁荣发展山东文学事业设立的一项系统工程，旨在全面展示全省作家年度创作成果，促进文学精品创作，为广大读者和文学评论工作者研究齐鲁文学和山东作家作品提供系统的翔实的资料。《山东作家作品年选》每年度选编一套，包括当年度山东作家发表的优秀中篇小说、短篇小说、诗歌、散文、报告文学、儿童文学和文学评论等。

    省作协党组领导对《山东作家作品年选》工作非常重视和支持，为《山东作家作品年选》的编辑出版给予了有力指导。编委会对作品的入选原则、入选条件、体裁布局、风格形式等进行了认真研究，制定了编辑出版办法，确定了编选方案，制定《山东作家作品年选编辑出版办法》，为《山东作家作品年选》编辑出版工作确立了标准和规范。

    2018 年度《山东作家作品年选》编辑出版工作，得到了各团体会员单位的大力协助支持，由他们推荐了一批优秀作品。在广泛征集作品的基础上，对推荐作品进行认真审议论证，同时，对省内知名作家本年度创作情况进行调研摸底，确保重要作品不出现遗漏。最终，才确定了本年度入选篇目。入选作品既有在重要文学评奖中获奖的精品，也有在重要文学选刊上转载的佳作；既有在重要文学报刊发表的优秀作品，也有在重要理论期刊发表的评论力作。很多作品发表后，产生了良好的社会反响，受到文学界的广泛关注，比较全面地展示了全省作家2018年的创作成果。

文学院全体同志在作品征集、调查摸底、统稿、联系出版社过程中做了大量工作。在此，对所有为《山东作家作品年选（2018）》编辑出版工作给予大力支持和付出辛勤努力的单位和个人，表示诚挚的谢忱。

《山东作家作品年选（2018）》分为小说卷、综合卷（诗歌、散文、报告文学、儿童文学）和评论卷。入选作品按发表、转载和获奖的时间顺序排列，时间相同者，按作者的姓名笔画排列。

《山东作家作品年选（2018）》在编选过程中，尽量做到全面、客观，但难免会有各种疏漏，恳请大家批评指出，以利于在以后的编选工作中不断改进完善。我们愿意与全省广大作家、评论家一起，认真汇集全省的优秀文学作品，不断提高《山东作家作品年选》的编选质量和水平，努力把《山东作家作品年选》打造成经得起时间检验的文学品牌，为振兴山东文学、再创"文学鲁军"辉煌作出新的贡献。

2022年2月9日